Vanessa Golnik

Tales of Beasts and Magic

Vanessa Golnik

Tales of Beasts and Magic

Roman

PIPER

Mehr über unsere Autoren und Bücher:

www.piper.de

Wenn Ihnen dieser Roman gefallen hat, schreiben Sie uns unter Nennung des Titels »Tales of Beasts an Magic« an empfehlungen@piper.de, und wir empfehlen Ihnen gerne vergleichbare Bücher.

MIX
Papier aus verantwortungsvollen Quellen
FSC® C083411
www.fsc.org

ISBN 978-3-492-50378-5

Redaktion: Cornelia Franke
Covergestaltung: Annika Hanke
Covermotiv: Bilder unter Lizenzierung von Shutterstock.com genutzt
Printed in Germany

Für Philipp, der immer an mich glaubt,
besonders dann, wenn ich es nicht tue.

Kapitel 1

Als mir der Stift aus der Hand glitt, kam ich langsam wieder zu mir. Ich starrte auf das Blatt auf meinem Schreibtisch. Wie immer wusste ich nicht, was die Zeilen bedeuteten. Die Runen, die ich zu Papier gebracht hatte, konnte niemand außer ein Alchemist im Rausch entschlüsseln.

Tief in mir verspürte ich den Drang, sofort ins Labor zu rennen, doch ich kämpfte dagegen an.

Es war schon nach Mitternacht. Nur das schwache Licht der Schreibtischlampe erhellte mein Zimmer. Dieser bescheuerte Rausch hatte mir bereits genug Schlaf geraubt. Was auch immer die Runen bedeuten, es konnte bis morgen warten.

Ich stopfte mein Notizbuch in meine Tasche und pfefferte sie in die Ecke, obwohl es meine Finger danach juckte, sie mir über die Schulter zu werfen und mich auf den Weg ins Labor zu machen. Aber es war nicht das erste Mal, dass ich gegen meine Gabe ankämpfen musste. Inzwischen war ich stärker. Meistens zumindest.

Auch als ich im Bett lag, ließ der Drang nicht nach. Doch ich hatte gerade erst einen Rausch gehabt, den ich nicht absichtlich heraufbeschworen hatte. Fürs Erste war ich stärker. Es dauerte nicht lange, bis die Erschöpfung überwog, und ich einschlief.

Als der Wecker klingelte, hatte ich das Gefühl, es wären

erst ein paar Sekunden vergangen, obwohl helles Tageslicht durch die Lücke zwischen meinen blauen Vorhängen fiel. Sofort setzte der Drang, möglichst schnell ins Labor zu kommen, wieder ein und trieb mich aus dem Bett. Ich schaltete den Alarm meines Cores aus und ließ ihn an das Armband an meinem Handgelenk schnappen. Sofort synchronisierte sich das Gerät mit dem Armband und teilte mir mit, dass meine Schlafqualität heute Nacht schlecht gewesen war. Da wäre ich auch ohne den Mini-Computer draufgekommen. Gähnend zog ich ein paar Klamotten aus dem Schrank und machte mich auf den Weg ins Badezimmer. Heute würden mich wieder tiefe Augenringe durch den Tag begleiten.

»Guten Morgen, Schlafmütze!« Ich hatte mich kaum an den Küchentisch gesetzt, als meine beste Freundin Mandy mir einen Teller mit Waffeln hinstellte. Mandy gehörte zu den wenigen Menschen, die morgens um sechs putzmunter aus den Federn hüpften. Pfeifend holte sie den Ahornsirup aus einem der hellgelben Küchenschränke und stellte ihn auf den Tisch.

Sie ließ sich mir gegenüber auf ihren Stuhl fallen und schob mir eine Tasse Kaffee zu, auf der in bunten Buchstaben *Don't worry, trust in magic* stand. Alle unsere Tassen verkündeten ähnliche Weisheiten. Überhaupt konnte man in der ganzen Küche ihren Geschmack sehen. Alles war bunt und hell, freundlich, einladend. Mein Zimmer dagegen war eher spartanisch eingerichtet. Mit Dekokram konnte ich nicht viel anfangen.

Sie legte den Kopf schief und strich sich eine leuchtendrote Haarsträhne hinters Ohr. »Du siehst genervt aus. Was ist los?«

Bevor ich antwortete, nahm ich erst mal einen großen Schluck Kaffee. »Ich hatte gestern Abend noch einen Rausch. Habe nicht viel geschlafen.«

Mitfühlend verzog sie das Gesicht. »Blödes Timing. Aber im Gegensatz zu mir erfindest du ständig coole Sachen. Ich prophezeie nur völlig irrelevante Dinge.«

Über meinen Teller hinweg warf ich ihr einen bösen Blick zu. Sie wusste genau, dass ich viel lieber Medium als Alchemistin gewesen wäre. Genau wie ich wusste, dass sie lieber Alchemistin als Medium wäre.

»Meine letzten sogenannten Erfindungen bewirkten nur kleine Verbesserungen bereits existierender Sachen. Nicht gerade weltbewegend.« Ihre Faszination für Alchemie hatte ich noch nie verstanden. Selbst als wir klein waren, lange bevor unsere Gaben erwacht waren, wollte ich immer nur Medium werden. Die Magie hatte sich mit uns beiden einen schlechten Scherz erlaubt.

Mandy verzog das Gesicht und stützte das Kinn auf die Hand. »Aber trotzdem. Alchemie ist so viel interessanter als Weissagungen.«

Dieses Gespräch hatten wir schon tausendmal geführt, ohne eine Einigung zu finden. Also sparte ich mir eine Antwort und schaufelte stumm meine Waffel in mich hinein. Nachdem ich aufgegessen hatte, fühlte ich mich schon besser. Der Zucker lieferte mir die Energie, die ich so dringend brauchte. Gemeinsam mit Mandy machte ich mich auf den Weg zur Akademie, die nur einen kurzen Fußmarsch von unserem Wohnheim entfernt lag. Unser erstes und streng genommen einziges Fach war Bestienkunde. Wir beide hatten unsere Grundausbildung bereits abgeschlossen und arbeiteten inzwischen an den ersten eigenen Projekten.

So früh am Morgen waren die Straßen noch leer. Außer uns waren nur ein paar andere Begabte unterwegs. Unser Weg führte uns durch die Hochhäuser des Viertels. Alle, die hier lebten, besaßen eine der drei Gaben, die die Magie uns geschenkt hatte. Wir waren diejenigen, die alle beschützten.

Man sah deutlich, wo die Steuergelder hinflossen. In den äußeren Bezirken, wo ich herkam, wiesen die Straßen Schlaglöcher auf, hier entdeckte ich kein einziges. Die Häuser waren frisch gestrichen, nirgendwo bröckelte der Putz. Wir liefen an einem kleinen Café vorbei, dessen bunte Marquisen Farbe ins Bild brachten. Direkt daneben war ein Buchladen, die Scheiben mit ein paar Szenen aus Shakespeares Stücken dekoriert. Alle paar Meter ragte ein Baum aus dem Gehweg, zu seinen Wurzeln wuchsen Blumen.

»Meinst du, wir fangen heute endlich mit Riesentigern an? Ich kann keine Regenbogenmambas mehr sehen.« Mandy schüttelte sich. »Die Viecher sind so gruselig. Ich hasse Schlangen.«

»Keine Ahnung«, murmelte ich. »Meinst du wir haben schon alle neuen Giftschlangen durch?«

Sie rümpfte die Nase. »Das will ich wohl schwer hoffen.«

Das Problem mit den Bestien war, dass ständig neue entstanden. Es war gut möglich, dass schon wieder eine Art entdeckt worden war. Mindestens einmal die Woche gab es eine neue Version unseres Lehrbuchs, das automatisch auf unsere Cores geladen wurde. Früher hatte man im Alltag unterschiedlichste Geräte gebraucht. Heute gab es nur noch die Cores, ein paar Kubikzentimeter große Mini-Computer, die durch verschiedene Attachments für alles verwendet werden konnten.

Ich kniff die Augen zusammen, als wir aus dem Schatten eines Hochhauses ins Sonnenlicht traten, das von den umliegenden Glasfassaden reflektiert wurde. Ich hatte mich immer noch nicht daran gewöhnt. Dort, wo Mandy und ich aufgewachsen waren, standen die Wohntürme so dicht zusammen, dass selten ein Sonnenstrahl den Boden erreichte. Dort war alles dunkler, heruntergekommener. Ärmer.

Schon ragte die Kingston Academy für magisch Begabte vor uns auf, die mit ihren hohen Säulen im griechischen Stil wie aus längst vergangenen Zeiten wirkte. Neben dem Namen prangten auf ihrem Giebel die Symbole der drei Gaben. Ein Auge für die Medien, eine Figur mit einem rauchenden Kolben in der Hand für die Alchemisten und eine, die das Schwert hocherhoben hatte, für die Krieger. Wir stiegen die schneeweiße Marmortreppe hoch, so wie jeden Morgen.

Früher hatten wir täglich davon geträumt, einmal hier zu lernen. Nur in vertauschten Rollen.

»Bitte keine Giftschlangen mehr, bitte keine Giftschlangen mehr«, murmelte Mandy immer und immer wieder, als wir die große Eingangshalle betraten, an deren Wänden Porträts der berühmtesten Begabten hingen. Grinsend schüttelte ich den Kopf, während ich ihrem Mantra lauschte. Unsere Schritte hallten durch den Gang, als wir uns auf den Weg zum Hörsaal machten.

Wir bogen gerade um die letzte Ecke, als mich jemand anrempelte. Eine Gruppe Männer drängte sich laut grölend an uns vorbei.

Ich verdrehte die Augen. Krieger. Bei ihrem Auftreten war die Brosche mit ihrem Symbol überflüssig.

Keiner von ihnen hatte sich die Mühe gemacht, die dreckige Uniform auszuziehen. Eine Dusche hätte ihnen auch gutgetan. Aber nein, die Krieger liebten es, uns unter die Nase zu reiben, dass sie die ganze Nacht auf Bestienjagd waren, um uns alle zu beschützen. Sie taten so, als wäre es allein ihr Verdienst, dass die Bestien in Schach gehalten wurden. Dabei wurden sie während der Ausbildung nur innerhalb der Stadt eingesetzt, um sich um kleinere Bestienplagen zu kümmern. Bei größeren Einsätzen in der Nähe standen sie stets unter strenger Aufsicht voll ausgebildeter Krieger.

»Was ist los, Williams?«, brüllte mir einer von ihnen zu. Kieran Namara. Der schlimmste von allen. »Du siehst schon wieder so aus, als hätte dich ein Killerpuff gebissen.«

Killerpuffs waren kleine bunte Fellknäuel mit riesigen dunklen Kulleraugen, deren Biss bei den meisten Menschen Depressionen auslöste. Sie waren das erste Mal in den 2090iger Jahren aufgetaucht und rasend schnell zu den beliebtesten Haustieren geworden. Erst ein paar Jahre später hatten sie eine Selbstmordwelle auf dem gesamten Kontinent ausgelöst. Obwohl es inzwischen fast zwanzig Jahre her war, zählte es als eine der größten Katastrophen seit Beginn der Nordamerikanischen Zentralregierung. Danach waren Bestien als Haustiere verboten worden.

Kierans Uniform hatte einige Risse, sein dunkles Haar stand in alle Richtungen ab und auf seiner Wange klebte getrocknetes Blut. Er sah aus, als hätte er sich mit einer Wagenladung Punkthörnchen angelegt. Trotzdem grinste er überheblich.

»Deine Anwesenheit hat einen ähnlichen Effekt auf mich«, teilte ich ihm mit, als ich mich an ihm vorbeidrängte.

»Uhhh«, machten seine Kumpels, aber Kieran lachte nur.

»Du wärst so viel umgänglicher, wenn du dich einfach mal locker machen würdest, Williams«, rief er mir hinterher, als ich den Hörsaal betrat.

Erneut verdrehte ich die Augen. Wenn man bedachte, wie kindisch sie sich alle verhielten, war es ein Wunder, dass die Stadt einigermaßen sicher war.

»Ignorier ihn.« Mandy packte mich am Arm und zog

mich die Stufen hinunter zu den vorderen Reihen, während Kieran und seine Kumpels sich in die letzte Reihe verzogen.

Langsam füllte sich der große Hörsaal. Da Bestienkunde für jeden Pflicht war, versammelten sich dafür jeden Morgen die über tausend Studenten der Akademie. Die Krieger richteten sich wie immer im hinteren Teil des Hörsaals ein, während die Alchemisten den vorderen Teil für sich beanspruchten. Die Medien verteilten sich dazwischen. Zwischen Kriegern und Alchemisten herrschte seit jeher ein großer Konkurrenzkampf.

Hatten sich die weiblichen Medien schon immer eher auf die Seite der Krieger gestellt oder was das erst so, seit Kieran an der Akademie war? Über die Schulter sah ich, wie er sich vorlehnte, um mit ein paar Medien zu reden, die vor ihm saßen. Sie alle kicherten, spielten mit ihren Haaren, streckten den Rücken durch, damit ihre Brüste besser zur Geltung kamen, und verhielten sich exakt wie Glitzerpfauen in der Paarungszeit.

»Was finden die alle an ihm?«, fragte ich Mandy.

Die lachte. »Da fragst du die Falsche. Mir ist vollkommen schleierhaft, was man an Männern allgemein finden kann.«

Ich rümpfte die Nase, als Kieran den Fuß auf den Sitz vor sich stellte und sich mit der Hand durch das zerzauste Haar fuhr. Zugegebenermaßen, mit seinem dunklen Haar, den hohen Wangenknochen und den strahlendblauen Augen sah er verdammt gut aus. Wie alle Krieger war er hochgewachsen und durchtrainiert, doch seine Arroganz machte das alles zunichte. Meiner Meinung nach zumindest. Die drei Medien, die immer noch heftig mit ihm flirteten, störten sich daran nicht.

Endlich betrat Professor Barkley den Hörsaal und bat um Ruhe. Mandy und ich zogen unsere Cores von unseren Armbändern und setzten sie in die dafür vorgesehenen Andockstellen an den Tischen. Sofort leuchtete das Display auf, das den gesamten Tisch einnahm, und zeigte mir das Interface meines Cores. Ich öffnete das Lehrbuch, das erst vor wenigen Minuten aktualisiert worden war.

Als das erste Bild auf der Projektionsfläche des Professors erschien, ballte Mandy eine Hand zur Faust.

»Yes! Keine gruseligen Schlangen mehr.«

Grinsend drehte ich mich wieder nach vorne.

Ein riesiger Tiger war vorne zu sehen, der das Maul weit aufgerissen hatte, sodass seine langen Reißzähne gut zur Geltung kamen.

»Und das ist dir wirklich lieber als die Schlangen?«, flüsterte ich ihr zu.

Sie nickte. »Ein Happs und du bist tot. Bei der Schlange leidest du erst mal, bevor das Gift dich umbringt.«

Das Argument war gar nicht schlecht. Glücklicherweise gab es bei uns in der Gegend weder Riesentiger noch Regenbogenmambas. Wir hatten genug andere Bestien, mit denen wir uns herumschlagen mussten. Über die Jahre brachte die Magie immer gefährlichere Monster hervor. Eines der gefährlichsten der letzten Jahre waren die Grinsekatzen. Sie grinsten zwar nicht wie die Figur, nach der sie benannt waren, aber sie waren leuchtend blau, grün oder gelb und ihr Gift löste Halluzinationen aus, die schon einige den Verstand gekostet hatten. Doch im Moment waren die Tollwuthasen das größte Problem. Ihr Biss tötete innerhalb weniger Stunden und bisher gab es noch keine Heilung.

Aus den letzten Reihen drang Gelächter. Ich drehte mich um. Die Krieger bewarfen sich gegenseitig mit Papierkugeln. Sie hielten Bestienkunde für überflüssig. Ihre Gabe sagte ihnen, wie sie welches Tier am besten bekämpften und wo die Gefahren lagen.

»Meine Herren«, sagte Professor Barkley scharf. »Ich bitte um etwas mehr Aufmerksamkeit. Sonst hagelt es Strafaufsätze.«

Solche Drohungen sprach er gern aus. Meistens machte er sie allerdings nicht wahr. Er war selbst Krieger, wenn auch im Ruhestand, weswegen er mit diesem Haufen viel zu viel Nachsehen hatte. Es war also kein Wunder, dass seine Ermahnung nur für ein paar Minuten Ruhe sorgte.

Nach Bestienkunde verabschiedete ich mich von Mandy. Während sie zum Medientraining musste, machte ich mich auf den Weg ins Labor.

Fast ohne mein Zutun wurden meine Schritte schneller. Der Drang, meine Arbeit zu beenden, schlug mit voller Kraft zurück.

»Was ist los, Williams?«, rief Kieran mir hinterher, als ich an ihm vorbei hastete. »Kannst du es kaum erwarten, einen neuen Stimmungsaufheller für dich zu entwickeln? Oder etwas, das entspannt. Du hast beides dringend nötig.«

Ich ignorierte ihn, so wie immer, und eilte die Treppe hinab in den Keller. Schritte hallten auf dem glatten Marmorboden wider. Ich wusste, dass noch andere Alchemisten den gleichen Weg hatten, aber meine Gabe blendete sie aus. Im Keller reihten sich die Labore aneinander. Meins lag am Ende des Flurs.

Vor der Tür bekam ich für einen Moment die Kontrolle über meinen Körper zurück und hielt inne. *Liana Williams, Alchemistin in Ausbildung* stand in großen schwarzen Buchstaben auf der Tür. Sobald ich diesen Raum betrat, würde ich Stunden meiner Lebenszeit verlieren. Es war meine Arbeit, doch ich würde mich an keinen einzigen Moment erinnern.

Meine Hand zitterte, als ich die Klinke herunterdrückte.

»Das menschliche Gehirn kann die volle Macht der Magie nicht ertragen«, hatte mein Professor für Alchemie uns erklärt, als ich mit sechzehn mit all den anderen neuen Alchemisten in unserer ersten Unterrichtsstunde gesessen hatte. »Deshalb können wir uns nach dem Rausch an nichts erinnern. Es ist ein Schutzmechanismus.«

Die Vorstellung, mich an so viel Zeit meines Lebens nicht erinnern zu können, hatte mir Angst gemacht, aber ich war auch aufgeregt gewesen. Damals, vor vier Jahren, hatte ich es kaum erwarten können, meinen ersten Rausch zu haben. Auch wenn ich kein Medium war, so wie ich es mir immer gewünscht hatte, ich gehörte zu den Begabten, zusammen mit meiner besten Freundin, und das hatte mich unglaublich glücklich gemacht. Diese Begeisterung für meine Gabe hatte seitdem allerdings stark nachgelassen.

Ich setzte mich auf meinen Stuhl und ließ meine Tasche auf den Boden fallen. Noch bevor ich mein Notizbuch herausholen konnte, merkte ich, wie der Rausch begann. Meine Sicht verschwamm, alle Geräusche wurden dumpf, als würde ich in Watte gepackt. Dann verlor ich das Gefühl in den Gliedmaßen und schwarze Flecken breiteten sich in meinem Sichtfeld aus, bis alles verschwand.

Als ich wieder zu mir kam, wurde es draußen bereits dunkel. Mein Magen schmerzte vor Hunger. Warum konnte der Rausch nicht wenigstens eine Mittagspause gönnen? Meine Arbeitsfläche war übersät von Notizen, die ich jetzt nicht mehr lesen konnte; mein Abzug war überfüllt mit dreckigen Glasgeräten.

Ich seufzte. Der Rausch endete immer, bevor ich aufgeräumt hatte. Jedes Mal.

Ich wusch mir die Hände und machte mich auf den Weg

zur Küche, wo ich ein paar Wraps aus dem Kühlschrank zog. Ich schob den ersten in den Ofen und ließ mich auf einen Stuhl fallen, bis der Timer klingelte. Froh, dass ich allein im Raum war, stürzte ich mich auf mein Essen, sobald es fertig war.

Drei Wraps später fühlte ich mich endlich gestärkt genug, um mich auf den Weg zurück ins Labor zu machen.

Ich sah mich im Chaos um. Es war schon fast acht Uhr. Aufräumen würde ich heute garantiert nicht mehr.

Ich griff nach den Notizen, auf denen sich die Anleitung zu meiner neuen Erfindung befinden musste. Wie immer, wenn ich etwas beendete, stand ganz unten eine Zeile in normaler Schrift, damit jeder lesen konnte, worum es sich handelte. Es war ein Mittel gegen das Gift der Tollwuthasen. Ein erleichtertes Lächeln trat auf mein Gesicht. Mit ihrem grünbraunen Fell konnten sie sich perfekt im Gebüsch verstecken und hatten in den letzten Monaten viele Leben gefordert. Der Magie schien es auf eine perverse Art, Spaß zu machen, niedliche Tiere in Killermaschinen zu verwandeln.

Seufzend griff ich nach der Flasche mit dem Gegenmittel, die mein Rausch-Ich im Abzug platziert und feinsäuberlich beschriftet hatte. Dann machte ich mich auf den Weg zum Büro meines Alchemieprofessors. Dort war bereits alles dunkel, doch der Vorraum war immer geöffnet. Ich stellte das Mittel in den Kühlschrank, beschriftete meine Notizen und legte sie in das Fach mit meinem Namen. Da ich noch in Ausbildung war, würde er das Mittel testen, bevor es eingesetzt wurde, denn letzten Endes war er für alles verantwortlich, was seine Studenten herstellten. Trotz der Hilfe der Magie passierten Fehler, vor allem bei unerfahrenen Alchemisten.

Dann sah ich zu, dass ich zurück ins Wohnheim kam, bevor meine Gabe mir einen Strich durch die Rechnung machte.

»Du bist spät dran.« Mandy saß am Küchentisch, ihren Core zum Tablet ausgeklappt vor sich.

Achtlos ließ ich meine Tasche fallen. »Dank mir gibt es jetzt ein Mittel gegen das neue Tollwuthasengift.«

»Super«, brummte sie, ohne den Kopf zu heben.

Irritiert hielt ich inne. Normalerweise interessierte sie sich brennend für alle meine Erfindungen, auch für die, die alles andere als revolutionär waren. Während der letzten Wochen hatte ich nur Dinge verbessert und sie war trotzdem jedes Mal fast ausgeflippt.

»Ist alles in Ordnung?«

»Hm, klar.« Sie starrte immer noch auf den Bildschirm vor ihr, als würde er die Antworten auf all ihre Fragen und Probleme enthalten.

Vorsichtig setzte ich mich neben sie, während mein Magen sich zusammenzog. Ihre Verschwiegenheit konnte nichts Gutes bedeuten. »Lügnerin.«

Aus dem Augenwinkel warf sie mir einen kurzen Blick zu. »Ich darf nicht mit dir darüber reden.«

Langsam nickte ich. Sie musste eine neue Prophezeiung gemacht haben. Bis der Rat der Medien jedes einzelne Wort zu Tode interpretiert und die Prophezeiung öffentlich verkündet hatte, waren sie strenggeheim. Vor allem bei jungen Medien, deren Visionen meist recht wirr waren, arbeitete der Rat äußerst langsam und gründlich.

»Ist es etwas Schlimmes?«, fragte ich vorsichtig.

Wieder sah sie mich nur für einen Sekundenbruchteil an. »Bitte hör auf zu fragen.«

»Okay.« Ich stand auf. »Dann lasse ich dich am besten in Ruhe.«

»Danke«, murmelte sie.

Mit einem letzten besorgten Blick machte ich mich auf den Weg in mein Zimmer, wo ich mich auf mein Bett fallen ließ. Normalerweise dauerte es nur ein paar Tage, bis die Prophezeiungen veröffentlicht wurden. Vielleicht sah es auf den ersten Blick schlimmer aus, als es war. Prophezeiungen zu interpretieren, war schwer, weswegen nur die besten Medien dazu befugt waren. Vielleicht hatte Mandy einfach die falschen Schlüsse gezogen.

Kapitel 2

Auch am nächsten Morgen hatte sich Mandys Verhalten nicht verändert. Zwar war sie wie immer früh wach und machte Frühstück für uns, aber ihre sonst so gute Laune fehlte.

Es fiel mir schwer, sie nicht mit Fragen zu löchern, doch ich hielt mich zurück. Sollte ich es tatsächlich schaffen, ihr etwas zu entlocken, hätte sie die wichtigste Regel der Medien gebrochen. Im schlimmsten Fall konnte sie dafür sogar ausgestoßen werden. Das war es nicht wert.

Auf dem Weg zur Akademie schwiegen wir uns an. Während sie stur auf den Bürgersteig starrte, warf ich ihr immer wieder besorgte Blicke zu.

Wir waren seit dem Kindergarten beste Freundinnen. Es gab niemanden, den ich besser kannte. Niemanden sonst, dem ich alles anvertraute. Deswegen wusste ich auch, dass die Prophezeiung wirklich schrecklich sein musste. Was war es? Eine neue Bestie? Eine Naturkatastrophe? Oder etwas noch Schlimmeres?

Ob sie dies wohl erwartet hatte, als wir als Kinder davon träumten, eines Tages die Akademie zu besuchen? Ich hatte mir das Leben als Begabte definitiv anders vorgestellt. Irgendwie glamouröser. Und glücklicher. Ich hatte ernsthaft gedacht, dass Begabte immer glücklich waren. Wie konnte man auch unglücklich sein, wenn man zur Elite der Gesellschaft gehörte? Wenn man sich nie Sorgen um Geld machen musste, weil die Regierung einen bereits während des Studiums ein Gehalt zahlte und dazu einen Platz im Wohnheim stellte? Kurzum, ich war verdammt naiv gewesen.

Vor dem Hörsaal rief Kieran mir wieder einen unqualifizierten Kommentar zu, genau wie gestern ignorierte ich ihn. Wie schaffte er es eigentlich, jeden Morgen verdreckt und blutbeschmiert hier aufzutauchen? Er war wohl kaum jede Nacht im Einsatz. Seinem Fanclub schien sein Aufzug allerdings zu gefallen. Ob er sich extra mit Schlamm einrieb, bevor er hier auftauchte?

Vorne erzählte Professor Barkley inzwischen etwas über die leuchtend orangefarbenen Löwen, die die Magie vor einigen Jahren hervorgebracht hatte.

Mandy sagte während der gesamten Stunde kein einziges Wort. Sie reagierte nicht mal auf die Bilder der Opfer der Löwen. Dabei hatte sie normalerweise Probleme damit, wenn Barkley uns zerfetzte Leichen zeigte. Doch heute starrte sie einfach nur stumm nach vorne. Wahrscheinlich kam kein einziges von Barkleys Worten bei ihr an. Sie zuckte nicht mal, als er mit den Zombiepanthern weitermachte, deren Gift einen bei lebendigem Leib verwesen ließ.

»Was ist denn mit der los?«, wollte Kieran wissen, als Mandy sich nach dem Unterricht so schnell durch die Menge drängte, dass sie einige Leute anrempelte.

Ohne ein Wort zu sagen, ging ich an ihm vorbei.

»Du solltest dringend an deinen Manieren arbeiten, Williams«, rief er mir hinterher. »Wahrscheinlich sollte ich mich nicht wundern. Immerhin hast du nicht die beste Kinderstube genossen. Vielleicht sollte man euch erst mal einen Benimmkurs machen lassen, bevor man euch Slumkinder auf uns loslässt.«

Das reichte. Ich wusste genau, dass ich alles nur schlimmer machen würde, wenn ich ihn weiter anstachelte, aber ich war am Ende meiner Geduld angekommen. Also drehte ich mich um und ging zu ihm zurück.

Er hob die Augenbrauen, überrascht, dass ich reagierte, sein arrogantes Grinsen fest auf dem Gesicht. Im Gegensatz zu mir stammte er aus einer langen Linie Begabter, fast alle Krieger, und darauf bildete er sich verdammt viel ein.

»Du verhältst dich permanent wie das größte Arschloch des Planeten und willst mir was von schlechten Manieren erzählen?«

Er legte den Kopf schief. »Im Gegensatz zu dir ignoriere ich nicht die Leute, die mir Fragen stellen.«

Ich streckte das Kinn vor, entschlossen, nicht kleinbeizugeben. »Im Gegensatz zu dir ruhe ich mich nicht auf den Lorbeeren meiner Vorfahren aus.«

Wie war es möglich, dass sein Grinsen noch breiter wurde? Er trat einen Schritt auf mich zu und beugte sich vor. »Bei dir gibt es ja auch nichts zum Ausruhen«, flüsterte er mir ins Ohr.

Ich wusste, dass er mich einschüchtern wollte, aber ich konnte nicht verhindern, dass mir ein Schauer über den Rücken lief. Bei wie vielen Mädchen setzte er diesen Move wohl zum Flirten ein? Das war so billig.

Ich stellte mich auf die Zehenspitzen, damit ich ihm ebenfalls ins Ohr wispern konnte. »Irgendwann, in vielen, vielen Jahren, wirst auch du erwachsen werden. Und dann wirst du feststellen, dass deine Persönlichkeit nur aus Arroganz und dummem Gehabe besteht und deine sogenannten Freunde dich nur ausnutzen, um ein bisschen Ruhm abzubekommen. Und dann wirst du allein dastehen, ohne Charakter, ohne Freunde und dir wünschen, du könntest die Zeit zurückdrehen.«

Als ich den Kopf zurückzog, meinte ich, dass kurz Wut in seinem Gesicht aufblitzte, doch dann war sein arrogantes Grinsen zurück und ich war mir nicht sicher, ob ich es mir nicht nur eingebildet hatte.

»Irgendwann wirst du feststellen, dass du nicht so schlau bist, wie du denkst«, warf er mir an den Kopf und verschränkte die Arme vor der Brust.

Ich musterte ihn abfällig. »Ich bin schlau genug, um keine weitere Sekunde an dich zu verschwenden.«

Damit drehte ich mich um und ging davon.

»Dafür, dass deine Gabe dir die Hälfte deiner Lebenszeit nimmt, bist du erstaunlich schlecht darin einzuschätzen, womit du deine kostbaren Minuten verschwenden solltest.«

Am liebsten hätte ich mich umgedreht und ihn mitten ins Gesicht geschlagen, doch ich ging weiter. Ich musste mich zusammenreißen, um nicht zu meinem Labor zu rennen, denn sein letzter Kommentar war ein Messerstich mitten ins Herz. Meine Gabe stahl mir viel zu viel, aber ich war festentschlossen, den Rest nicht zu verschwenden. Keine einzige Sekunde.

Als ich mich an meinen Schreibtisch setzte, musste ich mir erst mal ein paar Tränen aus den Augen wischen. Kieran Namara war ein Arschloch. Er liebte es, andere zu piesacken. Liebte es, im Mittelpunkt zu stehen, egal, wer dafür leiden musste. Die Tatsache, dass er seinen ersten Rausch bereits mit fünfzehn gehabt hatte, war ihm zu Kopf gestiegen. Er war es nicht wert, dass ich mich weiter über ihn aufregte. Auch wenn er diesmal genau ins Schwarze getroffen hatte.

Eigentlich sollte ich versuchen, mich in den Rauschzustand zu versetzen, sollte meine Gedanken zur Ruhe kommen lassen und meinen Kopf leeren, bis meine Gabe erwachte, doch ich konnte nicht aufhören, mich über Kieran aufzuregen. Die Wut sorgte dafür, dass mein Magen sich zusammenzog und meine Gedanken sich im Kreis drehten. Es kam mir unmöglich vor, mich in den meditativen Zustand zu versetzen, der mir half, einen Rausch auszulösen. Erst gestern hatte ich ein Gegenmittel gegen die Tollwuthasen erfunden. Niemand konnte sagen, dass ich nicht genug leistete, nur weil ich einen Tag lang nicht produktiv war. Außerdem musste ich aufräumen. Im Rausch war mein Gehirn viel zu sehr mit Erfinden beschäftigt, um sich um so etwas Banales zu kümmern. Vielleicht würde es mir besser gehen, wenn mein Abzug wieder blitzblank war.

Ich setzte meine Schutzbrille auf und zog meinen Laborkittel an. Dann stellte ich mich vor den Abzug und betrachtete das Chaos. Wenigstens war mein Rausch-Ich so nett, auf die Glasgeräte zu schreiben, mit welchem Lösungsmittel sie geputzt werden sollten. Ein weiterer Schutzmechanismus. Ich hatte keine Ahnung, mit was für Chemikalien ich hier arbeitete. Jeglicher Fortschritt, der mithilfe der Magie entstanden war, war uns nicht zugänglich. Doch niemand wagte es, sich darüber zu beschweren, denn ohne die Magie wären wir verloren gewesen. Den ersten Bestien waren wir schutzlos ausgeliefert gewesen. Unsere Waffen hatten versagt, trotz intensiver Forschung hatte niemand Gegengifte gefunden. Millionen Menschen waren gestorben, zerfetzt von Tieren, die zuvor harmlos gewesen waren. Bunte Vögel, die sich vom Himmel gestürzt hatten, um jeden anzugreifen, der sich nach draußen wagte. Ratten, die durch die Abwasserrohre in unsere Wohnung eingedrungen waren, um die Bewohner totzubeißen. Erst als nach ein paar Jahren die ersten Jugendlichen in den Rauschzustand gefallen waren, hatte sich die Lage gebessert. Langsam hatten wir unsere Gesellschaft wiederaufgebaut. Kanada, die USA und Mexiko hatten sich zu Nordamerika zusammengeschlossen und wir hatten angefangen, der Magie zu vertrauen, anstatt sie zu fürchten.

Denn es waren nicht nur die Bestien gewesen, gegen die wir allein nie bestanden hätten. Ohne die Magie hätten wir den Klimawandel niemals aufhalten können. Dank ihr gewannen wir unseren Strom durch Kernfusion aus Sonnenreaktoren. Dank ihr gab es unzählige Ersatzprodukte für tierische Nahrung, die unsere Ernährung sicherten, sodass Fleisch, Milch und Eier zu etwas geworden waren, das nachhaltig hergestellt werden konnte.

Wissenschaftler konnte nur derjenige werden, der die Alchemistengabe besaß. Nein, Wissenschaftler musste jeder werden, der die Alchemistengabe besaß. Keiner der Begabten konnte seiner Bestimmung entkommen.

Ich war gerade mit den Kolben fertig, auf denen Aceton stand, als es klopfte und mein Alchemieprofessor den Kopf zur Tür hineinsteckte.

Ich trat einen Schritt zurück, um ihn besser sehen zu können. »Guten Morgen, Professor Dennings.«

Er lächelte, doch es wirkte angespannt. War mit meinem Gegengift etwas nicht in Ordnung? »Guten Morgen, Miss Williams.«

»Gibt es ein Problem?«, fragte ich, als er zögerte.

»Ehrlich gesagt, weiß ich das selbst nicht so genau. Ich weiß nur, dass Sie sofort zu Professor Hanks gehen sollen.«

Meine Augenbrauen zogen sich zusammen. Ich sollte zur Rektorin?

»Es ist dringend«, fügte er hinzu.

»Okay. Einen Moment, bitte.« Ich ging zum Waschbecken, um mir die Hände zu waschen, während Dennings wieder verschwand.

Was konnte Professor Hanks von mir wollen? Ich hatte mir nichts zu Schulden kommen lassen. Selbst wenn sie irgendwie erfahren hätte, dass ich nicht sonderlich begeistert von meiner Gabe war, konnte sie mir daraus keinen Vorwurf machen. Ich tat meine Arbeit und hatte schon ein paar brauchbare Erfindungen gemacht, obwohl ich noch in der Ausbildung war. Ich stieg die Treppen hoch, in Richtung des Rektorats. Hier war ich nicht mehr gewesen, seit ich mir nach dem Ende meiner Grundausbildung mein Zeugnis abgeholt hatte. Ich hatte erwartet, erst in drei Jahren wieder hierher zu kommen, wenn mir mein Doktortitel verliehen wurde. Zwar forschten wir nur noch und schrieben keine Doktorarbeiten mehr, da wir dank der Magie unsere Notizen nur im Rausch lesen konnten, dennoch erhielten wir einen entsprechenden Titel und Gehaltscheck.

Endlich erreichte ich den richtigen Gang, doch als ich sah, wer bereits vor dem Büro der Rektorin stand, erstarrte ich.

Kieran, jetzt nicht mehr in seiner verdreckten Uniform, sondern in verschwitzten Trainingsklamotten.

Ich hatte keine Ahnung, warum ausgerechnet Kieran Namara auch hier war, aber bisher war mir nie etwas Gutes passiert, wenn er in der Nähe war.

Missmutig folgte ich Kieran in den Raum, wo ich erneut innehielt.

Auf einem der Stühle vor dem Schreibtisch der Rektorin saß bereits jemand. Mandy hatte den Blick auf ihre Hände gerichtet, die sie im Schoß wrang.

Jetzt rutschte mir das Herz in die Hose. Die Prophezeiung, die ihr solche Sorgen bereitet hatte. Hatte sie am Ende etwas mit mir zu tun? Mit mir und Kieran? Oder war das albern? Denn was konnte uns schon verbinden?

»Miss Williams.« Professor Hanks nickte mir zu. »Mr Namara. Setzen Sie sich.« Sie deutete auf die beiden freien Plätze. Ich griff nach der Lehne des Stuhls neben Mandy und ließ mich langsam darauf sinken. Inzwischen zitterte ich am ganzen Leib. Was hatte Mandy prophezeit? Was war so schlimm, dass sie mir nicht mehr in die Augen sehen konnte?

Mein Blick wanderte zu den goldgerahmten Porträts der ehemaligen Akademieleiter hinter dem Schreibtisch. Genau wie Professor Hanks waren die meisten von ihnen Medienprofessoren gewesen, bevor sie die Leitung der Akademie übernommen hatten. Mir war, als würden sie mich alle kritisch mustern.

Sobald die Tür hinter Kieran ins Schloss fiel, sah Professor Hanks von den Unterlagen auf ihrem riesigen Schreibtisch auf.

Als sich der Blick ihrer braunen Augen in meine bohrte, fühlte ich mich wie ein Kaninchen vor einem Raubvogel. Schockstarr, nicht in der Lage wegzurennen.

»Nun, Miss Williams, Mr Namara«, sagte sie schließlich. »Sie fragen sich sicher, worum es geht.«

Kieran gab ein verächtliches Schnauben von sich.

»Miss Schilling hier hat gestern eine interessante Prophezeiung gemacht.«

Interessant war wohl nicht das passende Wort. Mandy starrte immer noch stur auf ihre Hände, das Gesicht hinter ihren leuchtendroten Haaren versteckt. Wie oft war ich neidisch auf dieses Feuerrot gewesen, das die Magie ihr geschenkt hatte? Wie oft hatte ich mich beschwert, dass meine Haare einfach langweilig schwarz waren?

Professor Hanks riss mich aus meinen banalen Gedanken. »Der Rat der Medien will sie noch nicht offiziell verkünden. Sie sind sich noch nicht sicher, was einige ihrer Interpretationen angeht.«

Ich runzelte die Stirn. Die Medien waren sich nie sicher. Es war unmöglich, sich komplett sicher zu sein, alles richtig interpretiert zu haben. Diese Prophezeiung musste wichtig sein, sehr wichtig.

»Wo sie sich hingegen einig sind, ist, dass sie beide betroffen sind.«

Von Mandy kam ein Murmeln.

Professor Hanks' Augenbrauen schossen in die Höhe. »Ja, Miss Schilling?«

Zum ersten Mal, seit ich den Raum betreten hatte, hob Mandy den Kopf. »Die Prophezeiung enthält ihre Namen. Was gibt es da zu interpretieren?« Sie legte eine zitternde Hand auf die Lehne ihres Stuhls und klammerte sich daran fest.

Ich starrte sie an. Es war selten, dass in Prophezeiungen Namen genannt wurden. Was auch immer sie gesehen hatte, es musste wirklich wichtig sein.

Professor Hanks' Gesicht blieb ausdruckslos. »Sie haben gute Arbeit geleistet, Miss Schilling. Sie können stolz auf sich sein.«

Mandy wirkte alles andere als stolz, dabei konnte sie nichts für den Inhalt der Prophezeiung. Ausnahmsweise grinste Kieran nicht, als unsere Blicke sich trafen.

»Sie haben sicher bereits von der neuen Bestie gehört, die sich rasend schnell ausbreitet«, fuhr Professor Hanks fort.

Natürlich hatten wir das. Jeden Tag gab es neue Artikel über die Zerstörung, die sie anrichteten. Drachen wurden sie genannt. Dabei hatten nichts mit den Drachen aus den alten Sagen gemeinsam. Sie konnten weder fliegen noch Feuer speien. Drachen hatte ich mir immer elegant vorgestellt, mit großen ledernen Flügeln und langen Schwänzen. Unsere Drachen hatten weder das eine noch das andere und waren eher plump gebaut. Sie waren allerdings riesengroß, so groß wie Elefanten, sagten die meisten Berichte, denn es war noch niemandem gelungen, nah genug an sie heranzukommen, um sie zu vermessen. Fieberhaft versuchte ich, mich daran zu erinnern, was bereits über sie bekannt war. Sie hatten Schuppen und ein großes Maul voller Reißzähne. Sie waren giftig. Die korrekte Bezeichnung lautete *Riesenwaran*, aber das interessierte die Presse herzlich wenig. Sie bewegten sich behäbig, doch durch ihren enormen Größenvorteil konnten sie einen Menschen immer noch problemlos einholen. Ihre Schuppenpanzerung war so dicht, dass nichts sie durchdringen konnte. Keiner der Alchemisten hatte bisher irgendetwas entwickelt, was es den Kriegern erleichterte, sie zu bekämpfen.

Ich hatte nicht das Gefühl, dass Hanks eine Antwort erwartete, aber es überraschte mich, dass auch Kieran schwieg. Sonst gab er immer überall seinen Senf dazu.

»Wie gesagt, die Prophezeiung ist noch nicht vollständig interpretiert, also kann ich Ihnen den genauen Wortlaut nicht sagen, aber es ist wichtig, dass wir damit beginnen, Sie auf ihre Aufgabe vorzubereiten. Es geht hier immerhin ...«

»Können Sie bitte einfach zur Sache kommen?«, unterbrach Kieran sie. In seiner Wange zuckte ein Muskel. Der große Krieger hatte offensichtlich keinen sonderlich langen Geduldsfaden, aber ausnahmsweise war ich ihm sogar dankbar.

Hanks warf ihm einen wütenden Blick zu, aber sie ermahnte ihn nicht. »Laut der Prophezeiung sind Sie beide die einzigen, die die Riesenwarane vernichten können.«

Kapitel 3

Mein Magen zog sich zusammen. »Was soll das heißen, wir beide?«

Professor Hanks stützte die Ellenbogen auf ihren großen dunklen Tisch und seufzte, als wüsste sie, dass ihr nächster Satz nicht gut ankommen würde. »Sie beide. Zusammen. Sie müssen lernen, sich gemeinsam in den Rauschzustand zu versetzen.«

Ein gemeinsamer Rauschzustand? Davon hatte ich noch nie gehört. War das überhaupt möglich?

Kieran schüttelte den Kopf. »Das ergibt keinen Sinn. Ich bin Krieger.« Er sah mich an, als wäre ich nicht mehr als ein Matschfleck auf seinem Stiefel. »Sie ist Alchemistin. Sie arbeitet für mich, nicht mit mir.«

Mir klappte die Kinnlade herunter. »Wie bitte? Ich bin doch nicht dein Dienstmädchen. Ohne unsere Arbeit hättet ihr keine Chance gegen die Bestien.«

Langsam hob er eine Augenbraue. »Jetzt übertreib mal nicht.«

Ich lehnte mich in seine Richtung. »Wie oft hat dich schon irgendetwas gebissen? Was glaubst du, wer die Gegenmittel dafür herstellt? Was glaubst du, wer die Waffen entwickelt, die ihr braucht, um euch gegen Panzerkröten oder Schuppenwölfe zu wehren?« Ich hob die Hand und ließ Daumen und Zeigefinger sich fast berühren. »Wer gibt sein halbes Leben auf, damit ihr auch nur den Hauch einer Chance …«

»Miss Williams, bitte«, unterbrach Professor Hanks mich scharf.

Ich ließ mich zurück in meinen Stuhl sinken. Es fiel mir schwer, nicht die Arme vor der Brust zu verschränken wie ein beleidigtes Kleinkind, aber zu einer Entschuldigung würde sie mich sicher nicht bewegen können.

Hanks seufzte. »Ich habe schon befürchtet, dass es Ihnen nicht leichtfallen wird. Krieger und Alchemisten sind einfach zu verschieden. Aber wir haben keine andere Wahl. Die Riesenwarane richten im Süden bereits eine unglaubliche Verwüstung an. Wir haben Glück, dass die Bevölkerungsdichte in den betroffenen Gebieten nicht sonderlich hoch ist. Bisher hat die Rinderzucht in Texas am meisten gelitten. Auch das ist ein wirtschaftlicher Schaden, der nicht zu unterschätzen ist. Außerdem ist es nur noch eine Frage der Zeit, bis sie bei der Nahrungssuche auf Städte stoßen, deren Zäune nicht darauf ausgelegt sind, sechs, sieben Meter große Monster aufzuhalten. Ein paar Dörfer in Sonora und New Mexico haben sie bereits vollkommen zerstört. Fast zwanzigtausend Tote. Wenn Sie beide sich nicht zusammenreißen, dann könnten es Millionen werden. Geht das in Ihre Köpfe?«

»Ja«, murmelte ich, auch wenn ich mir wünschte, dass die Lage anders wäre. Warum ausgerechnet Kieran? Jeder andere Krieger wäre mir lieber gewesen.

»Mr Namara?«

Kieran warf mir einen weiteren vernichtenden Blick zu, doch dann nickte er. »Natürlich.«

Professor Hanks sah zwischen uns hin und her. »Kann ich mich auf Sie verlassen?«

Was für eine Wahl hatten wir schon? Erst vor ein paar

Tagen hatte ich in den Nachrichten die Bilder aus Carbó gesehen, einem kleinen Ort im ehemals mexikanischen Staat Sonora. Die Warane hatten die Zäune niedergetrampelt, als wären sie nur Gestrüpp. Von den Häusern waren nur noch Ruinen übrig gewesen. Das verwackelte Bild eines Warans, der ein Auto mit dem Maul gepackt und durch die Luft geschleudert hatte, hatte sich in mein Hirn gebrannt. Von den fast viertausend Bewohnern hatte nur eine Handvoll überlebt. Mit jedem Tag, den wir verschwendeten, würde es mehr Opfer geben.

»Ja.« Es fiel mir schwer, dieses eine simple Wort zwischen meinen Zähnen hervorzupressen. Meine Hände krallten sich in die Armlehnen meines Stuhls. Von nun an würde unendlich viel Verantwortung auf meinen Schultern lasten, aber mein Schicksal war besiegelt gewesen, sobald Mandy ihre Prophezeiung gemacht hatte. Jetzt musste ich irgendwie das Beste daraus machen.

Auch Kieran musste seine Zustimmung kundgetan haben, denn auf Professor Hanks' Gesicht erschien ein erleichtertes Lächeln. »Sehr schön. Wir haben einen Trainingsraum der Krieger für Sie reserviert. Sie können direkt loslegen.«

Meine Augenbrauen schossen in die Höhe. »Womit genau loslegen?«

Professor Hanks senkte den Blick auf ihren Schreibtisch und begann, einen Stapel Unterlagen durchzublättern. »Das wird Ihnen nicht lange verborgen bleiben. Trainingsraum Fünf. Miss Schilling, Sie können zurück in Ihren Unterricht.«

Damit waren wir entlassen. Da sie keine Anstalten machte, sich zu verabschieden, erhob ich mich wortlos und verließ den Raum. Draußen verschränkte ich die Arme vor der Brust und drehte mich zu Mandy und Kieran um.

Mandy hielt den Kopf gesenkt, während Kieran meine Pose nachahmte.

»Alles in Ordnung, Mandy?«, fragte ich vorsichtig.

Sie nickte, ohne den Kopf zu heben. »Klar. Ich muss los. Bis heute Abend.« Und schon war sie den Gang entlang verschwunden.

Ich seufzte. Darum würde ich mich später kümmern müssen.

»Weißt du, wo wir hinmüssen?«

Kieran nickte. »Natürlich.« Damit wandte er sich ab und stapfte den Gang entlang davon.

Ich musste mich beeilen, um ihm zu folgen.

»Wo genau gehen wir hin?«, fragte ich ihn, als wir eine Treppe hinabstiegen, die ich noch nie genommen hatte.

»Das wirst du schon sehen«, antwortete er und beschleunigte seine Schritte noch mehr.

Ich verdrehte die Augen. Würde ich mich damit von nun an jeden Tag herumschlagen müssen? Wirklich tolle Aussichten.

Missmutig folgte ich Kieran den Gang entlang, eine weitere Treppe hinunter, bis wir schließlich einen neuen Flur erreichten. Zielstrebig ging er auf eine Tür zu, auf der eine große schwarze Fünf prangte. Das war also der Trainingsraum.

»Kieran«, begrüßte ihn eine hochgewachsene Kriegerin mit kurzem schwarzen Haar und brauner Haut. Sie war ein paar Jahre älter als wir.

Kieran nickte ihr zu. Unsicher blieb ich hinter ihm stehen. Die Kriegerin kam auf mich zu und streckte mir die Hand hin. »Beth Rogers.«

Ich schüttelte ihr die Hand. »Liana Williams.«

»Was genau wird das hier?«, fragte Kieran sie.

Beth gab ein bitteres Lachen von sich. »Wenn ich das nur wüsste. Bisher haben wir kaum Erfahrungen mit dem gemeinsamen Rausch, vor allem nicht zwischen Leuten unterschiedlicher Begabungen. In der Bibliothek sitzt eine Horde Medien und recherchiert. Was wir aber auf jeden Fall wissen, ist, dass ihr euch dazu vertrauen müsst.«

Kieran und ich wechselten einen Blick. Er schien der Sache ungefähr genauso viel Erfolgswahrscheinlichkeit zuzuschreiben wie ich. Und zwar gar keine.

»Und wie genau sollen wir das anstellen?«, fragte er, wobei seine Augenbrauen fast seinen Haaransatz berührten.

Beth seufzte. »Wir werden einen Weg finden. In der Zwischenzeit beschäftigen sich die Medien mit der Interpretation eurer Prophezeiung. Und ein Alchemist ist auch unterwegs. Zur vollständigen Repräsentation.«

Das war eine sehr freundliche Umschreibung für: damit die arme kleine Alchemistin sich nicht einsam fühlt.

Ich verschränkte die Arme vor der Brust und tat so, als wäre ich nur genervt, nicht nervös. Unauffällig versuchte ich, mich im Trainingsraum umzusehen. Auf dem Boden lagen Matten herum, vermutlich um den Nahkampf zu trainieren, an den Wänden hingen Dutzende von Schwertern, Dolchen und Speeren, bei deren Anblick es mir kalt den Rücken herunterlief. Ich hoffte inständig, dass niemand auf die dumme Idee kam, mich gegen Kieran kämpfen zu lassen.

»Angst, Williams?« Ich zuckte zusammen, als Kierans Atem mich am Ohr kitzelte. Schon wieder dieser Schauer, der mir den Rücken herunterlief und als warmes Gefühl in meiner Magengrube endete.

Hastig trat ich ein paar Schritte von ihm weg. »Lass mich in Ruhe.«

Sein leises Lachen drang an mein Ohr. »Ich glaube kaum,

dass Angst eine gute Voraussetzung ist, um ein Vertrauensverhältnis aufzubauen.«

Wütend wirbelte ich zu ihm herum. Wenn ich in Zukunft jeden verdammten Tag mit diesem Widerling verbringen musste, dann durfte er mir nicht länger auf der Nase herumtanzen. »Wieso zur Hölle sollte ich Angst vor dir haben?«

Langsam breitete sich das mir so verhasste, arrogante Grinsen auf seinem Gesicht aus. »Glaubst du, mir entgeht, wie du jedes Mal erschauerst, wenn ich dir nahekomme? Dafür gibt es nur zwei Erklärungen. Entweder, du hast Angst vor mir, oder ...« Er hob eine Augenbraue und beugte sich näher zu mir herab. »... du bist verknallt in mich.«

Ich gab ein verächtliches Schnauben von mir. »Träum weiter, Namara.«

»Das würde natürlich erklären, warum du immer so kratzbürstig zu mir bist«, fuhr er fort. »Du bist überfordert mit deinen Gefühlen und versuchst deshalb ...«

In diesem Moment flog die Tür zum Trainingsraum auf und der oberste Rat der Medien trat ein. Kieran und ich erstarrten. Ich hatte gewusst, dass die Prophezeiung über uns wichtig war, aber ich hatte nicht damit gerechnet, dass der gesamte oberste Rat sich damit beschäftigen würde. Als Regierungssitz beherbergte Kingston nicht nur die größte Akademie des Kontinents, sondern auch die obersten Räte der Begabten. Trotzdem war ich es gewohnt, ihre Gesichter nur in den Nachrichten zu sehen.

»Das sind alle sechs«, flüsterte Kieran mir zu. »Was zur Hölle?«

»Hast du etwa noch nicht mitbekommen, wie gefährlich die Riesenwarane sind?«, antwortete ich, entschlossen, ihm nicht zu zeigen, wie beunruhigt ich war. Er durchschaute mich.

»Jetzt tu doch nicht so abgebrüht.«

»Miss Williams, Mr Namara.« George Arlington, das oberste Medium trat vor uns, gekleidet in seinen lilafarbenen Talar, den er sonst nur bei offiziellen Anlässen trug. Doch auch dieses weite Gewand konnte seine Leibesfülle nicht verbergen. »Professor Hanks hat sie zwar über die wichtigsten Dinge bereits informiert, aber ich wollte persönlich mit ihnen reden. Ihnen wird eine große Ehre und essenzielle Aufgabe übertragen. Ich hoffe, Sie sind sich der Tragweite bewusst. Unsere Zukunft liegt in Ihren Händen.«

Ich vergrub die Fingernägel in den Handflächen, als mein Magen sich zusammenkrampfte. Die Erwartungen aller lasteten auf uns. Was, wenn wir versagten?

Ich zuckte zusammen, als ich Kierans Hand auf meinem Rücken spürte. Überrascht sah ich zu ihm hoch. Versuchte er gerade, mich zu beruhigen? Wohl kaum, er starrte stur in Arlingtons Richtung.

»Wir werden weiterhin unsere gesamte Kraft in die Interpretation Ihrer Prophezeiung investieren«, versicherte der uns. »Machen Sie sich keine Sorgen, Sie bekommen all die Unterstützung, die wir Ihnen geben können.«

Kieran sprach aus, was ich dachte. »Was, wenn das nicht reicht?«

Arlingtons Augenbrauen zogen sich zusammen. »Nun, wenn Sie mit dieser Einstellung an Ihre Aufgabe gehen, dann sind Sie vermutlich zum Scheitern verdammt. Was das für die Menschheit bedeuten könnte, muss ich Ihnen wohl kaum erklären.«

Nein, das musste er nicht. Vor Carbó hatte es zwei Orte in New Mexico erwischt. An die Namen der Dörfer konnte ich mich nicht mehr erinnern, an die Zerstörung dafür umso besser. Nur drei Warane waren nötig gewesen, um sie innerhalb weniger Stunden dem Erdboden gleich zu machen. Zwölftausend Tote.

»Ich weiß, Alchemisten und Krieger führen einen wirklich überflüssigen Kleinkrieg, aber Sie müssen endlich über Ihren Schatten springen und zusammenarbeiten.«

Er hatte leicht reden. Er war nicht derjenige, auf dessen Schultern die gesamte Verantwortung lag.

»Nun, nach allem, was wir bereits herausgefunden haben, ist der gemeinsame Rausch nicht gerade ungefährlich«, warf ein weiteres Medium ein. Wenn ich mich recht erinnerte, lautete ihr Name Susan Barnes.

»Kein Wort mehr von Ihnen, Barnes«, fuhr Arlington sie an, woraufhin sie den Mund zuklappte.

»Haben Sie sie gerade davon abgehalten, uns wichtige Informationen zu geben?« Ich verschränkte die Arme vor der Brust und trat einen Schritt vor, obwohl ich mich am liebsten in einer Ecke verkrochen hätte. Doch ich durfte jetzt auf keinen Fall schwach wirken. Nicht, wenn ich mich dem obersten Medium entgegenstellte. »Informationen, die uns zustehen?«

»Welche Informationen Ihnen zustehen, ist nicht Ihre Entscheidung, Williams.« Er reckte das Doppelkinn vor und führte seine Hände vor der Brust zusammen, sodass sie in den weiten Ärmeln seines Talars verschwanden.

Kieran trat neben mich. »Liana hat recht. Wenn dieser Rausch gefährlich ist, haben wir ein Recht darauf, es zu erfahren. Wir werden diese Mission nicht antreten, ohne umfassend über die Risiken aufgeklärt worden zu sein.«

Arlingtons rundes Gesicht lief langsam rot an. »Wie können Sie es wagen, so mit mir zu sprechen? Ihr Vater würde eine solche Respektlosigkeit nicht dulden.«

»Mein Vater würde nicht dulden, dass Sie seinen Sohn

blind in sein Verderben rennen lassen. Warum sagen Sie uns nicht die Wahrheit? Haben Sie Angst, dass wir kneifen?«

»Natürlich nicht.« Arlington schüttelte vehement den Kopf. »Wir sind mit unseren Recherchen noch nicht am Ende. Das ist alles. Ich möchte Ihnen auf keinen Fall falsche Informationen geben.«

Das war eine lahme Ausrede. Garantiert hatte Arlington Angst, dass wir unsere Mission ablehnten, aber welche Wahl blieb uns schon? Es ging hier um das Schicksal unserer Welt.

»Wir warten gerne, bis Sie mit Ihren Recherchen fertig sind«, teilte ich ihm mit. »Das ist überhaupt kein Problem.«

In Arlingtons Wange zuckte ein Muskel. »Für heute lasse ich Ihnen Ihr Verhalten durchgehen. Sie sind bestimmt sehr aufgewühlt, aber das ist der einzige Freifahrtschein, den Sie bekommen.«

Damit wandte er sich ab und machte sich auf den Weg in Richtung Tür.

Susan Barnes schenkte uns ein zurückhaltendes Lächeln. »Wir melden uns, wenn wir neue Informationen haben. Versprochen.« Sie drehte sich um und folgte den anderen Medien zur Tür.

»Jetzt hat uns immer noch niemand gesagt, was in dieser verdammten Prophezeiung eigentlich drinsteht«, brummte Kieran.

Ich zuckte mit den Achseln. »Du weiß doch, wie geheimniskrämerisch die Medien sind. Immerhin ist Barnes auf unserer Seite.«

Es rührte mich, dass er mir bei Arlington beigestanden hatte. Er hatte mit mir zusammengearbeitet, ohne darüber nachzudenken. Vielleicht gab es doch eine Chance, dass wir so etwas wie Vertrauen zwischen uns aufbauen konnten. Mit viel Geduld. Und vermutlich viel Frustration.

»Das glaube ich erst, wenn ich es sehe«, murmelte Kieran, dann hob er den Kopf. »Und was genau ist eure Rolle dabei?«

Ich runzelte die Stirn. Erst jetzt fiel mir auf, dass neben Beth eine junge Frau stand. Sie war fast einen Kopf kleiner als Beth und hatte bonbonrosafarbenes Haar, das kurz über ihren schmalen Schultern endete. Außerdem trug sie das Symbol der Alchemisten auf der Brust.

Lächelnd kam sie auf uns zu und streckte Kieran die Hand hin. »Ich bin Carly Howard und soll dir helfen, zu meditieren.«

Kieran ignorierte ihre Hand. »Wozu genau soll das gut sein?«

Carly ließ den Arm sinken. »Die Alchemisten benutzen Meditation, um sich in den Rauschzustand zu versetzen. Wir wissen nicht genau, wie man einen gemeinsamen Rausch heraufbeschwört. Vielleicht hilft es.«

Kieran deutete mit dem Kinn auf mich. »Und warum muss sie dann nicht lernen zu kämpfen? Krieger beschwören ihren Rausch im Kampf herauf.«

Beth trat zu uns, die Hände in die Hüften gestemmt. Mit ihren dunklen Augen fixierte sie Kieran. »Natürlich muss sie das. Dafür bin ich da.«

Kampftraining? Das konnte nicht ihr Ernst sein. Ich war Alchemistin, keine Kriegerin. Ich war nicht zum Kampf gemacht. Ich war dazu gemacht, mit meinem Kopf zu arbeiten. Ich gab anderen die Möglichkeit zu kämpfen.

Carly verschränkte die Arme vor der Brust und sah zwischen uns hin und her. »Ich weiß, dass ihr beide nicht begeistert davon seid, aber wir müssen alles versuchen. Leider weiß niemand so genau, wie das mit dem gemeinsamen Rausch funktioniert.«

»Wieso eigentlich nicht?«, wollte ich wissen. »Die Regierung behauptet doch immer, dass alles über Magie sehr genau archiviert wird.«

Beth und Carly wechselten einen Blick.

»Es wurde verboten, weil es so gefährlich sein soll«, sagte Carly. »Sie wollten nicht, dass es jemand ausprobiert, und mussten dafür sorgen, dass niemand weiß, dass es möglich ist.«

»Scheiß Regierung«, brummte Kieran, dann sagte er deutlicher: »Ich bin dafür, dass wir mit dem Kampftraining anfangen.«

»Das war ja klar.« Natürlich wollte er, dass ich mich zuerst blamierte.

Kieran zuckte mit den Achseln. »Mit einem müssen wir anfangen.«

Erneut wechselten Carly und Beth einen Blick.

»Wir hatten in der Tat geplant, mit dem Kampftraining anzufangen«, sagte Beth schließlich, »Carly meinte, wenn ihr erschöpft seid, fällt euch das Meditieren leichter.«

Mit »euch« meinte sie in diesem Fall wohl Kieran. Meditationstraining war ein wichtiger Bestandteil meiner Grundausbildung gewesen.

»Liana, die Umkleiden sind am Ende des Ganges. Ich habe dort Trainingssachen für dich bereitgelegt«, teilte Beth mir mit.

Ich verzog das Gesicht, machte mich aber auf den Weg, ohne etwas zu sagen. Es würde ohnehin drei gegen einen sein. Vorsichtig trat ich zurück in den Gang und eilte in die Richtung, die Beth mir genannt hatte. Ich war froh, dass mir niemand begegnete. Das Letzte, was ich jetzt gebrauchen konnte, war ein dummer Spruch irgendeines Kriegers.

Die Umkleide war voller weißer Bänke, über denen Haken angebracht waren. Direkt auf der Bank neben der Tür lag ein Stapel Kleidung. Ein enges Top, Leggins und eine leichte Trainingsjacke, alles schwarz. Auf dem Boden stand ein Paar Sportschuhe. Nachdem ich mich umgezogen hatte, betrachtete ich mich im Spiegel. Normalerweise trug ich nie schwarz. Es war die Farbe der Krieger und somit unter Alchemisten verpönt. Es fühlte sich merkwürdig an, die Brosche mit dem Alchemistensymbol zurückzulassen. Fast so, als würde ich meine Gabe verraten. Seit ich an die Akademie gekommen war, hatte ich das Haus nie ohne sie verlassen. Doch ich wusste, dass sie beim Training nur stören würde.

Vor der Tür zu Trainingsraum Fünf hielt ich inne, die Hand schwebte über der Klinke. Alles in mir schrie danach wegzulaufen. Es war, als würde mir eine Stimme ins Ohr flüstern, dass ich versagen würde. Es fühlte sich fast so an wie der Anfang eines Rauschs, nur, dass die Macht, die ich jetzt spürte, mir Angst machte. Es war, als würde sich Dunkelheit in mir ausbreiten, gemischt mit Panik. Verärgert schüttelte ich den Kopf, um diese düsteren Gedanken zu vertreiben. Jetzt bildete ich mir schon ein, dass mich etwas von meiner Aufgabe abhalten wollte. Ich musste mich zusammenreißen. Ich konnte Kieran nicht aus dem Weg gehen. Wir hatten eine Aufgabe zu erfüllen.

Vorsichtig trat ich zurück in den Raum. Kierans Augenbrauen schossen in die Höhe, als er mich sah. Ein leichtes Lächeln breitete sich auf seinem Gesicht aus, doch ein dummer Spruch blieb aus. Dann konnte ich gar nicht so schlecht aussehen, auch wenn mir meine Haut vorhin im Spiegel durch das Schwarz leichenblass vorgekommen war. Immerhin etwas. Die letzten Reste der dunklen Macht, die ich gespürt hatte, verzogen sich und jetzt war ich mir sicher, dass ich es mir nur eingebildet hatte. Ich hatte Angst. Ich stand unter Druck. Wahrscheinlich war heute zu viel auf einmal passiert.

»Sehr schön.« Beth klatschte in die Hände. »Dann können wir ja anfangen. Zieh die Jacke aus.«

Sie nahm mir meine Jacke ab und pfefferte sie auf eine Bank an der Wand neben der Tür.

»Stellt euch einander gegenüber.«

Kieran war bereits auf dem Weg zur nächsten Matte, bevor sie ihren Satz beendet hatte. Ich stellte mich ihm gegenüber und wartete auf weitere Anweisungen.

Kieran nahm die Fäuste hoch und hielt sie sich vors Gesicht, wie ein Boxer, der sich zum Angriff bereitmachte. Ich schluckte, imitierte aber seine Haltung. Erst als er grinste, wurde mir klar, dass er mir nur Angst einjagen wollte. Wütend ließ ich die Hände sinken.

»Wir fangen mit Stöcken an.« Aus irgendeiner Ecke zauberte Beth zwei kurze Holzstöcke her. »Wir trainieren hauptsächlich mit Waffen. Schließlich kämpfen wir gegen Bestien, nicht gegen andere Menschen«, erklärte sie mir. »Und mit vielen verschiedenen Techniken. Wir sind Werkzeuge der Magie. Je mehr wir können, desto besser kann sie uns führen.«

Zögernd nahm ich den Stock entgegen, den Beth mir reichte.

Ein Lächeln trat auf ihr Gesicht. »Eine Linkshänderin. Interessant. Gegen Bestien bringt dir das leider keinen Vorteil, gegen Kieran hier vielleicht. Nimm den Stock so in die Hand, dass ein kleines Stück unten herausguckt.« Sie korrigierte meinen Griff, sodass ich den Stock ähnlich hielt wie ein Schwert. »Du kannst auch mit dem Ende zustechen.« Sie hielt meine Hand so, dass das kurze Ende des Stocks auf

Kieran deutete. Der grinste nur. Er hielt es offensichtlich für unmöglich, dass ich ihn je treffen würde. Leider fürchtete ich, dass er damit gar nicht so falschlag.

Sobald Beth ihm seinen Stock in die Hand drückte, begann er ihn so schnell um seinen Körper herumzuwirbeln, dass man ihn kaum noch sah.

Beth verdrehte die Augen. »Hör auf anzugeben, Namara.«

Kierans Grinsen wurde noch breiter, doch er ließ den Stock weiter kreisen.

»Ignorier ihn«, empfahl Beth mir und zeigte mir, wie ich mit dem Stock nach einem unsichtbaren Gegner schlug. Langsam ahmte ich die Bewegungen nach, ohne Gegner war es gar nicht so schwer. Ich ließ den Stock sausen und stach in die Luft, genauso, wie sie es mir vorgemacht hatte.

»Sehr gut«, lobte sie. »Versuch, noch schneller zu sein.«

Mit jedem Hieb beschleunigte sich auch mein Atem. Wenn sie so weitermachte, war ich aus der Puste, bevor ich mich Kieran entgegenstellte.

Mein Herz hämmerte bereits wie wild in meiner Brust, als sie uns schließlich befahl, uns für einen Zweikampf aufzustellen.

»Liana, du versuchst Kieran anzugreifen. Kieran, du blockst sie.« Sie warf ihm einen strengen Blick zu. »Nur blocken, verstanden?«

Er nickte. »Wir wollen die kleine Alchemistin ja nicht überfordern.«

Die kleine Alchemistin hätte ihm am liebsten eine reingehauen, aber ich wusste, dass das nicht gut für mich ausgegangen wäre.

»Ok, Liana, versuch, ihn anzugreifen.«

Ich biss die Zähne zusammen, trat einen Schritt nach vorne und ließ den Stock auf Kieran zu sausen. Sofort wehrte er mich ab. Er hielt seinen Stock mit einer Hand schräg vor den Körper, während ich meinen mit beiden Händen umklammerte.

»Gut, Liana, weiter so. Versuch, ihn auf unterschiedliche Arten anzugreifen. Gönn ihm keine Pause.«

Wenn jemand eine Pause brauchte, dann war ich das. Schweiß rann mir über die Stirn, während ich immer und immer wieder nach Kieran schlug, doch ich weigerte mich aufzugeben. Meine Schläge waren planlos, ich versuchte nachzumachen, was ich beim Schwertkampf gegen Bestien gesehen hatte. Kieran parierte mühelos. Jeder Atemzug brannte in meiner Lunge, während Kieran sich kaum anstrengte. Endlich, als bereits schwarze Flecken vor meinen Augen tanzen, sagte Beth uns, dass wir aufhören konnten.

Erleichtert griff ich nach der Wasserflasche, die sie mir reichte, und stürzte den Inhalt herunter.

Ich zuckte zusammen, als ich eine Hand auf meiner Schulter spürte.

»Übertreib's nicht, Williams«, riet Kieran mir. »Sonst musst du noch kotzen.«

Ich warf ihm einen bösen Blick zu, ließ aber die Flasche sinken.

Beth drückte mir die Trainingsjacke in die Hand. »Hier, damit du nicht unterkühlst.«

Dankbar streifte ich sie über und zog den Reißverschluss zu. Der Schweiß wurde bereits unangenehm kalt auf meiner Haut.

»Dann kommt jetzt wohl mein Part.« Carly erhob sich von der Bank, auf der sie gesessen hatte.

Beth legte mir eine Hand auf die Schulter. »Du hast dich gut geschlagen, Williams.«

»Danke«, murmelte ich. In diesem Moment war ich einfach nur froh, dass die Schinderei vorbei war. An meinem linken Zeigefinger bildete sich bereits eine dicke Blase. Vielleicht konnte ich mich später mehr über ihr Kompliment freuen.

Beth machte sich auf den Weg zu der Bank, auf der vorher Carly gesessen hatte. Hatten sie die Anweisungen bekommen, das gesamte Training über anwesend zu sein? Mussten sie sich von jetzt an jeden Tag langweilen, während die jeweils andere mit uns trainierte? Was für eine Zeitverschwendung.

»Okay.« Carly klatschte in die Hände. »Legen wir los. Setzt euch auf die Matten. Wir versuchen erst mal, getrennt zu meditieren.«

Ich ließ mich im Schneidersitz auf die Matte sinken, Kieran direkt neben mir.

Carly setzte sich uns gegenüber und legte die Hände auf die Knie, die Handflächen nach oben gerichtet, so wie ich es instinktiv bereits getan hatte. Auch Kieran nahm diese Pose ohne weitere Aufforderung ein.

Carly nickte. »Gut, fangen wir an. Schließt die Augen und atmet gleichmäßig.«

Inzwischen hatte mein Herzschlag sich wieder beruhigt. Langsam zog ich Luft in meine Lungen und konzentrierte mich auf das Gefühl, sie wieder entweichen zu lassen.

»Ein und aus«, sagte Carly leise. »Fokussiert euch ganz auf euren Atem. Nicht verkrampfen, Kieran.«

Ich linste durch halbgeöffnete Augenlider zu Kieran, der aussah, als würde ihm etwas wehtun.

»Entspann dich, lass die Muskeln locker«, forderte Carly.

»Ich fühle mich bescheuert«, teilte Kieran uns mit. »Wie soll ich mich bitte nur auf meinen Atem konzentrieren? Da ist mein Hirn total unterfordert.«

Ich biss mir auf die Lippe, um einen dummen Kommentar zu unterdrücken. Beim Stockkampf hatte er sich immerhin auch zurückgehalten.

»Der Sinn der Sache ist es, das Gehirn zur Ruhe kommen zu lassen«, erklärte Carly ihm. »Sich auf etwas so sehr zu konzentrieren, dass man alles andere ausblendet und in einen anderen Bewusstseinszustand gelangt.«

Kieran sah nicht überzeugt aus, schloss jedoch erneut die Augen.

Mir fiel es ausnahmsweise schwer, mich auf meine eigene Atmung zu konzentrieren. Ich wollte wissen, wie er sich schlug. Sein Atem ging ruhig und regelmäßig, sein Körper war immer noch angespannt.

»Versuch loszulassen, Kieran«, empfahl Carly ihm. »Lass all deine Sorgen los und konzentriere dich nur auf deinen Körper.«

Kieran sah so aus, als hätte er am liebsten laut losgeprustet, aber er hielt sich zurück.

»Konzentriere dich auf deine Muskeln. Fang an, jeden einzelnen von ihnen bewusst zu entspannen. Konzentriere dich auf das Gefühl der Muskeln nach dem Training, auf die Erschöpfung deines Körpers.«

Carly redete noch eine Weile auf ihn ein, doch es schien nicht zu helfen. Kieran war immer noch angespannt. Dass auch ich mich nicht in den meditativen Zustand versetzte, schien sie dagegen nicht zu stören. Vermutlich, weil sie genau wusste, dass ich es bereits konnte.

Als Carly uns schließlich bedeutete aufzuhören, wirkte Kieran frustriert.

Ich hatte das Bedürfnis, ihm etwas Aufmunterndes zu sagen, aber mir fiel nichts ein, also übernahm Carly diesen Teil für mich: »Das war ein ganz guter Anfang.«

Kieran schnaubte verächtlich.

»Noch niemand hat es direkt beim ersten Versuch geschafft.« Carly legte ihm eine Hand auf den Arm. »Mach dir keine Sorgen. Mit ein bisschen Übung schaffst du es.«

Kieran ging nicht auf sie ein. Er wandte sich in Beths Richtung. »Können wir jetzt gehen?«

Als die nickte, ging er schnurstracks auf die Tür zu. Ihr Knallen hallte laut im stillen Trainingsraum wider.

Beth trat neben uns, während Carly und ich immer noch auf die Tür starrten.

»Er wird schon noch auftauen«, versicherte sie uns.

Ich war mir da nicht so sicher.

Kapitel 4

Als ich unsere Wohnung betrat, saß Mandy am Küchentisch. Es wirkte so, als hätte sie nur auf mich gewartet. Vor ihr lag ihr ausgeklappter Core, über das Display flimmerte ein Artikel über die Zerstörung, die die Warane im Süden des Landes anrichteten. Hastig schaltete sie es aus, bevor ich die neusten Zahlen lesen konnte.

»Hey.« Sie wirkte schuldbewusst, aber immerhin sah sie mir wieder in die Augen.

»Hey.« Ich ließ mich auf den Stuhl ihr gegenüber fallen.

»Und?«, fragte sie. »Wie war es?«

Ich zuckte mit den Achseln. »Ganz okay.«

Sie hob die Augenbrauen. »Das sagst du nur, damit ich mich nicht so schlecht fühle.«

Ich streckte die Hand aus und legte sie auf ihre. »Das musst du nicht. Du hast nichts mit dem Schicksal zu tun. Du sagst es nur voraus. Wenn nicht du, dann hätte ein anderes Medium die Prophezeiung gemacht. Es hätte rein gar nichts geändert.« Die Magie sprach durch sie. Am Inhalt konnte sie nichts ändern.

Sie entzog sich mir und legte den Kopf in die Hände. »Eigentlich weiß ich das, aber trotzdem. Warum musste ausgerechnet ich es sein?«

Ich rang mir ein Lächeln ab. »Solltest du nicht eigentlich

stolz auf dich sein? Du hast etwas verdammt Wichtiges vorhergesehen. Das ist ein großer Schritt für deine Karriere.«

Sie linste mich durch ihre Finger hindurch an. »Ich könnte mich viel mehr darüber freuen, wenn es etwas anderes gewesen wäre. Etwas, das meine beste Freundin nicht in Gefahr bringt, zum Beispiel.«

»Es ist nicht deine Schuld. Bitte vergiss das nicht.« Dass ich todunglücklich mit meiner Aufgabe war, konnte ich nicht abstreiten, also versuchte ich es gar nicht erst.

Mandy seufzte, doch sie ließ endlich die Hände sinken. »Erzähl mir lieber, wie es heute war. Vielleicht lenkt mich das ein bisschen ab.«

Das bezweifelte ich, aber ich wusste nicht, was ich sonst tun sollte. »Wie gesagt, es war ganz okay. Wir haben zwei Trainerinnen, eine Kriegerin und eine Alchemistin. Sie wollen, dass Kieran Meditieren lernt.« Ich verzog das Gesicht. »Und ich muss Kämpfen lernen. Sie hoffen, dass uns das hilft, einen gemeinsamen Rausch heraufzubeschwören.«

Mandys Augenbrauen schossen in die Höhe. »Du? Kämpfen? Kieran? Meditieren? Ich weiß nicht, was davon unrealistischer ist. Nein, warte, Kieran. Kieran Ich-bin-der-Größte Namara wird niemals lernen zu meditieren. Nie im Leben.«

Diesmal war mein Lächeln echt. »Er hat sich nicht so gut geschlagen, aber leider sollten wir hoffen, dass er besser wird. Sonst haben wir keine Chance.«

»Vielleicht reicht es, wenn du kämpfen lernst. Weiß irgendjemand mehr über diesen gemeinsamen Rausch?« Sie strich sich das feuerrote Haar aus der Stirn. »Oder bin ich die Einzige, die noch nie davon gehört hat?«

»Carly, die Alchemistin, die uns hilft, meinte, das liegt daran, dass es verboten wurde. Die Medien sind noch dabei zu recherchieren.«

Mandy legte den Kopf schief. »Aber ich dachte, alles, was mit Magie zu tun hat, muss öffentlich zugänglich sein.«

Ich zuckte mit den Achseln. »Keine Ahnung. Arlington würde uns am liebsten gar nichts sagen.«

»Arlington?« Mandy lehnte sich vor, als wollte sie sichergehen, dass sie sich nicht verhört hatte. »Das oberste Medium George Arlington?«

Ich nickte. »Der einzig wahre.«

»Wow.« Mandy schlug sich die Hände vor den Mund. »Dass der Rat bei euch auftaucht, hätte ich nicht gedacht.«

»Er war nicht gerade nett.« Ich wusste nicht, was sie über ihn dachte, weswegen ich lieber nicht offen sagte, dass ich ihn für einen aufgeblasenen Wichtigtuer hielt.

Mandy verdrehte die Augen. »Das ist er nie. Sein Amt ist ihm zu Kopf gestiegen, aber zurück zu dir und Kieran. Meinst du, ihr könntet je zusammenarbeiten? Seit wir an der Akademie angefangen haben, hackt er auf dir herum.«

Ich strich mir eine dunkle Haarsträhne aus der Stirn. Wann hatten die Probleme zwischen Kieran und mir eigentlich angefangen? Vielleicht hatte er keinen bestimmten Grund gebraucht, sondern einfach jemanden, den er fertigmachen konnte. Auch mit den anderen Alchemisten ging er nicht gerade freundlich um.

»Keine Ahnung. Anscheinend müssen wir uns vertrauen, wenn wir einen gemeinsamen Rausch haben wollen. Ansonsten wird es gefährlich.«

Mandy stützte das Kinn auf die Hände. »Gefährlich?«

»Wir könnten den Verstand verlieren.«

»Scheiße.« Mandy lehnte sich zurück. »Glaubst du, du könntest Kieran irgendwann vertrauen?«

»Keine Ahnung.« Ich schüttelte den Kopf. »Immerhin hat er sich beim Kampftraining nicht über mich lustig gemacht.

Er scheint sich Mühe zu geben. Also, vielleicht. Vielleicht kann ich ihm irgendwann vertrauen.« In hundert Jahren oder so.

Mandy kräuselte die Lippen. »Das ist doch ein Anfang.«

»Es ist nicht so, als hätten wir eine Wahl. Wir müssen unser Bestes tun.« Meine Gabe war schon seit Längerem eine Last für mich, aber ich hätte nie gedacht, dass jemals so viel Verantwortung auf meinen Schultern liegen würde. Noch hatte ich keine Ahnung, wie ich diesem Druck standhalten sollte.

»Ihr wärt nicht dazu bestimmt worden, gegen die Riesenwarane zu kämpfen, wenn ihr keine Chance hättet«, versicherte Mandy mir. »Und über Kieran kann man sagen, was man will, aber er hat eine gute Arbeitsmoral. Er ist entschlossen, immer der Beste zu sein. Er wird sich richtig reinhängen.«

Die Frage war nur, ob das reichte? Würde es reichen, wenn er sein Bestes gab und noch viel wichtiger, würde es reichen, wenn ich mein Bestes gab?

»Ich bin müde«, murmelte ich und stand auf, »ich gehe duschen und dann ins Bett.«

»Hey.« Sie packte mich am Arm, als ich an ihr vorbeiging. »Bist du okay?«

Ich seufzte, dann schüttelte ich den Kopf. »Nein. Ich glaube, ich muss das Ganze erst mal richtig verarbeiten.« Dann präsentierte ich ihr die vom Training wunden Finger. »Und meine Blasen verarzten.«

Sie sah zu mir auf, ihre braunen Augen voller Sorge. »Ich bin immer für dich da. Das weißt du. Du musst mir nur sagen, wenn du Hilfe brauchst.«

Ich nickte und wollte weitergehen, doch sie hielt mich immer noch fest.

»Bitte, versprich mir, dass du Bescheid sagst, wenn du Hilfe brauchst. Wenn nicht mir, dann irgendwem anders.«

Langsam breitete sich ein Lächeln auf meinem Gesicht aus. »Ich wüsste echt nicht, was ich ohne dich machen sollte.«

Diesmal ließ sie mich gehen. Ich schloss die Tür hinter mir, lehnte mich dagegen und atmete erleichtert auf. Hatte sie bemerkt, dass ich ihr nicht mein Wort gegeben hatte? Denn wenn ich ehrlich war, wusste ich nicht, ob ich mich irgendjemandem anvertrauen konnte, wenn meine Zweifel überhandnahmen, nicht einmal ihr. Laut der Prophezeiung gab es niemanden außer Kieran und mir, der diese Aufgabe erfüllen konnte. Ich musste also stark genug sein. Ich musste es einfach.

Gerade als ich mich von der Tür abstoßen wollte, stieg wieder dieses Gefühl der Panik in mir auf. Es war, als würde sich Dunkelheit in meine Gedanken schleichen und die Hoffnung auslöschen. Ich riss die Augen auf und versuchte dagegen anzukämpfen, versuchte, die Entschlossenheit zurückzugewinnen, die ich eben noch gespürt hatte, doch die Dunkelheit war stärker, drohte, mich zu erdrücken. Da spürte ich etwas anderes in meinem Kopf. Es fühlte sich fast so an, wie wenn ich in den Rauschzustand glitt. Als würde die Magie mir dabei helfen, die Dunkelheit zu vertreiben. Sobald der Druck verschwand, verschwand auch die Magie und ich stand keuchend im Bad, den Rücken an die Tür gepresst, die Hände schweißnass. Was war das gewesen?

Kopfschüttelnd stieß ich mich von der Tür ab und zog mir mein schweißverklebtes Shirt über den Kopf. Wahrscheinlich war heute alles zu viel gewesen. Ich brauchte eine heiße Dusche und Schlaf, dann würde dieses Gefühl nicht zurückkehren.

Auch am nächsten Tag hatte Mandy ihre gute Laune noch nicht wiedergefunden. Das Frühstück verbrachten wir größtenteils schweigend. Mir tat von gestern jeder Muskel weh, sodass ich noch schlechter aus dem Bett gekommen war als sonst. Wenn das so weiterging, würde ich das Aufstehen in Zukunft noch mehr hassen. Wie immer setzten wir uns im Hörsaal in eine der vorderen Reihen. Alles war wie immer, bis auf die Tatsache, dass Kieran zur Begrüßung keinen dummen Kommentar machte. Das gab mir zumindest ein bisschen Hoffnung.

»So einem Blaubären möchte ich nicht begegnen«, flüsterte ich Mandy zu, als Barkley uns das Thema der heutigen Stunde vorstellte.

Ein leichtes Lächeln trat auf ihr Gesicht. »Dann sei froh, dass du nicht auf dem Land lebst.«

Es waren immer die kleinen Städte, die am meisten unter neuen Bestien litten, da es nicht genug Krieger gab, um permanent genug in den Außenposten zu stationieren.

»Immerhin sieht man das Vieh aus tausend Kilometer Entfernung kommen mit diesem leuchtendblauen Fell«, fügte sie noch hinzu.

Jetzt musste auch ich lächeln. Immerhin konnte sie schon wieder ein paar Witze mit mir reißen. Das musste ein gutes Zeichen sein.

Als ich aus dem Hörsaal trat, wartete Kieran bereits auf mich. Alle starrten uns an, während ich auf ihn zuging. Wahrscheinlich hatte es bereits die Runde gemacht, dass wir zusammenarbeiten mussten, obwohl die Prophezeiung noch nicht offiziell verkündet worden war. Begabte waren unglaubliche Tratschtanten.

»Lass uns gehen«, brummte ich, bevor ich bei ihm angekommen war.

Kieran nickte, machte auf dem Absatz kehrt und eilte mir voraus in Richtung Trainingsraum Fünf. Ich musste mir Mühe geben, um mit ihm Schritt zu halten. So, wie ich ihm gerade hinterherrannte, sahen wir nicht wie ein Team aus. Garantiert war das eins der Themen, die die anderen Studenten hinter unseren Rücken diskutierten.

Ohne ein Wort zu sagen, marschierte Kieran am Trainingsraum vorbei und durch eine mir unbekannte Tür. *Herrenumkleide*, so stand es auf dem Schild. Seufzend betrat ich die Damenumkleide. Wieder lag dort Kleidung für mich bereit. Eilig zog ich mich an. So wie Kieran heute drauf war, würde ich mir nur dumme Sprüche anhören, wenn ich nach ihm mit Umziehen fertig war.

Leider schaffte ich es nicht. Als ich mit meiner Tasche den Trainingsraum betrat, lief Kieran bereits auf der Matte hin und her und wirbelte dabei mit seinem Stock herum.

»Jetzt leg die Tasche weg, damit wir anfangen können«, schnauzte er mich sofort an.

Ich erstarrte. Empört öffnete ich den Mund. Gestern war er noch recht umgänglich gewesen. Was zur Hölle war los mit ihm? Wir mussten zusammenarbeiten, einander vertrauen. Da wäre es von Vorteil, wenn er mich nicht permanent anschnauzte.

Beth trat neben mich, die Arme in die Hüften gestemmt. »Die Arschlocheinstellung kannst du daheimlassen, Namara. Auf euch lastet viel Druck, das weiß ich. Aber das ist kein Grund für dein Verhalten.«

Kieran ließ den Stock sinken. »Entschuldigung.«

Beth warf ihm einen strengen Blick zu. »Ich hoffe für dich, dass das ernst gemeint war, sonst können wir das Ganze gleich abschreiben. Ich weiß, dass das schwer für euch ist, aber ihr müsst zusammenarbeiten, verdammt noch mal.

Oder willst du verantwortlich für hunderttausende Opfer sein? Gestern gab es wieder einen Angriff. Sechstausend Tote, Kieran. An einem einzigen Tag. Getötet von nur zwei dieser Viecher.«

»Wie wäre es, wenn ihr probiert, eure Angst in Motivation umzuwandeln?«, warf Carly ein, die auf einer der Bänke saß.

Kieran begann erneut, seinen Stock herumzuwirbeln, doch er nickte. »Lasst uns anfangen.«

»Geht doch.« Beth wandte sich mir zu. »Ich habe dir einen Spindschlüssel besorgt. Ab morgen kannst du deine Sachen also in der Umkleide unterbringen.«

Ich nickte stumm und brachte meine Tasche zu Carly, die mir freundlich zulächelte. Anscheinend musste sie wirklich bei unserem Training dabei sein. Der Sinn dahinter hatte sich mir noch nicht erschlossen. Erstattete sie dem Rat der Alchemisten Bericht?

Dann nahm ich den Stock entgegen, den Beth mir reichte. »Okay, gleiches Spiel wie gestern.« Beth klatschte in die Hände und machte eine auffordernde Handbewegung in meine Richtung.

Ich stellte mich Kieran gegenüber auf die Matte, umklammerte den Stock und hielt ihn vor mich. Von gestern schmerzte mir jeder Muskel und obwohl Kieran mich kaum angegriffen hatte, hatte ich gestern Abend drei blaue Flecken gefunden. Trotzdem würde ich mein Bestes geben. Er sollte mich nicht für schwach halten.

»Liana, du greifst Kieran an. Kieran, du verteidigst dich. Nur verteidigen, verstanden?«

Ich schluckte, als ich diesen Nachsatz hörte. Es konnte wohl kaum ein gutes Zeichen sein, dass sie ihn für nötig hielt, aber Kieran nickte, ohne den Blick von mir abzuwenden.

»Alles klar. Legt los.«

Ich atmete einmal tief durch, bevor ich ausholte und Kieran angriff. Genau wie gestern wehrte er mich mühelos ab. Immer wieder unterbrach Beth uns, um meine Haltung zu korrigieren oder mir neue Schlagtechniken beizubringen, aber besser wurde es trotzdem nicht. Kieran trainierte seit Jahren und er gehörte zu den besten seines Jahrgangs. Natürlich hatte ich keine Chance gegen ihn. Das machte es allerdings nicht weniger frustrierend. Die Blase an meinem Finger schmerzte immer mehr, ich tat mein Bestes, um sie zu ignorieren.

Je weiter die Stunde fortschritt, desto wütender drosch ich auf ihn ein, doch jedes Mal blockte er meinen Versuch ab. Schlimmer noch, meine Frustration schien ihn zu amüsieren, was mich nur noch wütender machte.

»Okay, das reicht für heute«, verkündete Beth nach einer gefühlten Ewigkeit. »Zieht euch die Jacken an. Zeit für Meditation.«

Carly übernahm die Führung, während Beth ihren Platz auf der Bank einnahm. Kieran schlug sich ähnlich schlecht wie gestern. Ich versuchte dagegen anzukämpfen, konnte aber nicht leugnen, dass mir das Genugtuung verschaffte. Ganz falsche Einstellung. Ich sollte mich darüber ärgern, wenn er scheiterte, ihn unterstützen und mich freuen, wenn er Fortschritte machte. Andererseits erschien vor meinem inneren Auge das arrogante Grinsen, das er während des Kampfes getragen hatte.

Entschlossen meinen Teil zum Training beizutragen, begann ich tief ein- und auszuatmen. Mein Herzschlag beruhigte sich, meine Gedanken wurden langsamer. Der Raum schien zu verschwinden, als meine Gliedmaßen taub wurden und ich in den Rausch glitt.

Als ich wieder zu mir kam, kniete ich hinter Kieran, die Hände auf seine Schultern gelegt.

Erschrocken riss ich die Arme zurück und ließ mich auf die Matte sinken. Ich blinzelte ein paar Mal, bis die schwarzen Flecken verschwanden.

»Was ist passiert?« Meine Stimme war kaum mehr als ein Flüstern.

»Du hattest einen Rausch«, teilte Beth mir mit.

Ich verdrehte die Augen. Das war mir bereits klar gewesen.

Carly dagegen wusste, was ich hören wollte. »Dein Rausch-Ich hat versucht, Kieran zu helfen. Sie hat auf ihn eingeredet und ihn massiert.«

Kieran drehte sich zu mir um und grinste. Natürlich grinste er. »Hätte nicht erwartet, dass du da so talentiert bist, Williams.«

Ich drückte mit Daumen und Zeigefinger gegen meinen Nasenrücken, während mir die Hitze in die Wangen schoss. Diesmal dauerte es etwas länger, bis ich mich wieder wie ich selbst fühlte. Verdammt, wie ich es hasste, die Kontrolle zu verlieren.

»Das war nicht ich.« In solchen Momenten fühlte es sich an, als würde die Magie meinen Körper missbrauchen.

»Wirklich?« Er zog eine Augenbraue hoch. »Sah exakt so aus wie du.«

Ich ließ die Hand sinken und verengte die Augen.

»Es war ihr Rausch-Ich«, korrigierte Carly, bevor ich ihm eine Beleidigung an den Kopf werfen konnte. »Das ist etwas anderes.«

Kieran sah skeptisch aus.

»Du verstehst das nicht«, knurrte ich. »Du kannst dich an deinen Rausch erinnern.«

Er gab ein verächtliches Schnauben von sich. »Ja, es ist so viel besser, wenn man mitbekommt, wie der eigene Körper sich verselbstständigt. Du hast keine Ahnung, wovon du redest, bist aber der Meinung, du weißt alles. Typisch Alchemist. Euer Getue geht mir ja so auf den …«

»Streiten nützt jetzt nichts.« Abwehrend hob Carly die Hände. »Der Rausch ist für niemanden leicht. Egal, welche Gabe er besitzt.«

Ich verschränkte die Arme vor der Brust, sah Kieran aber weiterhin an. Wie es sich wohl anfühlte, wenn der eigene Körper sich plötzlich von allein bewegte? Bei dem Gedanken lief mir ein kalter Schauer den Rücken hinunter. Aber immerhin wusste er hinterher, was passiert war.

»Für mich ist die Unwissenheit das Schlimmste am Rausch«, flüsterte ich, in einem verzweifelten Versuch, mich zu erklären.

Sein Blick wurde weicher, irgendwie sanfter. Fast schon verständnisvoll. »Manchmal wünschte ich, ich könnte vergessen, dass ich im Rausch eine Horde Bestien zerlege.«

Wieder erschauerte ich. Seinen Job wollte ich auf keinen Fall haben. Meinen leider auch nicht wirklich.

Als ich zu Carly aufsah, bemerkte ich, dass sie lächelte. »Das ist doch ein Anfang.«

In diesem Moment flog die Tür zum Trainingsraum auf und George Arlington und Susan Barnes traten ein. Während Arlington seinen lilafarbenen Medientalar trug, war Barnes in einen Hosenanzug gekleidet. Es war nicht schwer zu erkennen, wer hier das größere Ego hatte.

Arlington ignorierte Kieran und mich und wandte sich stattdessen an Beth und Carly. »Wie schlagen sie sich?«

»Ganz gut«, log Carly diplomatisch. »Sie machen schon Fortschritte.«

Arlington hob zweifelnd die Augenbrauen. »Miss Barnes ist hier, um Ihnen ein Update zu unserer Recherche zu geben. Entschuldigen Sie mich, ich habe Besseres zu tun.«

Damit drehte er sich um und rauschte zur Tür, während ich mich fragte, warum er überhaupt gekommen war. War es eine reine Machtdemonstration?

»Arschloch«, knurrte Kieran, sobald er im Gang verschwunden war.

»Na, na, Mr Namara«, tadelte Miss Barnes, »wir wollen doch nicht ausfallend werden.« Aber sie lächelte.

Kieran stand auf und streckte mir die Hand hin. Überrascht ließ ich mich von ihm auf die Beine ziehen und folgte ihm zu Miss Barnes, die uns interessiert beobachtete.

»Sie haben also neue Informationen für uns?«, fragte er, als er vor ihr anhielt.

Sie nickte, hob die Hände nur, um sie wieder sinken zu lassen, als wüsste sie nicht wohin damit. »Der gemeinsame Rausch ist schon recht lang verboten, daher ist es nicht einfach, sich durch alle Aufzeichnungen zu wühlen. Inzwischen haben wir die Anordnung gefunden, in der das bestimmt wurde. Wir haben eine Gruppe Medien darauf losgelassen, die Tag und Nacht …«

Kieran hob die Hand. »Sie versuchen abzulenken. Sie haben irgendetwas herausgefunden, dass weniger schön ist und würden es uns am liebsten nicht sagen.«

Miss Barnes senkte den Kopf.

Ich ballte die Hände zu Fäusten, in der Hoffnung, so ihr Zittern zu verstecken. »Sie haben uns versprochen, dass Sie uns alles sagen. Wir müssen die Gefahren kennen, um Sie zu meiden, Miss Barnes.«

Endlich hob sie den Kopf und sah mich an, die Lippen fest aufeinandergepresst. »Sie wissen bereits, dass der gemeinsame Rausch sehr gefährlich ist. Dass Sie den Verstand verlieren, wenn Sie es nicht richtig machen.«

Kieran und ich wechselten einen Blick, bevor wir beide nickten.

»Der gemeinsame Rausch wurde verboten, weil es in den meisten Fällen schiefgeht.« Ihre Stimme wurde immer leiser. Das Ende des Satzes war kaum noch zu verstehen.

»Was heißt in den meisten Fällen?«, hakte ich vorsichtig nach.

Barnes schloss kurz die Augen. Als sie schließlich sprach, zitterte ihre Stimme. »Neunzig Prozent.«

Neunzig Prozent. Die Zahl hallte in meinem Kopf wider. Neunzig Prozent.

»Gibt es auch Informationen, die uns helfen?«, wollte Kieran wissen.

Miss Barnes strich sich ihr kurzes braunes Haar hinters Ohr. »Vertrauen ist wirklich essenziell. Absolutes Vertrauen. Sie müssen einander gut kennen. Alle, die den gemeinsamen Rausch heil überstanden haben, waren seit Jahren eng befreundet oder bereits seit einiger Zeit ein Paar.«

Kieran verschränkte die Arme vor der Brust. »Lassen Sie mich raten. Die Zeit haben wir nicht.«

Erneut senkte Barnes den Kopf. »Jeden Tag fordern die Riesenwarane mehr Opfer. Inzwischen sind wir bei fast dreißigtausend Toten und es gibt schon wieder neue Berichte über Warane, die sich Dörfern nähern. In Sonora, Texas, New Mexico und Arizona werden bereits große Teile der Bevölkerung evakuiert, aber diesen Zustand können wir langfristig nicht aufrechterhalten. Egal, wie weit wir fliehen, die Warane werden uns verfolgen, so wie es bisher jede Bestie getan hat.« Nervös strich sie sich wieder durchs Haar, obwohl es immer noch hinter ihren Ohren lag.

»Spitzenklasse.« Kieran wandte sich ab und ging ein paar Schritte durch den Raum, während ich mich wie erstarrt fühlte.

»Vertrauen braucht Zeit«, sagte ich schließlich. »Man kann es nicht erzwingen.«

Barnes kaute auf ihrer Unterlippe herum. »Deswegen werden wir Ihr Training ausweiten. Von Ihren Wochenenden können Sie sich fürs Erste verabschieden. Sie müssen alle Zeit nutzen, die Sie haben.«

»War das alles, was Sie an Informationen haben?«, wollte Kieran wissen. »Bisher war nichts dabei, was uns hilft.«

Miss Barnes seufzte. »Es tut mir leid, Mr Namara, aber wie gesagt, es gibt nur wenige Informationen. Wir haben eine Beschreibung gefunden, wie der gemeinsame Rausch sich anfühlt, allerdings zwischen einem Medium und einem Krieger. Ein Ehepaar. Sie beschreiben den Rausch als sehr spirituelle Erfahrung, eine tiefe Verbundenheit mit der Magie.«

»Moment«, unterbrach ich sie. »Heißt das, sie konnten sich danach beide daran erinnern?« Normalerweise konnten dies weder Medien noch Alchemisten.

Miss Barnes nickte. »Ja. Wir wissen nicht, ob das daran liegt, dass ein Krieger dabei war oder ob es auch funktionieren würde, wenn ein Medium und ein Alchemist zusammenarbeiten, aber die Vermutung liegt nahe, dass auch Sie beide sich an einen gemeinsamen Rausch erinnern könnten.«

Ich starrte sie immer noch mit offenem Mund an, doch langsam breitete sich ein Lächeln auf meinem Gesicht aus.

»Freu dich nicht zu früh«, ruinierte Kieran den Moment sofort. »Erst mal müssen wir es schaffen, ohne dabei gaga zu werden.«

Ich klappte den Mund zu, wütend, dass ich ihm dafür

nicht mal einen dummen Kommentar an den Kopf werfen konnte.

»Was noch?«, fragte er Barnes.

Die verzog das Gesicht. »Leider enthält der Bericht keine genaueren Infos zum Rausch selbst. Das Medium wollte diesen Teil geheim halten. Sie schreibt, dass die Magie das so bestimmt hat.«

Ich runzelte die Stirn. Die Magie war eine Macht, die niemand verstand. Sie überraschte uns immer wieder, aber konnte sie wirklich ihren eigenen Willen haben? Wieder dachte ich an die Dunkelheit, die ich gestern gespürt hatte. Vielleicht hatten wir einfach keine Ahnung, was die Magie so alles konnte.

»Sagt das Medium etwas darüber, wie sie den Rausch heraufbeschworen haben?«, wollte Kieran wissen.

»Sie hatten kaum Probleme damit. Vermutlich, weil sie sich bereits sehr gut kannten, als sie es versucht haben. Aber sie betont, dass die persönliche Beziehung sehr wichtig ist. Man muss seinen Partner sehr gut kennen, also werden Sie sich in Zukunft auch persönlich besser kennenlernen. Ich schlage vor, dass Sie gemeinsam zu Mittag und zu Abend essen und sich dabei gegenseitig Fragen beantworten.«

Ich verschränkte die Arme vor der Brust und starrte auf den Boden. Das klang so, als würde ich in Zukunft keine Pause von Kieran bekommen. Herrlich.

»Wir haben hier eine Reihe von hilfreichen Fragen vorbereitet.« Miss Barnes zog ein Blatt Papier aus ihrer Umhängetasche und hielt es Kieran hin. Der betrachtete es, wobei seine Augenbrauen in die Höhe schossen.

»Ist das Ihr Ernst?«

Miss Barnes sah zwischen uns hin und her. »Wir dachten, das wäre vielleicht ganz nützlich für den Anfang.«

Das bezweifelte ich, doch anstatt zu widersprechen, starrte ich lieber auf meine brandneuen schwarzen Sportschuhe.

»Ach, wirklich?«, fragte Kieran. »Liana, wie hieß dein erstes Haustier?«

Ich hob den Kopf und sah Miss Barnes an. »Das ist nicht Ihr Ernst. Was soll das bitte nützen?«

»Wie … wie gesagt«, stotterte sie, »es ist nur ein Anfang. Um Ihnen den Einstieg zu erleichtern.«

»Wenn das die Hilfe ist, die wir erwarten können, dann sind wir echt im Arsch.« Kieran knüllte den Zettel zu einer Kugel und warf sie durch den Raum.

Beth spießte ihn mit einem missbilligenden Blick auf, bevor sie sich auf den Weg machte, um sie einzusammeln.

»Wir tun wirklich unser Bestes, Mr Namara«, sagte Barnes spitz. »Wenn Sie das nicht zu schätzen wissen, dann machen Sie es eben so, wie Sie es für richtig halten. Wir werden noch ein paar Tage brauchen, um unsere Recherche zu beenden. Danach werde ich noch mal vorbeikommen. Bis dahin viel Erfolg.« Damit drehte sie sich um und nahm den gleichen Weg, den Arlington genommen hatte, wenn auch nicht ganz so dramatisch.

»Super, Kieran«, sagte ich, sobald die Tür hinter ihr zugefallen war. »Wirklich klasse gemacht.« Ich deutete mit der Hand auf die Stelle, wo Barnes eben noch gestanden hatte. »Die Einzige im Rat der Medien, die uns aufrichtig unterstützt, und du musst sie vor den Kopf stoßen.«

»Ich? Ich habe sie vor den Kopf gestoßen?«, wiederholte Kieran aufgebracht und kam auf mich zu.

Ich verschränkte erneut die Arme vor der Brust und versuchte, mich möglichst groß zu machen. Trotzdem überragte er mich um mehr als einen Kopf. »Wie willst du das denn sonst nennen?«

»Ihre bescheuerte Fragenliste war ein Witz und vor ein paar Minuten hast du das noch genauso gesehen!«, brüllte er mich plötzlich an.

»Ja, aber man kann das ein bisschen diplomatischer vorbringen. Wir brauchen jede Hilfe, die wir kriegen können, jedes bisschen Information ist wichtig. Oder glaubst du ernsthaft, dass wir selbst Zeit haben, um uns durch die Archive zu wühlen?«

»Natürlich nicht, aber ist es zu viel verlangt, dass die Leute sich ein bisschen mehr Mühe geben?« Er trat einen weiteren Schritt auf mich zu. Obwohl ich den Kopf in den Nacken legen musste, um ihn anzusehen, wich ich nicht zurück. So leicht würde er mich nicht einschüchtern.

»Das reicht, ihr zwei.« Beth legte uns beiden je eine Hand auf die Schulter und drückte uns auseinander. »So kommt ihr garantiert nicht weiter. Ich denke, es ist Zeit für die Mittagspause.« Sie drückte Kieran die Papierkugel in die Hand. »Gebt dem blöden Zettel eine zweite Chance. Vielleicht hilft es ja.«

Kieran und ich starrten uns böse an. Keiner von uns bewegte sich.

»Ich sagte jetzt.« Beth hob die Stimme. »Und ich sage es nicht noch mal.«

Kieran gab ein Geräusch von sich, das fast wie ein Knurren klang, doch er setzte sich in Bewegung. Da ich keine Ahnung hatte, wo die Krieger ihre Mittagspause verbrachten, eilte ich ihm hinterher.

Als ich in den Gang stolperte, war er beinahe um die nächste Ecke verschwunden.

»Jetzt warte doch«, rief ich ihm hinterher.

Er drehte sich nicht um, aber er wurde langsamer. Wenigstens etwas.

Der Pausenraum der Krieger sah fast genauso aus wie der der Alchemisten. Eine Küchenzeile und ein paar große Tische, genau wie bei uns.

Kieran öffnete den Kühlschrank und zog zwei Packungen von irgendwas heraus.

»In ein paar Minuten ist das Training der anderen zu Ende«, teilte er mir mit. »Dann wird es hier voll. Am besten verpissen wir uns, bevor das passiert. Ich habe wirklich keinen Bock auf noch dümmere Fragen als das, was hier draufsteht.« Er hielt die Papierkugel hoch, dann steckte er sie in seine Hosentasche und zeigte mir eine der Packungen. »Ist Parmesanhähnchen mit Blumenkohl und Karotten okay?«

Ich nickte. »Klar.«

Er stellte die Packungen in den Ofen und ließ sich auf einen der Stühle fallen. »Warum stehst du da so im Eingang?«

Ich runzelte die Stirn. »Ich dachte, wir gehen gleich wieder.«

Ein leichtes Lächeln trat auf sein Gesicht. »Gutes Argument.«

Stille breitete sich aus, während wir auf unser Essen warteten. Kieran starrte auf die Tischplatte, mein Blick huschte durch den Raum. Alle paar Sekunden sah ich über die Schulter. Ich hoffte inständig, dass keiner der anderen Krieger hier auftauchte, bevor wir verschwinden konnten.

Endlich erklang der Timer, doch in diesem Moment drängte sich jemand unsanft an mir vorbei. Eine Gruppe verschwitzter Krieger stürmte in den Pausenraum. Kierans Freunde.

Ich verdrehte die Augen, während ich mich innerlich auf ihre verbalen Attacken vorbereitete.

»Hey, Kieran, haben sie dir eine Pause von der kleinen

Streberin gegönnt?«, fragte einer von ihnen und ließ sich neben Kieran fallen.

Anstatt zu antworten, zeigte der nur mit dem Finger auf mich.

Der Krieger lachte. Es war der mit den dunklen Locken und der hellbraunen Haut, mit dem er immer herumhing. »Oh, offensichtlich nicht. Mein Beileid.«

Ich hob eine Augenbraue. Natürlich hatte er mich gesehen. Er wollte mich nur provozieren.

»Entschuldigt uns.« Kieran stand auf und holte das Essen aus dem Ofen. »Wir haben zu tun. Die Welt retten, ihr versteht schon.« Er klopfte seinem Kumpel im Vorbeigehen auf die Schulter und kam auf mich zu. »Komm schon, Williams.«

Hastig folgte ich ihm den Gang entlang. Aus dem Pausenraum hörte ich Stimmen und Gelächter. Ich wollte gar nicht wissen, was sie jetzt über mich sagten.

»Ignorier Kyle«, empfahl Kieran mir. »Er ist nur neidisch, dass er nicht für diese noble Aufgabe ausgewählt wurde.«

Meine Augenbrauen schossen in die Höhe. »Noble Aufgabe?«

Kieran lachte. »Glaubst du, ich erzähle ihm, dass wir die größte Arschkarte aller Zeiten gezogen haben? Damit ich mir noch mehr dumme Sprüche anhören muss? Nein, danke. Je weniger Kyle weiß, desto besser.«

Ich runzelte die Stirn. »Ich dachte, ihr seid befreundet.«

»Sind wir«, bestätigte er teilnahmslos, als wäre dies bloß eine Tatsache.

»Warum sagst du ihm nicht die Wahrheit?« Ich konnte mir nicht vorstellen, etwas so Wichtiges vor Mandy zu verheimlichen.

Kierans Lachen klang bitter. »Du hast ja keine Ahnung.« Seine Schritte beschleunigten sich.

Ich musste joggen, um mit ihm Schritt zu halten. »Dann erkläre es mir.«

Er warf mir einen kurzen Blick über die Schulter zu. »Vielleicht später. Wenn wir mit dem dämlichen Zettel durch sind und ich das Gefühl habe, dass ich dir vertrauen kann.«

Ich schnaubte verächtlich. »Jetzt tu nicht so, als wäre das ein großes Geheimnis.«

»Trotzdem bist du neugierig.« Er führte mich eine Treppe nach der anderen hoch.

»Wohin gehen wir?«, fragte ich ihn.

»Du wirst schon sehen«, meinte er mit einem breiten Grinsen.

Seufzend folgte ich ihm weitere Treppen hinauf, bis in den obersten Stock der Akademie. Hier war ich noch nie gewesen. Er führte mich weiter, um eine Ecke bis zu einer weiteren Treppe, die an einer Falltür an der Decke endete.

Als er sie öffnete, schien mir grelles Sonnenlicht ins Gesicht.

»Wir essen auf dem Dach?« Ich folgte Kieran hinaus ins Freie und drehte mich ein paar Mal um mich selbst. Hinter uns ragte der Giebel der Vorderseite der Akademie auf, doch danach ging das Dach flach weiter.

»Hast du ein Problem damit?« Er ging das Dach entlang bis zur Kante. Kurz davor ließ er sich nieder. »Jetzt sag mir bitte nicht, dass du Höhenangst hast.«

Ich löste mich aus meiner Starre und folgte ihm. »Nein, ich hatte nur keine Ahnung, dass man hier aufs Dach kann. Dürfen wir das überhaupt?«

Er lachte. »Natürlich nicht. Kommst du jetzt endlich? Dein Essen wird kalt.« Er deutete demonstrativ auf die Packung mit meinem Essen, bevor er sie auf den Boden stellte.

Am liebsten wäre ich zurück nach unten gelaufen und nach Hause gerannt so schnell ich konnte, um mich vor der Welt zu verstecken, aber das hätte alles nur noch schlimmer gemacht. Also riss ich mich zusammen, ließ mich neben Kieran in den Schneidersitz sinken, griff nach der Packung und öffnete sie. Dampf schlug mir entgegen.

Kieran, der bereits kaute, drückte mir Messer und Gabel in die Hand.

Vorsichtig schnitt ich ein Stück Hühnchen ab. »Das ist gut«, sagte ich mit vollem Mund.

Kieran nickte, während sich Stille zwischen uns ausbreitete. Ich versuchte, so zu tun, als wäre ich vollkommen mit meinem Essen beschäftigt.

Erst als er fertig war, sprach er wieder. »Wollen wir mal sehen, was hier noch so draufsteht.« Er zog die Papierkugel aus der Tasche und strich sie vorsichtig glatt. »Was ist deine Lieblingsfarbe?«

Ich legte das Besteck in die leere Verpackung und schob sie von mir weg. »Ist das wirklich wichtig?«

Er wandte den Kopf und sah mich vorwurfsvoll an, doch der Anflug eines Lächelns umspielte seine Lippen. »Du wolltest, dass wir dieser dämlichen Liste eine Chance geben.«

»Blau.« Ich war nicht in der Lage, bei diesem Wort in seine tiefblauen Augen zu sehen. »Und deine?«

»Schwarz.« Als ich zu ihm aufsah, erkannte ich, dass er grinste. »Darauf sieht man die Blutflecken nicht so sehr.«

Ich verdrehte die Augen, musste aber trotzdem lachen. »Ist das dein Ernst?«

Er zuckte mit den Achseln. »Ehrlich gesagt, mache ich mir über so etwas gar keine Gedanken. Wozu? Bei der Bestienjagd trage ich Uniform und sonst meistens Trainingskleidung. Wieso sollte ich mir den Kopf darüber zerbrechen, welche Farbe ich gerne tragen würde, wenn ich die Wahl hätte?«

»Hm.« Erneut senkte ich den Kopf. Zum ersten Mal hatte ich den Eindruck, dass auch er nicht vollkommen glücklich mit seiner Gabe war. »Nächste Frage.«

»Die nach deinem ersten Haustier hast du noch nicht beantwortet.«

»Eine Raupe«, murmelte ich.

Wie erwartet brach er in Gelächter aus. »Ernsthaft?«

Ich starrte auf die leere Verpackung vor mir. Wie oft hatte ich mir früher gewünscht, essen zu können, bis ich wirklich randvoll war? »Dort, wo ich herkomme, ist am Ende des Monats nicht genug Geld übrig, um noch ein weiteres Lebewesen durchzufüttern. Also bin ich in den kleinen Garten hinter unserer Schule gegangen und habe eine Raupe aus einem Busch geholt und in ein altes Marmeladenglas getan. Ich habe sie mit Blättern gefüttert, bis sie sich verpuppt hat. Dann hat mein Vater gesagt, ich solle das Glas offen auf den Balkon stellen, damit der Schmetterling nicht stirbt, wenn er schlüpft.«

Stille breitete sich aus. Als ich den Kopf hob, sah ich direkt in Kierans blaue Augen.

»Vielleicht ist diese Liste doch keine so dumme Idee«, murmelte er.

»Was war dein erstes Haustier?«, fragte ich, weil ich seinen mitleidigen Blick nicht mehr ertragen konnte.

»Ich hatte nie eins. Meine Mutter ist gegen alles allergisch, was ich interessant fand. Oder sie hat so getan. Da bin ich mir immer noch nicht sicher. Sie ist kein sonderlich großer Fan von Tieren.«

Ich verkniff mir einen dummen Kommentar über den kleinen reichen Jungen, der nicht alles bekam, was er wollte.

Immerhin gab er sich Mühe. Er öffnete sich mir. Mit jeder Frage wurde mir jedoch klarer, wie verschieden wir waren.

»Wenn du auf eine einsame Insel ziehen müsstest, wer wäre die eine Person, die du mitnehmen würdest?«

»Mandy«, sagte ich wie aus der Pistole geschossen.

»Wow, da ist sich jemand sicher.« Sein Blick war auf die Liste fixiert.

Ich runzelte die Stirn. Eigentlich hatte ich einen dummen Spruch erwartet. Mandys Sexualität war kein Geheimnis, weswegen meine konstant infrage gestellt wurde.

Er ging direkt zur nächsten Frage über. »Was ist dein Lieblingsessen?«

Ich runzelte die Stirn. Hieß das, dass er niemanden hatte, den er mitnehmen wollte? Ich beschloss nicht nachzubohren. Er hätte mir sowieso nicht ehrlich geantwortet.

Wir feuerten weiter bedeutungslose Fragen hin und her.

»Ist die Liste nicht bald mal zu Ende?«, wollte ich irgendwann wissen. Bisher hatte ich nicht wirklich das Gefühl, ihm mehr zu vertrauen. Ja, ich kannte ihn jetzt besser, aber Vertrauen? Fehlanzeige.

»Letzte Frage. Wie alt warst du bei deinem ersten Kuss?«

»Oh Mann. Das steht da ernsthaft drauf? Was soll das denn bringen?«

Ich griff nach dem Zettel, doch er hielt ihn von mir weg. Misstrauisch verengte ich die Augen. »Die Frage steht nicht auf der Liste, oder?«

Er grinste nur. »Würde ich dich jemals anlügen?«

Ich legte den Kopf schief und kräuselte die Lippen. »Warum willst du das wissen? Damit du einen Egoboost bekommst, wenn du mich unterbieten kannst?«

Jetzt lachte er. »Nein, weil auf diesem Zettel keine persönlichen Fragen draufstehen. Vertrauen heißt, dass man sich dem anderen öffnet, dass man Dinge von sich Preis gibt, die einem unangenehm sind.«

Ich legte den Kopf schief. »Ist dein erster Kuss dir so peinlich?«

Er zuckte mit den Achseln.

Seufzend beschloss ich, darauf einzugehen. Als Einstiegsfrage war es nicht schlecht. »Vierzehn.«

Er nickte. »Dreizehn. Mit der Tochter unserer Köchin. Meine Mutter war entsetzt.«

Das brachte mich zum Lachen. »Kann es sein, dass deine Mutter ein Problem mit Leuten hat, die nicht aus einer langen Reihe Begabter stammen?«

»Wie kommst du nur da drauf?«, fragte er, doch wich dabei meinem Blick aus. Seine Mutter, nein, seine ganze Familie schien ein wunder Punkt zu sein.

Ich tippte auf den Core an meinem Handgelenk, um die Uhr aufzurufen. »Ist es bei den Kriegern üblich, anderthalb Stunden Mittagspause zu machen oder haben wir überzogen?«, wollte ich wissen.

Er beugte sich zu mir, um auf das Display zu sehen. Ich musste mich zusammenreißen, damit ich nicht auf seine Nähe reagierte. Bildete ich mir das ein oder strahlte sein Körper mehr Wärme aus als der anderer Menschen?

»Wir haben keine Mittagspause gemacht«, sagte er und sprang auf. »Wir haben hart an unserer Partnerschaft gearbeitet.«

Lachend ließ ich mich von ihm auf die Beine ziehen. Obwohl die Fragen größtenteils oberflächlich gewesen waren, fühlte ich mich ihm näher als zuvor. Es war merkwürdig. Bisher hatten wir uns immer nur angefeindet, jetzt lachten wir gemeinsam. Als ich vor ihm stand, hielt er meine Hand ein paar Sekunden länger fest als nötig. Ich hatte den Eindruck, dass er etwas sagen wollte, doch kein Ton kam aus seinem Mund. Ein Schauer lief mir den Rücken hinab, als er mich mit diesen unglaublich dunkelblauen Augen anstarrte.

Schließlich brach ich den Zauber, weil ich es nicht mehr ertragen konnte. Ich beugte mich hinab und sammelte unsere Essensverpackungen vom Boden auf. »Wir sollten zurückgehen. Carly und Beth warten bestimmt schon auf uns.«

Ohne ihn anzusehen, ging ich zurück zur Luke, die uns wieder in die Akademie führen würde.

Er sagte nichts, aber ich spürte, wie er mir folgte. Zurück im Gang der Krieger nahm er mir den Müll aus der Hand.

»Geh du schon mal vor.« Er wandte sich ab und machte sich auf den Weg in Richtung Pausenraum.

Ich runzelte die Stirn. Wieso war er wieder so distanziert? Bereute er, dass er mir etwas über seine Familie erzählt hatte? Dabei war es doch nicht viel gewesen. Ich verstand einfach nicht, was in seinem Kopf vorging.

»Ah, da seid ihr ja endlich wieder«, sagte Beth, als ich den Trainingsraum betrat. »Moment mal. Wo ist Kieran?«

»Müll entsorgen«, murmelte ich und ließ mich auf eine Matte fallen. »Bitte sag mir, dass wir nicht noch mehr Kampftraining machen müssen.«

Beth und Carly tauschten einen Blick. »Eigentlich war das geplant, aber wir haben eben andere Anweisungen bekommen. Die Medien sind der Überzeugung, dass es wichtiger ist, dass ihr euch besser kennenlernt, als das ihr lernt, wie der jeweils andere den Rausch heraufbeschwört.«

»Das hätte ich euch auch vorher sagen können.« Ein Knallen hallte durch den Raum, als die Tür hinter Kieran zufiel. Hastig rappelte ich mich auf und strich mir das Haar aus der Stirn.

»Immerhin wird überall betont, wie gefährlich der Rausch ist, wenn man sich nicht gut genug kennt. Es nützt uns gar nichts, wenn wir den Rausch heraufbeschwören und dabei sofort den Verstand verlieren.« Er ging auf uns zu, die Arme vor der Brust verschränkt. »Es sei denn, ein Rausch reicht und Arlington scheißt drauf, was mit uns passiert.«

Mein Magen zog sich zusammen. Der Gedanke war mir noch gar nicht gekommen. Angst breitete sich in mir aus. Nein, keine Angst. Dunkelheit. Es fühlte sich genauso an wie zuvor. Wie ein Rausch, der mich nicht in seinen Bann, sondern in die Tiefe zog. Mühsam versuchte ich dagegen anzukämpfen, doch ich war erst erfolgreich, als ich die Magie in meinem Kopf spürte.

Hastig sah ich zu den anderen, während ich versuchte, ruhig zu atmen. Keiner schien etwas bemerkt zu haben.

Carly strich sich das bonbonrosafarbene Haar aus der Stirn. »Ehrlich gesagt, bisher sah es so aus, als würde ein Rausch reichen. Deswegen wollte Arlington zuerst auch, dass ihr nicht richtig informiert werdet. Aber inzwischen haben die Interpretationen sich wohl geändert. Wir können also keine Abkürzungen nehmen. Nicht mal, wenn ihr dazu bereit wärt, euch zu opfern.«

Ein kalter Schauer lief mir den Rücken hinunter. Bisher hatte ich versucht, die Gefahren zu verdrängen. Ich hatte Angst davor gehabt zu versagen, aber nicht daran gedacht, was mich der Erfolg kosten konnte.

Ich blickte zu Kieran auf, der jetzt neben mir stand. Sein Gesicht war vollkommen ausdruckslos. Was ging in ihm vor? Hatte er auch Angst? Oder war er bereit, sich zu opfern? Als Krieger hatte er sich mit diesem Thema definitiv mehr auseinandersetzen müssen als ich. Es war selten, dass Alchemisten bei ihrer Arbeit umkamen. Krieger dagegen starben jeden Tag.

»Was ist also der neue Plan?«, fragte ich Carly.

»Vormittags Kampf- und Meditationstraining, nachmittags arbeitet ihr an eurer Beziehung.«

Kieran schnaubte verächtlich. »Das klingt irgendwie nach Therapie.«

Beth lachte, doch Carly verdrehte die Augen.

»Haben sie noch mehr komische Fragen vorbereitet?«, wollte ich wissen. Mir hatte unsere Mittagspause fürs Erste gereicht. Wenn ich auch den ganzen Nachmittag mit Kieran verbringen musste, würden wir einander vermutlich an die Gurgel gehen. Wobei ich gnadenlos verlieren würde.

»Nein, aber ich habe hier eine Liste mit Vertrauensübungen, die ihr abarbeiten sollt.« Carly hielt ein Blatt Papier hoch. »Für Morgen werden sie sich etwas Neues ausdenken. Ab jetzt bekommt ihr jeden Tag neue Aufgaben.«

»Also ist ihre Taktik, uns einfach so lange zusammenzustecken, bis es klappt?« Kieran gab ein hämisches Lachen von sich. »Normalerweise enden solche Aktionen mit Streit.«

Beth seufzte. »Wir befolgen nur unsere Anweisungen. Außerdem scheint die komische Fragenliste keine Katastrophe gewesen zu sein. Sonst wärt ihr nicht so lange weg gewesen.«

Kieran und ich wechselten einen Blick. Die Liste hatte uns zumindest dazu gebracht, ein normales Gespräch zu führen. Mit recht wenigen Beleidigungen. Für unsere Verhältnisse zumindest.

»Sie werden sich schon irgendetwas dabei gedacht haben«, sagte ich also. »Was bleibt uns anderes übrig, als es zu versuchen?«

Kieran sah zu mir herab, bevor er nickte. »Okay. Gibt es eigentlich eine Deadline?«

Carly verzog das Gesicht. »Keine Ahnung. Sie haben uns nichts Derartiges gesagt. Vielleicht heißt das aber auch nur, dass sie euch nicht unter Druck setzen wollen.«

Noch ein Gedanke, auf den ich gut verzichten konnte.

»Gut.« Kieran klatschte in die Hände. »Lasst mich raten, wir beginnen damit, uns gegenseitig zu fangen?«

»Das hast du sehr gut kombiniert.« Carly drückte Kieran das Blatt mit der Liste an Übungen in die Hand. »Viel Erfolg euch beiden. Wenn ihr mit allem durch seid, könnt ihr euch etwas zu essen holen und nach Hause.«

»Viel Erfolg.« Beth schlug Kieran im Vorbeigehen auf die Schulter. Dann folgte sie Carly zur Tür hinaus.

Kieran studierte die Liste, bevor er sie neben unserer Matte auf den Boden legte und die Arme ausstreckte.

»Lass dich fallen, Williams.«

Ich kräuselte die Lippen und er grinste.

»Vertraust du mir etwa nicht?«

»Nicht wirklich«, gab ich zu, drehte mich aber um und streckte die Arme zur Seite.

»Ich fange dich. Versprochen«, hörte ich seine tiefe Stimme in meinem Rücken.

Ich nickte, atmete einmal tief durch und ließ mich fallen. Für den Bruchteil einer Sekunde dachte ich, er hätte mich angelogen, doch dann landete ich sicher in seinen starken Armen.

»Geht doch. Noch mal.«

Erneut ließ ich mich von ihm fangen. Wir wiederholten die Übung noch ein paar Mal, bis er mich schließlich erwartungsvoll ansah. »Meinst du, du kannst mich fangen?«

Ich verzog das Gesicht. »Ich wage, es zu bezweifeln.«

Er lachte. »Wirklich beruhigend, Williams.« Aber er drehte sich um und streckte die Arme zur Seite.

Ich schaffte es tatsächlich, ihn zu fangen, doch halten konnte ich ihn nicht. Mit einem überraschten Kreischen brach ich unter seinem Gewicht zusammen. Wir landeten auf der Matte, sein Kopf in meinem Schoß. Er brach in Gelächter aus. Es dauerte ein paar Sekunden, ehe ich einstimmte.

»Das war besser als gedacht«, japste er schließlich und setzte sich auf.

»Was hast du denn erwartet? Du bist um einiges schwerer als ich.«

Er stand auf und streckte mir die Hand entgegen. »Deswegen sage ich ja, dafür hast du es gut gemacht.« Er zog mich auf die Beine. »Bereit für Versuch Nummer zwei?«

Ich zuckte mit den Achseln. »Beim ersten Mal haben wir uns nicht verletzt. Das macht Mut.«

Wir landeten noch zweimal auf der Matte, bevor Kieran beschloss, dass es reichte.

»Okay, nächste Übung.« Auf der Matte kniend streckte er die Hand nach der Liste aus, sodass er mir einen wunderbaren Ausblick auf seinen Hintern präsentierte. Hastig wandte ich den Blick ab und tat so, als hätte ich es nicht bemerkt.

»Wir müssen uns dicht voreinander stellen, uns an den Händen nehmen und nach hinten lehnen«, erklärte er.

»Na dann mal los.« Ich stand auf und streckte die Hände aus. Er ergriff sie und trat so dicht vor mich, dass wir uns fast berührten.

Ich schaffte es nicht, ihn anzusehen, doch auf seine durchtrainierte Brust zu starren, war auch nicht viel besser. Durch sein enges Shirt zeichnete sich jeder Muskel ab. Je mehr Zeit ich mit ihm verbrachte, desto mehr wollte mein Gehirn ignorieren, dass er ein Arschloch war. War das der Fortschritt, den wir brauchten oder ein Schritt in die völlig falsche Richtung?

»Nervös, Williams?« Seine Stimme war nur ein leises Flüstern, das dafür sorgte, dass sich die Härchen auf meinen Armen aufstellten.

»Das letzte Mal hast du mich auch nicht fallenlassen«, sagte ich, bemüht, überzeugt zu klingen. Doch ich zitterte.

Langsam lehnte er sich zurück. Ich tat es ihm nach, bis unsere Arme komplett gestreckt waren und nur das Gegengewicht des jeweils anderen uns hielt.

Plötzlich trat ein Grinsen auf sein Gesicht, das eine ungute Vorahnung bei mir auslöste.

Ich verengte die Augen. »Wehe.«

Bevor ich mich wieder hochziehen konnte, wurde sein Grinsen noch breiter und er ließ meine Hände los.

Wir beide landeten auf der Matte. Ich mit einem kurzen Aufschrei, er lachend.

Ich wollte wütend sein, musste aber feststellen, dass sein Lachen ansteckend war.

Ich setzte mich auf, lehnte mich in seine Richtung und stieß ihn hart gegen die Schulter. »Was sollte das denn, Arschloch?«

Er lachte immer noch und versuchte nicht einmal, meine Schläge abzuwehren. »Dein Gesichtsausdruck war zu gut.«

»Sinn der Übung war eigentlich, dass wir uns gegenseitig hochziehen«, erinnerte ich ihn.

»Dann müssen wir es wohl noch mal versuchen.« Er stand auf und zog mich auf die Beine.

Misstrauisch betrachtete ich seine ausgestreckten Hände.

Kieran legte den Kopf schief. In seinen blauen Augen lag

immer noch ein Lachen, doch er gab sich Mühe, ernst zu bleiben. »Ich lasse dich nicht noch mal fallen, versprochen.«

Seufzend griff ich nach seinen Händen. »Denk immer daran, diese Übungen sollen dafür sorgen, dass wir uns mehr vertrauen, nicht weniger.«

Er grinste, als wir uns erneut zurücklehnten, doch diesmal hielt er mich fest. Langsam zogen wir uns gegenseitig hoch, bis wir wieder viel zu nah voreinander standen. Hastig trat ich einen Schritt zurück, konnte aber nicht verhindern, dass sich ein Lächeln auf meine Lippen schlich. »Geht doch.«

Kieran hob eine Augenbraue. »Noch mal?«

Nachdem er mich auch die nächsten drei Mal nicht fallen ließ, machten wir uns an die nächste Übung. Die Liste, durch die wir uns arbeiten mussten, war lang. Die Übungen wurden immer dämlicher. Kieran gelang es, jede einzelne davon ins Lächerliche zu ziehen. Irgendwann tat mir der Bauch weh vor Lachen.

Erst als wir im Pausenraum waren und der Duft des Essens, das Kieran in den Ofen gestellt hatte, in meine Nase drang, begann mein Magen zu knurren. Laut.

Kieran lachte. »Es wird wohl Zeit, dass du etwas zwischen die Beißer bekommst.«

»Das ist es also, was ihr beide so treibt?« Kyle drängte sich an mir vorbei in den Raum. Warum musste er immer genau dann auftauchen, wenn wir auch hier waren? »Sag an, Kieran, was genau willst du ihr zwischen die Lippen schieben?«

Zu meiner großen Überraschung verdrehte Kieran die Augen. »Ich wurde für eine wichtige Mission ausgewählt, während du dich weiter mit der Punkthörnchenplage im Park herumschlagen musst und damit kommst du nicht klar. Bekomm deine Eifersucht mal in den Griff, Alter. Sonst wirst du es nie zu etwas bringen.« Obwohl der Timer noch nicht abgelaufen war, zog er unser Essen aus dem Ofen und machte sich auf den Weg zur Tür.

»Also stehst du auf die kleine Alchemistin?«, rief Kyle ihm hinterher. »Das ist erbärmlich, Namara. Wirklich erbärmlich.«

»Du bist erbärmlich«, teilte ich ihm mit, bevor ich Kieran zurück zum Trainingsraum folgte.

»Warum genau bist du mit ihm befreundet?«, fragte ich ihn, als wir uns auf einer der Matten niederließen.

Er schob mir eine der Packungen hin. »Iss. Sonst wird es kalt.«

Ich öffnete die Verpackung und spähte ins Innere. Lasagne. Diesmal schlug mir allerdings kein Dampf entgegen. Ich schob mir die erste Gabel in den Mund. »Lecker.«

Kieran attackierte seine Lasagne, ohne mich eines Blickes zu würdigen. Er hatte wieder zugemacht. Kurz zog ich in Erwägung, erneut zu fragen, aber ich hatte keine Energie mehr, um mich mit ihm zu streiten. Also schlang ich meine lauwarme Lasagne herunter. Je schneller ich fertig war, desto schneller konnte ich nach Hause.

Kieran schien den gleichen Gedanken zu verfolgen. Bevor ich die halbe Portion gegessen hatte, kratzte er schon seine Packung aus. Während ich aufaß, starrte er ins Leere und trommelte mit seinen Fingern auf die Matte.

Am liebsten hätte ich ihn dafür angeschrien, aber ich wollte den kleinen Fortschritt, den wir heute gemacht hatten, nicht wieder zerstören. Seine Freundschaft mit Kyle war offensichtlich ein wunder Punkt. War es möglich, dass er ihn in Wirklichkeit gar nicht leiden konnte und nur mit ihm abhing, weil er ebenfalls zu den Besten gehörte? Genau wie Kieran stammte er aus einer langen Ahnenreihe an Kriegern. Bisher wusste ich noch nicht viel über seine Familie, aber nach dem, was er bisher über seine Mutter erzählt hatte, zogen sie es vor, unter sich zu bleiben.

Ich hatte jahrelang dabei zugesehen, wie Kieran, Kyle und die anderen Krieger uns Alchemisten piesackten. Kieran hatte immer bereitwillig mitgemacht. War es das erste Mal, dass er selbst solche Anfeindungen zu spüren bekam, jetzt, da er gezwungen war, mit einer Alchemistin zusammenzuarbeiten? Vielleicht würde er so endlich verstehen, was er damit anrichtete.

Sobald ich aufgegessen hatte, schnappte Kieran sich meine leere Verpackung und verschwand aus dem Trainingsraum.

Ich starrte noch einige Zeit lang auf die Tür, die er hinter sich zugeknallt hatte, bevor ich mich wieder bewegen konnte. Kopfschüttelnd machte ich mich auf den Weg zur Damenumkleide, um zu duschen.

Es waren erst zwei Tage vergangen, aber Kieran Namara trieb mich bereits in den Wahnsinn. Wenn er sich nicht bald änderte, würden wir nie weiterkommen. Wir würden nie einen gemeinsamen Rausch heraufbeschwören, ohne den Verstand zu verlieren. Wir würden es nie schaffen, die Riesenwarane zu besiegen, und es würde noch mehr Tote geben. Dreißigtausend Tote. Millionen waren bereits evakuiert worden. Alle, die in den Risikogebieten blieben, schwebten in Lebensgefahr, aber sie mussten die nationale Lebensmittelversorgung sicherstellen. Wenn wir zuließen, dass sich die Warane weiter vermehrten, würden sie uns vernichten.

Wieder stahl die Dunkelheit sich in meine Gedanken und drohte, mich zu ersticken, bevor die Magie sie verdrängte. Es passierte immer, wenn ich zu zweifeln begann. Dann musste es aus mir selbst kommen, oder? Meine Zweifel waren es, die dieses Gefühl in mir auslösten. Ich musste mich zusammenreißen, sonst würden wir es nie schaffen.

Ich stellte mich unter das heiße Wasser und wusch mir den Schweiß aus den Haaren. Vielleicht würde Kieran sich über Nacht genau die gleichen Gedanken machen und sich morgen wieder mehr Mühe geben. Vielleicht war es auch zu viel, von ihm zu erwarten, dass er mir alles anvertraute. Wir brauchten Zeit, auch wenn uns diese wie Sand zwischen den Fingern zerrann. Ich musste aufhören, uns so sehr unter Druck zu setzen. Es war richtig gewesen, nicht weiter nachzufragen. Ich musste nachsichtiger mit ihm sein. Wäre die Situation umgekehrt gewesen, hätte ich die Frage wahrscheinlich auch nicht beantwortet. Ich erwartete zu viel von uns beiden. Wir brauchten Zeit.

Zeit, die wir nicht haben, wisperte eine Stimme in meinem Kopf, doch ich brachte sie energisch zum Schweigen. Die Magie hatte uns auserwählt. Ich musste daran glauben, dass sie uns auch die Kraft geben würde, unsere Aufgabe zu erfüllen.

Kapitel 5

»Ein Escape-Room?«, wiederholte ich, als Carly uns am Freitag unsere nächste Aufgabe erklärte.

»Gestern war Vertrauen dran, heute Teamwork. Was kommt morgen? Intimität?«, wollte Kieran wissen, die Arme vor der Brust verschränkt.

»Ich hoffe nicht.« Allein bei dem Gedanken daran, was Kieran sich unter Intimität vorstellte, lief mir ein Schauer über den Rücken. Doch ich konnte nicht so ganz einschätzen, ob auf die gute oder die schlechte Art.

»Das ist eine hervorragende Übung, um euch beizubringen, wie ihr zusammenarbeitet. Beim Kampftraining arbeitet ihr gegeneinander. Daher ist das ein guter Ausgleich und jetzt will ich nichts mehr hören. Ab!« Energisch deutete Beth in Richtung Tür.

Kierans Laune hatte sich seit gestern Abend nicht geändert. Bei unserem Stockkampf war er viel gröber mit mir umgegangen als bisher. Beth hatte ihn mehrmals ermahnen müssen. Trotzdem hatte ich einige blaue Flecken davongetragen.

Beth führte uns in einen Raum im Medientrakt.

»Ich nehme mal an, hier sieht es sonst anders aus«, mutmaßte ich, als sie die Tür öffnete. Anstatt der Matten und Bänke war ein Labor errichtet worden. »Beim Aufbau war offensichtlich kein Alchemist beteiligt«, stellte ich fest, als ich die Glasgeräte sah, die völlig sinnfrei zusammengesetzt waren.

»Es geht hier nicht um Authentizität.« Vor mir tauchte ein Medium auf, das offensichtlich nicht begeistert von meiner Kritik war.

Ich deutete auf eine Reihe von Erlenmeyerkolben, die mit verschiedenfarbigen Flüssigkeiten gefüllt waren. »Soll es nur hübsch bunt sein?«

Das Medium biss die Zähne zusammen. »Sie haben eine Stunde Zeit, sich zu befreien. Hier sind die Anweisungen.« Damit drückte er mir einen Zettel in die Hand und verließ den Raum. Hinter ihm hörte ich, wie das Schloss klickte. Wir waren eingesperrt.

Kieran riss mir den Zettel aus der Hand, bevor ich auch nur ein Wort lesen konnte.

Ich verdrehte die Augen. Das fing ja super an.

»Es ist ein Rätsel. Fünf Häuser stehen nebeneinander. Dort wohnen fünf Menschen fünf unterschiedlicher Nationalitäten, die fünf unterschiedliche Haustiere haben, fünf unterschiedliche Getränke trinken und fünf unterschiedliche Mahlzeiten essen. Darunter steht eine Reihe von Hinweisen. Das Haus, in dem Spaghetti gegessen wird, enthält den nächsten Hinweis.« Er schüttelte den Kopf. »Was für ein Haus? Ich sehe hier keine Häuser.«

Langsam drehte ich mich im Kreis und ließ meinen Blick über die Wände schweifen. »Da!« Ich deutete auf eine Reihe von Bildern neben der Tür. Sie zeigten fünf verschiedenfarbige Häuser.

»Super.« Kieran drückte mir den Zettel mit den Anweisungen in die Hand und ging darauf zu. »Dann reißen wir sie am besten alle von der Wand.«

»Hey.« Ich packte ihn am Arm. »Sie werden es uns garantiert nicht so einfach machen. Wenn wir das falsche Bild von der Wand nehmen, passiert bestimmt irgendetwas.«

Kieran verdrehte die Augen. »Stell dich nicht so an.«

Er griff nach dem Bild mit dem grünen Haus und riss es von seinem Haken. Sofort erklang ein lauter Sirenenton und aus der Decke schoss eine ordentliche Ladung Wasser, die Kieran erwischte.

Ich schlug eine Hand vor den Mund, hatte aber große Mühe, ein Lachen zu unterdrücken. »Offensichtlich haben Sie die Sprinkleranlage vom Feueralarm umfunktioniert.«

Kieran drehte sich zu mir um, kochend vor Wut. Fast erwartete ich, dass das Wasser auf seiner Haut verdampfte.

»Hör auf zu lachen«, knurrte er, was mich nur mehr kichern ließ.

»Tut mir leid, aber du bist pitschnass.« Ich fügte nicht hinzu, dass er das hätte vermeiden können, wenn er nur auf mich gehört hätte.

»Können wir jetzt endlich dieses dämliche Rätsel lösen? Je schneller wir hier rauskommen, desto schneller kann ich mir etwas Trockenes anziehen.«

Ich presste die Lippen aufeinander, konnte mein Grinsen allerdings nicht verstecken. »Klar. Siehst du hier irgendwo einen Stift?«

Kieran drehte sich um die eigene Achse, wobei er Wasser um sich herum verteilte. Schließlich entdeckte er einen Bleistift auf einem der Regale und drückte ihn mir in die Hand. Ich las mir die Hinweise durch, bevor ich fünf kleine Häuser unten auf den Zettel malte und begann, die Dinge zuzuordnen. Kieran sah mir über die Schulter, während ich vor mich hin murmelte. Die Farben waren einfach, aber danach wurde es kniffliger. Ich notierte mir die verschiedenen Kombinationen, die die Hinweise mir gaben und versuchte, logisch zu kombinieren. Ich strich Getränke durch, strich Nationalitäten durch, redete vor mich hin. Die ganze Zeit sagte Kieran kein einziges Wort. Ein paar Mal steckte ich fest, doch er machte keine Anstalten, mir zu helfen. Traute er sich nicht oder hatte er einfach keine Lust nachzudenken?

»Das blaue Haus«, sagte ich schließlich. »Im blauen Haus werden Spaghetti gegessen.«

Als Kieran diesmal das Bild von der Wand nahm, passierte nichts. Er drehte es um und löste einen Zettel von der Rückseite.

»Was ihr sucht, findet sich dort, wo der tapfere Krieger seine größte Niederlage erlitt«, las er vor.

»Tapferer Krieger«, murmelte ich, während ich mich im Raum umsah, »größte Niederlage.«

Ich hatte keine Ahnung, was gemeint sein könnte. Kieran dagegen ging zielstrebig auf das Regal am anderen Ende des Raumes zu und zog eine kleine Eiffelturmfigur hervor.

»Vor drei Jahren musste John Hart in Paris ganz allein gegen ein Rudel Schuppenwölfe kämpfen. Er hat nicht überlebt.« Er drehte den Eiffelturm in der Hand und betrachtete den Sockel. Dann grub er die Fingernägel hinein und zog am Boden. »Das muss doch irgendwie aufgehen.«

Ich trat auf ihn zu. »Bestimmt gibt es irgendwo eine Stelle, an der man drücken muss.«

Kieran musterte den Sockel eingehend. Dann hob er den Arm und warf die Figur mit Wucht auf den Boden. Splitternd brach der Sockel auf und ein Zettel fiel heraus.

»Gefunden«, verkündete er.

Ich warf ihm einen vorwurfsvollen Blick zu.

»Was? Hat doch funktioniert.« Er hob den Zettel auf. »Es ist ein Zahlencode.«

Sofort sah ich mich im Raum nach etwas um, wo man Zahlen eingeben konnte. »Das Telefon!«

Wir hasteten zu dem Telefon auf dem Tisch mit den bunten Erlenmeyerkolben. Kieran gab die Zahlen ein und hielt sich den Hörer ans Ohr. Ich stellte mich auf die Zehenspitzen, um mithören zu können. »Was ihr sucht, findet ihr hinter dem Regenbogen, bei sechs bis acht, wo rot zu gelb und gelb zu blau wird.«

»Was?« Kieran ließ den Hörer sinken. »Was für ein Regenbogen? Meinen die die Dinger da?« Er deutet auf die Erlenmeyerkolben.

Ich sah mich im Raum um, konnte aber nichts anderes entdecken, das vergleichsweise bunt war.

»Bei sechs bis acht«, murmelte ich, während ich die Erlenmeyerkolben betrachtete, »wo rot zu gelb und gelb zu blau wird.«

»Wie soll sich durch eine Zahl eine Farbe ändern?«, hörte ich Kieran hinter mir fragen.

»Rot zu gelb und gelb zu blau«, wiederholte ich und griff nach dem Kolben mit der roten und dem mit der gelben Flüssigkeit. Indikatoren. Farbstoffe, die ihre Farbe änderten, und zwar abhängig vom pH-Wert, einer Zahl.

»Hast du einen Geistesblitz oder stellst du ein Werbefoto für Alchemie nach?«, fragte Kieran.

Ich sah von den bunten Kolben in meiner Hand auf »Das sind Indikatoren. Methylrot«, ich hielt ihm den Kolben mit der roten Flüssigkeit hin, »ändert die Farbe von rot nach gelb bei einem pH-Wert von sechs. Und Bromthymolblau«, ich hielt den anderen Kolben hoch, »ändert die Farbe von gelb nach blau bei einem pH-Wert von acht.«

Kieran runzelte die Stirn. »Ich dachte, euch wird nichts über die veralteten Naturwissenschaften beigebracht, weil jetzt sowieso alles anders ist.«

»Wir verstehen die Erfindungen der letzten hundert Jahre nicht«, antwortete ich, »aber wir lernen die wichtigsten Dinge aus der Zeit vor der Magie. Indikatoren waren der Magie offensichtlich schon bunt genug. Sie hat nichts daran verändert.« Ich wandte mich wieder den Kolben zu. »Jetzt wissen wir also, welche Kolben wir brauchen, aber was genau ist mit hinter dem Regenbogen gemeint?«

Kieran nahm mir den Kolben mit Bromthymolblau aus der Hand und schleuderte die Flüssigkeit an die Wand hinter dem Tisch. Dort, wo der Indikator hinunterlief, erschienen blaue Buchstaben.

Kieran grinste. »Tada.«

Ich verdrehte die Augen. »Sehr subtil.«

»Aber es hat funktioniert und das ist die Hauptsache.« Er trat näher an die Wand. »Des Rätsels Lösung ist ganz nah. Die Gabe offenbart die Kraft, die bei Traurigkeit Abhilfe schafft.«

»Die bei Traurigkeit Abhilfe schafft?«, wiederholte ich. Welche Gabe war damit gemeint? Meine Gabe half mir nie gegen Traurigkeit. Im Gegenteil.

Kieran starrte immer noch auf den Text.

»Die einzigen Bestien, die ich kenne, die Traurigkeit auslösen, sind Killerpuffs, aber die kann man sehr einfach besiegen. Sie haben keine Panzerung und gegen ihr Gift gibt es ein Medikament.«

»Da ist ein Killerpuffkuscheltier.« Ich lief auf das Regal zu, in dem ich die kleine Figur entdeckt hatte. Als die Killerpuffs zum ersten Mal aufgetaucht waren, wurden diese Spielzeuge tonnenweise hergestellt. Sobald die Wirkung ihres Gifts allerdings bekannt wurde, waren sie eingesammelt und der Verkauf verboten worden. Niemand wollte riskieren, dass Kinder die Gefahr unterschätzten.

Ich tastete das kleine Fellknäuel ab. »Da ist irgendetwas Hartes drin.«

Kieran nahm es mir aus der Hand und riss es auf. Watte flog umher, als er etwas aus dem Inneren zog. Der Schlüssel zur Tür. Triumphierend grinste er mich an. »Bingo.«

Das Medium, das uns hier eingeschlossen hatte, war nicht begeistert von unserer Leistung. »Sechsundfünfzig Minuten. Ich hätte mehr von ihnen erwartet.«

»Das sagen Sie nur, weil Sie beleidigt sind, dass Liana aufgefallen ist, dass sie keine Ahnung von Wissenschaft haben«, teilte Kieran ihm mit.

Das Medium spitzte die Lippen und machte sich ein paar Notizen auf seinem Klemmbrett. »Seien Sie nicht albern, Mr Namara. Wir sind fertig hier. Sie können gehen.«

Kieran gab ein hämisches Lachen von sich. »Wer ist hier albern?« Er wandte sich ab und ging den Gang zurück zum Kriegertrakt. Ich wartete vor der Herrenumkleide, während er sich trockene Sachen anzog. Dann folgte ihm durch die Tür zu Trainingsraum Fünf. Drinnen warteten Carly und Beth bereits auf uns.

»Und habt ihr es geschafft?« Carly sprang von der Matte auf, auf der sie und Beth gesessen hatten.

Ich nickte. Carly klatschte begeistert in die Hände. »Super! Gut gemacht. Die Rätsel waren wirklich nicht einfach.«

»Das arrogante Medium mit dem Klemmbrett hat das anders gesehen«, teilte Kieran ihr mit.

Carly verdrehte die Augen und machte eine wegwerfende Handbewegung. »Ach, Matt. Der lässt nie ein gutes Haar an jemandem.«

»Was steht als nächstes auf dem Plan?« In der Hoffnung, wenigstens eine kurze Pause zu bekommen, setzte ich mich neben Beth auf die Matte.

»Wir haben gerade erfahren, was eure Aufgabe für morgen ist.« Aus irgendeinem Grund schien sie ihre Füße gerade sehr interessant zu finden.

»Warum habe ich das Gefühl, dass mir die nächste Aufgabe nicht gefallen wird?«

Beth seufzte. »Du sollst morgen mit Kieran und seiner Truppe auf Bestienjagd gehen.«

Kieran brach in Gelächter aus. »Ist das euer Ernst?«

Ich warf ihm den bösesten Blick zu, den ich zustande brachte, obwohl er nicht gerade falschlag. Nach drei Tagen Kampftraining war ich auf keinen Fall gut genug, um Bestien zu jagen, ganz zu schweigen davon, dass ich die Kriegergabe nicht besaß.

»Es soll euch helfen, einander besser zu verstehen.« Beth kratzte sich am Kopf und verzog das Gesicht. Sie sah nicht gerade überzeugt aus. »Und am Sonntag wird Kieran dann bei dir im Labor sein, um dir beim Arbeiten zuzusehen.«

Die Vorstellung, Kieran in meinem Labor zu haben, war merkwürdig, aber nicht so schrecklich wie die, dass ich auf Bestienjagd gehen musste. Meine Augenbrauen zogen sich zusammen. »Mit dem Unterschied, dass meine Arbeit für gewöhnlich nicht lebensgefährlich ist.«

»Was denken sie sich dabei?« Kieran begann, neben der Matte auf- und abzugehen. »Liana hat quasi kein Kampftraining und was noch viel wichtiger ist, sie ist Alchemistin. Es ist unverantwortlich, jemanden ohne Kriegergabe auf Bestienjagd zu schicken. Ich dachte, der Sinn dieses Training ist es, uns zu beschützen.«

Abwehrend hob Beth die Hände. »Ihr werdet natürlich nicht an einer gefährlichen Stelle eingesetzt.«

»Es kann überall gefährlich sein, wenn Bestien unterwegs sind«, stieß Kieran zwischen zusammengebissenen Zähnen hervor.

»Die Mission wird am Tag sein, in der Stadt. Es wird so sicher wie möglich sein.«

Kieran blieb stehen und verschränkte die Arme vor der Brust. »Lass mich raten. Die Punkthörnchenplage im Park?«

Ein Lächeln trat auf ihr Gesicht. »Exakt und dazu an einer weniger befallenen Stelle. Ich sehe keinen Sinn dahinter, aber es sollte wirklich relativ sicher sein.«

»Kann es kaum erwarten«, brummte ich.

Ich mit einer Gruppe arroganter Krieger und einer Horde Punkthörnchen. Was konnte schon schiefgehen?

Kapitel 6

»Ernsthaft? Wir müssen eine Alchemistin mitnehmen? Was zur Hölle soll der Scheiß?« Kyle nahm die Nachricht, dass ich die Krieger begleiten würde, besser auf als erwartet.

»Es soll ihr helfen, uns besser zu verstehen, damit wir unsere Aufgabe erfüllen können«, erklärte Kieran, »und jetzt will ich nichts mehr darüber hören.«

»Du hast uns immer noch nicht gesagt, was eure Aufgabe eigentlich ist.« Eine Kriegerin mit hüftlangen blonden Haaren verschränkte die Arme vor der Brust und sah Kieran herausfordernd an.

»Weil ich es nicht darf, Charlotte. Wie oft noch?«, knurrte Kieran. »Können wir jetzt endlich los? Wir sind schon spät genug dran.«

»Wenn es sein muss.« Charlotte warf mir einen verachtenden Blick zu, dann drängte sie sich an mir vorbei ins Freie.

Ich sah an der schwarzen Uniform hinab, die mir heute Morgen gegeben worden war.

»Der Stoff ist sehr widerstandsfähig«, hatte Beth mir erklärt. »Er hält sogar Punkthörnchenbisse aus.«

Nur meine Alchemistenbrosche verkündete, dass ich keine Kriegerin war.

»Hier.« Kieran drückte mir einen Holzstock in die Hand. »Mit einem Schwert würdest du dir nur wehtun.«

»Vielen Dank auch«, murmelte ich, obwohl er vermutlich richtig lag. Kritisch betrachtete ich den Stock. Besser als nichts. Im Gegensatz zu mir waren die Krieger bis an die Zähne bewaffnet, doch bei Bestien wusste man nie. Schwerter, Dolche, Pistolen, Giftpfeile. Jede Bestie verlangte nach einer anderen Waffe. Sie konnten gegen die merkwürdigsten Sachen immun sein und die seltsamsten Schwachstellen haben. Eine der wenigen Waffen, die breit einsetzbar waren, waren die schillernden Schwerter, die die Krieger an der Hüfte trugen. Niemand wusste, woraus genau die Legierung bestand, aus der sie geschmiedet wurden. Niemand außer Alchemisten im Rausch.

»Wozu benutzt ihr überhaupt die Schwerter?«, wollte ich wissen. »Wären Pistolen nicht einfacher?«

»In der Stadt dürfen wir Schusswaffen nur im äußersten Notfall einsetzen, um Kollateralschäden möglichst gering zu halten. Punkthörnchen sind klein und flink. Da schießt man schnell vorbei«, erklärte Kieran mir, während er seine Waffen kontrollierte. »Mit den Schwertern erwischt man sie ohnehin besser.«

Kollateralschäden. Welch emotionslose Beschreibung für Menschenleben.

Der Großteil der Munition für die Schusswaffen bestand aus derselben Legierung wie die Schwerter, erinnerte ich mich, da Alchemisten über die gängigsten Waffen Bescheid wissen mussten. Außerdem wurden sie mit Giften befüllt. Entweder ein bestimmtes, das für eine Bestie vorgesehen war, oder ein Cocktail, der gegen möglichst viel wirkte. Ein Mensch würde selbst an einem Streifschuss sterben.

»Kommst du?« Kieran riss mich aus meinen Gedanken. Er und die anderen Krieger hatten bereits den Fuß der Marmortreppe der Akademie erreicht.

Ich schüttelte mich kurz, bevor ich ihnen folgte.

»Na, das fängt ja super an«, brummte Charlotte.

Da konnte ich ihr nicht widersprechen, auch wenn meine Gründe andere waren.

Kieran packte mich am Arm und zog mich in die Gruppe. »Bleib in unserer Mitte, egal, was passiert«, befahl er mir, »und bitte versuch nicht, die Heldin zu spielen.«

»Das hatte ich nicht vor.« Für wie blöd hielt er mich? Punkthörnchen gehörten längst nicht zu den gefährlichsten Bestien, aber auf einen Haufen Bisswunden und eine Blutvergiftung konnte ich gut verzichten. Ihre Bisse entzündeten sich. Immer. Ich hatte keine Lust, die nächste Woche im Krankenhaus zu verbringen.

Mit mir waren wir zu siebt, was mir etwas übertrieben für einen einfachen Einsatz erschien. Vermutlich war die Gruppe meinetwegen vergrößert worden und ich stahl damit einigen von ihnen ihren freien Tag. Deshalb sah Charlotte mich wohl so finster an.

Während des gesamten Weges sagte niemand ein Wort. Offensichtlich hatte ich der Truppe die Stimmung verhagelt. Wenn ich bedachte, wie laut die Krieger sonst immer waren, konnte ich mir kaum vorstellen, dass sie bei der Arbeit plötzlich schwiegen.

Der befallene Park lag am Rand des Begabtenviertels. Normalerweise war er voll von Nicht-Begabten aus dem angrenzenden Stadtteil, doch seit die Bestien Einzug gehalten hatten, war alles menschenleer. Während der vergangenen Woche hatten die Krieger die Plage bereits deutlich dezimiert, doch gerade die letzten Punkthörnchen hatten sich überall in den Bäumen versteckt.

»Fangen wir an«, brummte Kieran und trat den anderen voran auf den Rasen.

Das einzig Gute an Punkthörnchen war, dass sie sich

immer bei Waldbeständen und großen Grünflächen aufhielten. Wie sie allerdings in die Stadt gekommen waren, wusste niemand so genau. Es gab die Theorie, dass ein Kind ein Junges gefunden haben könnte und es hergebracht hatte, aber dafür gab es keine Beweise. Im Grunde war es auch egal. Das Problem war da, also musste es beseitigt werden.

»Hey, Giftmischerin.«

Ich zuckte zusammen, als Kyle direkt vor meinen Augen mit den Fingern schnipste.

»Hör auf zu träumen.«

Ich warf ihm einen bösen Blick zu, sagte aber nichts. Wenn alles so lief wie geplant, konnte ich so viel träumen, wie ich wollte und es würde mich kein einziges Punkthörnchen erwischen.

Die Krieger, die sich im Kreis um mich verteilt hatten, hielten aufmerksam nach allen Seiten Ausschau, aber noch war es ruhig.

»Die letzte Truppe hat von einer besonders großen Population dort hinten gesprochen.« Charlotte deutete auf eine ausladende Eiche einige hundert Meter entfernt.

Kieran nickte. »Dann gucken wir uns das mal an.«

Vorsichtig schlichen wir uns näher an den Baum heran. Jetzt schweiften meine Gedanken nicht mehr ab. Sie klebten förmlich an der Eiche, auf der Suche nach der kleinsten Bewegung oder einem Blitzer bunten Fells.

»Kyle«, sagte Kieran, als wir einige Meter vor den Wurzeln anhielten. Synchron zogen die Krieger ihre Schwerter.

Kyle zog zusätzlich eine Pfeife aus der Tasche. Punkthörnchen hassten hohe, schrille Töne. Die Pfeife würde sie aus ihrem Versteck locken. Und aggressiv machen. Ich hoffte inständig, dass die Krieger wussten, was sie taten.

Kyle setzte die Pfeife an die Lippen und blies hinein.

Obwohl ich das Geräusch erwartet hatte, zuckte ich zusammen. Es dauerte nur ein paar Sekunden, bis es in der Eiche raschelte. Ein halbes Dutzend Punkthörnchen in den verschiedensten Farben rannte den Stamm herunter und sprang fauchend auf uns zu.

Wie gebannt starrte ich auf die pelzigen Wesen. Bisher kannte ich sie nur von Bildern aus dem Unterricht. Kieran hob sein Schwert und teilte das gelbgrüne Punkthörnchen, das ihn angriff, in der Mitte.

Ich spürte, wie mir die Galle hochkam, als die beiden Leichenteile durch die Luft flogen, aber ich hielt die Augen offen. Nicht zu wissen, was vor sich ging, musste noch schlimmer sein.

Charlotte sah kurz über die Schulter zu mir. Ihre Augen waren klar, fokussierten sich auf mich anstatt auf die Bestien. War es bei einer kleinen Bedrohung nicht nötig, sich in den Rausch zu versetzen, oder hatte sie ein Problem?

Sie wandte sich wieder den Angreifern zu. Doch als ein pinkes Punkthörnchen sie ansprang, attackierte sie es nicht, sondern trat zur Seite.

Fauchend landete es zwischen uns, wo es sofort zum nächsten Sprung ansetzte.

Ich dachte nicht nach. Ich holte einfach mit dem Stock aus, genau wie ich es die letzten Tage im Training gemacht hatte. Der Stock vibrierte in meiner Hand, als ich das Punkthörnchen von mir wegschleuderte. Es landete vor mir im Gras, der kleine pinke Körper bewegungslos. Hatte ich es getötet?

Sofort sauste ein Schwert hinab und durchtrennte es. Ich unterdrückte ein Würgen. Jetzt war es definitiv tot, doch irgendwie konnte ich mich nicht darüber freuen.

Ich hob den Kopf und sah in Kierans blaue Augen. Sie

waren weit aufgerissen, ihr Blick glasig. Fast schien es, als würde er durch mich hindurchblicken. Er war im Rausch. Fast sofort wirbelte er wieder herum und zerteilte das nächste Punkthörnchen. Erst jetzt realisierte ich, wie sehr er sich im Training zurückhielt. Seine Bewegungen waren fast unmenschlich schnell. Er schien instinktiv zu wissen, von wo das nächste Punkthörnchen angriff, hieb mit dem Schwert, ohne hinzusehen.

Schließlich rührte sich keins der Punkthörnchen mehr. Kein Rascheln war mehr in der Eiche zu hören. Schweigend säuberten die Krieger ihre Klingen, bevor sie die Waffen wegsteckten.

Bloß Kieran ging auf Charlotte zu, krallte die Hand in ihre Uniformjacke und zog sie zu sich heran. Sein Blick war jetzt wieder klar. Die Bestien waren tot und die Magie hatte ihn freigegeben.

»Was zur Hölle sollte das?« Seine Stimme hallte durch den leeren Park.

»Ich weiß nicht, wovon du redest«, antwortete Charlotte spitz.

»Verarsch mich nicht, Lincoln«, knurrte er, sein Gesicht ganz nah an ihrem. »Du bist absichtlich zur Seite getreten. Du hast zugelassen, dass das Punkthörnchen Liana angreift.«

Kierans Stimme schüchterte mich ein, obwohl seine Wut gar nicht gegen mich gerichtet war. Auf Charlotte schien er nicht die gleiche Wirkung zu haben.

Sie zuckte die Achseln. »Und? Ist doch nichts passiert.«

»Das ist nicht der Punkt und das weißt du genau. Du hast eine Anweisung missachtet und eine von uns in Gefahr gebracht.«

»Eine von uns?«, wiederholte sie und warf mir einen hasserfüllten Blick zu. »Sie ist keine von uns, Kieran. Scherst du dich ernsthaft um die kleine Giftmischerin?«

Kierans Gesicht war wutverzerrt. »Ich brauche sie, falls du es noch nicht mitgekriegt hast. Ohne sie kann ich meine Aufgabe nicht erfüllen und dann sind wir alle im Arsch.«

Sie versuchte, sich aus seinem Griff zu winden, doch er hielt sie fest. »Ach ja richtig, die mysteriöse Aufgabe, mit der du seit Tagen angibst. Langsam glaube ich, dass du dich wichtigmachen willst. *Ich darf euch nichts davon erzählen. Der Rat der Medien hat es verboten*«, äffte sie ihn nach. »Seit wann inte [illegible] dich dafür, was der Rat der Medien sagt, Kier [illegible]

Wenn [illegible] mir durch den Kopf. Kieran [illegible] chts. Stattdessen stieß er sie [illegible] s im Gras landete. Er wandt [illegible] uf mich zu. Mit seinem Schwer [illegible] Krieger.

»So [illegible] ute nicht mehr unter die Augen tri [illegible]

Er packte mich [illegible] d zog mich in Richtung des Ausgangs. »Au, Kieran, was soll das?«, beschwerte ich mich.

Er lockerte sofort seinen Griff, entschuldigte sich aber nicht. »Die Demonstration ist für heute beendet. Wir gehen zurück zur Akademie.«

Dagegen hatte ich absolut nichts einzuwenden, doch ich entriss ihm entschlossen meinen Arm. »Ich kann allein laufen, danke.«

Er sah zu mir hinab. Langsam wich die Wut aus seinen Augen. »Bist du verletzt?«

Ich schüttelte den Kopf.

»Du hast gut reagiert. Respekt.«

Hatte er mir gerade ein Kompliment gemacht?

Stumm legten wir den Weg zur Akademie zurück. Dort angekommen führte er mich geradewegs zu den Umkleiden der Krieger.

Ich sah an meiner schwarzen Uniform herab. Kein Fleck war darauf zu erkennen, aber ich hatte den dumpfen Verdacht, dass das täuschte. Also zog ich die Sachen aus und stopfte sie in einen der Wäschekörbe. Ich hatte keine Ahnung, ob die Akademie die Uniformen wusch, aber es war mir egal. Die Uniform war sowieso geliehen und ich hatte absolut kein Problem damit, wenn ich sie nie wieder überziehen musste.

Das Wasser der Dusche prasselte heiß auf meine Haut. Ich schloss die Augen und hielt den Kopf unter den Strahl. Bilder schossen durch meinen Kopf, Bilder von zerhackten Punkthörnchen. Bilder davon, was passiert wäre, wenn ich das Punkthörnchen nicht getroffen hätte, wenn es mich gebissen hätte. Es hieß, die Schmerzen waren fast unerträglich, auch wenn ihr Gift nicht sehr gefährlich war. Ich hätte am Boden gelegen und mich darauf verlassen müssen, dass die Krieger mich beschützten. Mir fiel schon mal eine ein, die sicher keinen Finger gerührt hätte. Charlotte. Was war ihr Problem mit mir? Krieger und Alchemisten konnten sich von Natur aus nicht ausstehen, aber keiner der anderen hatte sich so verhalten wie sie. Keiner der anderen hatte mich absichtlich in Gefahr gebracht. Sie hatten ihren Job gemacht, obwohl ihnen meine Anwesenheit nicht gefallen hatte.

Immerhin hatte ich jetzt ein Gegenargument, wenn der Rat der Medien mich wieder mit den Kriegern losschicken wollte. Erneut sah ich zerstückelte Punkthörnchen vor meinem inneren Auge und musste ein Würgen unterdrücken. Ich war nicht für die Bestienjagd gemacht. Wozu auch? Ich war Alchemistin. Ich gehörte in ein Labor, nicht auf Jagd.

Auf keinen Fall würde ich noch mal miterleben, wie die Krieger Bestien zerhackten. Vor meinem inneren Auge tauchte Kierans blutbespritztes Gesicht auf. Wie fühlte er sich dabei, die Bestien zu töten? Er hatte mir bereits gesagt, dass er gerne seine Taten im Rausch vergessen würde, aber lag das daran, dass er auch mit ansehen musste, wie seine Freunde verletzt und getötet wurden? Oder lag es an der Gewalt, die er selbst einsetzte? Vielleicht würde ich ihn fragen, wenn er sich das nächste Mal kommunikativ zeigte.

Er hatte das Punkthörnchen erledigt, das ich ausgeknockt hatte. Er hatte Charlotte angeschrien, weil sie mich nicht beschützt hatte. Hatte er das getan, weil sie ihre Anweisungen missachtet hatte, oder weil er Angst um mich gehabt hatte? Im Rausch waren seine Augen glasig gewesen. Sein Gesicht hatte keine Emotionen verraten. Die Magie hatte seinen Körper beherrscht.

Was hätte er beschützt, wenn er nicht im Rausch gewesen wäre? Mich oder nur unsere Aufgabe? Das Ergebnis war das gleiche, ein weiteres totes Punkthörnchen, aber irgendetwas sagte mir, dass dieser Unterschied wichtig war.

Als ich in den Pausenraum trat, attackierte Kieran dort bereits einen Auflauf. Da es Samstag war, war die Akademie fast vollkommen leer. Die anderen Krieger waren noch auf Patrouille oder mit ihren Aufträgen beschäftigt. Wir waren allein.

Ich ging zum Kühlschrank, griff nach einer Packung, ohne auf die Beschriftung zu achten, und schob sie in den Ofen. Dann ließ ich mich auf einen Stuhl ihm gegenüber fallen.

Er ließ die Gabel sinken und musterte mich eingehend.

Nicht in der Lage, seinem Blick standzuhalten, konzentrierte ich mich auf den Ofentimer.

»Ist alles in Ordnung bei dir?«, fragte er.

Ich nickte. »Es hat mich nicht erwischt.«

»Das meinte ich nicht.«

Überrascht wandte ich den Kopf. Seine Stimme klang sanft, besorgt. So gar nicht nach ihm. Seine Hand zuckte, als wollte er sie nach meiner ausstrecken, doch er tat es nicht.

»Unser Job ist brutal. Das Gemetzel live zu sehen, ist etwas ganz anderes als die Bilder davon im Unterricht, auch wenn es nur Bestien sind. Und dann hat Charlotte auch noch …« Er brach ab. Seine Hand ballte sich zur Faust. In seiner Wange zuckte ein Muskel. Charlotte konnte froh sein, dass sie in diesem Moment nicht hier war.

»Ich fasse es nicht, dass sie ihre Anweisungen missachtet und dich absichtlich in Gefahr gebracht hat. Das werde ich auf jeden Fall melden. Damit wird sie nicht davonkommen.«

»Was passiert dann?« Meine Stimme klang schwach, zittrig. Wie würde Charlotte reagieren, wenn sie deswegen Ärger bekam? Würde sie es wieder an mir auslassen?

»Sie wird eine Verwarnung bekommen und einen ordentlichen Anschiss von unserer Trainerin.«

»Meinst du, das ist wirklich nötig?«, fragte ich und stand auf, um mein Essen aus dem Ofen zu holen.

»Natürlich. Liana, sie hat unsere wichtigsten Regeln gebrochen. Man lässt seine Kameraden nicht im Stich. Man tut alles, um sie zu beschützen. Sie hat dich absichtlich in Gefahr gebracht. Das hätte böse enden können.«

»Eigentlich ist nichts passiert.« Ich hatte das Punkthörnchen abgewehrt. Ich war nicht verletzt worden. Wenn ich mir das immer wieder sagte, würde ich es irgendwann glauben.

»Und was ist, wenn die Medien dich erneut mitschicken? Was dann, Liana? Was, wenn sie noch mal so einen Scheiß macht? Sie muss endlich mal lernen, dass ihr Handeln Konsequenzen hat und ihr Daddy nicht immer alles für sie regeln kann.«

»Ich werde nie wieder mitgehen.« Meine Stimme war kaum mehr als ein Flüstern. Mit zitternden Fingern öffnete ich meine dampfende Portion. »Egal, was sie sagen.« Keine zehn Pferde würden mich in diesen verdammten Park zurückschleifen. Nicht solange die Punkthörnchen dort ihr Unwesen trieben.

Ich zuckte zusammen, als ich seine Hand auf meiner spürte. »Und genau deswegen muss ich es melden, Liana.«

Ich hob den Kopf. Unter zusammengezogenen Brauen sahen mich seine blauen Augen mit einer Mischung aus Wut und Sorge an. »Du wirst dich noch lange unsicher in ihrer Gegenwart fühlen und wenn ich ehrlich bin, ich wahrscheinlich auch. Zumindest, wenn es um dich geht. Dabei ist Vertrauen das Wichtigste in unserem Job. Wir müssen uns jede Sekunde darauf verlassen können, dass die anderen uns den Rücken freihalten, sonst funktioniert das System nicht. Es kann nicht sein, dass sie ihre persönlichen Gefühle über den Job stellt, nur weil sie grundlos eifersüchtig ist.«

Grundlos eifersüchtig? Ich runzelte die Stirn. War Charlotte in Kieran verliebt? Das würde zumindest erklären, warum sie ein größeres Problem mit mir hatte als der Rest der Krieger.

»Das zu melden, fühlt sich irgendwie an wie petzen«, murmelte ich, obwohl ich wusste, wie albern das war. Trotzdem hätte ich die Sache lieber unter uns geklärt.

»Du musst dich deswegen nicht schlecht fühlen. Sie braucht diesen Schuss vor den Bug.« Er stand auf und warf seine leere Verpackung in den Müll. »Du kannst gern hierbleiben und in Ruhe aufessen, aber ich gehe jetzt zu Barkley.«

Der Professor für Bestienkunde war der oberste Krieger der Akademie. Charlotte würde richtig Ärger bekommen.

»Okay«, murmelte ich. Ich hatte den gleichen Auflauf erwischt, den Kieran gegessen hatte, doch die Kartoffeln schmeckten wie Sägespäne.

Im Vorbeigehen legte er mir eine Hand auf die Schulter, dann verschwand er durch die offene Tür.

Ich schaufelte den Auflauf in mich hinein, ohne groß darauf zu achten. Charlotte würde lediglich die gerechte Strafe für ihr Verhalten bekommen. Es gab keinen Grund, mich deswegen zu schämen. Trotzdem fühlte ich mich wie eine Verräterin. Obwohl ich sie kaum kannte, wusste ich, wie sie reagieren würde. Sie würde zurückschlagen. Momentan hatte ich wirklich genug andere Probleme. Ich konnte mich nicht auch noch mit einer rachsüchtigen Kriegerin herumschlagen.

Es dauerte, bis Kieran wieder zurück in den Pausenraum kam. Er sagte nicht viel, nur dass wir für heute entlassen waren und der Psychologe der Akademie informiert war, falls ich Hilfe brauchte.

Zuhause angekommen, holte ich mir die Hilfe, die ich gerade am dringendsten brauchte. Mandy. Die trennte sofort die Verbindung ihres Cores zum Fernseher, als ich den Raum betrat. Ich meinte, einige zerstörte Häuser zu erkennen, bevor das Bild erlosch. Waren es neue Berichte über die Warane? Doch darüber konnte ich mir im Moment nicht auch noch Gedanken machen.

Also setzte ich mich neben sie aufs Sofa und erzählte ihr haarklein, was passiert war. Ihre Empörung half mir, mich wieder zu beruhigen. Es tat gut, alles noch einmal laut auszusprechen.

»Ich sollte ihr erzählen, ich hätte vorausgesagt, ihr würden die Haare ausfallen. Oder die Zähne. Oder am besten beides.« Das war bereits Mandys fünfter Racheplan. Wie alle davor richtete er sich gegen Charlottes makelloses Äußeres.

»Solchen Zicken ist ihr Aussehen unglaublich wichtig. Also ist das genau der Punkt, den wir angreifen müssen. Ihre Achillesferse, sozusagen«, hatte sie mir erklärt.

Während sie sich immer haarsträubendere Szenarien ausdachte, tat mir bereits der Bauch weh vor Lachen.

Es war genau das, was ich gebraucht hatte. Als es Zeit wurde schlafen zu gehen, spielten sich keine Horrorszenarien mehr vor meinem inneren Auge ab.

Kapitel 7

»Und jetzt?« Kieran sah sich in meinem Labor um. Heute wurde der Spieß umgedreht. Er würde mich bei meiner Arbeit begleiten. Der Morgen hatte damit begonnen, dass Mandy erneut versucht hatte, die Berichte vor mir zu verbergen. Dieses Mal vergeblich. Einhundertdreiundzwanzig. Das war die Zahl der Menschen, die bei dem Angriff der Warane auf ein kleines Dorf in der Nähe ihrer Nester gestorben waren. Es waren diejenigen, die nach der Evakuierung zurückgeblieben waren, um sich um ihre Farmen zu kümmern, samt den Kriegern, die sie hatten beschützen sollen. Daher erschien es mir albern, mir Gedanken um Charlottes eventuelle Bestrafung zu machen. Und trotzdem tat ich es.

»Zuerst mal muss ich mich um das Chaos kümmern«, teilte ich Kieran mit.

Seitdem ich von der Prophezeiung erfahren hatte, war ich nicht mehr hier gewesen, was bedeutete, dass mein Abzug immer noch voll von dreckigen Glasgeräten war. »Und dann werde ich mich in den Rauschzustand versetzen.«

»Hm.« Er ließ sich auf meinen Stuhl fallen. »Das klingt nicht sonderlich spannend für mich.«

Ich ging an ihm vorbei und nahm meinen Laborkittel von seinem Haken. »Sie haben gesagt, dass du mir nicht helfen sollst, weil es zu gefährlich ist, obwohl ich, ehrlich gesagt, nicht verstehe, was an Kolben spülen so gefährlich sein soll. Mein Rausch-Ich hat wie immer feinsäuberlich draufgeschrieben, was mit welchem Lösungsmittel gespült werden soll.«

»Ich könnte etwas kaputtmachen, mich an den Scherben schneiden und dann irgendetwas Giftiges in die Blutbahn bekommen«, schlug er vor.

Skeptisch hob ich die Augenbrauen. »Das kann mir genauso gut passieren. Ist allerdings recht leicht zu vermeiden, indem man einfach aufpasst.«

»Beschwer dich nicht bei mir, sondern beim Rat der Medien.« Er legte die Füße auf meinen Schreibtisch und verschränkte die Hände hinter dem Kopf. »Ich habe die Regeln nicht gemacht.«

Ich merkte nicht an, dass er wahrscheinlich keine Lust hatte, mir beim Putzen zu helfen, sondern setzte meine Schutzbrille auf und machte mich an die Arbeit.

Während ich mit der Bürste an einem besonders hartnäckigen Fleck herumschrubbte, versuchte ich den Mut aufzubringen, ihn nach Charlotte zu fragen. Musste ich von jetzt an immer über die Schulter sehen, wenn ich durch die Akademie lief?

»Ich habe noch nichts von Charlotte gehört«, sagte er irgendwann. »Das ist es doch, was dir auf der Zunge liegt, oder? Du siehst so aus, als würdest du gleich daran ersticken.«

Ich seufzte. »Ich glaube nicht, dass sie danach gut auf mich zu sprechen sein wird.«

»Das war sie vorher auch nicht«, erinnerte er mich. »Mach dir keine Gedanken. Sie bekommt eine gerechte Strafe.«

Ich nickte und schnappte mir das nächste Glasgerät. Trotzdem hatte ich das Gefühl, dass diese Sache nur einen tieferen Graben zwischen Kieran und mich schlagen würde. Jetzt war er vielleicht noch auf meiner Seite, aber ich wagte zu bezweifeln, dass er für mich seine Freunde aufgeben würde. Das wollte ich gar nicht. Leider würden seine Freunde jetzt sehr viel mehr gegen mich feuern. Konnte ich mich darauf verlassen, dass er sie ignorieren würde? Gegen Kyle hatte er mich bisher nicht wirklich verteidigt. Was, wenn diese Sache den kleinen Fortschritt zerstörte, den wir erreicht hatten?

»Kann es sein, dass du dir immer viel zu viele Gedanken machst, Williams?«, unterbrach er meine Grübeleien.

»Ja.« Ich betrachtete den Kolben, den ich blitzblank geputzt hatte. »Ist vielleicht ein Nebeneffekt meiner Alchemistengabe. Alles wird zu Tode analysiert.«

Er gab ein kurzes Lachen von sich. »Das klingt unglaublich anstrengend. Du solltest mehr auf dein Bauchgefühl hören. Meins führt mich fast immer zu den richtigen Entscheidungen, ohne dass ich mir vorher ewig Stress mache.«

Das war leichter gesagt als getan. »Sollten wir nicht eher über meine Arbeit reden?«

»Willst du mir jetzt erzählen, wie man die Sachen da richtig putzt?« Er sah sich im Raum um. »Hast du hier zufällig irgendwo ein Kissen? Nicht, weil ich dann garantiert einschlafen werde. Nur so aus Neugier.«

Ich verdrehte die Augen und schnappte mir das nächste Glasgerät. Schließlich konnte ich ihn nicht zwingen, mir zuzuhören.

»Jetzt sei nicht gleich beleidigt. Was hast du als Letztes erfunden?«

Ich drehte mich um.

Seine Füße lagen immer noch auf meinem Schreibtisch, aber er sah mich mit hochgezogenen Augenbrauen an, als wäre er wirklich neugierig.

»Du musst kein Interesse heucheln, um meine Gefühle

zu schonen«, sagte ich kalt. »Ich bin kein zartes Pflänzchen, das gleich umknickt.«

Er nahm die Füße vom Tisch, lehnte sich vor und stützte die Ellenbogen auf die Knie. »Jetzt mach kein Theater. Es tut mir leid, dass ich dumme Sprüche gemacht habe. Erzähl mir von deiner Arbeit. Bitte.« In seinen blauen Augen lag aufrichtiges Interesse. Oder zumindest bildete ich mir das ein. Sie schienen fast unnatürlich hell zu leuchten.

Ich wandte mich wieder dem Abzug zu. Mit diesem Blick konnte er vermutlich jede Frau dazu bringen, ihm all ihre Geheimnisse zu verraten.

»Erst neulich habe ich ein Gegenmittel gegen das Tollwuthasengift entwickelt.« Es war meine bisher beste Erfindung, doch ich ließ es beiläufig klingen, als würde ich so etwas jeden Tag machen.

»Wow, wirklich?«

Ich widerstand dem Impuls, einen Blick über die Schulter zu werfen, und nickte nur.

»Cool. Die Viecher sind wirklich mies. Ihr Gift macht die Leute wahnsinnig. Ich habe es ein paar Mal gesehen, draußen vor der Stadt. Sie bekamen wirklich Schaum vor dem Mund, innerhalb von Minuten …«

Als er abbrach, drehte ich mich langsam zu ihm um.

Sein Blick war abwesend geworden, verloren in Erinnerungen. »Dann sind sie auf uns losgegangen. Einen konnten wir überwältigen, aber die beiden anderen …« Langsam schüttelte er den Kopf, setzte ein halbherziges Grinsen auf und zuckte mit den Achseln. »Na ja, für den, den wir zurückbringen konnten, ist es auch nicht besser geendet. Die Ärzte konnten nichts tun. Berufsrisiko.«

Mit gerunzelter Stirn sah ich ihn an. Er versuchte, so zu tun, als würde ihm das alles nichts ausmachen, aber seine

Hände zitterten. Wie lange würde er diesen Schmerz noch unterdrücken können?

»Aber wirklich cool, dass man jetzt etwas dagegen tun kann. Am Stadtrand sind die Viecher zu einer richtigen Plage geworden. Nur die Zäune halten sie davon ab, in die Stadt einzufallen. Seit wir wissen, wie gefährlich sie sind, versuchen wir, sie vom Zaun aus zu erschießen, aber so erwischen wir nur die, die unvorsichtig sind. Jetzt können wir endlich systematisch gegen sie vorgehen und du weißt ja, was man über Hasen und ihren Paarungstrieb sagt: Sie vermehren sich wie Karnickel.« Er lachte, doch es klang bitter.

»Gern geschehen«, murmelte ich und wandte mich wieder dem Abzug zu. Inzwischen war fast alles sauber.

»Was erfindest du gerade?«, wollte er wissen.

»Nach dem Gegenmittel habe ich noch nichts Neues angefangen. Selbst wenn könnte ich es dir nicht erzählen. Ich verstehe meine Notizen nur im Rausch. Erst wenn ich fertig bin, steht dort in normaler Schrift, worum es sich handelt.«

»Ach ja, richtig.« Er griff nach ein paar Notizen auf meinem Schreibtisch. »Die komischen Alchemistenrunen. Das muss frustrierend sein.«

»Ist es«, murmelte ich, doch seit gestern beneidete ich ihn nicht mehr darum, dass er sich an alles erinnern konnte. Wieder sah ich, wie die Punkthörnchen von den Kriegern zerteilt wurden. Ich erschauerte.

»Weißt du, was praktisch wäre?«, murmelte er. »Wenn wir einfach tauschen könnten, sodass du dich erinnern und ich vergessen kann.«

Ich legte den letzten Kolben weg. »Wenn das mit dem Tauschen so einfach gehen würde, wäre ich Medium und Mandy Alchemistin.«

Sein Blick folgte mir, als ich zum Waschbecken ging, um mir die Hände zu waschen.

»Du wärst lieber Medium?«

»Ich wollte schon immer Medium sein. Schon seit ich ganz klein war, aber die Alchemistengabe ist immer noch besser als gar keine Gabe.« Und besser als die Kriegergabe, aber das sprach ich nicht laut aus.

»Ich fände es schrecklich, in die Zukunft zu sehen. Will man wirklich immer wissen, was kommt? Ich meine, die Medien können nichts dagegen tun, egal, wie viel Mühe sie sich mit den Interpretationen geben. Das Schicksal kann man nicht aufhalten. Wenn einer von ihnen zum Beispiel sieht, dass wir bei dieser Mission draufgehen, würde ich das nicht wissen wollen.«

»Ich bin mir sicher, dass Mandy es mir nicht verheimlichen könnte, wenn sie das gesehen hätte.«

»Das war jetzt auch eher hypothetisch. Bist du endlich fertig mit Putzen?«

»Ja.« Ich lehnte mich gegen meinen Schreibtisch. »Aber ich fürchte, es wird noch langweiliger für dich. Im Rausch gehe ich nicht einmal etwas essen. Ich wage zu bezweifeln, dass mein Rausch-Ich sich mit dir unterhalten möchte.«

Kieran rümpfte die Nase. »Wann genau hast du Feierabend?«

Ich verschränkte die Arme vor der Brust. »Wenn ich aus dem Rausch aufwache.«

»Das klingt nach katastrophalen Arbeitsbedingungen.« Er deutete mit dem Finger auf mich. »An deiner Stelle würde ich mich beschweren.«

»Und bei wem genau? Bei der Magie?«

»Zum Beispiel.«

Ich verdrehte die Augen. »Klingt nach einem super Plan. Kannst du jetzt bitte still sein? Ich muss mich entspannen.«

»Ich könnte dir einfach etwas aus dem Pausenraum mitbringen und dein Rausch-Ich zwingen, es zu essen.«

»Du steckst ja heute voller guter Ideen. Ich glaube nicht, dass das funktioniert. Außerdem darf man hier drinnen nicht essen. Sicherheitsvorschriften und jetzt halt die Klappe. Ich muss mich konzentrieren.«

Kieran hob abwehrend die Hände, aber er sagte nichts mehr.

Ich schloss die Augen und begann, tief und ruhig zu atmen. Mein Herzschlag verlangsamte sich. Meine Gedanken hörten auf zu kreisen. Ich war gerade dabei wegzudriften, als ich mich etwas am Kopf traf.

Meine Augen flogen auf. Kieran versuchte erfolglos, ein Grinsen zu unterdrücken. Ich hob die Papierkugel auf, die er aus einem meiner Notizzettel gemacht hatte.

»Sehr erwachsen, Kieran. Dir ist schon klar, dass das vielleicht wichtig war?« Ich hielt ihm die Kugel unter die Nase.

Sein Grinsen wurde noch breiter. »Vielleicht haut dein Rausch-Ich mir dafür eine rein. Das würde dir gefallen, oder?«

»Ich würde mich nicht daran erinnern können, aber ja unter Garantie.« Jetzt schlich sich auch ein Lächeln auf mein Gesicht.

»Keine Sorge, heute hast du jemanden hier, der dir alles erzählt, was du im Rausch anstellst. Dann siehst du mal, wie langweilig deine Arbeit ist.«

»Vielen Dank dafür. Lässt du mich jetzt in Ruhe?«

»Wenn es sein muss.«

Das klang nicht nach einem überzeugenden Versprechen, aber er störte mich tatsächlich nicht mehr. Langsam glitt ich in den Rauschzustand. Meine Gliedmaßen wurden taub und alles um mich verschwand.

Als ich die Augen wieder aufschlug, saß ich auf meinem Schreibtischstuhl, ein vertrautes Ziehen in meinem leeren Magen. Kieran lehnte an meinem Schreibtisch und wedelte mit der Hand vor meinem Gesicht herum.

Genervt schlug ich sie weg. »Lass den Scheiß.«

»Du bist gerade so komisch erstarrt. Das war irgendwie creepy«, teilte er mir mit.

Ich fuhr mir mit der Hand durchs Gesicht. Meine Augen brannten. »Wie spät ist es?«

»Fast schon sieben. Wenn du noch länger gebraucht hättest, wäre ich allein essen gegangen. Dein Rausch-Ich hat übrigens nicht auf mein Angebot reagiert, ihm etwas zu essen mitzubringen.«

»Ich habe dir doch gesagt, dass das nicht funktioniert.« Ich stand auf und ließ den Kopf kreisen. Mein Nacken war steif.

»Und etwas Interessantes hast du auch nicht gemacht. Die meiste Zeit hast du bloß geschrieben.« Er deutete auf einen Haufen Zettel auf dem Schreibtisch. »Hin und wieder hielt es dein Rausch-Ich für nötig, mich daran zu erinnern, wie wichtig unsere Aufgabe ist. Meistens genau dann, wenn ich einen dummen Spruch gemacht habe.«

Das entlockte mir ein Lächeln. »Gut zu wissen, dass mein Rausch-Ich verantwortungsbewusst ist.«

»Deine Stimme klingt dann total seltsam, irgendwie tiefer und voller, als würdest du nicht allein sprechen.« Er ging an mir vorbei in Richtung Tür. »So, als hätte irgendjemand deinen Körper übernommen. Jetzt verstehe ich auch, warum ihr Alchemisten immer so redet, als wäre euer Rausch-Ich eine andere Person.«

»Etwas, woran ich mich nicht erinnere, kann ich nicht wirklich als einen Teil von mir selbst anerkennen«, murmelte ich.

»Dein Rausch-Ich ist außerdem der Meinung, dass ich aufhören muss, mit Humor von unserer Aufgabe abzulenken. Es hat mir noch mal eingebläut, dass wir uns vertrauen müssen.« Er öffnete die Tür zum Pausenraum der Alchemisten und ließ mich zuerst eintreten. »Dass ich dir das so offen und ehrlich mitteile, ist übrigens mein Beitrag dazu.«

»Hm hm«, brummte ich und öffnete den Kühlschrank. Ich sagte ihm nicht, dass sein Sarkasmus nicht sehr überzeugend wirkte, sondern drückte ihm eine Packung Chili in die Hand.

Wir waren gerade dabei, unser Essen in uns hineinzuschaufeln, als Professor Dennings in der Tür erschien.

»Ach, hier sind Sie.« Er wirkte erleichtert und etwas außer Atem. »Ich hatte schon befürchtet, Sie wären nicht mehr da. Professor Hanks möchte Sie sehen.«

»Schon wieder?«, fragte Kieran, ohne von seinem Essen aufzusehen.

»Ja, Sie sollen sofort hoch zu ihr ins Büro«, teilte Dennings uns mit, doch Kieran schüttelte den Kopf.

»Liana hat den ganzen Tag nichts gegessen. Hanks kann fünf Minuten warten.«

»Mr Namara«, begann Dennings empört, aber Kieran fiel ihm erneut ins Wort.

»Wollen Sie riskieren, dass sie umkippt?« Als Dennings nicht antwortete, nickte Kieran zufrieden. »Na also. Wir kommen, sobald wir aufgegessen haben.«

Ich sah zwischen Kieran und Dennings hin und her. Mein Magen verlangte immer noch lautstark nach Nahrung, also widersprach ich nicht. Hanks konnte ein paar Minuten warten.

Dennings seufzte. »Von mir aus. Guten Appetit.« Damit verschwand er aus dem Pausenraum.

Kieran lachte. »Das hat besser funktioniert, als ich dachte.«

»Danke«, sagte ich mit vollem Mund. »Ich habe so Hunger.«

»Die Tatsache, dass du das Zeug herunterschlingst wie eine Verrückte, macht das ziemlich offensichtlich.«

»Was glaubst du, will sie von uns?«, fragte ich Kieran auf dem Weg nach oben. Es hatte nur ein paar Minuten gedauert, bis ich meine Schale leer gekratzt hatte, obwohl ich das Gespräch gerne länger hinausgezögert hätte.

Kieran strich sich mit der Hand durch sein dunkles Haar. »Keine Ahnung. Vielleicht hatten die Medien eine revolutionäre neue Erkenntnis.«

Doch als wir Professor Hanks' Büro betraten, war weit und breit kein Medium zu sehen. Stattdessen saß Charlotte in einem der Stühle vor dem Schreibtisch.

Ich blieb wie angewurzelt stehen. Auf Charlottes Gesicht lag kein hasserfüllter Ausdruck. Nein, viel schlimmer. Sie lächelte mich an. Das war so ungewohnt, dass es mich mehr verstörte als jede Beleidigung.

Professor Hanks' Stimme riss mich aus meinen Gedanken. »Setzen Sie sich, Miss Williams.«

Kieran hatte bereits Platz genommen. Netterweise blieb der Stuhl in der Mitte frei. Direkt neben Charlotte.

Missmutig ließ ich mich darauf fallen und sah Hanks erwartungsvoll an. Wenn sie wollte, dass ich mich mit Charlotte versöhnte, konnte sie lange warten. Die falsche

Schlange hatte mich wissentlich in Gefahr gebracht. Egal, was passierte, vertrauen würde ich ihr garantiert niemals.

»Professor Barkley hat mich über die gestrigen Ereignisse in Kenntnis gesetzt«, begann Hanks. »Ich habe Miss Lincoln eben ihre Bestrafung mitgeteilt. Sie ist von der Bestienjagd suspendiert. Für einen Monat. Der Vorfall wird in ihrer Akte festgehalten.« Bei diesen Worten warf sie Charlotte einen strengen Blick zu. »Sollte so etwas noch einmal vorkommen, wird sie ausgestoßen. Wir nehmen solche Vergehen ernst. Sehr ernst. Doch Miss Lincoln wirkt aufrichtig reumütig. Sie hat sich von ihren Gefühlen leiten lassen, mir aber versichert, dass so etwas nie wieder vorkommt. Nicht wahr, Miss Lincoln?«

Charlotte nickte brav, ich kaufte ihr die Rolle nicht ab. Sicher, sie bereute es, erwischt worden zu sein und einen Rauswurf würde sie garantiert nicht riskieren, aber ich konnte mir nicht vorstellen, dass sie es bereute, mich in Gefahr gebracht zu haben.

»Miss Lincoln, Sie sind dran«, forderte Professor Hanks sie auf.

Charlotte wandte sich zu mir und schenkte mir ein gequältes Lächeln. In ihren hellbraunen Augen glitzerte eine Träne. Sie hatte eindeutig ihre Bestimmung verfehlt. Sie hätte Schauspielerin werden sollen. »Liana, ich möchte mich ganz aufrichtig bei dir entschuldigen. Mein Verhalten war falsch und es tut mir so, so leid, dass ich dich in Gefahr gebracht habe.«

Sie spielte ihre Rolle gut, sehr gut sogar. Trotzdem glaubte ich ihr kein einziges Wort.

»Ich war eifersüchtig, weil Kieran und du für eine geheime Mission ausgewählt wurdet, doch ich kenne die Prophezeiung jetzt. Ich weiß, wie wichtig ihr seid, wie wichtig es ist, dass ihr Erfolg habt.« Sie griff nach meiner Hand und umklammerte sie. Ich konnte sie nur verdattert anstarren. »Ich hasse mich dafür, dass ich die Mission in Gefahr gebracht habe. Aber ich hoffe, dass du mir vielleicht irgendwann verzeihen kannst.«

Ich blinzelte ein paar Mal. »Vielleicht«, sagte ich schließlich, obwohl ich *Garantiert nicht!* dachte. »Irgendwann.« *Niemals.*

Erneut versuchte sie sich an einem Lächeln. »Mehr kann ich nicht erwarten. Von jetzt an werde ich alles tun, um euch zu unterstützen. Darauf gebe ich dir mein Wort.«

Ich entzog ihr meine Hand, mir fehlten die Worte.

»Sehr schön.« Professor Hanks lächelte, als wäre auf einmal alles in bester Ordnung. »Miss Lincoln hat sich bereit erklärt, Sie beide bei ihrem Training zu unterstützen. Beth Rogers ist der Meinung, dass es nicht förderlich ist, wenn Sie immer gegeneinander kämpfen. Also wird sich Miss Lincoln ab nächster Woche als weitere Trainingspartnerin zur Verfügung stellen.«

Ich musste mich zusammenzureißen, um nicht das Gesicht zu verziehen. Sie wollte Charlotte beim Training auf mich loslassen? Ganz tolle Vorstellung.

Als ich zur Kriegerin sah, lächelte sie zwar, doch diesmal wirkte es hämisch. Sie freute sich darauf, mich zu verdreschen.

»Das ist alles, Sie können gehen.«

Damit waren wir entlassen.

»Woher weißt du von der Prophezeiung?«, fragte Kieran, sobald wir im Gang standen. »Wurde sie veröffentlicht?«

Charlotte schüttelte den Kopf. »Noch nicht, aber am Montag wird ihr grober Inhalt verkündet. Der genaue Wortlaut wird geheim gehalten.«

Am Montag würden also alle wissen, was los war. Dann würden die paar Gerüchte, die im Moment umherflogen, zu einem tosenden Sturm heranwachsen. Ich konnte es kaum erwarten.

»Ich bin müde«, murmelte ich, »ich gehe nach Hause.« Ohne mich umzusehen, machte ich mich auf den Weg in Richtung Ausgang.

»Bis morgen«, rief Kieran mir hinterher, dann wandte er sich an Charlotte. »Das ist ein guter Anfang, aber so einfach bekommst du mich nicht dazu, dir zu verzeihen.«

»Ab morgen kann ich dir jeden Tag zeigen, wie leid es mir tut«, sagte sie. Ihre Stimme klang nicht entschlossen oder eingeschüchtert, nein, sie klang flirtend. Also hatte sie tatsächlich ein Problem mit mir, weil sie auf Kieran stand. Das hatte ich mir schon gedacht, doch die Gewissheit versetzte mir einen seltsamen Stich ins Herz.

Kapitel 8

Der Montagmorgen kam schneller, als mir lieb war. Mandy dachte sich immer noch Rachepläne für Charlotte aus. Sie war ebenfalls davon überzeugt, dass ihre Entschuldigung nichts als Heuchelei war.

»Versuch ihr beim Training so viele Haare wie möglich auszureißen«, empfahl sie mir.

Ich legte den Kopf schief. »Als ob ich den Hauch einer Chance dazu haben werde. Sie trainiert seit Jahren, ich seit letzter Woche. Ich werde heute Abend mit einem Haufen blauer Flecken nach Hause kommen.« Nervös fummelte ich an dem Pflaster herum, dass ich gestern über meine Blase geklebt hatte. Sie war inzwischen aufgeplatzt und brannte höllisch.

Stündlich gab es neue Berichte über Waranangriffe. Zerstörte Häuser, Verletzte, Tote. Durch die Evakuierungen waren es weniger Opfer geworden, aber wenn die Warane alles in Schutt und Asche legten, würde der Wiederaufbau Jahre dauern. Besonders im Gedächtnis geblieben war mir das Bild eines Kriegers, der im Maul eines Warans verschwunden war. Sein Schwert war nutzlos am Gaumen des Monsters abgeprallt und dann hatte der Waran ihn verschlungen. Zwei andere Krieger hatten von einem Helikopter aus mit einer Panzerfaust auf das Biest geschossen, doch selbst das war vollkommen nutzlos gewesen. Der Nachrichtensprecher hatte verkündet, dass von nun an keine Bodentruppen mehr eingesetzt werden würden.

So viele Krieger riskierten ihr Leben, um die Warane zurückzuhalten. Da würde ich ja wohl damit klarkommen, dass ich mit Charlotte trainieren musste. Obwohl es immer noch verdammt guttat, Mandy über sie lästern zu hören.

Inzwischen waren wir vor der Akademie angekommen. Mandy legte mir einen Arm um die Schultern. »Du schaffst das schon. Beth ist doch da, um sie davon abzuhalten. Und Carly.« Kieran erwähnte sie nicht. Wir wussten beide, dass er kaum etwas unternehmen würde, wenn sie mich schlecht behandelte.

Als wir durch die großen Flügeltüren traten, verstummte jedes Gespräch. Die Eingangshalle war voller Studenten, die uns alle anstarrten.

»Was zur Hölle ist hier los?«, flüsterte ich.

»Meinte Charlotte nicht, dass die Prophezeiung heute Morgen verkündet wird?«, antwortete sie. »Das war offensichtlich nicht gelogen.« Sie schlang ihren Arm fester um meine Schulter. Gemeinsam drängten wir uns durch die Menge. Alle Blicke folgten uns, doch niemand sagte ein Wort. Keine von uns hatte heute Morgen den Fernseher angeschaltet, weil wir eine Pause von den Schreckensnachrichten brauchten. Das war offensichtlich ein Fehler gewesen.

»Das ist wirklich gruselig«, murmelte ich.

Da der gesamte Mob ebenfalls zu Bestienkunde musste, folgten sie uns die Treppe hoch. Noch schienen sie die Neuigkeiten zu verarbeiten, doch wie würde es in ein paar Tagen aussehen? Würde ich mich bald mehr als neugierigen Blicken stellen müssen?

Zielstrebig führte Mandy mich zu unseren üblichen Plätzen. Hinter uns füllte sich der Hörsaal, doch das Flüstern hörte nicht auf. So gut es ging, versuchte ich, die Gesprächsfetzen zu ignorieren. Ich wollte nicht wissen, ob meine Kommilitonen an meinen Erfolg glaubten, oder ob sie von meinem Versagen überzeugt waren. Ich wollte nicht schon wieder in Dunkelheit versinken.

Auf einmal wurde das Flüstern lauter. Kieran betrat den Saal, in Begleitung von Kyle, Charlotte und den anderen Kriegern, mit denen er normalerweise rumhing. Er trug seine Uniform, doch ausnahmsweise sah er nicht so aus, als käme er gerade von einer Schicht. Vielleicht hatte er endlich eingesehen, wie albern dieses Theater war.

Professor Barkley betrat den Raum, seine Begrüßung ging in den lauten Diskussionen unter.

»Ich weiß, dass Sie heute sehr aufregende Neuigkeiten erhalten haben! Aber halten Sie sich bis nach der Stunde zurück!«, donnerte er durch sein Mikrofon, aber niemand hörte auf ihn. Schließlich wurde es ihm zu viel und er wählte zufällig eine Handvoll Studenten aus, die er des Saals verwies. Also konnte er sich doch durchsetzen. Danach herrschte Ruhe, auch wenn ich vermutete, dass die meisten sich gegenseitig Nachrichten schrieben, anstatt der Stunde zu folgen. Mein Core zumindest vibrierte ständig. Ich hatte keine Lust, neugierige Fragen zu beantworten, also ignorierte ich ihn.

Am Ende der Stunde sprangen alle sofort auf und versuchten, Blicke auf mich und Kieran zu erhaschen.

»Warum wurde ausgerechnet sie ausgewählt?«, rief Kyle gut hörbar durch den Saal. »Gab es unter den Giftmischern wirklich niemand Besseren als die kleine Williams?«

Kieran warf ihm einen genervten Blick zu, aber er sagte nichts. Stattdessen kamen ein paar andere Alchemisten zu meiner Rettung.

»Sag das noch mal und ich hau dir eine rein«, drohte Carl

Sage, ein Alchemist aus dem Jahrgang über mir, mit dem ich bisher kaum zu tun hatte.

Kyle lachte. »Du? Du willst mir eine reinhauen? Ernsthaft? Sicher, dass du so blöd sein willst?«

»Er ist nicht allein, also sei lieber vorsichtig.« Auch mit Leo Pauling hatte ich bisher nicht viel Zeit verbracht.

Während die Krieger sich um Kyle scharrten, umringten mich die Alchemisten, entschlossen nicht kleinbeizugeben. Mein Magen krampfte sich zusammen. Wir steuerten geradewegs auf eine Massenschlägerei zu, doch Kyle erkannte die Gefahr nicht oder vielleicht war es ihm auch egal. Er provozierte weiter.

»Kyle!« Kierans Stimme hallte durch den Saal. »Hör gefälligst auf, dich zum Affen zu machen, bevor du auch noch suspendiert wirst.« Damit packte er ihn an seinem Shirt und zerrte ihn nach draußen.

Stille breitete sich aus, während jeder Blick im Raum ihnen folgte. Niemand rührte sich, bis ich mich endlich aus meiner Starre löste und mich auf den Weg zur Tür machte. Ich spürte eine Hand auf meinem Arm. Es war Leo.

»Wir unterstützen dich, Liana. Keine Sorge.«

»Danke«, murmelte ich und drängte mich an ihm vorbei. Der Rückhalt der Alchemisten war rührend, aber nicht wirklich nützlich. Wenn ich es schaffen wollte, zählte nur Kierans Hilfe. Niemand sonst.

Als ich in der Damenumkleide ankam, war Charlotte bereits dabei sich umzuziehen.

»Hey«, murmelte ich.

»Guten Morgen, Liana«, sagte sie betont freundlich. Ihr Lächeln jagte mir einen Schauer über den Rücken. Es wirkte eher so, als würde sie die Zähne fletschen.

Während ich mich umzog, setzte sie sich neben mich auf die Bank und beobachtete mich. Im Gegensatz zu meinen, waren ihre Arme muskulös, alles an ihr war durchtrainiert, kein Gramm Fett irgendwo zu sehen.

Als ich endlich fertig war, machte ich mich auf den Weg zur Tür.

Sie trat neben mich und hakte sich bei mir ein.

»Meinst du nicht, dass du es etwas übertreibst?«

Sie lächelte mich an. »Was meinst du?«

»Damit, dass du plötzlich so tust, als wärst du meine beste Freundin.«

Sie schaffte es, das Lächeln auf ihrem Gesicht zu halten, aber Wut blitzte kurz in ihren Augen auf. »Ich freue mich einfach, dass ich einen Teil beitragen kann. Das ist eine große Ehre.«

»Und das, obwohl du gerade erst suspendiert wurdest«, brummte ich. Auf mich wirkte es nicht, als wäre ihre Bestrafung sonderlich effektiv. Ihr Vater musste verdammt einflussreich sein.

Endlich verschwand ihr Lächeln. »Ich versuche wirklich, mit aller Macht wiedergutzumachen, was ich getan habe, Liana. Bitte arbeite nicht gegen mich. Ich will dir helfen.«

Ich entriss ihr meinen Arm. »Nach dem, was am Samstag passiert ist, kann ich dir das nicht einfach so glauben.«

»Dann werde ich es dir eben beweisen.« Sie wandte sich von mir ab und verschwand durch die Tür des Trainingsraums, bevor ich noch etwas sagen konnte.

Zähneknirschend folgte ich ihr.

»Guten Morgen.« Beth drückte zuerst mir, dann Charlotte einen Stock in die Hand. »Zuerst wärmen wir uns ein bisschen auf. Gesellt euch zu Kieran.« Sie deutete auf die gegenüberliegende Seite, wo Kieran durch den Raum joggte.

Zuerst wollte ich meinen Stock weglegen, doch als Charlotte ihren mitnahm, behielt ich ihn in der Hand. Nur zur Sicherheit. Ich folgte ihr zu Kieran, blieb jedoch ein Stück hinter ihm. Sofort holte Charlotte ihn ein und begann, ihm irgendetwas zu erzählen. Seine Antworten fielen einsilbig aus. Anscheinend war er weiterhin schlecht auf sie zu sprechen. Das entlockte mir zumindest ein kleines, schadenfrohes Lächeln.

Als Beth uns zu den Matten rief, lief mir bereits der Schweiß über das Gesicht und ich atmete schwer. Kieran und Charlotte dagegen war die Anstrengung nicht anzusehen.

»Okay.« Beth klatschte in die Hände. »Heute also zwei gegen einen. Charlotte, du greifst die beiden an. Versuche die Angriffe gleichmäßig zu verteilen. Kieran, du sollst Liana nicht die Arbeit abnehmen. Ihr sollt beide kämpfen. Verstanden?«

Kieran nickte.

Beth wandte sich mir zu. »Liana, du tust einfach dein Bestes.«

Das klang so, als würde ich ordentlich auf den Deckel bekommen. Damit lag sie vermutlich richtig.

Wir gingen in Position. Ich behielt Charlotte fest im Blick. Sie verengte die Augen, den Anflug eines Lächelns auf den Lippen. Sie freute sich darauf, mich zu verdreschen. Ich hoffte inständig, dass Kieran mich vor dem Schlimmsten bewahren würde.

»Und los!«, rief Beth.

Sofort sprang Charlotte auf mich zu. Ihr Stock raste so schnell hinab, dass ich ihn kaum sehen konnte. Irgendwie riss ich meinen in letzter Sekunde nach oben. Meine Arme zitterten, als sie mit ganzer Kraft dagegen drückte. Plötzlich wirbelte sie herum, um einen Angriff von Kieran abzuwehren. Ich nutze die Ablenkung aus und versuchte, ihr meinen Stock in die Seite zu stoßen, doch ihr gelang ein Block.

»Sehr gut, Liana«, lobte Beth. Allerdings wusste ich, dass ich für Charlotte nicht mehr als eine lästige Fliege war.

Kieran bewegte sich noch schneller als sie. Scheinbar brauchte er den Rausch nicht, um ein hervorragender Kämpfer zu sein. Geschmeidig drehte er sich, sein Stock kreiste um seinen Körper, sauste auf Charlotte zu, stieß zu, wich zurück. Es sah fast so aus, als wären die beiden in einem Tanz gefangen, dessen Choreografie nur sie verstanden. Sie bewegten sich jetzt so schnell, dass ich gar keine Lücke für einen Angriff fand. Sie wirbelten umeinander, völlig ineinander vertieft.

»Was hatte ich vorhin gesagt? Ihr sollt Liana mitmachen lassen.« Beths Stimme riss mich aus meiner Starre, doch Kieran und Charlotte ignorierten sie. Er setzte zu einem weiteren Angriff an, dieses Mal war sie nicht schnell genug. Sein Stock zog ihr die Beine weg und sie landete hart auf der Matte. Kieran trat über sie und zeigte mit seiner Waffe direkt auf ihre Kehle.

Sie grinste. »Nicht schlecht.«

Er streckte die Hand aus und zog sie auf die Beine. Sie stolperte und musste sich an seiner Brust abstützen. Hatte sie das mit Absicht gemacht? Kieran schien es jedenfalls nicht zu beeindrucken. Sofort trat er einen Schritt zurück.

»Es war nicht Sinn der Übung, dass nur ihr beide gegeneinander kämpft«, erinnerte Beth uns.

Ich hatte absolut kein Problem damit, dass sie mich außenvorgelassen hatten. Gegen keinen der beiden hatte ich den Hauch einer Chance und so konnte mir wenigstens keiner wehtun.

»Noch mal«, befahl Beth. »Und diesmal bezieht ihr Liana mehr mit ein. Charlotte, konzentriere deine Angriffe auf sie. Gegen Kieran verteidigst du dich nur.«

»Aber dann komme ich niemals gegen ihn an«, wütend zeigte Charlotte mit ihrem Stock auf Kieran.

»Kieran«, sagte Beth. »Du hältst dich zurück.«

Niemand reagierte sonderlich glücklich auf diesen Plan, trotzdem gingen wir wieder in Position.

»Okay und los!«

Erneut sauste Charlottes Stock auf mich zu. Erneut war es nur Kierans schnellem Einsatz zu verdanken, dass ich ihn nicht in die Seite bekam. Wütend griff ich an, doch sie lenkte meinen Schlag zur Seite, sodass er ins Leere verlief.

Wie von Beth verlangt, attackierte Kieran sie kaum. Er half mir nur, sie abzuwehren. Also hackte ich so schnell mit meinem Stock auf sie ein, wie ich konnte. Dank Kieran musste ich mich kaum auf meine Verteidigung konzentrieren, sondern konnte Lücken in ihrer suchen. Dennoch war es am Ende Kieran, der ihr den Stock aus der Hand schlug.

»Viel besser«, lobte Beth.

Charlotte warf mir einen wütenden Blick zu, während sie über den blauen Fleck an ihrem Oberarm fuhr. Mein einziger Treffer und selbst der hatte sie kaum verletzt. Trotzdem verschaffte er mir Genugtuung.

Leider bekam ich nur eine kurze Pause. Sobald meine Atmung sich wieder halbwegs beruhigt hatte, jagte Beth uns erneut aufeinander los. Erst, als ich kaum noch die Arme bewegen konnte, zeigte sie Erbarmen.

»Ich denke, das reicht für heute. Charlotte, du kannst jetzt gehen.« Beth schien nicht gut auf sie zu sprechen zu sein. Wahrscheinlich hatte Hanks ihr von Charlottes Suspendierung erzählt.

Charlotte winkte mir und Kieran zu. »Bis morgen.« Damit verschwand sie.

Erleichtert atmete ich auf. Jetzt kam der entspanntere Teil des Trainings. Carly bedeutete uns, auf den Matten Platz zu nehmen, und wir begannen zu meditieren. Besser gesagt, ich meditierte, während Kieran es erfolglos versuchte. Wieder glitt ich in den Rauschzustand, doch auch die Hilfestellungen meines Rausch-Ichs scheiterten. Nichts konnte ihn dazu bringen, sich zu entspannen. Vielleicht war Kieran einfach nicht zum Meditieren gemacht. Als Krieger war er darauf trainiert, immer aufmerksam zu sein. Es musste unglaublich schwer für ihn sein, die Augen zu schließen und einfach loszulassen. Hoffentlich würde sich das nicht als Problem herausstellen.

»Du bist Charlotte gegenüber immer noch misstrauisch«, sagte Kieran beim Mittagessen. Er fragte nicht, er stellte fest.

Ich legte den Kopf schief. »Kannst du es mir verübeln?«

»Sie gibt sich wirklich Mühe.«

»Vielleicht glaube ich das in ein paar Wochen, wenn sie mir kein zweites Messer in den Rücken jagt. Bis dahin bin ich vorsichtig.« Ich tat so, als wäre ich vollkommen mit meinem Essen beschäftigt, in der Hoffnung, dass er das Thema fallen lassen würde.

»Ich denke, es ist eine gute Idee, dass wir gemeinsam kämpfen. Vielleicht hilft es, dass du dich jemandem entgegenstellen musst, vor dem du Angst hast.«

Ich gab ein verächtliches Schnauben von mir und verschluckte mich dabei an meinen Nudeln. Als ich wieder Luft bekam, erwiderte ich: »Ich habe keine Angst vor Charlotte. Warum sollte ich? Ich kann sie nur nicht sonderlich gut leiden.«

Langsam hob er eine Augenbraue. »Sicher?«

»Ich werde mich einfach in keine Situation begeben, in der sie mir gefährlich werden kann.«

Er nickte. »Das klingt nach einem guten Plan.«

»Also stimmst du mir zu, dass ich ihr nicht vertrauen kann?«

»Das habe ich nicht gesagt.« Er lehnte sich zurück und verschränkte die Arme vor der Brust. »Es ist das erste Mal, dass ihr Vater nicht alles für sie regeln kann. Ich denke, das hat ihr gut getan.«

»Dämliche Kriegerfamilien und ihre verwöhnten Kinder«, brummte ich.

»Als ob Alchemistenfamilien anders sind«, schnaubte er.

»Keine Ahnung, ich komme nicht aus einer Alchemistenfamilie, wie du sehr genau weißt.« Immerhin hatte er mich, seit ich an der Akademie angefangen hatte, damit aufgezogen.

»Wir sind alle damit aufgewachsen, dass Krieger und Alchemisten Feinde sein sollten. Es ist nicht so leicht davon wegzukommen«, erklärte er mir. »Charlotte braucht einfach noch etwas Zeit.«

Ich erwähnte nicht, dass ich das erst zu hören bekommen hatte, seit ich an der Akademie war. Vielleicht war es eine dumme Idee, die Begabten vom Rest der Menschheit zu trennen. So wurden sie nicht nur arrogant, sie vertieften auch mit jeder Generation ihre Vorurteile. »Meinst du damit wirklich Charlotte oder dich?«

Vorwurfsvoll sah er mich an. »Ich mache meine Sache ja wohl besser als Charlotte.«

»Du hast deine lichten Momente«, gab ich zu, »aber es passiert auch immer wieder, dass du dich gegen mich stellst. Vor allem, wenn andere Krieger dabei sind.«

Er lehnte sich vor und stützte die Ellenbogen auf den Tisch.

»Du kannst nicht von mir erwarten, dass ich meinen Freunden den Rücken zukehre. Ich bin gemeinsam mit ihnen aufgewachsen. Das werde ich nicht einfach wegwerfen.«

»Das habe ich auch nicht verlangt. Nur wenn Kyle mir einen dummen Spruch an den Kopf wirf, dann wäre es nett, wenn du ihn deswegen in die Schranken weist. Und ihn nicht vor einer Suspendierung beschützt.« Meine Stimme war laut geworden, obwohl ich dagegen ankämpfte. Ich wollte ihn nicht anschreien. Ich wollte ruhig und gelassen mit ihm diskutieren, wie ein vernünftiger Mensch.

»Als ob du zu meiner Hilfe eilen würdest, wenn es anderes herum wäre«, warf er mir vor.

»Woher willst du das wissen?«

»Hast du heute etwas gesagt, als die Alchemisten kurz davor waren, auf uns loszugehen? Nein, du hast nur dumm geguckt. Ich war derjenige, der dafür gesorgt hat, dass es nicht eskaliert ist. Ich.« Er zeigte mit dem Finger auf seine eigene Brust.

Ich schüttelte den Kopf. »Was auf jeden Fall nichts nutzt, ist, uns gegenseitig anzuschreien. Können wir uns darauf einigen, dass wir beide Fehler gemacht haben?«

In seiner Wange zuckte ein Muskel. »Von mir aus.«

»Okay und können wir uns darauf einigen, dass wir uns von jetzt an mehr Mühe geben?«

»Vor mir aus«, wiederholte er.

Ich ließ die Hände auf die Tischplatte fallen. »Warum habe ich das Gefühl, dass wir mindestens zwei Schritte zurückgemacht haben, seit Charlotte aufgetaucht ist?«

»Kannst du endlich aufhören, Charlotte die Schuld für alles zu geben? Du bist auch nicht gerade perfekt, Liana.«

»Das gebe ich gerne zu, aber ich habe noch nie absichtlich einer Bestie die Chance gegeben, jemanden anzugreifen.«

»Drei«, sagte er.

Ich runzelte die Stirn. »Was?«

»Drei Schritte zurück.«

Ich legte den Kopf schief und schürzte die Lippen. Eine gute Erwiderung darauf hatte ich allerdings nicht parat.

»Vielleicht sollten wir aufhören, uns ihretwegen zu streiten«, präsentierte Kieran seine erste gute Idee an diesem Tag. »Das bringt uns nicht weiter. Du kannst sie nicht leiden, musst aber irgendwie mit ihr klarkommen. Ich ...« Er brach ab, den Blick auf die leere Verpackung vor sich gerichtet. »Sie wird immer ein Teil meines Lebens sein und von jetzt an bei unserem Training sein, also sollten wir vielleicht versuchen, das Thema zu vermeiden, so gut es eben geht.«

Ich nickte, obwohl ich mir nicht vorstellen konnte, wie genau das funktionieren sollte. Immerhin war er bereit sich anzustrengen. Mehr konnte ich wohl nicht verlangen. »Okay.«

Ein erleichtertes Lächeln trat auf sein Gesicht. »Sehr gut. Dann können wir jetzt zum Training zurückkehren, ohne uns anzuschreien?«

Erneut nickte ich und stand auf. »Dann mal los.«

Den Rest des Tages verbrachten wir damit, Kieran das Meditieren näher zu bringen. Carly war der Meinung, dass er dringend mehr Übung brauchte. Ich versuchte, nicht allzu schadenfroh zu sein, dass ich mich beim Kampftraining besser schlug.

Erst als ich zu Hause war, sah ich wieder auf meinen Core. Ich hatte Nachrichten von so ziemlich jeder Person, die meine Nummer besaß. Außerdem gut ein halbes Dutzend verpasster Anrufe meiner Mutter.

Seufzend setzte ich mich auf mein Bett, wählte ihre Nummer und hielt mir den Core vor den Mund.

»Hey, Mom.«

»Liana«, schluchzte sie erleichtert. »Wie geht es dir? Ist alles in Ordnung? Ich habe heute Morgen alles gesehen und dann konnte ich dich nicht erreichen.« Aus den winzigen Lautsprechern des Cores klang ihre Stimme blechern, aber ich hatte keine Lust nach meinen Kopfhörern zu suchen.

»Tut mir leid«, murmelte ich. »Ich hatte keine Zeit, um ran zu gehen. Seit dieser Sache haben sie mir ziemlich viel Training aufgebrummt.«

»Oh, das tut mir leid, mein Schatz. Wie kann man dir nur so viel Verantwortung auferlegen? Ich dachte, an der Akademie würde es dir gut gehen.« Sie klang verschnupft, als hätte sie stundenlang geheult. Was vermutlich der Fall war.

»Was sollen sie machen? Die Magie hat mich und Kieran berufen. Wir haben keine andere Wahl.« Ich stützte einen Ellenbogen aufs Knie und legte die Stirn in meine Hand.

»Aber wie kann man von zwei so jungen Menschen so viel erwarten? Das geht doch nicht«, wiederholte sie sich.

Ich unterdrückte ein Seufzen. »Mom, es ist meine Bestimmung. Die Magie wird schon einen Grund haben, warum sie uns ausgewählt hat. Sie hätte es nicht getan, wenn wir keine Chance hätten.«

Meine Mutter stieß ein Geräusch aus, das irgendwo zwischen einem Schluchzen und einem Schnauben lag. »Und wie läuft es bisher?«

Ich rümpfte die Nase. »Ganz gut.« Wenn ich vor ihr gestanden hätte, hätte sie meine Lüge sofort erkannt. Ich hoffte, am Telefon würde ich damit davonkommen.

»Wirklich?« Natürlich durchschaute sie mich.

»Es könnte besser sein … es läuft ganz okay. Kieran gibt sich Mühe, ich gebe mir Mühe. Das wird schon irgendwie.«

»Und wieso hast du mir nichts davon erzählt?« Ich hörte, wie sie sich schnäuzte. »Ich bin deine Mutter und ich muss aus den Nachrichten erfahren, was im Leben meiner Tochter vor sich geht. Das ist nicht in Ordnung, Liana.«

»Ich durfte dir nichts sagen, Mom. Es tut mir leid und ich wusste auch nicht, dass die Prophezeiung heute veröffentlich wird.« Der letzte Teil entsprach nicht ganz der Wahrheit. Ich konnte mich höchstens damit herausreden, dass ich Charlottes Vorwarnung nicht geglaubt hatte.

Meine Mutter war so empört, dass ihr diese Lüge nicht auffiel. »Das gilt nicht für deine Mutter.«

»Doch, Mom, das gilt auch für dich.«

»Oh, manchmal wünschte ich, ich wüsste mehr über die Welt, in der du jetzt lebst. Das hätte dir bestimmt vieles leichter gemacht.«

Natürlich wäre mein Leben einfacher gewesen, wenn ich im Begabtenviertel aufgewachsen wäre. Ich hätte mir nie Sorgen darüber gemacht, ob wir nächsten Monat noch ein Dach über dem Kopf hatten. Ich hätte nie hungrig ins Bett gehen müssen. Andererseits wäre ich vielleicht wie Charlotte geworden.

»Du hast mir alles gegeben, was ich brauche, Mom«, versicherte ich ihr. Sie hatte immer alles für mich getan.

»Oh, Liana. Ich vermisse dich so.«

»Ich dich auch, Mom.« Es war bereits einige Wochen her, dass ich meine Familie besucht hatte und bei all dem Training würde ich demnächst nicht dazu kommen. »Ich rufe dich in Zukunft öfter an, versprochen.«

»Das ist lieb, aber ich verstehe, dass du gerade sehr viel zu tun hast. Setz dich meinetwegen nicht noch mehr unter Druck.«

»Danke, Mom, aber ich werde schon ein paar Minuten

für meine Mutter finden. Mach dir bitte keine Sorgen um mich. Mir geht es gut.« Wieder gelogen.

»Es wird schon alles gut werden, mein Schatz«, versicherte sie mir. »Du kannst immer anrufen, wenn du jemanden zum Reden brauchst. Ich bin so froh, dass du Mandy bei dir hast. Das lässt mich besser schlafen.«

»Glaub mir, mich auch. Deswegen musst du dir auch keine Gedanken machen. Mandy passt auf mich auf.«

»Ich bin deine Mutter. Ich werde mir immer Sorgen um dich machen.«

Diese Worte verfolgten mich den restlichen Abend. Diesmal war es verdammt berechtigt. Noch waren Kieran und ich kaum weitergekommen und das bekam ich am nächsten Tag direkt zu spüren, als ich geplagt von Muskelkater und blauen Flecken in den Hörsaal humpelte. Inzwischen hatte ich drei Pflaster an der Hand. Wie sollten meine Blasen heilen, wenn ich permanent weiter trainierte?

Jetzt, da sich alle an die Nachricht gewöhnt hatten, trauten sie sich offensichtlich wieder, etwas zu sagen. Von den Alchemisten kamen aufmunternde Worte, von den Kriegern nur dumme Sprüche. Ich versuchte, sie alle zu ignorieren, doch es fiel mir schwer. Die Krieger fütterten genau die Unsicherheiten, die mich seit Mandys Prophezeiung plagten. Während Bestienkunde musste ich mehrmals gegen die Dunkelheit ankämpfen. Der Magie sei Dank war Mandy so damit beschäftigt, böse Blicke zu verteilen, dass sie es nicht bemerkte. Ich durfte jetzt nicht aufgeben, durfte nicht schwach sein. Ich musste weiterkämpfen.

Auch für Kieran lief es nicht viel besser. Die Alchemisten ließen kein einziges gutes Wort an ihm. Es war, als hätten sich die Lager, die seit Jahrzehnten existierten, über

Nacht extrem verschärft. Auf einmal waren alle auf Streit aus.

Während der Stunde sah ich immer wieder hoch zu Kieran in der letzten Reihe. Er saß zurückgelehnt auf seinem Stuhl, die Arme vor der Brust verschränkt und schwieg. Auch seine Freunde waren außergewöhnlich still. Hatte er ihnen gesagt, dass sie mich in Ruhe lassen sollten?

Nach der Stunde wollte ich nur noch flüchten. Ich zog den Kopf ein, als könnte ich so den dummen Kommentaren entgehen.

»Was hat die Magie sich dabei gedacht?«

»Warum ausgerechnet du?«

»Kieran hat etwas Besseres verdient.«

»Du bist unser aller Untergang.«

So schnell ich konnte, hastete ich in Richtung des Trainingsraums, wo sie keinen Zutritt hatten. Das Chaos hatte Mandy und mich getrennt und ich hatte keine Ahnung, wo Kieran steckte. Also lief ich allein die Gänge entlang, bemüht, nicht zu rennen. Leider führte mein Weg mich direkt in den Kriegertrakt der Akademie, weswegen mir die gehässigen Kommentare bis dahin folgten. Endlich erreichte ich die Damenumkleide, schlug die Tür hinter mir zu und lehnte mich dagegen, heilfroh, allein zu sein. Die anderen Krieger hatten erst nachmittags Kampftraining. Morgens lernten sie alles über die neusten Waffen, die die Alchemisten entwickelt hatten.

Ich spürte, wie jemand in meinem Rücken versuchte, die Tür zu öffnen und trat zur Seite. Charlotte stolperte in den Raum, überrascht davon, dass mein Gewicht plötzlich verschwunden war. Misstrauisch sah sie mich an.

»Standest du gerade vor der Tür?«

»Ja.« Betont ruhig ging ich zu meinem Spind und stopfte

meine Tasche hinein. Dann griff ich nach den Trainingsklamotten, die für mich bereitlagen.

»Okaaay«, sagte sie lang gezogen. »Hattest du Angst, dass ein Haufen wütender Krieger hier einfällt?«

»Nein.«

Sie seufzte, ließ ihre Tasche fallen und setzte sich neben mir auf die Bank. »Das war heute vielleicht ein Spektakel.« Ihr Lachen ließ mich zusammenzucken. »Ich verstehe wirklich nicht, wieso die Leute so viel Energie darauf verschwenden, euch und sich gegenseitig sinnlos anzufeinden, aber ich fürchte, das wird so bald nicht nachlassen. Kapieren sie nicht, dass unser aller Schicksal von eurem Erfolg abhängt? Da kann man sich wohl ein bisschen zusammenreißen.«

»Du meinst, so wie du?«, fragte ich und stellte einen Fuß auf die Bank, um meine Schnürsenkel zu binden.

Ihre Augen verengten sich. »Seit ich weiß, was wirklich los ist, tue ich mein Bestes, um euch zu helfen, Liana.«

Dem hatte ich nichts entgegenzusetzen, auch wenn ich immer noch überzeugt war, dass sie es nicht ohne Hintergedanken tat.

Auch diesmal war sie schneller als ich und wartete, bis auch ich mich umgezogen hatte. Allerdings versuchte sie nicht noch mal, sich bei mir einzuhaken. Hatte sie eingesehen, dass sie ihre Show gestern übertrieben hatte?

Als wir den Trainingsraum betraten, waren alle anderen schon da.

»Guten Morgen«, begrüßte Charlotte Kieran, obwohl sie in Bestienkunde direkt neben ihm gesessen hatte, und ließ ihre Hand über seine Brust gleiten. Ich musste keine Bestienkundlerin sein, um diese Geste zu verstehen. Sie markierte ihr Revier.

Kieran schien genervt von ihr, doch er sagte nichts. Vielleicht war sein Blick auch dem Chaos nach Bestienkunde geschuldet. Ich konnte mir nicht vorstellen, dass die Kommentare der Alchemisten so viel freundlicher gewesen waren.

»Mann, Mann, Mann«, schimpfte Beth. »Was für ein Theater. Anscheinend führt eine bevorstehende Katastrophe dazu, dass die Leute vollkommen den Verstand verlieren. Ich will mir echt nicht tausendmal die gleichen Fragen anhören.« Sie sah zwischen mir und Kieran hin und her. »Aber ihr habt es vermutlich viel schlimmer erwischt, also sollte ich mich wohl nicht beschweren.«

»Können wir endlich anfangen?« Kieran hatte sich bereits einen Stock geschnappt und ließ ihn langsam durch die Luft kreisen.

Charlotte lachte hingegen heiter. »Da muss jemand ein paar Aggressionen abbauen.«

In Kierans Wange zuckte ein Muskel. Heute war ich froh, dass ich nicht mehr gegen ihn kämpfen musste.

»Eins nach dem anderen. Erst mal aufwärmen. Los geht's!« Beth machte eine Handbewegung, als wollte sie uns verscheuchen. Sofort liefen Kieran und Charlotte los. Widerwillig folgte ich ihnen mit ein paar Metern Abstand. Diesmal versuchte Charlotte nicht, Kieran zuzutexten. Immerhin schien sie genug Feingefühl zu haben, um zu merken, wann er in Ruhe gelassen werden wollte.

Kieran steckte seine Wut in den Kampf, sodass Charlotte große Mühe hatte, seine Schläge abzuwehren. Heute schaffte ich es tatsächlich, ein paar Treffer zu landen, doch da sie sich kaum gegen Kierans gnadenlose Angriffe behaupten konnte, stupste ich sie bloß mit meinem Stock. Wahrscheinlich war ich einfach zu weich, um ihr wirklich wehzutun, auch wenn sie es verdient hatte. Anstatt dankbar zu sein, dass ich sie schonte, machte es sie bloß wütend. Irgendwann, als wir alle bereits müde waren, ignorierte sie Kierans nächsten Schlag, um mir stattdessen ihren Stock in die Magengegend zu rammen. Hart.

Stöhnend ging ich in die Knie, während mich eine Welle der Übelkeit überrollte. Kierans Schlag traf sie am Arm. Sie fluchte und ließ ihren Stock fallen.

Ich spürte eine Hand auf meinem Rücken und sah auf in Kierans blaue Augen, in denen sich Sorge spiegelte.

»Alles in Ordnung?«

Ich öffnete den Mund, aber kein Ton kam heraus. Mühsam versuchte ich, ruhig zu atmen, um die Übelkeit in Schach zu halten.

Beth kniete sich vor mich. »Kann ich mir deinen Bauch ansehen?« Sie griff nach meinem Arm und half mir mich aufzusetzen. »Ganz langsam. Genauso, sehr gut«, murmelte sie und legte vorsichtig die Hand auf meine Bauchdecke.

Ich zuckte zusammen, als ihre Finger die Stelle berührten, die Charlotte getroffen hatte.

»Das wird auf jeden Fall einen blauen Fleck geben, aber ich denke das ist alles. Carly hol das Ultraschallgerät, damit wir innere Blutungen ausschließen können.«

»Was?« Erneut überkam mich eine Welle der Übelkeit.

Beth strich mir sanft über den Oberarm. »Nur eine Vorsichtsmaßnahme. Ich glaube nicht, dass etwas passiert ist.«

Das beruhigte mich nicht wirklich.

Als nächstes tauchte allerdings nicht Carly, sondern Charlotte in meinem Blickfeld auf.

»Oh, Liana, das tut mir so leid. Das war heftiger als beabsichtigt. Normalerweise wehren Krieger so einen Schlag leicht ab.« Sie legte ihre Hand auf meinen anderen Arm. Ich musste mich zusammenreißen, um ihr nicht irgendetwas

Gemeines an den Kopf zu werfen. Sie hatte es mit Absicht gemacht. Das wussten wir beide ganz genau.

»Hier.« Sie hielt mir ein Bonbon hin. »Iss das.«

Ich runzelte die Stirn. »Was ist das?«

»Ein Ingwerbonbon. Hilft gegen die Übelkeit. Vertrau mir.« Wieder dieses falsche Lächeln.

»Die helfen wirklich«, versicherte Kieran mir. »Besonders, wenn man von einer blutigen Schicht heimkommt.«

Ich war immer noch nicht überzeugt, doch ich nahm Charlotte das Bonbon ab, packte es aus und schob es mir in den Mund. Zu meiner großen Überraschung linderte meine Übelkeit sich fast augenblicklich.

Ein paar Minuten später kam Carly mit dem Ultraschallgerät angerannt. Die anderen halfen mir, mich hinzulegen, damit Beth mich untersuchen konnte. Die Schmerzen hatten bereits nachgelassen.

»Nicht schwanger«, verkündete sie, nachdem sie meine Bauchdecke abgefahren war.

Ich verdrehte die Augen. »Sehr witzig.«

Beth grinste. »Und innere Blutungen hast du auch keine. Trotzdem denke ich, dass wir das Training für heute beenden.«

»Gute Idee.« Ich schlug die Arme weg, die mir entgegengestreckt wurden und schaffte es, mich ohne Hilfe aufzusetzen.

»Es tut mir wirklich leid«, versicherte Charlotte mir, »ich wollte dich nicht so hart treffen.«

»Schon gut«, brummte ich, um sie zum Schweigen zu bringen.

Beths Augen verengten sich während unseres Austauschs. Noch jemand, der ihr ihre Show nicht abkaufte. Dann war ich immerhin nicht allein.

»Du kannst jetzt gehen, Charlotte. Wir machen Schluss für heute.«

Ich senkte den Kopf, um mein Lächeln zu verstecken. Kieran schien sie um den Finger gewickelt zu haben, aber mit den Frauen hatte sie kein leichtes Spiel. In Charlottes Wange zuckte ein Muskel, doch sie stand auf und verließ den Raum, ohne ein Wort zu sagen.

»Bleib am besten sitzen«, empfahl Carly mir. »Wir fangen jetzt sowieso mit dem Meditationstraining an.«

Ich nickte und setzte mich in den Schneidersitz, während Kieran sich neben mir auf die Matte sinken ließ.

Heute war Kieran nicht der Einzige, der es nicht schaffte zu meditieren. Der pochende Schmerz in meiner Magengegend erinnerte mich permanent an meine Wut auf Charlotte. Sie hatte mich mit Absicht so fest getroffen, weil sie Kierans und meine Zusammenarbeit nicht ertrug. Was würde sie beim nächsten Training tun? Mir eins über den Schädel ziehen?

Unser Abendessen verlief schweigend. Kieran fragte mich, ob ich noch Schmerzen hatte und ich bejahte, aber ich hatte keine Lust, schon wieder über Charlotte und ihre Motive zu diskutieren. Wenn er so blind war, konnte ich auch nichts ändern. Sah er nicht, dass sie völlig verschossen in ihn war, oder hegte er ebenfalls Gefühle für sie? Bisher hatte ich noch nicht den Eindruck gehabt, aber sie kamen beide aus großen Kriegerfamilien. Sie waren wie geschaffen füreinander.

»Charlotte hat mir heute ihren Stock in den Magen gerammt«, teilte ich Mandy mit, als ich unsere Wohnung betrat. Sie saß auf dem Sofa und guckte Nachrichten.

»Diese Bitch.« Sie tippte auf ihrem Core herum, um den Fernseher auszuschalten, dennoch erkannte ich mich auf dem Bildschirm. Das strenge Porträtfoto, das von mir geschossen worden war, als ich die erste Phase meiner Ausbildung abgeschlossen hatte und zum ersten Mal allein in meinem Labor arbeiten durfte.

»Hey, was war das?« Ich griff nach ihrem Core, doch sie hielt ihn von mir weg.

»Nur der gleiche Bericht über die Prophezeiung. Das läuft seit Montag auf Dauerschleife. Nichts Interessantes, vertrau mir.«

Ich runzelte die Stirn. Das kaufte ich ihr nicht ab. Worauf ich allerdings vertraute, war, dass sie es nur gut meinte. Vermutlich wurde lang und breit diskutiert, warum ich gänzlich ungeeignet für diese Aufgabe war. Davon hatte ich heute bereits mehr als genug gehört.

»Jetzt erzähl schon.« Mandy schlug mir mit der Hand gegen die Schulter. »Was hat die blöde Kuh gemacht?«

»Kieran und ich müssen gemeinsam gegen sie kämpfen. Anscheinend hat es ihr nicht gefallen, dass Kieran alle ihre Angriffe auf mich abgewehrt hat. Also hat sie irgendwann beschlossen, dass sie lieber mir eine reinhaut.« Ich zog mein Shirt hoch und präsentierte ihr den Bluterguss, der sich über meinem Bauchnabel gebildet hatte.

Erschrocken keuchte sie auf und schlug sich eine Hand vor dem Mund. »Aua. Diese Bitch. Ich hoffe, dafür hat sie ordentlich Ärger bekommen.«

Ich zog mein Shirt wieder herunter und verdrehte die Augen. »Natürlich nicht. Sie hat so getan, als wäre es ein Versehen gewesen und sich überschwänglich entschuldigt.«

»Das war ja klar.« In Mandys Stimme lag ein Knurren. »Diese falsche Schlange.«

»Aber Beth hat ihr das nicht abgekauft. Sie wirkte ziemlich sauer und hat sie weggeschickt.«

Ein erleichtertes Lächeln trat auf Mandys Gesicht. »Wenigstens etwas. Aber lass mich raten, sie hat Kieran um den Finger gewickelt?«

Ich zuckte mit den Achseln. »Anscheinend schon. Sie steht definitiv auf ihn. Ich bin mir nur nicht sicher, ob ihm das genauso geht. Einerseits ist er oft abweisend zu ihr, andererseits kommen sie beide aus großen Kriegerfamilien. Sie sind quasi füreinander geschaffen.«

»Oh, oh.«

Mandy starrte mich mit großen Augen an.

Ich runzelte die Stirn. »Was oh, oh?«

Sie biss sich auf die Lippe, bevor sie antwortete. »Kann es sein, dass sich deine Gefühle für Kieran in den letzten Tagen ein bisschen verändert haben?«

»Gefühle für Kieran?«, wiederholte ich verdattert. »Was für Gefühle für Kieran?«

»Na ja.« Sie verzog das Gesicht. »Es wirkt nicht mehr so, als könntest du ihn auf den Tod nicht ausstehen.«

»Ja, weil ich mir Mühe geben muss, mit ihm klarzukommen. Ich muss ihm vertrauen, damit das mit dem gemeinsamen Rausch funktioniert, falls du es schon vergessen hast. Aber er geht mir immer noch granatenmäßig auf den Keks.«

»Hm«, machte Mandy.

»Was hm? Deutest du ernsthaft an, dass ich mich in Kieran verliebt habe und eifersüchtig auf Charlotte bin?« Ich drehte mich zur Seite und legte einen Arm auf die Rückenlehne des Sofas, um sie besser ansehen zu können.

»Das hast du jetzt gesagt«, antwortete sie nur.

»Aber das war es, was du sagen wolltest, oder? Tu nicht so, als wäre das meine Idee.« Wut begann sich in meinem Magen auszubreiten, doch da war noch etwas anderes. Ein anderes Gefühl, das sich damit vermischte. Scham? Als wäre ich bei etwas ertappt worden. Nein, Mandy lag vollkommen falsch mit ihrer Vermutung. Ich konnte Kieran nicht leiden.

»Was ich sagen möchte, ist, dass du und Kieran sehr viel Zeit miteinander verbracht habt. Er ist nicht unbedingt hässlich und muss sich jetzt Mühe geben, nett zu dir zu sein. Da wäre es nur natürlich, wenn dich das ein bisschen, na ja, sagen wir mal, verwirrt.«

»Ich bin überhaupt nicht verwirrt. Ich kenne ihn jetzt besser, ja. Hat sich dadurch meine Meinung über ihn geändert? Vielleicht ein bisschen, aber ich verliebe mich nicht einfach so in einen Kerl, der mir seit Jahren auf den Keks geht.«

Sie versuchte, ein Grinsen zu unterdrücken und scheiterte. »Hass ist nicht das Gegenteil von Liebe.«

Ich verdrehte die Augen. »Ich habe nie behauptet, dass ich ihn hasse. Das wäre etwas zu dramatisch.«

»Exakt.« Sie grinste immer noch.

»Gibt es irgendeinen Weg, dich davon zu überzeugen, dass ich mich nicht in Kieran verliebt habe?«, seufzte ich.

»Ich glaube, du weißt selbst nicht, was du überhaupt fühlst.« Sie stützte einen Arm auf die Rückenlehne des Sofas und lehnte ihre Wange gegen ihre Hand. »Du bist verwirrt, weil du Kieran besser kennenlernst und feststellen musst, dass er nicht so schlimm ist, wie du immer dachtest.« Sie deutete mit dem Finger auf mich. »Und das macht dich wahnsinnig. Denk einfach mal darüber nach und wir reden irgendwann anders darüber.«

»Wenn du mich dann in Ruhe lässt, gerne.«

Sie legte den Kopf schief. »Solltest du Kieran doch irgendwie mögen, musst du dich dafür nicht schämen. Ich bin mir sicher, dass mehr in ihm steckt, als er uns bisher gezeigt hat.«

»Okay.« Ich schlug mir auf die Schenkel und stand auf. »Zeit fürs Bett. Gute Nacht.«

Ich hörte sie noch lachen, bis ich die Badezimmertür hinter mir schloss. Ich stützte mich auf den Rand des Waschbeckens und starrte in den Spiegel. Doch meine lilafarbenen Augen, die mir die Magie geschenkt hatte, erinnerten mich nur an meine bevorstehende Aufgabe. Fast wünschte ich mir das helle Blau zurück, das sie gehabt hatten, bevor meine Kräfte zutage getreten waren.

Jetzt hatte Mandy dafür gesorgt, dass ich mir noch mehr Gedanken machte und das war verdammt noch mal das Letzte, was ich momentan gebrauchen konnte.

Ich war nicht in Kieran verliebt.

Ich hatte keine Gefühle für ihn und so sollte es auch bleiben. Das alles war kompliziert genug, ohne dass ich es mit so einem Unsinn verschlimmerte. Außerdem würde Kieran diese Gefühle garantiert nicht erwidern. Ich war eine Alchemistin. Er würde eine Kriegerin heiraten, genau wie sein Vater, sein Großvater und wer weiß wie viele Vorfahren vor ihm. Vermutlich jemanden wie Charlotte, wenn nicht sogar sie. Die beiden würden gut zusammenpassen. Dann konnten sie gemeinsam für den Rest ihres Lebens auf Alchemisten herumhacken. Am besten dachte ich keine Sekunde länger darüber nach. Auch wenn ich es Mandy versprochen hatte.

Stattdessen konzentrierte ich mich darauf, jeden einzelnen Zahn gründlich zu schrubben und mein langes schwarzes Haar zu entwirren. Doch sobald ich im Bett lag, gingen mir die Ablenkungen aus.

Wie kam Mandy auf die Idee, dass ich überhaupt in Kieran verliebt sein konnte? Sie wusste genau, wie er auf mir herumhackte, seit wir an der Akademie angefangen hatten. War meine Reaktion auf Charlotte der Grund? Dabei war die vollkommen berechtigt. Charlotte hatte mich absichtlich in Gefahr gebracht. Sie hatte mich beim Training verletzt.

Wer würde sie dafür nicht hassen? Dachte Mandy wirklich, Kierans Aussehen reichte, damit ich mich in ihn verliebte? Das war doch lächerlich. So oberflächlich war ich nicht. Oder doch?

Diese Fragen kreisten pausenlos in meinem Kopf umher, bis ich endlich einschlief.

Kapitel 9

Der nächste Morgen begann wie alle in dieser Woche. Als ich aufstand, tat mir alles weh. Zu den blauen Flecken an Armen und Beinen und den Blasen an meinen Händen gesellte sich jetzt noch der große Bluterguss auf meinem Bauch, der sich über Nacht von einem Schatten zu einem kräftigen Blaulila entwickelt hatte. Mandy war beim Frühstück viel stiller als sonst. Ausnahmsweise fand ich es angenehm. Nach unserem Gespräch gestern Abend, brauchte ich etwas Ruhe von ihr. Sie schien das zu spüren, denn sie sprach das Thema Kieran nicht noch einmal an.

Unsere Kommilitonen hatten sich noch immer nicht beruhigt. Die Alchemisten riefen mir aufmunternde Worte zu, die Krieger beleidigten mich und ich fragte mich, wann das Ganze eskalieren würde. Es war ein Wunder, dass es zu keiner Massenschlägerei gekommen war.

In der Umkleidekabine begrüßte Charlotte mich übertrieben freundlich.

»Das mit gestern tut mir wirklich leid«, versicherte sie mir erneut. »Ehrlich. Wie geht es deinem Bauch, tut es noch sehr weh?«

Ich zuckte mit den Achseln. »Es geht.« In Wirklichkeit fuhr bei jeder Bewegung ein Stich durch meinen Bauch, aber ich würde auf keinen Fall schwach vor ihr wirken.

Als Charlotte und ich den Trainingsraum betraten, deutete Beth mit dem Finger auf sie. »Heute will ich keine Versehen!«

Charlotte hielt erschrocken inne, dann lächelte sie und nickte. »Natürlich nicht.«

Irgendwie beruhigte mich das nicht wirklich. Wahrscheinlich würde sie sich nicht mehr trauen, mich so heftig zu schlagen, doch ein paar kleine Knuffe hier und da würde ich garantiert abbekommen. Dazu kam, dass die Schmerzen mich ständig an meine Verletzung erinnerten und mich ihr permanentes Lächeln und freundliches Getue in den Wahnsinn trieben.

»Gut, aufwärmen und dann legen wir los.«

Wie jeden Morgen joggten wir durch die Halle. Kieran und Charlotte ein Stück vor mir. Wieder redete sie auf ihn ein, während Kierans Antworten einsilbig ausfielen. Warum verschaffte mir das solche Genugtuung? War es nur, weil ich Charlotte nicht leiden konnte oder weil es mich freute, dass er sie ignorierte?

Verärgert schüttelte ich den Kopf. Ich musste Mandys Hirngespinst dringend loswerden, bevor ich noch etwas Dämliches tat. Lenkten meine Gedanken mich von der Anstrengung ab oder verbesserte meine Kondition sich langsam?

»Los geht's. Kieran, Liana, ihr gegen Charlotte, genau wie gestern. Charlotte, reiß dich zusammen«, befahl Beth.

Charlotte nickte. Kieran und ich hoben synchron unsere Stöcke.

Als Beth uns das Okay gab, griff Kieran sofort an. Charlotte schien sich heute wirklich zurückzuhalten. Ihre Angriffe waren vorsichtiger, langsamer. Sie konzentrierte sich mehr auf ihre Verteidigung, als uns zu attackieren und wenn sie angriff, ging es hauptsächlich gegen Kieran. Ich war heilfroh über die Pause. Jeder Schlag, den ich ausführte, jagte ein scharfes Stechen durch meinen Bauch. Es war unmöglich, wirklich Kraft in meine Angriffe zu stecken. Die Schmerzen waren einfach zu stark.

»Stopp!«, rief Beth irgendwann.

Erleichtert ließ ich den Stock sinken.

»Liana, alles in Ordnung?«, fragte sie mich.

Überrascht hob ich den Kopf. »Ja, klar. Wieso?«

Sie kräuselte die Lippen. »Deine Angriffe sind viel vorsichtiger als sonst. Hast du Schmerzen?«

Ich strich mir eine nassgeschwitzte Haarsträhne aus den Augen. »Ja, schon«, gab ich zu.

»Warum sagst du dann nichts?« Beth kam auf mich zu und schob mein Shirt hoch.

Ich gab ein genervtes Seufzen von mir, das zu einem Stöhnen wurde, als sie meinen Bluterguss berührte.

»Das ist nicht gut.« Sie richtete sich wieder auf. »Ich denke, das reicht für heute.«

»Aber wir haben gar nicht richtig angefangen.« Charlottes blonder Pferdeschwanz tanzte über ihren Rücken, als sie den Kopf schüttelte.

Beth warf ihr einen bösen Blick zu. »Ich will nicht, dass Liana sich überanstrengt. Sie ist verletzt. Dank dir. Also hast du nicht wirklich das Recht, dich zu beschweren.«

Ich biss mir auf die Lippe, um mein Lächeln vor Charlotte zu verbergen.

Die wirbelte ihren Stock ein paar Mal um ihre Hand, ehe sie nickte. »Das ist ein Argument. Vielleicht kann ich ja beim normalen Training der Krieger mitmachen.« Damit wandte sie sich ab und machte sich auf den Weg zur Tür.

»Heißt das, dass ich meditieren muss?« Genervt warf Kieran seinen Stock auf die Matte.

»Bisher hast du noch nicht wirklich meditiert, mein Lieber.« Carly tauchte an seiner Seite auf und schenkte ihm ein Lächeln.

Der Blick, den er ihr zuwarf, hätte viele Leute erzittern lassen, aber Carly verdrehte nur die Augen. »Jetzt werde nicht dramatisch. Du weißt genau, dass ich recht habe, und Liana wird die Pause guttun.«

»Das heißt kein Kampftraining mehr, bis mein Bluterguss weg ist?« Ich tat mein Bestes, um nicht allzu froh zu klingen, doch in Wahrheit war ich unglaublich erleichtert.

»Wir sollten nicht ganz aufhören. Ich denke, so schlimm ist es nicht. Es ist besser, wenn du nicht aus der Übung kommst.« Beth stemmte die Hände in die Hüften und sah mich streng an. »In Zukunft musst du ehrlich sein. Du musst Bescheid sagen, wenn es zu viel wird.«

Ich nickte. »Mache ich.« Wenn ich mich dadurch vor dem Kampftraining drücken konnte, ohne allzu schwach auszusehen, dann würde ich das nutzen. Und Charlotte war ich auch früher losgeworden als erwartet. Was wollte ich mehr?

»Und ihr glaubt immer noch, dass ich das mit dem Meditieren hinkriege?«, fragte Kieran, »Ich nämlich nicht.«

»Mit der Einstellung sicher nicht«, brummte ich und erntete dafür einen bösen Blick von ihm.

Carly legte ihm eine Hand auf den Arm. »Ich weiß, dass du es nicht gewohnt bist, dich fallenzulassen, aber jeder kann lernen zu meditieren. Du musst nur aufhören, dich dagegen zu sperren. Setzt euch, wir fangen an.«

Kieran murmelte etwas Unverständliches in seinen Dreitagebart, er ließ sich jedoch auf die Matte sinken, legte die Hände auf die Knie und schloss die Augen.

Ich tat es ihm nach und lauschte Carlys Stimme, die sanft auf uns einredete. Heute schaffte ich es wieder problemlos, mich zu entspannen, doch der Rauschzustand trat nicht ein. Der Magie sei Dank. Wenn Mandy gewusst hätte, dass mein Rausch-Ich Kieran Massagen verpasste, hätte sich ihr Verdacht nur erhärtet.

Das einzige, was meine Ruhe störte, war Kieran neben mir, der einfach nicht still sitzen konnte. Sein Gezappel machte mich wahnsinnig. Wahrscheinlich stellte sich deshalb der Rauschzustand nicht ein. Jedes Mal, wenn ich es fast geschafft hatte, riss er mich aus meiner Ruhe. Seltsamerweise hatte ich gar kein Problem damit. Dann konnte mein Rausch-Ich nichts tun, das ich nicht wollte.

»Das ist das Training? Alchemisten. Ich wusste, dass das nicht gut geht.«

Meine Augen flogen auf. In der Tür stand ein Mann in einer Kriegeruniform der höheren Ränge, die Arme vor der Brust verschränkt. Ich kannte mich mit den Symbolen und Orden darauf nicht aus, deshalb konnte ich nicht sagen, was genau seine Position war, aber sein Auftreten zeigte deutlich, dass er sich für sehr wichtig hielt. Kierans Vater bedachte Carly und mich mit verächtlichen Blicken.

»General Namara.« Beth sprang von der Bank auf, auf der sie gesessen hatte, und salutierte.

Ich stand auf und verschränkte ebenfalls die Arme vor der Brust. Auf keinen Fall würde ich mich von ihm beleidigen lassen. Egal, wie ranghoch er war. Ich war Alchemistin. Er hatte ohnehin kein Recht dazu, mir Befehle zu erteilen. Carly trat neben mich und ahmte meine Pose nach. Es tat gut, nicht allein zu sein.

»Vater.« Kieran erhob sich ebenfalls. »Was machst du hier?«

»Ich wollte mich vergewissern, dass alles getan wird, um dir bei deiner großen Aufgabe zu helfen. Offensichtlich wird hier deine Zeit verschwendet. Kein Wunder, dass du noch keine Ergebnisse erzielst.«

»Wir«, korrigierte ich.

General Namara zog die Augenbrauen hoch. Ich hatte gedacht, Kieran war arrogant, doch sein Vater übertraf ihn bei Weitem.

»*Wir* haben noch keine Ergebnisse erzählt.« Ich deutete auf meine eigene Brust. »Es ist auch meine Aufgabe, selbst wenn Ihnen das nicht gefällt.«

»Typisch Alchemisten«, knurrte General Namara. »Halten alle viel zu viel von sich.«

»Glashaus«, sagte ich. »Steine.«

Neben mir hörte ich ein Prusten. Kieran unterdrückte nur mühsam ein Lachen.

»Lächerlich.« General Namara trat auf mich zu. »Ich lasse mich nicht von einer Alchemistin beleidigen, nur weil du nicht einsehen kannst, dass mein Sohn derjenige ist, der hier wirklich von Bedeutung ist. Er ist der Krieger. Krieger besiegen Bestien. Seit die Magie auf die Erde kam, retten wir euch allen den Arsch.«

»Du wärst längst über den Jordan gegangen, wenn wir keine Gegengifte entwickeln würden«, teilte ich ihm mit. »Oder deine Waffen verbessern.«

In seiner Wange zuckte ein Muskel. »Wie kannst du es wagen, so respektlos mit mir zu reden? Ich bin ein General.«

Ich zuckte mit den Achseln. »Du hast angefangen. Wenn du mir keinen Respekt zollst, warum sollte ich dir welchen entgegenbringen?«

Ein lautes Lachen drang aus Kierans Mund. »Da hat sie recht, Vater. Du hast sie zuerst geduzt.«

Sein Vater sah so aus, als könnte er sich nicht entscheiden, wem er zuerst den Kopf abreißen sollte. Mir oder seinem Sohn. Es war so einfach, ihn zu provozieren, und ich wusste genau, dass er mir nichts tun konnte. Ich war Teil der wichtigsten Prophezeiung seit Jahren. Im Zweifelsfall war ich wichtiger als er. Trotzdem sollte ich es nicht übertreiben. Die Krieger hatten es schon genug auf mich abgesehen.

»Wenn Sie mir in Zukunft etwas mehr Respekt entgegenbringen, tue ich selbstverständlich dasselbe«, sagte ich also, auch wenn ich mir den sarkastischen Unterton nicht verkneifen konnte, »Sir.«

Er öffnete den Mund, wurde aber unterbrochen.

»General Namara.« Carly trat einen Schritt vor. »Der Rat der Medien hält es für das Beste, wenn nicht nur Liana mehr über Kierans Fähigkeiten lernt, sondern auch umgekehrt. Kampftraining war heute schon dran.«

General Namara wandte sich ihr zu. »Sie können nicht sonderlich viel Wert darauflegen, wenn Sie bereits beim Herumsitzen angekommen sind.«

»Das liegt daran, dass Liana gestern verletzt wurde«, warf Beth ein. »Sobald sie keine Schmerzen mehr hat, werden wir mehr Zeit auf das Kampftraining verwenden.«

»Verletzt.« General Namara schnaubte verächtlich. »Sicher, dass das nicht nur eine Ausrede ist?«

Ich beschloss, meinen Bluterguss für mich sprechen zu lassen, und zog mein Shirt hoch.

Namara legte den Kopf schief und betrachtete meine Verletzung. »Nun gut, das sieht in der Tat nach einem guten Grund aus.« Er sah mir in die Augen. »Miss Williams.«

Ein Lächeln verzog meine Lippen. Ging doch. »Sir.«

»Jetzt bleibt nur noch die Frage, wer schuld an eurem Versagen ist. Der Rat der Medien oder ihr beide.«

Ich verdrehte die Augen. Das wäre auch zu einfach gewesen.

»Der Rat der Medien scheint euch alle Möglichkeiten zu geben. Warum erzielt ihr keine Ergebnisse? Kieran, ich hatte mehr von dir erwartet.« General Namara warf seinem Sohn einen Blick zu, den nicht einmal Charlotte verdient hatte. Langsam begann ich zu verstehen, warum Kieran nicht gut auf seine Familie zu sprechen war.

»Von der Alchemistin habe ich nicht viel erwartet, also kann ich kaum enttäuscht sein. Aber von dir hätte ich mir mehr erhofft. Warum gibst du dir keine Mühe, Kieran? Warum nutzt du nicht die wenige Zeit, die euch bleibt? Die Magie hätte dir diese Aufgabe nicht erteilt, wenn du sie nicht bewältigen könntest. Ich dachte, ich könnte mich auf dich verlassen, Kieran. Aber du enttäuscht mich. Mal wieder.«

Kieran sah so aus, als hätte sein Vater ihn geschlagen. Er mochte arrogant sein, doch ich wusste, dass er hart arbeitete. Er hatte Zweifel und Schwierigkeiten, genau wie ich, aber er strengte sich an und er hatte es nicht verdient, so behandelt zu werden. Also trat ich ein paar Schritte vor.

»Wie Sie bereits gesagt haben, haben wir nicht viel Zeit, General Namara. Ich wäre Ihnen wirklich sehr verbunden, wenn Sie aufhören könnten, sie zu verschwenden.«

Er hatte die gleichen blauen Augen wie sein Sohn, doch in seinem Gesicht wirkten sie anders. Kalt. Tot, wie zwei blaue Steine.

»Das heißt, dass es Zeit ist, für Sie zu gehen«, fügte ich hinzu, als er sich nicht rührte.

In seiner Wange zuckte ein Muskel, allerdings schien er nicht die Kontrolle über sein Temperament zu verlieren. »Wir reden heute Abend«, drohte er seinem Sohn. Dann drehte er sich um und verließ den Raum.

Hinter mir ertönte ein leises Pfeifen. Ich wirbelte herum.

»Liana Williams verteidigt mich gegen meinen Vater«, sagte Kieran. »Hat mich eine Grinsekatze gebissen?«

Das Gift der Grinsekatzen löste Halluzinationen aus.

Erfolglos versuchte ich, ein Grinsen zu unterdrücken. »Gewöhn dich besser nicht dran. Dass du mit dem Kerl aufgewachsen bist, erklärt zumindest etwas dein Verhalten. Nicht, dass das eine Entschuldigung ist.«

»Natürlich nicht. Von jetzt an wird mein Vater mich übrigens für ein Weichei halten, weil ein Mädchen mich verteidigt hat. Also vielen Dank dafür.« Seine Stimme tropfte vor Sarkasmus, doch ich erkannte den Anflug eines Lächelns auf seinem Gesicht.

»Gern geschehen. Können wir jetzt weiter machen?«

Carly sah auf die Uhr. »Ich glaube nicht, dass ihr gerade in der Verfassung zum Meditieren seid. Wie wäre es mit einer früheren Mittagspause?«

Keiner widersprach ihr.

»Ich habe wirklich keine Lust, dass uns einer von den anderen über den Weg läuft.« Kieran hielt mir die heiße Essenspackung hin. »Dach?«

Ich nickte. »Dach.«

Gemeinsam machten wir uns auf den Weg nach oben. Keiner von uns sagte ein Wort, bis die Luke hinter uns zugefallen war.

»Das ist also dein Vater.« Ich ließ mich im Schneidersitz in der Nähe der Dachkante nieder und öffnete die Packung. Dampf schlug mir entgegen.

»Das ist mein Vater«, murmelte Kieran. »Du kannst ruhig sagen, dass er ein Arschloch ist. Es gibt niemanden, der das besser weiß als ich.«

»Wie oft hast du ihm schon eine reingehauen?«, fragte

ich in der Hoffnung, die Stimmung durch Humor aufzulockern.

Kieran lachte. »Ob du es glaubst oder nicht, noch nie. Das würde es nur schlimmer machen.«

»Trotzdem. Ich habe nur einmal mit ihm geredet und ich konnte mich kaum zurückhalten. Dabei bin ich nicht sehr gewalttätig.« Das war vielleicht übertrieben, aber im Grunde nicht gelogen.

»Er ist schwierig.« Kieran seufzte. »Meine ganze Kindheit war … schwierig.«

»Das klingt nach einer ziemlichen Untertreibung. Kein Wunder, dass du …« Ich schob mir einen Löffel Reis in den Mund, bevor ich etwas Gemeines sagte.

»Dass ich so ein Arschloch geworden bin?« Anstatt mich anzusehen, starrte er auf die Stadt hinaus. »Das ist es, was mein Vater erwartet. Ein Krieger muss stark sein. Ein Krieger muss gnadenlos sein. Wir sind die Retter dieser Welt. Die einzigen, die die Bestien in Schach halten. Bla, bla, bla. Meine ganze Kindheit habe ich nichts anderes gehört. Und das Schlimmste ist, dass ich es eigentlich nie infrage gestellt habe. Nicht wirklich. Ich schätze, es war einfacher, daran zu glauben. Außerdem habe ich ja nie Alchemisten kennengelernt. Zumindest nicht wirklich.« Er schüttelte den Kopf. »Keine Ahnung, ich schätze, ich war einfach dämlich.«

»Klassischer Fall von Indoktrinierung. Du hattest nie eine Chance.« Ich zuckte mit den Achseln, als wäre es keine große Sache.

Er gab ein verächtliches Lachen von sich. »Du bist wirklich schlecht darin mich aufzumuntern.«

Ich legte den Kopf in den Nacken und sah hoch in den Himmel. Er war genauso strahlendblau wie Kierans Augen und doch viel leichter anzusehen. »Als ich klein war, wusste ich nur eins: Kinder von Begabten sind immer glücklich. Für mich war das Begabtenviertel wie eine andere Welt. Eine magische Welt. In der man alles haben kann, was man will. Ich hatte ja keine Ahnung, was der Preis ist.«

Jetzt klang sein Lachen bitter. »Man bekommt ein sicheres Leben, über das man nicht selbst bestimmen kann. Das sieht man von außen nicht. Die Regierung möchte auch nicht, dass man es sieht. Meine Kindheit war nicht leicht, aber eins muss man meinem Vater lassen. Er hat mich stark gemacht.«

»Und er hält dich ernsthaft für eine Enttäuschung?«, fragte ich. Kieran war einer der besten Krieger seiner Generation. Das konnte niemand abstreiten.

»Vielleicht.« Kieran starrte über meinen Kopf hinweg auf den wolkenverhangenen Himmel Kingstons. »Vielleicht ist das auch nur seine Lieblingsdrohung. Schwer zu sagen.«

»Hm.« Ich schob mir einen weiteren Löffel Reis in den Mund, nicht sicher, wie ich antworten sollte. Kieran nahm mir diese Aufgabe ab.

»Aber genug von mir. Sonst werde ich noch depressiv. Erzähl mir mehr darüber, wie du aufgewachsen bist.«

Ich zögerte. Wie viel sollte ich über mich preisgeben?

»Komm schon, Williams. Das ist nur fair. Ich habe auch von meiner verkorksten Kindheit erzählt.«

»Mein Vater ist gestorben als ich fünf war. Er ist bei der Arbeit von Bestien angegriffen worden. Ich kann mich kaum an ihn erinnern.« Alles, was ich hatte, waren verschwommene Bilder, ein paar Fetzen, mehr nicht. Inzwischen konnte ich nicht mehr unterscheiden, was eine Erinnerung war und was ich aus den Erzählungen meiner Mutter wusste.

Kieran wartete stumm darauf, dass ich weitersprach.

»Davor waren wir auch nicht gerade wohlhabend, danach

wurde es wirklich schlimm. Ich habe zwei kleine Schwestern. Meine Mutter musste uns plötzlich allein versorgen. Daher haben sich meistens Nachbarn und Freunde um uns gekümmert, wenn sie arbeitete. Meine Mutter hat ein Netzwerk aus Eltern, die in der gleichen Situation sind. Wenn man genug Leute zusammenbekommt, schafft man es, seine Urlaubstage so aufzuteilen, dass immer jemand auf die Kinder aufpasst.«

»Das klingt chaotisch.« Ein Lächeln trat auf sein Gesicht.

Ich lachte. »Das war es auch. Meistens waren wir über zwanzig Kinder. In einem Haus. Je älter wir wurden, desto einfacher wurde es für meine Mutter.«

»Das heißt vermutlich, dass du sehr früh mithelfen musstest«, sagte er, als wäre das etwas Schlechtes.

Ich runzelte die Stirn. »Das müssen alle in den äußeren Stadtteilen. Ich musste mich um meine Schwestern kümmern. Nach der Schule arbeiten, sobald ich alt genug war. Für Nicht-Begabte ist es nicht so leicht wie für uns. Mit der Zeit hat meine Mutter bessere Jobs bekommen, ich konnte mithelfen, meine Schwestern konnten mithelfen und dann hatte ich meinen Test und meine Begabung wurde festgestellt.« Ich würde das Strahlen auf dem Gesicht meiner Mutter niemals vergessen. »Es war ihr größter Traum, dass zumindest eine von uns begabt ist, obwohl es in unserer Familie niemanden gab. Das bedeutete nicht nur, dass ich ihr früher als erwartet nicht mehr auf der Tasche lag, sondern auch, dass ich garantiert einen guten Job bekommen würde.«

»Sie weiß nicht, dass du deine Gabe nicht magst, oder?«, fragte er leise.

Überrascht sah ich auf. »Natürlich nicht. Es würde ihr das Herz brechen.«

»Und du willst sie stolz machen?«, wollte er wissen.

Ich runzelte die Stirn. Wollte er seine Eltern nicht stolz machen? »Bei ihr ist das nicht schwer. Eigentlich will sie nur, dass ich glücklich bin. Sie glaubt eben, dass meine Gabe dafür sorgt. Sie muss sich um so viele Sachen Gedanken machen, ich will sie damit nicht belasten. Außerdem bin ich nicht unglücklich. Ich bin nur nicht ganz zufrieden mit meiner Gabe. Das wird sich irgendwann legen.«

»Hm.« Er sah wieder zur Stadt. »Ich will meine Eltern stolz machen, denke ich. Es wäre leichter, wenn dem nicht so wäre. Dann könnte ich meinem Vater endlich mal die Meinung sagen.«

Ich kräuselte die Lippen. »Wenn er so weitermacht, kommst du sicher irgendwann an den Punkt.«

»Ist es nicht scheiße, dass Kindern immer erzählt wird, dass die Gaben das Beste sind, das einem passieren kann? Und dann bekommt man endlich eine und muss feststellen, dass es doch Nachteile gibt. Mir wäre es lieber gewesen, wenn sie uns die Wahrheit erzählt hätten. Es ist ja nicht so, als ob das etwas an unserer Bestimmung geändert hätte. Wir wären nur besser darauf vorbereitet gewesen.«

Langsam nickte ich. »Ich weiß, was du meinst. Dann wären die Nicht-Begabten nicht so eifersüchtig.«

»Aber genau das ist der Punkt, oder? Sie sollen eifersüchtig sein. Sollen uns fast verehren, damit wir die Macht behalten.«

»Kann es sein, dass unsere Welt ganz schön kaputt ist?«

»Du meinst abgesehen von der Tatsache, dass alles, was bunt und niedlich ist, uns umbringen will?« Er sah mich an, eine Augenbraue erhoben.

»Wusstest du, dass schon vor der Magie alles Bunte giftig war? Die Farbe diente als Warnung.«

Er lachte. »So nach dem Motto *Don't mess with me, I'm pretty*? Interessant. Die Magie hat es etwas übertrieben, findest du nicht?«

Ich schürzte die Lippen. »Schon.«

»Und was sagen deine Augen mir dann?«, wollte er wissen. »Dass ich mich vor dir in Acht nehmen sollte? Bist du auch giftig?«

»Wenn das bei Menschen auch so wäre, müsste Charlotte aussehen wie ein Regenbogen.« Ein verächtliches Schnauben konnte ich unterdrücken, den sarkastischen Kommentar allerdings nicht.

Er seufzte. »Der Schlag in die Magengrube hat nicht dabei geholfen, deine Meinung über sie zu verbessern, oder?«

Automatisch wanderte meine Hand zu meinem Bauch. »Kannst du es mir verübeln?«

»Vermutlich nicht.«

Immerhin sah er es ein.

Stille breitete sich aus, während wir beide hinaus auf die Stadt starrten.

»Ich weiß, dass Charlotte schwierig ist«, sagte er schließlich, »aber sie wird sich an dich gewöhnen. Sie wurde eben genauso erzogen wie ich. Obwohl, eigentlich ist ihre Mutter sogar noch schlimmer als meine, auch wenn es unmöglich erscheint.«

»Irgendwie fällt es mir schwer, das als Entschuldigung zu akzeptieren.«

Er schüttelte den Kopf. »Du verstehst nicht, wie so eine Kindheit ist.«

Meine Augen verengten sich. »Ich hatte auch keine leichte Kindheit, aber ich benutze es nicht als Ausrede.«

»Du hast eine Mutter, die dich bedingungslos unterstützt«, erinnerte er mich. »Glaub mir, Eltern, für die du nie gut genug bist, verkorksen dich.«

Nachdenklich kräuselte ich die Lippen. »Reden wir eigentlich noch von Charlotte oder schon von dir?«

Sein Blick war immer noch auf die Stadt gerichtet, als er antwortete. »Bin ich so anders?«

Mein Herz wollte »Ja!« brüllen, auch wenn mein Kopf nicht verstand wieso. »Du bist nicht so hinterhältig. Bei dir weiß man, woran man ist. Und du scheinst zu akzeptieren, dass Alchemisten kein Abschaum sind.«

Ein leichtes Lächeln umspielte seine Lippen. »Abschaum ist ein hartes Wort. Arrogant und überbewertet ist eine Beschreibung, die die meisten Krieger benutzen.«

Ich legte vorwurfsvoll den Kopf schief.

Kieran lachte, doch dann schien er nachdenklich zu werden. »Diese Vorurteile haben mein ganzes Leben bestimmt. Wenn man etwas nur oft genug hört, glaubt man es irgendwann. Es ist schwer dagegen zu arbeiten, auch wenn ich nur gegen mich selbst kämpfe. Wie soll ich jemanden davon überzeugen, der noch nicht mal bereit ist, diese Möglichkeit überhaupt anzunehmen?«

Ich senkte den Kopf. Es war nicht fair von mir, ihm diese Last auf die Schultern zu legen. »Ich schätze, da haben wir beide noch einen langen Weg vor uns. Die Alchemisten sind ja auch nicht besser.«

Er schien freudig überrascht, als er diese Worte hörte. »Es ist dämlich. Wir stecken zu zweit in diesem Schlamassel und trotzdem fühle ich mich ständig allein.«

»Vielleicht sollten wir einfach zusammenarbeiten.« Ich hob den Kopf, um ihn anzusehen.

Er erwiderte meinen Blick mit einem Lächeln. »Vielleicht.«

Zurück im Trainingsraum verkündeten Beth und Carly, dass unsere Aufgabe für heute Nachmittag war, einfach miteinander zu reden, und verließen den Raum.

Kieran und ich tauschten unsichere Blicke. Mir hatte unser Gespräch auf dem Dach fürs Erste gereicht, wenn ich ehrlich war. Ich hätte sogar lieber mit dem Kampftraining weitergemacht. Obwohl wenn Charlotte wiedergekommen wäre, dann vielleicht nicht.

Kieran ließ sich auf die Matte sinken und sah mich erwartungsvoll an. »Offensichtlich trauen sie uns jetzt zu, dass wir uns selbst Gesprächsthemen ausdenken. Also?«

Seufzend ließ ich mich in den Schneidersitz sinken. »Keine Ahnung.«

»Ich dachte, als Alchemistin solltest du innovativ sein.« Grinsend legte er den Kopf schief.

Meine Augenbrauen zogen sich zusammen. »Kann es sein, dass du nur ablenken willst, indem du mich ärgerst?«

»Gut, dann denke ich mir eben etwas aus.« Er sah sich in der Halle um, als erwartete er, dort Inspiration zu finden. »Willst du mir vielleicht noch etwas über deine Familie erzählen?«

Ich fuhr mit den Händen über meine Knie. Nein, eigentlich nicht. »Was willst du hören?«

Er zuckte mit den Achseln. »Was auch immer du erzählen willst.«

Es war albern, dass mir dieses Thema unangenehm war. Ich schämte mich nicht für sie. »Ich glaube, ich habe schon erwähnt, dass ich zwei kleine Schwestern habe.«

Kieran nickte. »Wie heißen sie?«

»Maddie und Tamy. Maddie ist achtzehn, Tamy sechzehn.«

Schweigend wartete er darauf, dass ich weitersprach.

»Maddie ist unglaublich chaotisch.« Ein Lächeln trat auf

mein Gesicht, als ich mich daran erinnerte, wie sie früher ihre wenigen Habseligkeiten in unserem Zimmer verteilte. Das hatte mich immer wahnsinnig gemacht, jetzt wurde ich fast nostalgisch. »Sie verbringt die Hälfte ihrer Zeit damit, irgendetwas zu suchen, aber wenn es darum geht, etwas zu organisieren, wer dran ist mit Putzen, was eingekauft werden muss, was wir an Geburtstagen machen, dann ist sie unglaublich. Besser als wir alle. Tamy war schon immer sehr zurückhaltend. Es dauert eine Weile, bis sie auftaut, aber sie hat ständig neue Ideen, neue Träume. Mit ihr kann es gar nicht langweilig werden.«

»Du vermisst sie.« Er fragte nicht, er stellte fest.

»Natürlich. Ich habe sie seit über einem Monat nicht mehr gesehen und dank unseres Trainings wird es noch eine Weile dauern.«

»Das tut mir leid. Ich habe keine Geschwister. Habt ihr euch zu dritt ein Zimmer geteilt?«

Ich nickte. Mehr Platz hatten wir nicht gehabt.

Er verzog das Gesicht. »Das klingt anstrengend.«

Das brachte mich zum Lachen. »Ist es. Sogar ziemlich oft. Aber manchmal ist es auch schön, nicht allein zu sein. Man hat immer jemanden zum Reden.«

»Ich wünschte ich hätte auch Geschwister«, seufzte Kieran. »Jemand, mit dem man sich so richtig schön über seine Eltern auskotzen kann. Es ist nicht das Gleiche, mit seinen Freunden über sie herzuziehen.«

Ich verdrehte die Augen. »Das ist ein ziemlich gehässiger Traum.«

Er kräuselte die Lippen. »Es ist besser, solche Gefühle rauszulassen, als sie in sich hineinzufressen. Wenn ich jemandem zum Druck ablassen gehabt hätte, wäre ich vielleicht nicht so verbittert geworden.«

»Verbittert?« Ich runzelte die Stirn. »Bist du nicht ein bisschen zu jung, um verbittert zu sein?«

Als er mich ansah, waren seine blauen Augen hart, kalt. »Wenn ich alt genug für alltägliche Massaker bin, bin ich wohl auch alt genug, um verbittert zu sein.«

Ich starrte auf meinen Finger, mit dem ich unsichtbare Muster auf die Matte vor mir malte. Bisher hatte ich immer angenommen, dass ich zu den wenigen Begabten gehörte, die der Magie nicht dankbar für ihr Geschenk waren. Doch wenn selbst Kieran, einer der besten und erfolgreichsten Krieger unserer Generation, so dachte, wer noch? Waren wir am Ende alle unglücklich und versteckten es nur?

»Niemand hat je behauptet, dass die Elite der Gesellschaft glücklich sein muss.«

Ich riss den Kopf hoch. Kieran starrte an die Wand zu unserer Linken.

»Jetzt wird es aber zynisch«, murmelte ich.

»Der Sinn dieses Gesprächs ist es, dass wir uns besser kennenlernen. Uns alle unsere Geheimnisse erzählen, damit wir uns absolut vertrauen können. Das Leben besteht eben nicht nur aus Einhörnern und Zuckerwatte.«

»Einhörner und Zuckerwatte?«, wiederholte ich. Hatte er einmal zu oft eine über den Schädel bekommen?

»Rosa, süß«, zählte er auf, »bunt, glitzerig.«

»Aggressiv, spießen gern Leute auf«, fuhr ich fort. Einhörner gehörten zu den gefürchtetsten Bestien. Sie waren verdammt gefährlich und kein bisschen süß.

Er verdrehte die Augen. »Warum musst du immer alles so ernst nehmen? Mach dich mal locker, Williams.«

Ich deutete mit dem Finger auf ihn. »Genau das ist es, was mich an dir am meisten aufgeregt hat. *Mach dich mal locker. Lach doch mal. Warum so depri, Williams?* Was soll das? Warum kannst du nichts ernstnehmen?«

Sein Blick verdüsterte sich. »Wie kommst du darauf?«

»Weil du immer dumme Witze machst. Egal, was es ist. Du hast immer einen dummen Spruch auf den Lippen. Alles ist ein Witz für dich.« Aufgebracht warf ich die Arme in die Luft.

Seine Augen verengten sich. »Du hast keine Ahnung, Liana. Das nennt sich Galgenhumor. Du verurteilst mich, weil du nicht verstehst, wie ich mit schwierigen Dingen umgehe. Komm mal runter von deinem hohen Ross.«

Meine Augenbrauen schossen in die Höhe angesichts dieser Frechheit. »Ich sitze auf einem hohen Ross? Wer ist denn der Krieger, der sich für etwas Besseres hält? Wer hackt auf anderen herum, so oft er kann?«

Kieran erhob sich und kam auf mich zu. Ich sprang auf, bevor er mich erreichte.

»Soll ich mich heimlich still und leise für etwas Besseres halten so wie du?« Seine Stimme wurde immer lauter. Die letzten Worte brüllte er mir ins Gesicht.

Mir klappte der Mund auf. »Wie zur Hölle kommst du darauf, dass ich mich für etwas Besseres halte?«

»Der Ausdruck in deinen Augen, jedes Mal, wenn du mich ansiehst.«

Ein hämisches Lachen entfuhr mir. »Was für ein Unsinn. Ich hatte keine Ahnung, dass du so eine Dramaqueen bist.«

»Genau das meine ich.« Er trat noch näher. Seine Augen schienen mit seiner Wut dunkler zu werden. War das möglich? Ein Nebeneffekt der Magie, die durch seine Adern floss? Ich trat einen Schritt zurück. »Du denkst, dass alle Krieger dumm sind. Dass wir euch Alchemisten unterlegen sind. Deswegen nimmst du mich auch nie ernst. Du machst immer nur Vorwürfe, anstatt dir an die eigene Nase zu fassen. Wenn dich jemand fragt, warum wir noch keinen Erfolg haben, was sagst du dann? Lass mich raten, dass es allein meine Schuld ist. Deiner Meinung nach ist alles meine Schuld, nicht wahr? Du bist ja die schlaue Alchemistin, also kann es unmöglich an dir liegen.«

Ich blinzelte ein paar Mal, doch das Brennen in meinen Augen verschwand nicht. »In letzter Zeit haben wir fast jede wache Minute miteinander verbracht. Wie kann es sein, dass du mich kein bisschen kennst?«

»Siehst du. Meine Schuld. Wie ich gesagt habe.« Er verschränkte die Arme vor der Brust.

Das Blinzeln reichte nicht. Ich wischte mir eine Träne aus den Augen. Dann wandte ich mich ab und rannte zur Tür. Ich konnte nicht mehr. Keine Sekunde länger konnte ich in seiner Gegenwart verbringen. Nicht, wenn die Dunkelheit schon wieder drohte, mich zu verschlucken.

Kapitel 10

»Also, legen wir los. Ihr wisst, wie das hier abläuft. Aufwärmen.« Beth klatschte in die Hände und wir setzten uns in Bewegung, so wie jeden Morgen. Falls ihr aufgefallen war, dass Kieran und ich uns nicht ansahen, sagte sie nichts dazu.

Ich hatte die halbe Nacht wach gelegen und über unseren Streit nachgedacht. Noch zweimal hatte ich gegen die Dunkelheit gekämpft. Wenn das so weiter ging, würde ich wirklich verrückt werden. Ich musste aufhören, mir einzubilden, dass irgendeine unsichtbare Macht mich aufhalten wollte. Es waren allein meine Zweifel, gegen die ich kämpfte.

Kieran dagegen sah so aus, als hätte er geschlafen wie ein Baby. Im Gegensatz zu mir hatte er keine Augenringe und führte ein angeregtes Gespräch mit Charlotte. Ich war so müde, dass ich zu Kommunikation nicht in der Lage war. Schon gar nicht mit Charlotte.

Als Beth uns unsere Stöcke in die Hand drückte, wirbelte Kieran seinen durch die Luft und warf mir einen Blick zu, als würde er mir am liebsten den Kopf abschlagen. Heute würde ich mich nicht darauf verlassen können, dass er Charlottes Angriffe für mich abwehrte.

Seufzend ging ich in Position. Kieran warf mir einen Blick zu, den ich nur als angewidert bezeichnen konnte. Wenn es ihm schon so viel Unbehagen bereitete, sich neben mich zu stellen, wie sollten wir uns je so nah kommen, dass wir sicher einen gemeinsamen Rausch heraufbeschworen?

Charlotte grinste, als sie ihren Stock hob. Natürlich war ihr aufgefallen, dass zwischen Kieran und mir etwas nicht stimmte.

»Und los!« Sobald Beth den Befehl gab, ging Charlotte auf mich los.

Ich versuchte, rechtzeitig zu reagieren, doch Kieran sprang in letzter Sekunde dazwischen und wehrte sie ab. Fast hätte ich ihm meinen Stock gegen die Hand geknallt.

Während Kieran Charlotte beschäftigte, versuchte ich, sie zu überlisten, aber Kieran war so langsam mit seinen Angriffen, dass sie mich mühelos blockte. Er schien fest entschlossen, mir heute keinen Erfolg zu gönnen. Charlotte beflügelte das nur, heftiger auf mich loszugehen. Ich stöhnte, als ihr Stock mich in die Seite traf. Kieran hatte zu spät eingegriffen. Mit Absicht. Da war ich mir sicher. Schließlich wirbelte sie herum und zog mir die Beine weg. Hart landete ich auf der Matte, Charlotte über mir, den Stock grinsend auf meine Kehle gerichtet.

»Kieran«, hörte ich Beths Stimme. Kopfschüttelnd kam sie auf uns zu. »Was ist heute los mit dir?«

Er zuckte mit den Achseln. »Keine Ahnung. Schätze, ich bin einfach müde.«

Alles klar, er war angepisst und ließ es an mir aus. Offensichtlich war er entschlossen, diesen sinnlosen Streit weiterzuführen, auch wenn es unserer Mission schadete. Hatte ich wirklich etwas anderes erwartet? Er war hitzköpfig.

Widerwillig ergriff ich Charlottes Hand und ließ mich von ihr auf die Beine ziehen.

»Gut gekämpft«, lobte sie mich und klopfte mir auf die Schulter.

Ich hatte nur einen bösen Blick für sie übrig. Sie freute sich, dass zwischen Kieran und mir schlechte Stimmung herrschte. Deswegen wirkte ihr Lächeln heute aufrichtig.

In den nächsten Stunden bekam ich einige Schläge mit dem Stock ab, bis Beth endlich beschloss, dass es reichte. Im Meditationstraining versuchte ich nicht mal, mich zu entspannen. Zu groß war die Angst davor, in den Rausch zu fallen.

Kieran redete kein einziges Wort mehr mit mir. Am Abend zählte ich ein Dutzend neue blaue Flecken auf meinem Körper. Im Bett verfluchte ich Kieran mit all meiner Macht. Warum er? Warum zur Hölle musste ich ausgerechnet mit so einem sturen Idioten zusammenarbeiten? Was hatte die Magie sich dabei gedacht? Ich schlief nur unwesentlich besser als die Nacht davor. Langsam wurden meine Augenringe genauso lila wie meine Iris. Mein Core empfahl mir ständig Bücher über gesunden Schlaf.

Es wurde nicht besser.

Auch am Wochenende gab Kieran sich beim Training keine Mühe. Im Gegensatz zu Charlotte. Die freute sich, dass sie mir ihren Stock wieder und wieder in die Rippen stoßen konnte. Beth und Carly hatten die schlechte Stimmung inzwischen auch bemerkt, aber sie schienen nicht zu wissen, was sie dagegen tun konnten. Wann immer wir allein miteinander waren, schwiegen wir uns an. Dass unsere Mission Erfolg haben würde, schien mir mit jeder Minute unwahrscheinlicher. Mittlerweile bildete ich mir sogar ein, dass die Dunkelheit in meinem Kopf mich auslachte.

Sonntagabend auf dem Heimweg tanzten plötzlich schwarze Flecken vor meinen Augen. Ich versuchte dagegen anzukämpfen, doch meine Finger wurden taub. Die Magie war stärker. Unwiderruflich zog sie mich in ihren Bann.

Als ich wieder zu mir kam, stand ich vor einem Wohnhaus, das ich nicht kannte. Mein Finger schwebte über einem Klingelschild. Namara.

Ich zuckte zurück, als hätte ich mich verbrannt und sah mich hektisch um. Das war Kierans Zuhause. Hatte ich schon geklingelt? Anstatt darauf zu warten, ob mir jemand öffnete, nahm ich die Beine in die Hand und rannte zur nächsten Straßenecke. Keuchend lehnte ich mich in einer Seitengasse an eine Wand. Das Herz schlug mir bis zum Hals. Ich befand mich in einem Teil des Begabtenviertels, in dem ich noch nie gewesen war. Hier wohnten die Familien, die bereits seit Generationen Begabte hervorbrachten. Die Elite der Elite.

Ich tippte auf den Core an meinem Handgelenk, schaltete die Navigation ein und machte mich auf den Weg nach Hause. Bis ich dort ankam, war es bereits dunkel. Was, wenn ich später aus dem Rausch erwacht wäre? Was, wenn ich erst in Kierans Wohnung wieder zu mir gekommen wäre? Wie weit würde die Magie gehen, damit wir unsere Aufgabe erfüllten?

Dass ich heute gut schlief, war einzig und allein meiner Erschöpfung zu verdanken.

»Okay, jetzt reicht es«, brüllte Beth am Montagmorgen, das Gesicht rot vor Wut. Sie deutete auf Kieran und mich. »Ihr beide klärt jetzt, was auch immer das zwischen euch ist und solange kommt ihr hier nicht raus. Und wenn ihr euch in die Hose macht. Ist mir scheißegal.«

Sie packte Charlotte am Arm und zerrte sie in Richtung Tür. Carly sah schockiert aus, doch sie folgte ihnen. Die Tür schlug zu und ich hörte, wie sich der Schlüssel im Schloss drehte. Wir waren eingesperrt.

Kieran ging auf der Matte auf und ab, wirbelte seinen Stock hin und her und vermied es, mich anzusehen. Unsicher beäugte ich die Waffe. Hätte Beth ihm den nicht abnehmen können?

Die Stille schien sich auszubreiten, bis sie drohte, mich zu erdrücken. Das einzige Geräusch war das Zischen von Kierans Stock, den er immer schneller durch die Luft wirbeln ließ. Es schien ihn zu beruhigen, sich auf die Bewegung zu konzentrieren.

Mein eigener Stock hing schlaff in meiner Hand, während ich darauf wartete, was er als nächstes tat. Er war hitzköpfig, aber ihm lag unsere Mission auch am Herzen. Zumindest war das vor unserem Streit der Fall gewesen. Wusste sein Vater, dass wir uns gezofft hatten? Setzte er Kieran noch mehr unter Druck? Auf einmal tat er mir wieder leid. Nicht alles, was er mir an den Kopf geworfen hatte, war unbegründet gewesen. Von Anfang an hatte ich angenommen, dass er es nicht schaffen würde, seine Vorurteile zu überwinden. Dass er schuld daran sein würde, wenn wir scheiterten. Höchstwahrscheinlich war dies meine Art, mich von meinen eigenen Versagensängsten abzulenken. Meine Art, die Dunkelheit im Zaum zu halten. Ich hielt mich zwar nicht für etwas Besseres, aber ich hatte einen anderen Eindruck erweckt. *Einer muss den ersten Schritt tun*, dachte ich.

»Es tut mir leid.«

Der Stock erstarrte. Kieran sah auf.

Ich holte tief Luft. »Es tut mir leid, dass ich dir das Gefühl gegeben habe, dass du schuld daran bist, dass wir noch keinen Erfolg hatten. Und ich halte mich nicht für etwas Besseres, aber ich kann verstehen, dass mein Verhalten so gewirkt hat. Das tut mir auch leid. Ich werde versuchen, mich zu bessern. Und wenn mir das nicht gelingt, sag mir das bitte.«

Nervös verschränkte ich die Hände hinter dem Rücken, während ich auf seine Antwort wartete. Doch dem Krieger schien es schwerzufallen, über seinen Schatten zu springen. Langsam kam er auf mich zu, den Stock locker an seiner Seite.

Fast automatisch umklammerte ich meine eigene Waffe fester.

Endlich blieb er stehen, sein Gesicht nur ein paar Zentimeter von meinem entfernt.

Ein Lächeln verzog seine Lippen. »Nervös?«

Meine Augen verengten sich. Schaffte der Penner es ernsthaft nicht, sich zu entschuldigen?

Er streckte seine Hand aus, als wollte er mir über die Wange streichen, hielt aber inne. »Mir tut es auch leid«, sagte er schließlich, endlich. »Ich habe dir auch ein paar Sachen an den Kopf geworfen, die nicht fair waren. Wollen wir die Sache einfach vergessen?« Diesmal schien es so, als würde das Blau seiner Augen sich aufhellen. Es musste die Magie sein, die dahintersteckte. Eine andere Erklärung gab es nicht. Ich senkte den Kopf, bevor ich mich in dem Meer verlieren konnte, und nickte. »Hm hm.«

Erschrocken keuchte ich auf, als er seinen Stock fallen ließ, die Arme um mich schlang und mich an seine Brust zog. »Ich bin es nicht gewohnt, über meine Gefühle zu reden. Das ist unter Kriegern nicht so angesagt und ich …« Er brach ab. Ich schloss die Augen und genoss das Gefühl seiner starken Arme. Ich ballte die Hände jedoch zu Fäusten, um nicht über seinen Rücken zu streichen. Ich war nicht so blöd, mich von ein paar Muskeln beeindrucken zu lassen.

»Dein erster Reflex ist zuzumachen«, murmelte ich. »Schon klar.« Das konnte ich sogar verstehen. Während ich mit Mandy über alles redete, fiel es mir schwer, mit anderen Menschen genauso offen zu sein. »Für mich ist das auch nicht leicht. Vor allem, weil es sich irgendwie so gezwungen anfühlt.«

»Die Magie wird sich etwas dabei gedacht haben.« Er ließ mich los und schob mich ein Stück von sich weg. Seine Hände ruhten auf meinen Schultern. »Ab jetzt werde ich mich beim Training wieder mehr anstrengen, damit sich die da nicht vermehren.« Er deutete auf die blauen Flecken auf meinen Armen, die in meinem Tanktop gut zur Geltung kamen. Kieran ahnte nichts von den vielen blauen Flecken und Striemen, die von Oberteil und Leggins verdeckt wurden. Dann brach ich in Gelächter aus.

Kurz sah er mich an, als hätte ich den Verstand verloren, doch dann musste auch er lachen. Ich warf meinen Stock weg und ließ mich auf die Matte fallen, weil ich kaum noch Luft bekam.

Kieran erging es ähnlich. »Was genau ist eigentlich so lustig?«, japste er, als er sich neben mich setzte.

Ich vergrub das Gesicht in den Händen. »Keine Ahnung. Das ist irgendwie alles absurd.«

»Das kannst du laut sagen.« Langsam schien er sich wieder zu beruhigen. Er streckte den Arm aus und griff nach meiner Hand. Das Lachen blieb mir in der Kehle stecken.

Seine Augenbrauen schossen in die Höhe. »Geht's wieder?«

Ich nickte und spürte, wie mir die Hitze in die Wangen stieg. »Keine Ahnung, was gerade mit mir los war«, murmelte ich.

»Vielleicht lässt die Magie dich langsam wahnsinnig werden«, schlug er vor.

Nicht die Magie. Ich selbst ließ mich wahnsinnig werden, doch das konnte ich niemandem sagen. Nicht ihm. Nicht einmal Mandy. »Ich dachte, das passiert erst, nachdem wir einen gemeinsamen Rausch haben.«

Er zuckte mit den Achseln. »Dann war das wohl eine Warnung. Wir müssen uns erst besser kennenlernen, bevor wir es versuchen.«

Ich kräuselte die Lippen. »Also sind wir uns einig, dass wir uns beide mehr Mühe geben müssen?«

Er nickte, stand auf und hielt mir die Hand hin. Ich ließ mich von ihm auf die Beine ziehen, stolperte jedoch, sodass ich mich an ihm abstützen musste. »Tschuldigung.«

Ein Lachen ließ seine Brust vibrieren. Hastig zog ich die Hände zurück. »Ist es nicht Sinn der Sache, dass du dich darauf verlassen kannst, dass ich dich immer fange?«

Mir stockte der Atem. Ich verstand diese Signale eindeutig falsch. Er war nur froh, dass wir uns vertragen hatten, und wollte alles dafür tun, damit wir endlich Erfolg hatten. Mehr war da nicht und mehr würde da auch nicht sein. Wir passten nicht zusammen.

»Wollen wir die anderen zurückholen?«

Hastig nickte ich, froh, nicht mehr mit ihm allein zu sein. Warum hatte er nur so eine starke Wirkung auf mich? Normalerweise ließ ich mich von einem hübschen Gesicht nicht so leicht beeindrucken und ich musste dringend damit aufhören, bevor ich verletzt wurde. Ich wischte mir ein paar verschwitzte Haarsträhnen aus der Stirn. Dieses Hin und Her machte mich echt fertig.

»Geht doch«, lautete Beths Kommentar, als sie auf Kierans Klopfen hin die Tür öffnete. Charlotte sah misstrauisch aus. Carly dagegen strahlte.

»Ich würde sagen, noch eine Runde Kampftraining und dann fangen wir mit dem Meditieren an«, schlug sie vor.

Diesmal hatte Charlotte keine Chance gegen Kieran. Er griff sie mit voller Kraft an. Auch ich schien neue Energie geschöpft zu haben und gab mein Bestes. Meine Schläge wurden schneller, obwohl ich es kaum für möglich hielt. Meine Finger begannen zu kribbeln. Ich dachte nicht mehr nach. Ich schlug einfach zu. Fast fühlte es sich an, als hätte ich keine Kontrolle mehr über meinen Körper.

Nach links!, hörte ich auf einmal eine Stimme in meinem Kopf. Automatisch flog meine Hand hoch. Kieran. Es war Kieran, den ich im Kopf spürte. Wir waren im Rausch. Gemeinsam. Angst schoss mir durch die Adern, mein Magen verkrampfte sich, meine Hände öffneten sich und der Stock fiel klappernd auf den Boden.

Eine unsichtbare Kraft stieß mich zurück in meinen Körper. Ich hielt meinen Stock fest umklammert. Kierans lag auf dem Boden. Wir starrten uns an, schockiert darüber, was gerade passiert war. Wir hatten einen gemeinsamen Rausch erlebt. Es waren nur ein paar Sekunden gewesen, aber wir hatten es geschafft und mein Verstand fühlte sich intakt an.

»Kannst du noch reden oder nur sabbern?«, wollte Kieran wissen.

Ich begann zu lachen, Tränen schossen mir in die Augen. Wir hatten es geschafft.

Auch auf Kierans Gesicht breitete sich ein Grinsen aus. »Alles klar.« Er kam auf mich zu und schlang die Arme um mich. Ich vergrub den Kopf an seiner Schulter, gefangen zwischen Lachen und Weinen.

»Was genau ist gerade passiert?«

Ich löste mich von Kieran und wischte mir ein paar Tränen aus den Augen.

Charlotte starrte mich entsetzt an, Beth und Carly wirkten verwirrt.

Carly legte den Kopf schief. »Was genau ist gerade passiert?«, wiederholte sie.

Ich musste immer noch lachen und bekam keinen Ton heraus. Kieran hatte das Problem nicht. »Wir hatten einen gemeinsamen Rausch. Nur ganz kurz, aber ja.«

Charlottes Augen verengten sich. »Das erklärt, warum sie plötzlich so schnell war.«

»Es war unglaublich.« Kierans Stimme war nicht mehr als ein Flüstern. »Es war, als wären wir eins. Ich wusste nicht mehr, wo ich aufhöre und Liana anfängt und gleichzeitig hat die Magie uns gelenkt. Ganz seltsam.«

»Ich dachte, ich hätte den Stock fallen gelassen«, fügte ich hinzu. »Ich habe erst bemerkt, dass es Kierans war, als der Rausch endete.«

»Aber du kannst dich daran erinnern?«, fragte Carly, die grauen Augen weit aufgerissen.

Ich nickte. Der erste Rausch, an den ich mich erinnerte. Er hatte sich ganz anders angefühlt. Keine schwarzen Flecken, keine Taubheit, keine Dunkelheit. Alles war klar geblieben. Ich konnte weder aufhören zu grinsen noch Kieran anzustarren. Ihm schien es ganz genauso zu gehen.

»Gut, ich kann jetzt gehen, oder? Das sollte für heute sowieso der letzte Kampf sein.« Charlotte warf mir einen hasserfüllten Blick zu, ließ ihren Stock fallen und machte sich auf den Weg zur Tür.

»Charlotte«, rief Kieran ihr hinterher, doch ihre einzige Antwort war, die Tür hinter sich zuzuknallen. Er seufzte. »Klasse.«

Beth machte eine wegwerfende Handbewegung. »Die wird sich wieder beruhigen. Herzlichen Glückwunsch, ihr beiden. Also hat das Training geholfen.«

»Und dass ihr euch wieder vertragen habt sicher auch«,

fügte Carly hinzu. Sie hatte die Hände in die Hüften gestemmt, als müsste sie sich zusammenreißen, um nicht durch den Raum zu hüpfen. Das konnte ich sehr gut nachvollziehen. Charlottes Abgang dagegen schien Kieran einen Dämpfer versetzt zu haben. Ich wollte ihm die Hand auf den Arm legen, aber er machte einen Schritt zur Seite, um meiner Berührung zu entkommen.

»Wenn das okay ist, würde ich gerne mit ihr reden«, brummte Kieran. »Sie tut sich schwer damit, dass ich … Ich kann das jetzt nicht erklären, ohne ihre Privatsphäre zu verletzen. Ist es okay, wenn ich ihr folge?«

Zu meiner großen Überraschung nickte Carly und machte eine einladende Handbewegung in Richtung Tür. Als Kieran den Raum verlassen hatte, zuckte sie mit den Achseln. »Nach dem Erfolg heute habt ihr euch einen frühen Feierabend verdient. Du kannst nach Hause gehen, Liana.«

Ich runzelte die Stirn, beschloss aber, mich zu verziehen, bevor sie es sich anders überlegen konnte.

In der Umkleide traf ich auf Charlotte. Die schien ihr triumphierendes Lächeln wiedergefunden zu haben.

»Du kannst ihn mir nicht wegnehmen«, teilte sie mir mit und raffte ihre Sachen zusammen, ohne sich umzuziehen. »Er ist mir nachgelaufen. Ich habe ihn genau dort, wo ich ihn haben will.« Sie trat auf mich zu. Ihr Lächeln wirkte mehr wie ein Zähnefletschen. »Gib auf, bevor du dich blamierst.«

»Ich habe nicht vor, ihn dir wegzunehmen«, antwortete ich, doch sie drängte sich an mir vorbei, ohne ein weiteres Wort zu sagen.

Ich starrte ihr hinterher. Sie redete über Kieran, als wäre er ihr Eigentum. Ich konnte mir nicht vorstellen, dass ihm das gefiel. Wenn sie so weitermachte, würde sie ihn von allein vertreiben.

Heute beim Rausch hatte ich seine Impulsivität das erste Mal selbst gespürt. Seine Wut, seine Weigerung, die Kontrolle über seinen Körper aufzugeben. Zumindest glaubte ich, dass diese Gefühle von Kieran stammten. Mir waren sie fremd. Ich schüttelte den Kopf. Diese paar Sekunden waren unglaublich verwirrend gewesen. Ich hatte so viel auf einmal gefühlt, dass ich nicht mehr genau sagen konnte, was von mir, was von Kieran und was von der Magie ausgelöst worden war.

Den frühen Feierabend hatte ich mir definitiv verdient. Ich gönnte mir eine lange Dusche in der Umkleide, bevor ich mich auf den Weg nach Hause machte. Ich konnte mich nicht mehr daran erinnern, wann ich das letzte Mal vor Mandy zu Hause gewesen war. Planlos stand ich im Wohnzimmer und starrte aus dem Fenster. Ich war es nicht mehr gewöhnt, Freizeit zu haben, und der Fernseher bot keine passende Ablenkung. Drei Städte in Sonora waren mittlerweile zerstört, jeweils zwei in New Mexiko, Arizona und Chihuahua, über tausend Tote. Eine Rinderzuchtfarm in Texas hatte es ebenfalls getroffen, wo die Warane so viele Rinder zerfetzt hatten, dass der Boden Blut getränkt war. Die Krieger griffen nur noch aus der Luft an, doch sämtliche Geschosse prallten an den Schuppen ab. Als einer der Helikopter zu tief flog, erhob sich ein Waran auf die Hinterbeine, streckte die Pranken aus und riss die Maschine aus der Luft. Das war der Punkt, an dem ich die Verbindung meines Cores zum Bildschirm trennte. Langsam konnte ich die Zerstörung nicht mehr ertragen. Einzig die Hoffnung, die durch den gemeinsamen Rausch entstanden war, hielt die Dunkelheit in Schach. Auch die Bücher auf meinem

Core konnten meine Aufmerksamkeit nicht halten. Ich war so energiegeladen wie schon seit Langem nicht mehr. Stillsitzen erschien mir unmöglich.

Als sich endlich die Haustür öffnete, war ich gerade dabei, im Wohnzimmer auf und ab zu laufen.

»Liana.« Mandy runzelte die Stirn, als sie mich sah. »Was machst du schon zu Hause?«

Grinsend sprang ich auf sie zu und packte sie an den Schultern. »Wir haben es geschafft. Nur ganz kurz, aber wir hatten einen gemeinsamen Rausch.«

Ihre Augen weiteten sich. »Kieran und du?«

»Nein, Charlotte und ich.«

Mandy ließ die Tür hinter sich ins Schloss fallen. »Und offensichtlich hast du dabei den Verstand verloren. Oder habt ihr zur Feier des Tages etwas geraucht?«

Ich legte den Kopf schief und warf ihr einen vorwurfsvollen Blick zu. »Warum musst du immer sarkastisch werden, wenn dich etwas überfordert?«

»Das ist ein Schutzmechanismus.« Sie ließ ihre Tasche fallen, trat auf mich zu und schlang mir die Arme um den Hals. »Herzlichen Glückwunsch, das ist der Hammer!« Sie schob mich ein Stück von sich weg. »Und wie war es?«

Automatisch musste ich an Kieran denken, der mich heute genauso gehalten hatte. Hastig wandte ich mich ab, damit sie nicht die Hitze sah, die mir in die Wangen schoss. »Komm, wir setzen uns aufs Sofa. Dann kann ich dir alles in Ruhe erzählen.«

Sie drängte sich an mir vorbei und sprang aufs Sofa, die Arme auf die Rückenlehne gestützt.

Ich lachte, da sie mich mit großen neugierigen Augen anstarrte. »Du siehst aus wie ein Hund, der es nicht erwarten kann, endlich Gassi zu gehen.«

Sie klopfte auf die freie Sitzfläche neben sich. »Setz dich hin und erzähle. Vorzugsweise, bevor ich vor Aufregung platze.«

»Ist ja gut.« Ich ließ mich neben sie fallen und berichtete ihr von unserem ersten Erfolg.

Als ich geendet hatte, strahlte sie bis über beide Ohren. »Das ist toll, Liana. Wirklich unglaublich. Ihr seid auf dem richtigen Weg.«

Ich verzog das Gesicht. »Aber ich weiß nicht, ob wir schon so weit sind, dass wir einen längeren Rausch aushalten. Ich mache mir Sorgen, dass der Rat der Medien uns jetzt Druck macht.«

Sie legte mir eine Hand auf den Arm. »Der Rat weiß, dass sie euch länger brauchen und das bei klarem Verstand. Wenn sie das vergessen, erinnert sie daran.«

»Hm hm«, brummte ich. Das sagte sich so leicht. Sie hatte sich noch nie vor ihnen rechtfertigen müssen.

»Wenn du dich nicht durchsetzen kannst, wird Kieran es tun«, sagte sie überzeugt. »Wozu sonst hast du einen dickköpfigen Krieger an deiner Seite?«

Ein dickköpfiger Krieger, der seine Familie um jeden Preis stolz machen wollte. Trotzdem musste ich lächeln. Es wäre nicht das erste Mal, dass wir uns mit Arlington anlegten.

»Warst du deshalb so früh zu Hause?«, wollte sie jetzt wissen.

Ich nickte. »Zur Feier des Tages. Außerdem wollte Kieran Charlotte nachlaufen. Die war nicht so begeistert.« Was hatte sie so aufgeregt? Die Tatsache, dass Kieran mir zumindest ein Stück weit vertraute oder einfach, dass er mich umarmt hatte?

Mandy verdrehte die Augen. »Ist das ihr Ernst? Hat sie immer noch nicht kapiert, was auf dem Spiel steht?«

Ich zuckte mit den Achseln. »Ich schätze, sie ist eifersüchtig. Immerhin müssen wir daran arbeiten, eine tiefe Verbindung aufzubauen, und das zeigt jetzt die ersten Erfolge.«

Mandy biss sich auf die Lippe. »Eine tiefe Verbindung, soso.«

Ein genervtes Seufzen entfuhr mir. »Du weißt, was ich meine. Charlotte ist total verknallt in Kieran. Nicht, dass das ihr Verhalten entschuldigt, aber sie hat eben Angst, ihn zu verlieren. Auch wenn das albern ist.«

Mandys Augenbrauen zogen sich zusammen. »Und ist Kieran auch in sie verknallt?«

»Keine Ahnung«, murmelte ich, »manchmal wirkt es so, dann ist er wieder abweisend.«

»Klingt so, als könnte der Gute sich nicht entscheiden.« Ein Grinsen breitete sich auf ihrem Gesicht aus. »Du beobachtest das Ganze allerdings sehr genau.«

Sie würde mit ihrer Theorie nicht lockerlassen, egal, was ich sagte. »Ich verbringe den ganzen Tag mit ihm und maximal drei anderen Leuten. Da gibt es nicht viele Möglichkeiten, um etwas anderes zu beobachten.«

»Aber, wenn ihr jetzt einen gemeinsamen Rausch heraufbeschwören könnt, dann heißt das zumindest, dass du ihn ein kleines bisschen magst.«

Ich kräuselte die Lippen. »Ich verstehe inzwischen besser, warum er sich ständig wie ein Arschloch benimmt. Er bekommt sehr viel Druck von seiner Familie. Alte Kriegerfamilie, du weißt schon. Er muss der Beste, Schnellste, Tollste sein und das bei allem. Sein Vater ist neulich beim Training vorbeigekommen. Ein richtiges Ekelpaket, der Mann. Mit dem hätte ich nicht aufwachsen wollen. Ich glaube nicht, dass er Kieran je gezeigt hat, dass er ihn liebt.«

»Hm.« Das Lächeln verschwand von Mandys Gesicht.

»Und ich dachte immer, die Leute aus den Begabtenfamilien haben es leichter als wir.«

»Sie haben nur andere Probleme, das ist alles. Es entschuldigt sein Verhalten natürlich nicht, aber es macht es irgendwie verständlich. Er meint, Charlottes Eltern wären nicht besser, eher schlimmer, also erklärt das, warum sie so eine Bitch ist.«

»Ich hatte angenommen, dass sie so einen Stress wegen Kieran und dir macht, weil sie es gewohnt ist, alles zu bekommen, aber vielleicht hat sie Verlustängste, weil ihre Eltern sie nie geliebt haben.«

Meine Augenbrauen schossen in die Höhe. »Jetzt wird es aber düster.«

»Was soll ich sagen, wenn ich kein Medium wäre, wäre ich vermutlich Psychologin geworden. Ich war schon immer gut darin, Leute auseinanderzunehmen.« Sie stützte die Hand aufs Kinn und starrte in Richtung des Fensters. Ich bezweifelte, dass ihre Eltern ihr ein Studium hätten finanzieren können. Wahrscheinlich hätte sie Tag und Nacht arbeiten müssen, um genug Geld zusammenzubekommen. Aber es stimmte, sie durchschaute Leute, als wären sie aus Glas. Deswegen machte mir ihre Vermutung, ich sei in Kieran verliebt, auch so viel Angst. Bisher hatte sie meistens richtig gelegen und das wäre eine Katastrophe. Kieran und ich passten nicht zusammen. Irgendwann würde Charlotte ihn rumkriegen. Sie war eine Kriegerin. Ihre Familie war reich, genau wie seine.

Am besten ließ ich den Gedanken daran, was zwischen uns sein könnte, gar nicht erst zu. Dann konnte auch nichts passieren.

Kapitel 11

Am Mittwochmorgen warteten Arlington und Barnes auf uns, als wir den Trainingsraum betraten. Während Barnes uns zu unserem gemeinsamen Rausch gratulierte, hatte Arlington nichts Besseres zu tun, als uns daran zu erinnern, dass wir viel zu langsam arbeiteten.

»Was genau hat Arlington eigentlich gegen uns?«, fragte ich in die Runde, nachdem er und Miss Barnes den Trainingsraum verlassen hatten.

Carly zuckte mit den Achseln. »Er ist ziemlich machthungrig. Wahrscheinlich passt es ihm nicht, dass zwei jungen Leuten eine so wichtige Aufgabe zugeteilt wird, ohne dass sie jahrelang dafür arbeiten mussten.«

Kieran schnaubte verächtlich. Er hatte sich inzwischen einen der Trainingsstöcke geschnappt, obwohl wir uns noch aufwärmen mussten, und wirbelte ihn in der Luft herum. »Und was sind die Jahre, die wir an der Akademie verbracht haben, seiner Meinung nach? Urlaub?«

Abwehrend hob Carly die Hände. »Hey, was er sich dabei denkt, kann ich dir nicht sagen. Ich kann nur Vermutungen darüber anstellen, anhand dem, was ich über seine Persönlichkeit weiß. Er ist berüchtigt bei den Medien. Hat quasi von seinem ersten Tag an der Akademie alles dafür getan, um seine Position zu erlangen, ohne Rücksicht auf Verluste.«

Das war ungewöhnlich für Medien. Die meisten vertrauten darauf, dass die Magie sie dorthin leiten würde, wo sie hingehörten. Natürlich arbeiteten sie hart, aber sie vertrauten sehr auf ihre Bestimmung.

»Er ist ein Volldepp«, knurrte Kieran. »Können wir jetzt endlich anfangen?«

Ich sah mich im Raum um. »Aber Charlotte fehlt noch.« Nicht, dass ich damit ein Problem hatte.

»Die kommt heute nicht.« Kieran konzentrierte sich darauf, den Stock schneller durch die Luft sausen zu lassen. Es war wohl besser, wenn ich nicht nachfragte.

»Und genau deshalb kämpfen wir heute nicht mit den Stöcken. Kieran, leg das weg und dann folgt mir«, befahl Beth.

Kieran wirkte alles andere als begeistert, doch er gehorchte. Carly winkte uns zum Abschied und zu dritt ging es so tief in den Kriegertrakt der Akademie, wie ich noch nie vorgedrungen war.

Schließlich blieb Beth vor einer Tür stehen. Das Schild daneben verkündete *Schießstand Eins.*

Ich runzelte die Stirn. »Wozu soll ich schießen lernen?«

»Das ist ein wichtiger Teil unserer Ausbildung«, erklärte Beth mir. »Es hilft dir bestimmt, Kieran besser zu verstehen.«

»Aber wie soll das das Vertrauen zwischen uns steigern?«, warf ich ein.

Kieran verschränkte die Arme vor der Brust. »Ich vertraue ihr so weit, dass ich sie sich nicht plötzlich umdreht und mich abknallt. Abgesehen davon, dass sie wahrscheinlich gar nicht treffen würde.«

Beth überging seine Beleidigung. »Ohne Charlotte könnt ihr nicht gemeinsam kämpfen, also bringt Kieran Liana das Schießen bei. Dabei muss man auch zusammenarbeiten und außerdem ist es mir egal, was ihr davon haltet. Rein da.«

Sie manövrierte uns in einen lang gezogenen Raum, an

dessen Ende ich Zielscheiben erkennen konnte. Ein paar Meter vor uns befand sich ein Tresen, der uns davon trennte. Dort waren mit Scheiben einzelne Bereiche abgetrennt. Auf einem davon lagen eine Pistole und Munition bereit.

Beth ließ sich auf die Bank direkt neben der Tür fallen, setzte sich ein Paar Ohrschützer auf und machte eine auffordernde Handbewegung in Richtung Tresen.

Kieran seufzte, doch er holte zwei Paar Ohrschützer von Haken an der Wand und drückte mir eins davon in die Hand. Zusätzlich reichte er mir eine Schutzbrille. Als ich beides aufgesetzt hatte, trat er zum Tisch und nahm die Pistole in die Hand.

»Das sind Trainingswaffen«, erklärte er mir. »Es ist scharfe Munition, aber keine magische Legierung, kein Gift oder sonst was. Trotzdem kannst du damit viel Schaden anrichten. Deswegen, Regel Nummer eins: Der Lauf zeigt immer in Richtung der Zielscheiben und niemals irgendwo anders hin. Verstanden?«

Ich nickte, ohne den Blick von der Waffe zu lösen.

»Gut, das ist das Magazin.« Er zeigte mir das schwarze Teil, als hätte ich so etwas noch nie gesehen. »Das ist voll, aber vor dem Einsetzen, musst du eine Patrone im Magazin laden. Hier oben.« Er nahm eine der Patronen vom Tisch und drückte sie in das Magazin, sodass sie halb herausschaute. »Dann einsetzen und ziehen.« Er steckte das Magazin in die untere Öffnung und zog den oberen Teil des Laufs zurück. »Jetzt hast du oben eine Patrone in der Kammer. Das niemals vergessen.« Er sah mich eindringlich an, bis ich nickte. »Gut, zum Entladen, Magazin raus, hier wieder ziehen und dann hast du die Patrone aus der Kammer in der Hand.« Er zeigte mir die goldene Patrone in seiner Handfläche, bevor er mir die Waffe hinhielt. »Jetzt du.«

Ich zitterte, als ich nach der Pistole griff, doch es gelang mir, sie richtig zu laden und entladen, wenn auch viel langsamer als Kieran. Der ließ mich diesen Prozess so lange wiederholen, bis ich es im Schlaf gekonnt hätte.

Dann zog er an einem Seil, um eine der Zielscheiben näher an uns heranzuholen. Darauf war ein roter Tiger abgebildet, der mit ausgestreckten Pranken auf uns zu sprang.

»Stell die Füße etwa schulterbreit auseinander. Mit der linken Hand hältst du die Waffe, mit der rechten stützt du.«

Kurz war ich überrascht, dass er sich daran erinnerte, dass ich Linkshänderin war, bis mir einfiel, dass er es jeden Tag beim Training sah.

»Der Rückstoß ist stark«, warnte er mich, »also nicht erschrecken.« Er trat hinter mich und legte die Hände an meine Arme, um meine Haltung zu kontrollieren. Es war schwer, sich von dem Gefühl seiner Finger auf meiner Haut nicht ablenken zu lassen. Sein Atem streifte mein Ohr.

»Du musst keine Angst haben«, flüsterte er. Gut, dass er nicht wusste, dass ich nicht vor Furcht zitterte.

»Zeigefinger an den Abzug. Zielen und abdrücken.«

Ich zögerte, starrte auf das Bild des Tigers ein paar Meter vor mir.

»Nicht zu viel nachdenken«, riet Kieran mir, »ziele auf seinen Kopf und drück ab.«

Ich hielt den Lauf auf den Tiger, atmete einmal tief durch und drückte den Abzug. Erschrocken keuchte ich auf und stolperte einen Schritt zurück gegen Kieran, als die Wucht des Schusses mein Handgelenk verriss.

Lachend legte Kieran die Hände auf meine Schultern, um mich ein Stück von ihm wegzudrücken. »Ich habe doch gesagt, der Rückstoß ist heftig. Versuch, beim Einatmen zu zielen und beim Ausatmen abzudrücken.«

Beim zweiten Versuch gelang es mir, den Rückstoß besser abzufangen, aber es dauerte zwei volle Magazine, bis meine Schüsse in der Nähe des Tigers landeten.

Jedes Mal, wenn Kieran mich berührte, um meine Haltung zu korrigieren, fragte ich mich, ob das wirklich die Art Vertrauen war, die der Rat der Medien zwischen uns aufbauen wollte. Beth sagte jedenfalls die ganze Zeit kein Wort.

Kieran wirkte weiterhin schlecht gelaunt, doch er blieb geduldig und reichte mir immer mehr Munition, bis mir endlich ein paar Schüsse in die Brust des Tigers gelangen. Er kommentierte meine vielen Fehlschüsse nicht, sondern gab nur konstruktive Tipps. Viel zu oft zitterte meine Hand und mein Schuss ging meilenweit am Tiger vorbei.

Als Beth endlich unsere Mittagspause verkündete, schmerzte mein Handgelenk vom Rückstoß und meine Augen brannten vom Fokussieren auf die Zielscheibe.

»Das Programm für heute Nachmittag lautet wieder Gesprächstherapie«, teilten Carly und Beth uns mit, bevor sie uns entließen.

Schweigend machte Kieran sich auf den Weg zum Pausenraum, dort erwärmte er zwei Packungen Lasagne im Ofen und verließ den Raum, ohne die anwesende Gruppe Krieger groß zu beachten.

»Komm«, wies er mich an. Da ich ihn nicht vor seinen Freunden bloßstellen wollte, hielt ich den Mund, bis wir am Trainingsraum angekommen waren.

»Was ist los mit dir?«, fragte ich, als wir auf den Matten saßen und aßen. Oder besser gesagt ich aß. Kieran schlang seine Lasagne herunter, als gäbe es kein Morgen.

»Was soll los mit mir sein?« Er sah nicht einmal auf, sondern stopfte einfach weiter Essen in sich hinein.

Ich verdrehte die Augen. »Jetzt komm mir nicht so. Du bist den ganzen Tag beschissen gelaunt. Was ist das Problem? Konntest du dich gestern nicht mit Charlotte aussprechen? Ist sie deshalb nicht da?«

»Charlotte ist mit ihrer Familie ihre Großmutter besuchen«, brummte er. »Die hat Geburtstag. Deshalb kommt sie erst am Montag wieder.« Sein Blick blieb auf sein Essen gerichtet, aber immerhin hatte er geantwortet.

Mühsam versuchte ich, ein Grinsen zu unterdrücken. Ein ganzes Wochenende ohne Charlotte. Momentan konnte ich mir nichts Schöneres vorstellen. Bevor ich mich jedoch darüber freuen konnte, musste ich erst herausfinden, was genau mit Kieran los war.

»Macht dein Vater dir wieder Druck? Hat er unseren Erfolg als Gelegenheit gesehen, dir einzuschärfen, dass du es ja nicht wagen sollst, die Familie Namara zu enttäuschen?«

Kurz sahen seine blauen Augen zu mir, bevor er wieder so tat, als wäre seine Lasagne das Interessanteste der Welt, doch die paar Sekunden reichten.

»Er ist ein Vollidiot«, versuchte ich ihn aufzuheitern. »Wir können stolz darauf sein, dass wir so weit gekommen sind.«

»Wir sind noch lange nicht am Ziel«, murmelte Kieran, »und mein Vater hat sehr genaue Vorstellungen darüber, wie sich meine Zukunft gestaltet.«

»Es ist dein Leben«, erinnerte ich ihn. »Dein Vater hat kein Recht, darüber zu bestimmen.«

Kieran schob seine leere Verpackung von sich weg. »Ich habe wirklich keine Lust, weiter darüber zu reden. Oder über irgendetwas zu reden. Lass uns kämpfen.« Er stand auf, seinen Stock in der Hand.

Meine Augenbrauen zogen sich zusammen. »Unsere Aufgabe für heute Nachmittag ist es zu reden.«

Er stieß ein genervtes Seufzen aus. »Und wer soll das kontrollieren? Hier wird niemand auftauchen. Wir können machen, was wir wollen und ich will kämpfen.«

In der Schale auf meinem Schoß befand sich noch die halbe Lasagne, doch wenn er gleich auf mich losging, war es besser, wenn ich nicht vollgefressen war.

»Na gut, trotzdem bin ich der Meinung, dass es bessere Methoden gibt, um mit seinem Frust umzugehen.«

Ein grimmiges Lächeln erschien auf seinem Gesicht. »Dass du lieber redest und Händchen hältst, war mir klar, Williams. Jetzt nimm deinen verdammten Stock.«

»Ich mache das nur, weil ich keine Lust habe, den restlichen Nachmittag auf eine Wand einzureden. Du hast kein Recht, mir Befehle zu geben«, stellte ich klar und rappelte mich auf.

»Deine Beweggründe sind mir, ehrlich gesagt, scheißegal«, knurrte er und ging in Position.

Ich verdrehte die Augen. »Jetzt werde nicht dramatisch.« Kaum hatte ich den Stock gehoben, als er mich schon angriff.

Ich wirbelte herum, sodass er an mir vorbeistolperte. Ein Trick, den Beth mir erst gestern gezeigt hatte.

»Du hast aufgepasst. Sehr gut«, lobte er, aber ich hatte das Gefühl, dass er nur noch gnadenloser auf mich losgehen würde. Vielleicht hätte ich mich etwas weniger anstrengen sollen.

Gerade noch rechtzeitig schaffte ich es, seinen nächsten Schlag abzuwehren, direkt danach landete er einen Treffer in meine Seite. Heftiger als sonst, doch er hielt sich immer noch zurück. Während der nächsten Minuten bekam ich immer mehr Schläge ab, bis es mir schließlich zu viel wurde.

»Okay, das reicht.« Ich schleuderte meinen Stock zur Seite. »Ich bin nicht dein Boxsack.«

Er starrte mich an, seine Kiefer mahlten. Überlegte er gerade, ob er trotzdem auf mich losgehen sollte?

Schließlich warf er den Stock weg. Klappernd schlitterte er über den Boden und durchbrach die Stille.

»Willst du mich lieber weiter ausfragen?«, wollte Kieran wissen.

Ich verschränkte die Arme vor der Brust. »Wenn du nicht reden willst, okay, aber ich habe keine Lust auf noch mehr blaue Flecken.«

Er gab ein verächtliches Schnauben von sich. »Ich habe dich kaum berührt.«

Statt einer Antwort zog ich nur die Augenbrauen hoch und deutete auf die ersten Blutergüsse, die sich auf meiner Haut gebildet hatten und die man anhand ihrer dunkelblauen Farbe wunderbar von den grüngelben Flecken der letzten Tage unterscheiden konnte. Morgen würden es garantiert noch viel mehr sein.

»Du willst nur die Details von Charlottes und meinem Streit wissen, weil du sie nicht leiden kannst. Sei ehrlich, du hoffst, dass sie nie wieder zum Training kommt«, knurrte er, »und dass sie nichts mehr mit mir zu tun haben will.«

Dem ersten Teil konnte ich nicht widersprechen, der zweite dagegen war Schwachsinn. »Ich habe nie ein Geheimnis daraus gemacht, dass ich sie nicht leiden kann, und mir hat das Training vorher mehr Spaß gemacht, aber was zwischen euch beiden ist, geht mich nichts an. Es ist dein Leben, Kieran, und wenn du sie magst, dann würde es mir leidtun, wenn sie nichts mehr mit dir zu tun haben will.«

Wieder dieses verächtliche Schnauben. »Natürlich, die heilige und großzügige Liana will nur das Beste für alle. Warum tust du eigentlich immer so scheinheilig?«

»Ich tue überhaupt nicht scheinheilig!« Wut sammelte sich in meinem Magen und strömte von dort aus heiß durch meine Adern. »Ich habe kein Recht dazu, dir zu sagen, mit wem du Zeit verbringen darfst. Wenn sie nichts mehr mit dir zu tun haben will, würde ich sie weniger sehen und ja, da hätte ich absolut nichts dagegen, aber wenn nicht, muss ich eben mit ihr klarkommen. Im Leben trifft man ständig Leute, mit denen man irgendwie klarkommen muss. Nur, weil du über euren Streit frustriert bist, musst du das nicht an mir auslassen.«

»Tja, blöderweise bist du die Einzige, die gerade da ist.« Mit ein paar großen Schritten war er bei seinem Stock und hob ihn auf. Dann kam er auf mich zu.

Kurz überlegte ich, ob ich den Kampf abbrechen sollte. Er würde mich nicht angreifen, wenn ich mich nicht wehren konnte, doch ich wollte nicht kleinbeigeben. Ich war wütend und ich wollte ihn das verdammt noch mal spüren lassen. Also schnappte ich mir meine Waffe, sprang auf ihn zu und ließ den Stock vorschnellen, bevor er überhaupt in Position gegangen war. Er hatte keine Chance, sich rechtzeitig zu verteidigen. Meinen ersten Treffer in seine Seite landete ich vollkommen unsportlich.

Er verlor keine Zeit damit, sich darüber aufzuregen, sondern hieb mit Kraft auf mich ein. Ich riss meinen Stock hoch. Krachend knallten unsere Waffen gegeneinander, wieder und immer wieder. Wir wurden immer schneller, gnadenloser und wütender.

Nur am Rande meines Bewusstseins nahm ich wahr, dass es keinen Sinn ergab, dass er keine Treffer landete. Meine Fähigkeiten hätten seinen klar unterlegen sein sollen. Dass meine unendliche Wut nicht aus mir selbst kam, begriff ich erst, als meine Gliedmaßen sich verselbstständigten. Ich wirbelte herum, schneller und geschmeidiger, als ich es allein gekonnt hätte, und landete einen weiteren Treffer.

Seine blauen Augen waren glasig, als unsere Blicke sich trafen. Der Rausch hatte uns beide fest im Griff, auch wenn es sich diesmal anders anfühlte. Diesmal waren wir nicht so stark verbunden. Ich konnte seine Gedanken nicht spüren. Nur seine Gefühle, diese unbändige Wut, die uns beide durchströmte. Unablässig schlugen wir aufeinander ein. Mein Atem brannte in meinen Lungen, mein Herz schlug immer schneller. Meine Arme zitterten bei jedem Block mehr, doch die Magie wollte nicht lockerlassen. Sie trieb uns dazu, immer weiter zu kämpfen, bis wir schließlich schweratmend voreinander standen, die Stöcke fest gegeneinandergedrückt. Wir versuchten beide, den anderen wegzuschieben, aber keiner gewann die Oberhand.

Ich sah hoch in Kierans Augen und war gefangen in einem Strudel aus Blau, Wut, Magie. Die Körper so nah, dass die Stöcke das einzige waren, was uns trennte, gefangen im Sog des Rausches.

Hände öffneten sich, Stöcke fielen klappernd zu Boden. Kierans Hand fuhr durch mein Haar, mit der anderen zog er mich zu sich heran und überwand den letzten Abstand. Unsere Lippen trafen sich, bevor ich realisiert hatte, was geschah.

Meine Hände schlangen sich um seine Hüfte, obwohl ich ihn nicht näher zu mir heranziehen konnte. Feuer breitete sich von jeder Stelle aus, die er berührte, und raste durch meinen Körper, nahm mich in Besitz, steckte mich in Brand. Ich hörte ein Seufzen, ein Stöhnen und hatte keine Ahnung, wer von uns, welches Geräusch von sich gab. Kierans Lippen wurden fordernder. Seine Hand fuhr über meine Hüften, meine wanderten unter sein eng anliegendes Shirt. Keiner von uns hatte die Kontrolle, es war die Magie, die uns beide führte.

Panik breitete sich in mir aus, als ich mich fragte, wie weit sie uns gehen lassen würde. Genau wie das letzte Mal war die Angst stark genug, um uns zu befreien. Die Magie wehrte sich kurz, doch dann schleuderte sie uns zurück in unsere eigenen Körper. Keuchend stolperten wir auseinander.

Kierans Augen reflektierten dieselbe Panik, die durch meine Adern jagte.

Ich wandte mich ab, als ich spürte, wie Tränen auf meinen Wangen brannten.

»Das waren nicht wir«, flüsterte ich.

»Es war die Magie.« Kierans Stimme klang genauso schwach wie meine. »Die verdammte Magie. Ich meine, was sollte das denn? Was will sie damit bezwecken?«

Die Magie war mächtiger als wir alle. Sie lag immer richtig und wir mussten ihr vertrauen. Zumindest war es das, was mir mein ganzes Leben lang eingebläut worden war. Viele Leute verehrten sie fast wie einen Gott. Im Moment fiel es mir schwer, daran zu glauben.

»Am besten vergessen wir das einfach«, schlug ich also vor.

Er tauchte in meinem Blickfeld auf, seinen Stock wieder in der Hand. »Und was ist beim nächsten Mal, wenn wir beim Training einen Rausch bekommen? Knutschen wir dann vor den anderen rum?«

Bei dem Gedanken an Charlottes Reaktion musste ich darum kämpfen, ein Grinsen zu unterdrücken.

»Wir haben wohl keine andere Wahl, als darauf zu vertrauen, dass die Magie sich benimmt?« Mit jedem Tag forderten die Warane mehr Opfer. Bald würden sie sich in ihre Nester zurückziehen, um zu brüten. Spätestens dann mussten wir bereit sein. Es war die beste Chance, um sie alle auszulöschen. Zumindest war es das, was die Bestienkundler im Fernsehen gebetsmühlenartig predigten.

Kierans Stock zischte wütend durch die Luft. »Weil die Magie sich bis jetzt als so vertrauenswürdig erwiesen hat.«

»Wenn du eine bessere Idee hast, bitte, immer raus damit.«

Er warf mir einen bösen Blick zu, während er den Stock schneller durch die Luft wirbeln ließ. Er wusste genauso gut wie ich, dass wir keine andere Wahl hatten, als weiterzumachen. Wir brauchten einen gemeinsamen Rausch, bei dem wir etwas Nützliches taten und dazu mussten wir weiter üben.

Kieran deutete mit seinem Stock auf mich. »Kein Wort zu niemandem.«

Die Worte, die jede Frau nach einem Kuss hören wollte. Dabei hatte er recht. Es war besser, wenn niemand davon erfuhr. Für Mandy wäre es ein gefundenes Fressen gewesen. Charlotte wäre durchgedreht. Trotzdem hätte er es etwas netter sagen können.

»Versprochen.«

»Gut.« Er ließ den Stock sinken. »Wie war das, nach dem Rausch haben wir uns einen frühen Feierabend verdient?«

Ich nickte. »So habe ich das auch verstanden.«

Es wirkte, als würde er noch etwas hinzufügen wollen, stattdessen schwang er seinen Stock ein paar Mal durch die Luft, bevor er ihn fallen ließ. »Bis Morgen.« Und schon war er durch die Tür verschwunden.

Kapitel 12

Natürlich wusste Mandy sofort, was passiert war, als ich wieder außergewöhnlich früh zu Hause war. Oder zumindest die Hälfte davon. Sie zwang mich, ihr alles über den Rausch zu erzählen. Der Magie sei Dank war sie davon so begeistert, dass sie nicht bemerkte, dass ich das Ende wegließ.

Unser Erfolg hatte sich inzwischen an der Akademie herumgesprochen. Erstaunlicherweise sorgte das dafür, dass die Krieger mich in Ruhe ließen. Freundlich waren ihre Blicke zwar nicht, aber sie schienen nicht mehr zu denken, dass ich die schlechteste Wahl war. Auch die Alchemisten hatten von Kieran abgelassen, doch das Getuschel hielt an.

Als ich den Trainingsraum betrat, waren Beth, Carly und Kieran bereits da. Es fiel mir schwer, Kieran in die Augen zu sehen. Ihm schien es nicht anders zu ergehen. Beth und Carly tauschten schweigend einen Blick und begannen dann mit dem Training.

Da wir weiterhin zu zweit waren, übten wir wieder Schießen. Diesmal traf ich die Zielscheibe wesentlich besser, auch wenn es nur die Tatze des Tigers war. Zum Glück musste Kieran meine Haltung nicht mehr so oft korrigieren, denn jede seiner Berührungen ließ mich an unseren Kuss denken.

»Wenn du Kugeln mit dem passenden Gift hast, reicht das«, tröstete er mich, nachdem ich nur das Bein des Tigers erwischt hatte. »Außerdem würde die Magie dir helfen.« Seine Wut von gestern schien verflogen zu sein.

»Du vergisst, dass ich Alchemistin bin und gar nicht erst in diese Situation komme.«

Nach ein paar Stunden gingen wir zurück in den Trainingsraum.

»Was habt ihr eigentlich gestern noch gemacht?«, fragte Beth mit einem Blick auf die Ansammlung blauer Flecken auf meinen Armen.

»Sie hat mich auch erwischt.« Kieran zog sein T-Shirt hoch. Das Erste, was mir auffiel, war sein Sixpack. Bei seinem Trainingspensum war es auch kein Wunder. Sofort musste ich daran denken, wie sich diese Muskeln unter meinen Fingern angefühlt hatten. Wie er mich an sich gedrückt hatte. Wie weich und zugleich fordernd seine Lippen gewesen waren.

Verärgert schüttelte ich den Kopf und versuchte stattdessen, seine blauen Flecken zu zählen. Sechs. Viel weniger als meine. Auch wenn die Magie mir half, war ich ihm unterlegen.

»Vielleicht sollten wir euch nicht mehr allein lassen«, knurrte Beth. »Sonst schlagt ihr euch die Köpfe ein.«

Keiner von uns erwähnte, dass wir uns um etwas ganz anderes sorgten.

»Sie sollen heute Nachmittag wieder daran arbeiten, sich besser kennenzulernen«, warf Carly ein.

Beth zuckte mit den Achseln. »Dann nehmen wir ihnen diesmal die Stöcke weg.«

Kieran hätte sowieso nicht mehr verlangt, dass wir kämpften. Nicht nach dem, was gestern passiert war.

Auf Carlys Anweisung hin ließen wir uns auf die Matten

sinken und versuchten zu meditieren. Weder Kieran noch ich waren sonderlich erfolgreich. Wir beide hatten zu viel Angst, in ihrer Gegenwart in einen Rausch abzudriften.

Beim Essen herrschte unangenehmes Schweigen.

»Wollen wir den ganzen Nachmittag bloß herumsitzen?«, fragte er, sobald er aufgegessen hatte.

Ich schüttelte den Kopf. »Nein.«

»Dann schlag ein Gesprächsthema vor.«

Ich stocherte in den Resten meiner Nudeln herum. »Gibt es auch irgendjemanden in deiner Familie, den du magst?«

»Ich habe ein paar Cousins in meinem Alter, mit denen ich immer viel Zeit verbracht habe«, sagte er.

Ich schenkte ihm ein erleichtertes Lächeln. Ich hatte befürchtet, dass meine Frage zu forsch gewesen war. »Ach ja?«

Er nickte. »Einen kennst du sogar. Kyle.«

Mein Lächeln verrutschte. »Oh.«

Er begann zu lachen. »Es ist okay, dass du ihn nicht leiden kannst. Er kann ein ziemlicher Idiot sein. Ich habe noch zwei weitere Cousins auf der Seite meines Vaters. Ray und Jason. Die Kinder meines Onkels.«

Ich runzelte die Stirn. Ich konnte mich an keinen zweiten Namara in unserem Jahrgang erinnern. »Sind sie auch an der Akademie?«

»Jason ist ein Medium und Ray, na ja, Ray hat dafür gesorgt, dass ich niemals die größte Enttäuschung werden kann, egal, wie sich das hier weiterentwickelt.«

Meine Augenbrauen schossen in die Höhe.

»Er hat keine Gabe.« Kieran verzog das Gesicht.

»Ich nehme mal an, das ist bei euch eine Katastrophe?« Dort, wo ich herkam, war es eine große Freude, wenn jemand eine Gabe erhielt, das Gegenteil aber nicht schlimm. Es wurde stets gefeiert, jedoch nicht erwartet.

Kieran nickte. »Für meinen Onkel war es eine mittelschwere Katastrophe, dass Jason ein Medium ist, aber Ray …« Er starrte durch den Raum, ohne sich auf etwas zu fokussieren. »Ray hat ihm den Rest gegeben. Er ist der erste Namara seit drei Generationen, der keine Gabe besitzt. Für dich ist es wahrscheinlich lächerlich, bei uns ist es anders. Wir wachsen damit auf, dass wir irgendwann große Krieger werden. Ray hat es fast schlimmer aufgenommen als sein Vater.«

»Wie geht es ihm inzwischen?«, fragte ich vorsichtig.

»Besser. Er studiert jetzt. Jura.« Ein leichtes Lächeln trat auf sein Gesicht. »Es hat zwar eine Weile gedauert, bis er sich neu orientiert hatte, jetzt ist er sogar froh drüber. Immerhin konnte er sich aussuchen, was er machen will. Mit einer kleinen Ausnahme.«

»Ray ist der Cousin, dem du am nächsten stehst, oder?«

Überrascht sah er auf. »Ich habe nur eine Handvoll Sätze über ihn gesagt. Woher weißt du das?«

»Keine Ahnung, die Art, wie du über ihn sprichst. Über Kyle redest du nicht so.«

»Kyle kann ein wirklich toller Freund sein und im nächsten Moment ist er ein absolutes Arschloch. Man kann Spaß mit ihm haben, allerdings sollte man sich nicht auf ihn verlassen. Mit Ray ist das anders. Er ist immer für mich da. Seit ich hier angefangen habe, sehe ich ihn leider nicht mehr so oft.«

Wieder musste ich lächeln. Mit den anderen Kriegern an der Akademie schienen ihn eher oberflächliche Beziehungen zu verbinden. Es freute mich zu hören, dass er einen so guten Freund hatte. »Das kann ich verstehen.«

Er legte den Kopf schief. »Deine beste Freundin wohnt in der gleichen Wohnung wie du. Ray studiert zwei Stunden entfernt, damit er ein bisschen Ruhe von seiner Familie hat.«

Ich lachte. »Ich meinte nicht Mandy, sondern meine Familie. Aber man gewöhnt sich dran.«

»Hm«, murmelte er. »Es ist schon über zwei Jahre her, dass er weggezogen ist, und ich vermisse ihn immer noch.«

Kieran streckte die Hand aus, doch seine Finger fanden nicht das, was er suchte.

»Wolltest du gerade deinen Stock nehmen?«

Er seufzte. »Das ist einer meiner Ticks. Mit dem Stock zu spielen. Wow, das klang bescheuert.« Ein kurzes Lachen kam über seine Lippen.

»Besser als Nägelkauen.« Es hatte Jahre gedauert, bis ich mir das abgewöhnt hatte.

»Nachdem Jason *nur* ein Medium war …«, mit den Fingern malte er Anführungszeichen um das Wort, »… haben Ray und ich uns noch mehr unter Druck gesetzt gefühlt. Dann war Rays Test negativ.« Er schüttelte den Kopf, den Blick auf die Wand in meinem Rücken gerichtet. »Ein paar Tage danach hatte ich meinen ersten Rausch. Für meinen Vater war es das Zeichen, dass ich etwas ganz Besonderes bin. Dass ich die Ehre der Namaras retten werde, aber ich glaube, ansonsten wäre ich verrückt geworden. Selbst diese wenigen Tage waren die Hölle, alle analysierten die Unterschiede zwischen mir und Ray, als ob es Risikofaktoren für Nicht-Begabung gäbe. Da hat die Magie offensichtlich beschlossen, dass meine Gabe früher zutage treten muss.«

»Und Kyles Eltern?«, hakte ich nach.

Kieran schüttelte den Kopf. »Er ist der Sohn der Schwester meiner Mutter. Die Seite hat es irgendwie besser erwischt. Mein Vater und mein Onkel reden kaum noch ein Wort miteinander. Für meinen Vater ist mein Onkel ein Versager und mein Onkel hält es nicht mehr aus, dass mein Vater ständig mit mir angibt. Dafür bin ich ihm wohl gut genug.«

»Glaubt dein Vater etwa, du strengst dich mehr an, wenn er dir nicht zeigt, dass er stolz auf dich ist?«, fragte ich vorsichtig.

Kieran schnaubte verächtlich. »Zum Teil, sicher. Gegenüber den talentlosen Kindern seines Bruders bin ich gut genug, klar, aber gegenüber seiner eigenen steilen Karriere? Du kannst dich nicht auf deiner frühen Aufnahme in die Akademie ausruhen, Kieran. Du darfst jetzt nicht nachlassen, Kieran. Wenn du so weitermachst, wird es nie einen zweiten General Namara geben. Anstatt mit deinen Freunden einen drauf zu machen, solltest du lieber mehr trainieren. Das hat er mir übrigens nach meinem letzten Geburtstag gesagt. Charmant, oder?«

Ich starrte ihn an. So langsam wurde mir klar, woher seine Wut stammte. So langsam verstand ich, warum er oft aggressiv war. Warum er so gern auf anderen herumhackte. Weil bei ihm zu Hause ständig auf ihm herumgehackt wurde.

Ich dachte an das Wohngebäude, vor dem ich neulich aus dem Rausch erwacht war. Die Familie Namara besaß garantiert eine Villa im Zentrum des Begabtenviertels. »Wenn du nicht mehr zuhause wohnst, kann er doch nicht mehr so viel an dir herummeckern, oder?«

Er warf mir einen Blick zu, als würde er an meinem Verstand zweifeln. »Die Cores haben eine Telefon- und Instant-Messenger-Funktion. Nicht zu vergessen Videochat und natürlich das allsonntägliche Familienessen. General Namara lässt sich täglich Berichte über die Fortschritte seines Sohnes geben und abends bekomme ich einen auf den Deckel, wenn da nicht das drinsteht, was er sich erträumt hat.«

Ich runzelte die Stirn. »Was soll da auch drinstehen, wenn

er jeden Tag einen Bericht möchte? Und wer schreibt das alles auf?«

»In den letzten Wochen Beth.« Er fuhr sich mit der Hand durch das dunkle Haar und schüttelte den Kopf. »Wenn der General einen Befehl gibt, dann spuren alle, egal, wie sinnlos es ist. Nach unserem ersten Rausch dachte ich, jetzt kommt mal ein Kompliment. Wenigstens ein kleines, versteckt in einer Beleidigung, aber nein. Ich durfte mir anhören, was für eine große Enttäuschung ich bin, dass wir viel zu langsam sind, dass ein paar Sekunden nichts nützen und dass er mehr von mir erwartet hätte. Denn wie sollen wir so bitte die Welt retten?« Er legte die Stirn in seine Hand und verstummte, die Augen geschlossen. Trotzdem sah ich genau, wie sehr ihn die Worte seines Vaters verletzten. Wie sehr ihm dieser ständige Druck zusetzte.

Ich zögerte kurz, ehe ich mich neben ihn setzte und nach seiner anderen Hand griff, obwohl mich seine Berührung sofort an gestern denken ließ. »Dein Vater wurde vermutlich von genau dem gleichen Druck zerstört, den er jetzt dir auferlegt. Er gibt das weiter, was er von seinem Vater gelernt hat. Das hat nichts mit dir zu tun. Du bist mehr als gut genug, um jeden hier stolz zu machen. Doch deinem Vater wurde beigebracht, dass er dir das nicht zeigen darf. Scheiß auf das, was er sagt. Es ist alles Schwachsinn. Die Leute an der Akademie bewundern dich und das liegt nicht an deinem Nachnamen. Du bist einer der talentiertesten Krieger deiner Generation, Kieran, sonst hätte die Magie dich nicht für eine so wichtige Aufgabe auserwählt. Die Magie liegt immer richtig, schon vergessen?«

Er hob den Kopf und sah mich mit hochgezogenen Augenbrauen an. »Ernsthaft? Nach gestern glaubst du diesen Schwachsinn immer noch?«

Ich zuckte mit den Achseln. »Nur, weil wir es nicht verstehen, heißt das nicht, dass es Schwachsinn ist.« Ein weiterer Grundsatz unserer Gesellschaft, mit dem ich gerade so meine Probleme hatte. Allerdings wollte ich Kieran aufmuntern.

Ein Lächeln schlich sich auf sein Gesicht. »Meinst du, wir können die Riesenwarane in die Flucht schlagen, in dem wir vor ihnen rumknutschen?«

»Das wäre zumindest eine Möglichkeit, bei der wir aller Wahrscheinlichkeit nach nicht draufgehen.« Außer Charlotte riss mir dafür den Kopf ab.

Er lachte. »Da hast du recht. Trotzdem leider unwahrscheinlich. Wenn es nur so einfach wäre.«

Ich ließ seine Hand los. »Natürlich wird es nicht so einfach.«

Er gab ein genervtes Stöhnen von sich. »Jetzt drifte bitte nicht in die Depression ab. Sonst müssen wir uns den ganzen Nachmittag gegenseitig aufmuntern. Da habe ich echt keinen Bock drauf. Wir sind auf dem richtigen Weg und haben bereits einige Erfolge erzielt, auch wenn mein Vater das anders sieht. Außerdem hast du gerade gesagt, dass wir uns auf die Magie verlassen müssen.«

Ich nickte. »Ist ja schon gut. Worüber wollen wir dann reden?«

Den Rest des Nachmittags verbrachten wir damit, uns mehr über unsere Kindheit zu erzählen, auch wenn wir nicht mehr so tief gingen wie zuvor. Wir blieben bei lustigen Anekdoten. Keiner von uns erwähnte unseren Kuss, wofür ich dankbar war. Dennoch fiel es mir schwer, nicht daran zu denken. Mein Blick wanderte immer wieder zu Kierans Lippen. Ich konnte einfach nicht vergessen, wie sie sich auf meinen angefühlt hatten.

Kapitel 13

Der nächste Tag war ein Samstag. Ich war gerade dabei, mich aus dem Bett zu quälen, als mein Core vibrierte.

»Guten Morgen, Beth«, gähnte ich hinein.

Sie lachte. »Wenn ich mir das so anhöre, kommen meine Neuigkeiten genau richtig.«

»Neuigkeiten?«, murmelte ich. Mein Gehirn war noch beim Hochfahren.

»Heute fällt das Training aus.«

»Ist etwas passiert?« Sofort fühlte ich mich hellwach. Es musste etwas Schlimmes sein. Das Training würde nicht einfach so ausfallen. War es Kieran? Oder Carly?

»Ganz ruhig, es ist alles gut. Kieran hat seine Beziehungen spielen lassen«, erklärte sie mir. »Er meinte, ihr beide hättet in letzter Zeit Leute vernachlässigt, die essenziell für euren Erfolg sind.«

Ich runzelte die Stirn. Das klang nach einer schlechten Ausrede, aber vermutlich hätte nichts anderes funktioniert. Kieran hatte dafür gesorgt, dass ich meine Familie besuchen konnte. Ein Lächeln breitete sich auf meinem Gesicht aus.

»Und morgen ist übrigens auch kein Training«, fügte Beth hinzu. »Ich denke, wir alle haben uns ein freies Wochenende verdient. Bis Montag.«

Ich verabschiedete mich von ihr und hüpfte förmlich in die Küche vor Freude.

Mandy sah mich an, als wäre mir ein zweiter Kopf gewachsen. »Was ist mit dir los? Es ist sieben Uhr morgens. Du bist nie gut drauf um sieben Uhr morgens.«

Ich strahlte. »Ich habe dieses Wochenende frei. Nach dem Frühstück fahre ich los, um meine Familie zu besuchen.«

Sie lächelte. »Das klingt nach einer super Idee. Ich glaube, ich komme mit. Das letzte Mal ist schon eine Weile her.« Sie nutzte die seltene Gelegenheit, dass ich früh genug wach war und drückte mir zwei Teller in die Hand. »Aber wieso hast du plötzlich frei? Ich dachte, sie zwingen euch, jede freie Minute zu arbeiten.«

Ich zuckte mit den Achseln. »Vermutlich haben sie eingesehen, dass jemand mit Burn-out nicht die Welt retten kann.« Dass ich das freie Wochenende Kieran zu verdanken hatte, erzählte ich ihr lieber nicht. Sie hätte es nur falsch verstanden. Ich war nicht in Kieran verliebt. Zugegeben, unser Kuss war wunderbar gewesen, aber wie viel davon waren wirklich wir gewesen? Die Magie hatte uns gelenkt. Sie wollte uns mit aller Macht zusammenbringen, damit wir unsere Aufgabe erfüllten. Doch ich wollte mich auf keinen Fall zwischen Kieran und Charlotte drängen. Auch wenn ich ihre Beziehung nicht genau verstand, wusste ich, dass ich mich besser nicht einmischte.

Mandy schien keinen Verdacht geschöpft zu haben. Sie erteilte mir lieber weiter Anweisungen. Nachdem ich den Tisch gedeckt hatte, half ich ihr, Waffeln zu backen. Mein straffes Trainingsprogramm der letzten Wochen lieferte mir die perfekte Ausrede, um mir den Teller extravoll zu laden.

Nachdem wir aufgeräumt hatten, machten wir uns auf den Weg zur Bahnstation. Wir hatten beschlossen, unsere Familien zu überraschen.

Die Bahn schlängelte sich durch die Straßen. Man sah

genau, wo das Begabtenviertel endete, auch wenn es keine Schilder gab. Sofort wirkten die Häuser älter und heruntergekommener. Die Bürgersteige wurden dreckiger, die Schlaglöcher häuften sich. Dabei befanden wir uns noch in den gehobenen Vierteln, dort, wo die gutausgebildeten Bürger lebten. Hauptsächlich Leute wie Ray, die aus Begabtenfamilien kamen, aber selbst keine Gabe hatten. Auch ein Studium war teuer. Das konnte sich längst nicht jeder leisten. Die Regierung unterstützte nur die Begabten, da jeder einzelne von uns im Kampf gegen die Bestien gebraucht wurde.

Die Fahrt war lang. Mandy und ich vertrieben uns die Zeit mit ein paar Geschichten darüber, was uns in letzter Zeit so passiert war. Beziehungsweise was Mandy passiert war, denn über mich hatten wir bereits genug geredet.

Nach ihrer Prophezeiung war Mandy in die nächste Stufe der Medien aufgestiegen.

»Und plötzlich will jeder mit mir befreundet sein«, erzählte sie mir. »Super merkwürdig und fake. Woher soll ich wissen, wer mich wirklich mag und wer nur meinen plötzlichen Erfolg ausnutzen will?«

»Also, wenn ich ehrlich bin, will ich auch nur deinen Erfolg ausnutzen.« Demonstrativ streckte ich die Nase in die Luft. »Eigentlich kann ich dich gar nicht leiden.«

Sie lachte. »Wenn du so weit vorhergesehen hättest, was passieren wird, solltest du eigentlich das Medium sein.«

Mein Lächeln verrutschte.

»Tut mir leid, so was das nicht gemeint.« Sie wusste genau, wie gerne ich Medium gewesen wäre.

»Schon gut. Die Magie wird ihre Gründe gehabt haben.« Ich starrte aus dem Fenster, ohne die Häuser, die an uns vorbeizogen, wirklich wahrzunehmen. »Erzähl mir mehr von deinen neuen Fakefreunden.«

Sie gab ein genervtes Stöhnen von sich, aber redete weiter. Als wir endlich an der richtigen Station ankamen, war sie noch lange nicht am Ende der Liste angelangt. Jedes einzelne Medium an der Akademie tat alles, um sie für sich zu gewinnen. Bis auf George Arlington. Für den war sie garantiert eine noch größere Bedrohung als Kieran und ich.

Wir verabschiedeten uns voneinander. Fröhlich machte ich mich auf den Weg zu dem Hochhaus, in dem ich aufgewachsen war.

»Liana!«, kreischte meine Schwester Maddie, sobald sie die Tür öffnete, und fiel mir um den Hals.

»Liana!« Tamy rannte durch den Flur auf mich zu und stürzte sich in unsere Umarmung.

Meine Mutter trat aus der Küche. »Was machst du denn hier?«

»Mein Training wurde abgesagt und ich dachte, ich schaue bei euch vorbei.«

»Oh, wie schön.« Meine Schwestern ließen mich los, doch meine Mutter nahm direkt ihren Platz ein. »Komm rein. Ich mache uns einen Tee.«

Meine Schwestern zogen mich ins Wohnzimmer, während meine Mutter zurück in die Küche eilte.

»Erzähl uns von deinem Training«, forderte Tamy. »Wie läuft es? Wie ist dieser Krieger? Wir haben sein Bild im Fernsehen gesehen. Es ist ziemlich heiß.« Sie kräuselte die Nase, wie immer, wenn sie etwas besonders toll fand.

»Ja, er ist wirklich heiß, aber war das nicht genau der, der dich immer ärgert?«, wollte Maddie wissen.

Seufzend ließ ich mich auf das abgewetzte Sofa fallen, eine Schwester auf jeder Seite. »Ja, zu beidem, aber langsam verstehen wir uns besser, auch wenn wir sehr verschieden sind.«

Tamy grinste. »Das klingt nach einer beginnenden Romanze.«

Ich verdrehte die Augen. »Er ist ein Krieger, ich bin Alchemistin. Das passt nicht. Außerdem müssen wir zusammenarbeiten. Eine Romanze würde das nur zerstören.« Obwohl ich schon wieder an unseren Kuss denken musste. Und daran, dass Kieran dafür gesorgt hatte, dass ich überhaupt hier war.

Tamy öffnete den Mund, doch ich unterbrach sie.

»Das ist keine romantische Komödie, Tamy. Im echten Leben läuft das ein bisschen anders.«

»Wir haben gehört, dass ihr schon die ersten Erfolge hattet«, mischte Maddie sich ein. »Wie war das?«

»Merkwürdig. Wir waren irgendwie verbunden. Es ist passiert, als wir gegen eine andere Kriegerin trainiert haben. Die Magie hat meinen Körper gelenkt. Ich musste gar nichts mehr machen. Es ist alles von selbst passiert.«

Maddie verzog das Gesicht. »Freaky.«

»Ihr beide, verbunden.« Auf Tamys Gesicht erschien ein verträumter Ausdruck. »Das ist irgendwie romantisch.«

Maddie verdrehte die Augen. »Sie ist in letzter Zeit in einer furchtbar anstrengenden Phase, in der sie alles romantisch findet.«

Tamy verzog das Gesicht. »Das stimmt überhaupt nicht.«

»Ach ja?« Maddie zog die Augenbrauen hoch. »Was ist mit letzter Woche, als du der Meinung warst, der Briefträger wäre der Richtige für Mom, nur weil er sie höflich angelächelt hat?«

Sie verschränkte die Arme vor der Brust. »Hätte ja sein können.«

»Abgesehen von der Tatsache, dass er schwul ist«, erinnerte Maddie sie.

Ich brach in schallendes Gelächter aus.

»Woher hätte ich das denn bitte wissen sollen?« Beleidigt schob sie die Unterlippe vor.

»Ist der Briefträger immer noch Joe Miller?«, fragte ich.

Maddie nickte.

»Jeder weiß, dass Joe Miller schwul ist, Tamy.«

Sie sprang auf und stürmte aus dem Zimmer.

Schuldbewusst sah ich ihr nach. »Das war vielleicht ein bisschen gemein. Ich sollte ihr hinterhergehen.«

Maddie hielt mich am Arm fest. »Die beruhigt sich schon wieder. In letzter Zeit ist sie etwas empfindlich. Pubertät eben.«

»Du redest, als wärst du an die vierzig. Warst du nicht vor zwei Jahren noch genauso?«

Sie grinste. »Das Schöne ist ja, dass man da rauswächst. Außerdem, so schlimm war ich nie.«

Das hatte ich etwas anders in Erinnerung, aber ich hielt lieber den Mund. Eine beleidigte Schwester war mehr als genug.

»Hier ist dein Tee. Apfel, mit etwas Honig. So, wie du es am liebsten magst.« Meine Mutter stellte mir eine dampfende Tasse vor die Nase.

»Danke, Mom.«

»Wo ist Tamy?« Sie ließ sich in den Sessel zu meiner rechten sinken.

»Beleidigt.« Maddie verdrehte erneut die Augen.

Mom stieß ein leises Seufzen aus. »Am besten lassen wir sie in Ruhe. Sie wird schon wiederkommen. Wie geht es dir so, Liana?«

Also erzählte ich die Neuigkeiten erneut, meine Mutter reagierte allerdings ganz anders. Sie war besorgt. Natürlich.

»Aber ist das wirklich sicher?«, fragte sie bestimmt zum dritten Mal.

»Natürlich ist es nicht sicher. Das haben sie doch im Fernsehen gesagt.«

»Danke, Maddie.« Ich warf meiner Schwester einen vernichtenden Blick zu. »Wir hatten zweimal einen gemeinsamen Rausch und nichts Schlimmes ist passiert.« Wenn man von dem Kuss einmal absah. »Wir sind vorsichtig. Wir haben uns gut vorbereitet. Mach dir keine Sorgen.«

Sie wirkte nicht überzeugt, doch sie beließ es dabei.

Maddie erzählte inzwischen von den Berichten über die Zerstörung, die die Warane anrichteten. Inzwischen drangen sie immer weiter nach Norden und es waren die ersten Städte in Colorado, Utah und Oklahoma angegriffen worden. Man dachte darüber nach, auch hier weite Teile der Bevölkerung zu evakuieren. Noch waren sie weit entfernt von Oregon und somit Kingston, doch wenn Kieran und ich versagten, würden sie auch hier irgendwann ankommen.

Es dauerte nicht lang, bis Tamy wieder auftauchte. Sie tat so, als wäre ihr kleiner Tobsuchtsanfall gar nicht passiert und ließ sich einfach neben mich aufs Sofa sinken.

Sobald ich meinen Tee ausgetrunken hatte, zog Maddie mich in unser Zimmer. Tamy folgte. Sie war jetzt viel schweigsamer als vor ihrem beleidigten Abgang.

»Ich mache mich mal ans Mittagessen«, rief Mom durch den Flur.

Ich wollte gerade den Mund aufmachen, um meine Hilfe anzubieten, als Maddie mir gegen die Schulter schlug. »Wag es ja nicht. Wir haben dir einiges zu erzählen, das Mom nicht hören soll.«

Neugierig folgte ich den beiden ins Zimmer. Es sah genauso aus wie früher, nur das Maddie das ein Meter vierzig breite Bett jetzt für sich hatte. Zweifellos zu Tamys großem Verdruss. Wir ließen uns auf eben diesem Bett nieder.

»Also? Was ist los?«, wollte ich wissen.

Tamy kicherte. »Maddie hat einen Freund.«

Ein Grinsen breitete sich auf meinem Gesicht aus. »Wirklich?«

»Er heißt Matt. Er ist in meiner Klasse und er ist wirklich toll«, schwärmte sie. Eindeutig ein vollverknallter Teenager.

»Matt und Maddie? Das ist irgendwie niedlich«, lachte ich.

»Und er ist niedlich. Verdammt niedlich. Hier ist ein Bild.« Sie ließ den Bildschirm ihres Cores aufklappen und hielt ihn mir unter die Nase. »Hier sind wir in der Mittagspause und hier vor der Schule und hier im Park.«

»Schön zu sehen, dass du mein Weihnachtsgeschenk ausgiebig nutzt.« Seitdem ich die Grundausbildung abgeschlossen hatte, bekam ich mehr Geld von der Regierung, da ich jetzt eigenständig forschte. Das hatte ich genutzt, um meine Familie technisch aufzurüsten. Ich drückte ihr einen Kuss auf die Wange, als sie mir endlich alle Fotos gezeigt hatte. »Und warum darf Mom davon nichts wissen?«

Sie zog den Kopf ein. »Es ist noch ganz neu.«

Ich nahm ihr den Core aus der Hand. »Ganz neu und schon so viele Fotos?«

»Lass mich.« Sie riss mir den Core weg. »Ich erzähle es ihr schon noch.«

Ich legte ihr einen Arm um die Schulter und drückte ihr einen Kuss auf die Wange. »Ich wollte dich nicht unter Druck setzen. Tut mir leid.« Sie war offiziell volljährig und würde dieses Jahr ihren Schulabschluss machen. Langsam musste ich mich daran gewöhnen, dass sie kein kleines Kind mehr war. Da erschien mir Tamys Tobsuchtsanfall gleich viel sympathischer. Im Gegensatz zu Maddie stand sie noch nicht auf eigenen Beinen.

»Er ist wirklich toll«, begann sie. Die nächste Viertelstunde hielt sie mir einen Monolog über Matt und ich konnte nicht anders, als dauerhaft zu grinsen. Es war wunderbar, sie so glücklich zu sehen.

Nachdem sie geendet hatte, ließ ich Tamy erzählen, was neu in ihrem Leben war. Von der Enttäuschung vor ein paar Monaten nach ihrem Test schien sie sich gut erholt zu haben. Es war sehr ungewöhnlich, dass eine Familie Nicht-Begabter mehr als eine Begabte hervorbrachte, und trotzdem hatte ich gehofft, dass zumindest eine von ihnen mir auf die Akademie folgen würde. Doch ich hatte bereits meine beste Freundin an meiner Seite. Vermutlich war mein Glück damit aufgebraucht.

Als Mom uns zum Essen rief, rannte Tamy los, genau wie früher.

»Manche Dinge ändern sich eben nie.« Kopfschüttelnd folgte Maddie ihr.

Ich lachte, dankte aber insgeheim der Magie dafür.

Ich blieb über Nacht. Es war seltsam und vertraut zugleich, wieder mit Maddie in einem Bett zu schlafen. Sie schnarchte immer noch, aber inzwischen war ich nicht mehr daran gewöhnt und hatte Probleme einzuschlafen. So viel hatte sich verändert, seit ich das letzte Mal hier gewesen war.

Die Prophezeiung, unsere Aufgabe. Kieran. Wie würde er wohl reagieren, wenn er sah, wie ich früher gelebt hatte? Das Begabtenviertel war eine Blase, die einen von der Außenwelt abschnitt. Die meisten Begabten verließen sie nur selten und davon kam der Großteil nicht über die inneren Stadtteile hinaus. Oder sie flogen direkt an exotische Orte, um Urlaub zu machen. Die meisten aus den Begabtenfamilien kannten weit entfernte Orte vermutlich besser als ihre Heimatstadt.

Am nächsten Morgen machte ich mich gemeinsam mit meinen Schwestern auf den Weg in den Park, da Mom arbeiten musste. Als wir unsere Picknickdecke ausbreiteten, raschelte es hinter uns in einem Busch. Erschrocken fuhr ich herum, doch da war nichts. Nur der Wind.

Maddie lachte. »Was ist denn mit dir los?«

»Am Rand des Begabtenviertels ist gerade ein Park wegen einer Punkthörnchenplage gesperrt«, murmelte ich.

»Punkthörnchen sind total niedlich«, schwärmte Tamy.

»Nicht, wenn sie mit ausgefahrenen Krallen auf dich zu springen.«

Meine beiden Schwestern starrten mich mit großen Augen an. Seufzend erzählte ich ihnen, dass ich die Krieger begleitet hatte. Sie reagierten ähnlich wie Mandy. Mit Abscheu Charlotte gegenüber.

Ich war traurig, als ich mich abends von ihnen verabschieden musste. Mandy und ich trafen uns an der Bahnstation, um uns gemeinsam auf den Heimweg zu machen. Auch sie wäre gern länger geblieben. Die Rückfahrt verlief viel stiller. Im Wohnheim angekommen schien sie sich genauso nach etwas Ruhe zu sehnen wie ich. Allein in meinem Zimmer lag ich auf dem Bett und dachte über mein Wochenende nach. Ich würde mich bei Kieran bedanken müssen. Zwar war es nur ein kurzer Besuch gewesen, aber ich fühlte mich viel besser. Ob er Ray getroffen hatte? War er derjenige, den Kieran vernachlässigt hatte?

In dieser Nacht schlief ich wieder besser, denn irgendwie freute ich mich auf das morgige Training.

Was ich allerdings vergessen hatte, war Charlotte. Wie

immer wurde ich von ihr mit einem strahlenden, falschen Lächeln in der Umkleide begrüßt. Wie immer fiel meine Antwort verhaltener aus.

Kierans Lächeln dagegen konnte ich sehr viel einfacher erwidern.

»Danke für das freie Wochenende.«

Er legte mir eine Hand auf die Schulter, was mir einen Schauer über den Rücken jagte. »Reiner Eigennutz. So hatte ich endlich mal wieder Zeit für Ray.« Etwas sagte mir, dass dies nur die halbe Wahrheit war.

Charlotte warf mir einen Blick zu, der mich erschauern ließ. Sie hasste jedes freundliche Wort, das Kieran und ich miteinander wechselten, also ignorierte ich sie lieber, als wir durch die Halle joggten. Wie immer ließ ich mich ein Stück zurückfallen. Dann konnte sie mit Kieran reden und mich in Ruhe lassen.

Beim Kampf schien sie fest entschlossen, mir den Kopf abzuschlagen. Sie verdarb mir dadurch das Hochgefühl, das mich seit dem Besuch bei meiner Familie begleitete.

Nachmittags, als wir miteinander allein waren, erzählte ich Kieran alles, was am Wochenende passiert war, und er berichtete mir ebenfalls von seinem Besuch bei Ray. Uns beiden hatte diese Pause gutgetan. Wir gingen auf einmal viel entspannter miteinander um. Charlottes Verhalten erwähnte keiner von uns. Wahrscheinlich wollten wir noch ein bisschen länger glücklich bleiben, bevor der Alltag und der Druck uns endgültig wieder einholten.

Als es an der Tür klopfte, hatte ich das Gefühl, es wären erst ein paar Minuten vergangen.

Charlotte streckte den Kopf in den Raum. »Kieran, kommst du? Es ist schon nach sechs.«

Er seufzte, als hätte auch er am liebsten weiter mit mir

auf dieser Matte geredet, machte sich aber auf den Weg in Richtung Tür. »Ich komme.«

Charlotte schlang ihm sogleich die Arme um den Hals und küsste ihn.

Mein Magen krampfte sich zusammen. Übelkeit stieg in meiner Kehle auf. Sie küsste ihn. Auf mich wirkte es so, als wäre er peinlich berührt, da er sie von sich wegschob.

Ich versuchte, meinen Gesichtsausdruck neutral zu halten, als sie mich anstrahlte. »Wir sind zum Essen verabredet.«

»Schön für euch.« Mein Lächeln fiel garantiert nicht überzeugend aus. Hastig sah ich auf meinen Core, auf dem keine einzige Benachrichtigung blinkte. »Ich muss auch los. Mandy hat mir geschrieben. Wir sehen uns morgen.« Ich drängte mich an den beiden vorbei und hoffte inständig, dass sie meine Ausrede glaubten.

Am liebsten hätte ich meine Sachen aus dem Spind gezerrt und wäre nach Hause gerannt, aber dann würde ich ihnen garantiert über den Weg laufen. Ganz zu schweigen von der Tatsache, dass es ziemlich auffällig gewesen wäre.

Erst als ich unter dem heißen Wasser stand, kamen die Tränen, als hätte mein Körper nur darauf gewartet, dass ich außer Sichtweite war. Es waren nicht viele, trotzdem verstand ich keine einzige davon. Kieran und ich waren nicht mal richtig befreundet. Ich hatte keinerlei Ansprüche an ihn. Warum verletzte dieser Kuss mich so? Ich hatte längst vermutet, dass er und Charlotte etwas miteinander hatten. Doch bisher hatten sie es nie öffentlich gezeigt. Er hatte immer distanziert gewirkt. Oder war das am Ende alles nur Einbildung gewesen, weil es das war, was ich hatte sehen wollen? Aber wieso? Kieran war absolut nicht mein Typ. Er war ein arroganter, überheblicher Krieger. Nicht mein Typ. Nicht. Mein. Typ.

Diese Worte sagte ich mir wieder und immer wieder, bis ich zu Hause war.

»Was ist dir denn über die Leber gelaufen?«

Natürlich saß Mandy im Wohnzimmer, als ich die Wohnung betrat, und las etwas auf ihrem Core.

»Nichts.«

»Verarsch mich nicht. Was ist passiert?« Sie klopfte auf die leere Sitzfläche neben sich auf dem Sofa. »Was hat Charlotte gemacht?«

Ich hielt inne, die Hand noch auf der Türklinke. »Woher weißt du, dass es etwas mit Charlotte zu tun hat?«

Sie zuckte mit den Achseln. »Zufallstreffer. Jetzt komm schon.«

Seufzend machte ich mich auf den Weg zum Sofa und ließ mich neben sie fallen. »Es ist albern.«

»Was ist passiert?« Sie klappte den Bildschirm ihres Cores ein und sah mich erwartungsvoll an.

»Ach, es ist einfach Charlotte. Seit Kieran und ich unseren ersten gemeinsamen Rausch hatten, meint sie, sie muss mir zeigen, dass Kieran ihr gehört. Ein absolut kindisches Verhalten.« Ich verdrehte die Augen und warf die Hände in die Luft. »Es geht nicht mal darum, dass sie ihn geküsst hat. Es geht eher darum, dass sie so tut, als wäre er ihr Besitz. Als würde er nur ihr gehören und niemand sonst darf irgendeine Beziehung – welcher Art auch immer – mit ihm aufbauen. Das ist nicht nur kindisch, es schadet auch unserer Aufgabe. Kieran und ich müssen zusammenarbeiten und Charlotte muss lernen, damit klarzukommen, wenn wir Erfolg haben sollen. Aber vermutlich ist ihr das egal. Sie wird sich eh mit ihrer Familie in ihrer Villa verschanzen, wenn die Riesenwarane über die Stadt herfallen. Die haben bestimmt irgendeinen verrückten Hochsicherheitsbunker. So wie alle Leute mit viel zu viel Geld.« Ich ließ die Hände sinken, während Mandy mich mit großen Augen anstarrte. Warum hatte sie meinen Monolog bisher nicht unterbrochen?

Stille breitete sich aus, während ich die Augenbrauen hochzog und darauf wartete, dass sie den Mund aufmachte. Sie blinzelte ein paar Mal, bevor sie endlich etwas erwiderte.

»Ich fürchte es geht sehr wohl um den Kuss.«

Genervt ließ ich den Kopf in die Hände sinken. »Das war ja klar, dass du diesen Schluss ziehst. Zum allerletzten Mal: Ich bin nicht in Kieran verknallt.« Doch diese Worte fühlten sich an wie eine Lüge.

»Ach ja? Und warum bist du dann eifersüchtig?« In ihrem Blick lag etwas Triumphierendes, das in mir das seltsame Verlangen weckte, ihr eine reinzuhauen.

»Ich bin nicht eifersüchtig. Es regt mich nur auf, dass sie sich unserer Aufgabe in den Weg stellt. Das ist alles.«

»Hm hm.« Noch so ein Geräusch, das mich aggressiv machte. »Liana, hör mal, ich weiß, du willst es dir nicht eingestehen, aber du bist Wissenschaftlerin. Betrachte mal logisch die Beweise.«

»Ich bin Alchemistin«, murmelte ich. »Ich betrachte keine Beweise. Die Magie macht das für mich.«

»Formsache.« Sie legte ihre Hand auf meine. »Du bist trotzdem in der Lage, logisch zu denken. In dieser Sache weigerst du dich nur. Du hast Gefühle für Kieran, meine Liebe. Wach endlich auf.«

Heftig schüttelte ich den Kopf. »Das ist nicht echt. Das ist nur die Magie, die mit aller Macht versucht uns zusammenzubringen.«

Sie legte den Kopf schief. »Glaubst du das ernsthaft?«

»Wie ist es denn deiner Meinung nach?«, fragte ich, obwohl ich die Antwort darauf bereits kannte.

»Schon mal darüber nachgedacht, dass die Magie euch beide auserwählt hat, weil ihr bereits das Potenzial zu einer tiefen Verbindung hattet?« Sie sah mich mit hochgezogenen Augenbrauen an, als würde sie mich für grenzdebil halten. »Ich meine, wieso sonst ausgerechnet ihr? Es war jemand nötig, der dem gemeinsamen Rausch gewachsen war und offensichtlich bekommt ihr das ganz gut hin.«

Ich senkte den Kopf. Kurz überlegte ich, ihr davon zu erzählen, dass wir uns im Rausch geküsst hatten, aber vermutlich würde sie das vollkommen falsch interpretieren.

»Ich gehe ins Bett«, verkündete ich lieber, obwohl es noch früh am Abend war.

Dass sie mich ohne ein Wort ziehen ließ, zeigte, wie gut sie mich kannte. Ich wollte nicht mehr reden. Ich wollte einfach nur allein sein.

In meinem Zimmer angekommen verband ich meinen Core mit dem Bildschirm auf meinem Schreibtisch, rief die Seite eines Streamingdienstes auf und klickte auf den erstbesten Film. Die flache romantische Komödie lenkte mich überhaupt nicht ab. Immer wieder tauchte das Bild von Kieran und Charlotte vor meinem inneren Auge auf, bis es sich auf meinen Netzhäuten eingebrannt hatte. Warum ging mir die Sache so nahe? Meine Gefühle für ihn waren nicht echt. Das war alles nur die Magie, die uns manipulierte. Doch wenn ich ehrlich war, glaubte ich mir das inzwischen nicht einmal mehr selbst.

Kapitel 14

»Guten Morgen«, flötete Charlotte, als sie die Umkleide betrat, »ich habe wunderbar geschlafen und du?«

»Ganz gut«, murmelte ich, während ich mir die Schuhe zuband. »Bis gleich.« Bemüht langsam verließ ich den Raum, festentschlossen, ihr nicht zu zeigen, dass ich keine Sekunde mit ihr allein sein wollte.

Im Trainingsraum begrüßten Beth und Carly mich freundlich. Kierans Blick dagegen wirkte verunsichert. Versuchte er abzuschätzen, was ich von Charlottes und seiner Beziehung hielt? Das Lächeln, das ich ihm schenkte, zeigte ihm hoffentlich, dass es mir scheißegal war, was er in seiner Freizeit tat. Das war allein seine Sache. Mir schuldete er keine Rechenschaft.

»Guten Morgen.« Charlotte verströmte fürchterlich gute Laune, als sie in den Raum hüpfte. Ich schickte ein Stoßgebet zur Magie, dass sie uns heute einen Rausch schenken würde, bei dem ich Charlotte ordentlich den Hintern versohlen konnte.

Sie ging auf Kieran zu und stellte sich auf die Zehenspitzen, um ihn zu küssen, doch er drückte ihr einen Stock in die Hand und schob sie damit von sich weg.

»Wir sollten keine Zeit verlieren«, sagte er. »Lasst uns mit dem Aufwärmen beginnen.«

Ich biss mir auf die Lippe, um mein Lächeln zu verstecken, während sich Schadenfreude in mir ausbreitete. Es verschaffte mir viel zu viel Genugtuung, wie er sie zurückwies.

Beth klatschte in die Hände. »Ich hätte es nicht besser sagen können. Los geht's!«

Als wir uns in Bewegung setzten, fingen sie und Carly an zu tuscheln. Ich konnte mir denken, worüber. Wieder kämpfte ich gegen mein Lächeln. Die anderen sollten nicht bemerken, wie schadenfroh ich war.

Trotz der Ablehnung joggte Charlotte direkt neben Kieran durch die Halle, während ich ein Stück hinter ihnen blieb. Sein Verhalten sorgte bloß dafür, dass sie sich ihm noch entschlossener an den Hals warf.

Als Beth uns auf die Matten schickte, war Charlottes gute Laune endgültig verflogen. Sie schenkte mir ein paar mörderische Blicke, als wäre es meine Schuld, dass Kieran sie nicht wollte. Was war das nur zwischen den beiden? Gestern war er ihr bereitwillig aus der Halle gefolgt. Würde ich ihn bei unserem nächsten Gespräch zur Rede stellen, oder würde ich mich nicht trauen?

Meinen Stock fest umklammert, ging ich neben ihm in Position. Ich würde mich nicht davon ablenken lassen, was gestern passiert war. Ich würde es Charlotte zeigen, in dem ich so gut kämpfte, wie ich konnte. Auch wenn das nicht viel hieß.

Als Beth uns das Signal gab, schwang ich meinen Stock in ihre Richtung, doch sie wehrte mich ab. Kierans Schlag traf sie dafür in die Seite. Unsere Zusammenarbeit wurde immer besser. Dass Charlotte das offensichtlich nicht gefiel, spornte mich nur noch mehr an. Den nächsten Treffer landete ich. Meine Wut trieb mich zu Höchstleistungen an. Ich war so vertieft, dass ich das Kribbeln, das durch meine Glieder schoss, kaum bemerkte.

Schon hatten meine Gliedmaßen sich verselbstständig. Die Magie führte meinen Stock zielsicher auf Charlottes zu, entschlossen, den Kampf so schnell wie möglich zu beenden. Mit einer schnellen Bewegung, die ich selbst niemals hätte ausführen können, schlug sie Charlotte den Stock aus der Hand. Klappernd landete er auf dem Boden, doch er war nicht der einzige.

Ohne mein Zutun wandte mein Körper sich um und folgte Kieran in Richtung Tür.

Ich schaffte es, über die Schulter zu sehen, wahrscheinlich weil es der Magie egal war, wohin mein Blick ging, solange der Rest meines Körpers sich ihrem Willen beugte. Charlotte wollte uns folgen, doch Beth hielt sie am Arm fest. Die Magie wandte meinen Blick wieder nach vorn. So schnell sie konnte, trieb die Magie uns in Richtung der Alchemistenlabore. Würden wir zum ersten Mal etwas für unsere Aufgabe tun? Würden wir heute beginnen, eine Waffe gegen die Riesenwarane zu entwickeln?

Jeder, dem wir begegneten, sah uns neugierig hinterher, aber die Magie ließ uns alle Fragen ignorieren. Mein Magen krampfte sich zusammen, als Kieran die Tür zu meinem Labor aufriss. Würden wir uns später daran erinnern?

Sobald die Tür hinter uns zufiel, begannen schwarze Flecken vor meinen Augen zu tanzen. Ich blinzelte heftig und sie verschwanden. Automatisch griffen meine Finger nach meinem Laborkittel und der Brille. Kieran nahm sich den Ersatzkittel und meine zweite Brille. Die Magie führte uns zum Abzug, wo meine Hände nach einem der Kolben griffen, die ich neulich geputzt hatte. Wieder tanzten schwarze Flecken vor meinen Augen. Als mein Sichtfeld sich klärte, mischte ich gerade zwei Flüssigkeiten. Kieran warf einen weißen Feststoff dazu. Ich wollte den Kopf drehen, was die

Magie nicht zuließ. Ich spürte, dass er genauso aufgeregt war wie ich.

Endlich machten wir Fortschritte. Wenn ich nur noch wüsste, was genau wir taten. Zwar war ich diesmal bei Bewusstsein, trotzdem konnte ich nur hilflos zusehen. Ein tröstendes Gefühl durchströmte mich, doch es kam nicht von Kieran. Es kam von der Magie. Noch nie hatte ich ihren Einfluss so deutlich gespürt. Das sollte mich wütend machen, stattdessen fühlte ich mich ruhig, fast schon schläfrig. Natürlich waren das nicht meine echten Gefühle. Die Magie unterdrückte sie und ich hasste sie dafür, auch wenn dieses Gefühl fast sofort verschwand. Wieder wurde mein Sichtfeld schwarz. Die Magie verbarg vor uns, was wir da zusammenmischten.

Im Abzug reihten sich jetzt Rührplatten auf. Darüber hingen mehrere Kolben gefüllt mit bunten Flüssigkeiten, die mit Klammern an den Stangen hinten im Abzug befestigt waren. In den Kolben wirbelten die Magnetrührstäbchen bunte Strudel auf. Warum war eigentlich alles farbig, was mit Magie zu tun hatte? Vor ihrer Zeit war es anders gewesen. Fast war es, als würde in meinem Kopf eine Stimme leise lachen. Die Magie. Ganz sicher. Sie machte sich über mich lustig, aber sie gab mir keine Chance, sie zu verstehen. Das Lachen brach abrupt ab. Fast fühlte es sich so an, als würde die Magie sich bei mir entschuldigen. Das war nicht möglich, oder? Die Magie hatte kein Bewusstsein.

Auf einmal war ich mir da nicht mehr so sicher.

Kieran ging zum Gefahrstoffschrank, um irgendeine Chemikalie zu holen, während die Magie meinen Blick fest auf den Abzug gerichtet hielt. Uns wurde eingeredet, dass es zu unserem Besten war, dass wir uns nicht daran erinnern konnten, was wir im Rausch taten, dass es zu unserem

Schutz war, aber stimmte das wirklich oder wollte die Magie es uns einfach nicht zeigen?

Kieran gab einen weiteren mysteriösen weißen Feststoff in einen der Kolben, indem es daraufhin blubberte. So ging es weiter. Immer mehr mixten wir zusammen und langsam wurde mir langweilig. Ich konnte nichts tun. Kieran ging es genauso, das spürte ich. Sein Frust verstärkte meinen eigenen nur. Dieses Gefühl schien die Magie nicht zu stören.

Langsam begann mein Magen zu knurren, aber der Rausch hielt uns fest im Bann. Vielleicht war es doch besser, sich an nichts zu erinnern.

Vertrau mir, wisperte die Magie. Hätte ich in diesem Moment verächtlich schnauben können, hätte ich es getan. Die bloße Vorstellung reichte, um die Magie zu verärgern. Unmut breitete sich in meinem Kopf aus, aber ich würde mich sicher nicht entschuldigen. Sie benutzte uns für ihre Zwecke. Da konnte sie wohl kaum erwarten, dass wir glücklich damit waren.

Vertrau mir, flüsterte sie erneut. *So ist es am besten.*

Da ich keine Lust hatte, mich weiter mit einer Stimme in meinem Kopf zu streiten, ließ ich die Gedanken schweifen. Von Kieran kam ein warmes, tröstendes Gefühl. Er versuchte mich aufzuheitern. Das Lächeln schaffte es nicht auf mein Gesicht, aber ich wusste, dass er meine Dankbarkeit spürte.

Als der Rausch uns endlich losließ, schmerzte mein Magen bereits vor Hunger.

Erleichtert atmete ich auf. Die Magie hatte uns noch zugeflüstert, dass wir morgen weitermachen mussten, dann war sie verschwunden. Ich starrte auf die Kolben im Abzug, in denen die bunten Flüssigkeiten vor sich hin rührten.

»Das war merkwürdig«, sagte Kieran neben mir. »Was ist das Glasding mit der Ringelschleife drin?«

Ich unterdrückte ein Lachen. Ringelschleife. »Das ist ein Rückflusskühler. Was auch immer in dem Kolben ist, muss kochen. Damit das Lösungsmittel nicht alles verdampft, fließt Wasser durch die Kühlschleife, das es wieder kondensieren lässt.« Ihm das zu erklären, fühlte sich seltsam unwirklich an. Es war ungewohnt, dass er sich dafür interessierte.

»Cool.« Kieran beugte sich vor und betrachtete das untere Ende der Kühlschleife, wo Lösungsmittel zurück in den Kolben tropfte. »Und woher weißt du das alles?«

Mein Blick heftete sich an den Kolben. »Obwohl die Magie uns anleitet, haben wir trotzdem Unterricht, um wenigstens ein paar Grundlagen zu lernen. Die Glasgeräte verstehen wir noch.« Ich konnte nicht aufhören, die Kolben anzustarren. Rührte in ihnen etwas, das zu einer Waffe gegen die Warane werden würde?

Lachend richtete Kieran sich auf. Ihn schien es kalt zu lassen, was wir gerade getan hatten. »Wäre auch bitter, wenn nicht. Wir bekommen auch Unterricht in verschiedenen Waffen. Damit wir wissen, was wir einpacken müssen.« Als er zu mir hinabsah, wurde sein Blick plötzlich ernst. »Ich würde das mit gestern gern erklären.«

Ich wandte den Blick ab und starrte wieder in den Abzug. »Du kannst mit deinem Leben machen, was du willst.«

»Schön wär's.« Er wandte sich ab und wollte sich auf meinen Schreibtischstuhl fallen lassen.

»Halt!«, rief ich.

Erschrocken riss er die blauen Augen auf. »Was?«

»Erst Kittel ausziehen«, befahl ich. »Normalerweise sitze ich ohne Kittel am Schreibtisch. Wenn du dich hinsetzt, machst du den Stuhl dreckig und wenn ich mich das nächste Mal hinsetze, habe ich den Scheiß an der Hose.« Es erschien wie eine winzige Kleinigkeit. Warum war mir das im Moment so wichtig?

»Ernsthaft?« Er sah an seinem blütenweißen Kittel hinab.

»Ernsthaft«, bekräftigte ich, knöpfte meinen Kittel auf und hängte ihn zurück auf den Haken. »Außerdem bin ich dafür, dass wir uns zuallererst etwas zu essen holen.« Mein Magen untermalte dieses Statement mit einem lauten Knurren.

Ein Lächeln erschien auf seinen Lippen. »Das klingt so, als wäre das dringend nötig.«

Nachdem auch er seinen Kittel ausgezogen und wir uns beide die Hände gewaschen hatten, machten wir uns auf den Weg zum Pausenraum.

Nur ein paar Minuten später stiegen wir mit unserem Essen die Stufen zum Dach empor.

»Zurück zu dem, was gestern passiert ist«, sagte er, sobald wir unsere Rationen geöffnet hatten.

Ich hielt inne, den Mund voller Nudeln. Warum musste er damit anfangen? Langsam fühlte ich mich wieder normal und wollte das Ganze am liebsten vergessen. »Wie gesagt, du schuldest mir keine Erklärung.«

»Was, wenn ich einfach gern mit jemandem darüber reden würde?«

Überrascht hob ich den Kopf. Bisher hatte er nur widerwillig über seine Gefühle gesprochen, doch jetzt lag beinahe ein Flehen in seinen blauen Augen. Wie konnte irgendjemand Nein zu diesem Blick sagen?

»Dann höre ich dir zu.«

Er senkte den Kopf und begann in seinem Essen herumzustochern. Fast hoffte ich, dass er einen Rückzieher machen würde. »Mein Vater versucht schon seit Jahren, Charlotte und mich zu verkuppeln. Es gibt so eine Art unausgesprochene Vereinbarung zwischen ihren Eltern und meinen.«

Meine Gabel hielt kurz vor meinem Mund inne, während meine Augenbrauen in die Höhe schossen. »Das klingt ziemlich mittelalterlich.«

Das Geräusch, das er ausstieß, lag irgendwo zwischen einem Lachen und einem Schnauben. »Was du nicht sagst, aber so wird es in unseren Kreisen oft gemacht. Um sicherzugehen, dass unsere Kinder auch begabt sind.«

»Das klingt nach Inzucht«, kommentierte ich und wie man an seinen Cousins sah, funktionierte es auch nicht immer.

»Charlotte und ich sind nicht verwandt und bei ihr scheinen die Pläne unserer Eltern gefruchtet zu haben. Obwohl ich mir nicht sicher bin, ob sie wirklich mich mag oder nur meine Familie, meinen Erfolg bisher, keine Ahnung. Dass sie mich gestern vor dir geküsst hat, hat mich nicht vom Gegenteil überzeugt. Daraufhin durfte ich mir den ganzen Abend anhören, dass ihre Gefühle aufrichtig sind.« Kopfschüttelnd schob er sich eine Gabel Nudeln in den Mund. »Ich mag Charlotte, aber mag ich sie genug, um mit ihr den Rest meines Lebens zu verbringen? Meine Mutter sagt, die Liebe kommt mit der Zeit und das Leidenschaft vergeht. Ihre Ehe wurde arrangiert und sie verstehen sich gut, aber … Ist es albern von mir, mehr zu wollen als jemanden, mit dem ich ganz gut klarkomme? Wie du siehst, sind meine Gedanken zu dem Thema nicht gerade geordnet.«

Ich schluckte den Bissen hinunter, an dem ich während seines Monologs gekaut hatte und versuchte, die Frage zu verdrängen, ob er mit mir glücklicher wäre. Seine ganze Familie wäre gegen uns. Außerdem wusste ich nicht einmal, ob er genauso empfand. »Also ich höre da immer nur, meine

Mutter sagt, mein Vater denkt, meine Eltern wollen. Was willst du, Kieran?«

Er zögerte kurz, bevor er antwortete. »Ich will meine Eltern stolz machen«, verkündete er, aber es klang nicht sonderlich überzeugt.

»Um jeden Preis?«, fragte ich also.

Erneut senkte er den Kopf. »Du stellst gute Fragen, Williams.«

Ich hatte das Gefühl, dass er noch mehr sagen wollte, doch ihm fehlten die richtigen Worte, weshalb ich stumm weiter aß, bis er fortfuhr.

»Ich musste Charlotte versprechen, dass wir es miteinander versuchen. Wahrscheinlich hat sie recht damit, wenn sie sagt, dass ich ihr das schulde. Immerhin hat sie diese Zukunft von klein auf erwartet.«

Das sah ich etwas anders. Seine Eltern hatten diese Versprechen gemacht, nicht er.

»Ein Monat. Darauf haben wir uns gestern geeinigt. Vielleicht stelle ich in der Zeit fest, dass wir füreinander bestimmt sind. Oder sie treibt mich so sehr in den Wahnsinn, dass es mir nicht mehr so schlimm erscheint, mich meinen Eltern zu widersetzen.« Er lachte, doch ich stimmte nicht ein. Ehrlich gesagt fand ich seine Schlussfolgerung ziemlich traurig.

»Warum glaubst du, hat das heute mit dem Rausch so gut funktioniert?«, wollte er wissen.

Ich zuckte mit den Achseln. »Keine Ahnung.«

»Die ersten beiden Male war ich wütend, heute nicht. Heute war ich eigentlich ganz zufrieden mit der Abmachung, die Charlotte und ich getroffen haben.« Er tippte sich mit der Gabel gegen die Lippen. »Aber ich habe Wut gespürt, als es angefangen hat. Deine Wut.« Jetzt sah er mich an. »Warum warst du so wütend, Liana?«

Ich hielt den Blick starr auf mein Essen gerichtet. Ihn anzulügen, war unmöglich. Er hatte meine Gefühle gespürt. »Charlottes dumme Kommentare haben mich genervt. Aus irgendeinem Grund ist sie der Meinung, sie kann mir wehtun, in dem sie mir unter die Nase reibt, dass du ihr gehörst. Als ob mir das etwas ausmacht, wir arbeiten ja nur zusammen.« Das war nur die halbe Wahrheit, doch ich konnte ihm nicht gestehen, dass ich mich in ihn verliebt hatte. Nicht, wenn er gerade beschlossen hatte, es mit Charlotte zu probieren.

Er legte den Kopf schief und starrte mich an, als würden sich so die fehlenden Puzzleteile zusammensetzen.

Ich hatte eindeutig zu viel gesagt. »Es ist albern, aber sie tut immer so übertrieben freundlich, obwohl ich genau weiß, dass sie mich nicht leiden kann. Ich hasse es, wenn Leute so falsch sind.«

»Hm.« Er schluckte den letzten Bissen herunter und schob die leere Verpackung weg. »Du musst dir keine Sorgen machen, dass sie mich von unserer Aufgabe ablenkt. Ich weiß, wie wichtig das ist. Vor allem nach heute. Was auch immer wir da zusammengebraut haben, wir müssen weiter daran arbeiten. Also mach dir keine Sorgen.«

Ich wusste nicht, ob ich froh sein sollte, dass er meine Schimpftirade so interpretierte oder enttäuscht, dass er die Wahrheit nicht erkannt hatte. Nein, es war besser so. Wenn er Charlotte eine Chance geben wollte, war er wohl kaum in mich verliebt.

»Sollen wir zurück in den Trainingsraum gehen?«, fragte ich, sobald ich den letzten Bissen heruntergeschluckt hatte. »Es ist noch nicht so spät. Vielleicht warten die anderen auf uns.«

Kieran runzelte die Stirn. »Glaubst du ernsthaft, dass die drei seit Stunden dort herumsitzen?«

Doch ich sollte recht behalten. Im Trainingsraum warteten nicht nur Carly, Beth und Charlotte, sondern auch Susan Barnes und George Arlington.

»Was ist passiert?« Carly rannte auf uns zu, sobald wir die Tür aufstießen.

»Was habt ihr erfunden?« Beth folgte ihr.

Charlotte stand nur mit verschränkten Armen da und starrte uns böse an.

»Ist alles in Ordnung?«, wollte Miss Barnes wissen.

»Ruhe!«, herrschte Arlington und breitete die Arme aus, wobei sein Talar um ihn wallte. Der Mann war wirklich die geborene Dramaqueen. »Erzählen Sie uns alles. Jedes Detail kann wichtig sein.«

Kieran und ich tauschten einen kurzen Blick. Er nickte mir auffordernd zu, dabei hatte ich gar keine Lust, die Sache zu erklären.

»Wir haben begonnen, etwas zu entwickeln, und ich vermute, dass es sich um ein Gift gegen die Riesenwarane handelt.«

»Und wie kommen Sie darauf?«, stieß er zwischen zusammengebissenen Zähnen hervor. »Ich dachte, Sie sind noch nicht fertig.«

»Gifte und Gegengifte sind mein Spezialgebiet.« Zumindest war dies das Ergebnis des Testes am Ende der ersten Phase meiner Ausbildung gewesen. Bisher hatte ich nichts anderes entwickelt.

»Haben Sie irgendwelche Probleme?«, wollte Miss Barnes wissen. Arlington warf ihr einen bösen Blick zu, doch sie ignorierte ihn. »Irgendwelche körperlichen Beschwerden? Wahrnehmungsstörungen? Irgendetwas, was darauf schließen lässt, dass Sie bei dem Rausch zu Schaden gekommen sind?«

Kieran und ich sahen uns an, dann schüttelten wir beide den Kopf.

Ein erleichtertes Lächeln trat auf ihr Gesicht. »Der Magie sei Dank.«

»Das ist vollkommen offensichtlich«, herrschte Arlington sie an. »Wieso müssen Sie sich eigentlich immer einmischen, Barnes?«

Anstatt etwas zu erwidern, senkte sie nur den Kopf und trat einen Schritt zurück.

»Im Gegensatz zu Ihnen interessiert es sie, ob es uns gut geht.« Kieran verschränkte die Arme vor der Brust und trat auf Arlington zu. In diesem Moment war er ganz Krieger, ruhig, stoisch, furchteinflößend. Mir lief ein Schauer über den Rücken. Er hatte sein Ansehen nicht nur geerbt, er hatte es sich verdient. Allein diese Ausstrahlung würde wohl die meisten dazu bringen aufzugeben. Selbst Arlington musste sich Mühe geben, um nicht unter seinem Blick zusammenzuschrumpfen.

»Gibt es sonst noch etwas, was Sie uns mitteilen möchten?« Bildete ich mir das ein oder klang Kierans Stimme auf einmal tiefer? »Wir haben nämlich Wichtigeres zu tun, als ihr Ego zu streicheln.«

»Diese Unverschämtheiten werde ich Ihnen nicht länger durchgehen lassen, Namara.« Er sah an Kierans breitem Kreuz vorbei zu mir. »Und Ihnen auch nicht, Williams. Aber ich habe Besseres zu tun, als mich auf eine weitere sinnlose Diskussion mit Ihnen beiden einzulassen.« Er streckte das Kinn vor und schritt an Kieran vorbei in Richtung Tür, mal wieder ohne ein Wort der Verabschiedung.

»Reden Sie sich das ruhig ein, Arlington«, rief Kieran ihm hinterher.

»Ich wünsche Ihnen weiterhin viel Erfolg.« Susan Barnes

schenkte uns ein Lächeln, bevor sie ihrem Boss hinterhereilte. Sie tat mir wirklich leid. Für ihn zu arbeiten, musste die Hölle sein.

Sobald die Tür hinter den beiden zugefallen war, begann Kieran zu lachen. »Dieser Vogel ist wirklich unglaublich.«

Alles Bedrohliche an ihm verschwand, obwohl sich an seiner Statur nichts änderte. Wie machte er das?

»Was?«, fragte er, als er mein Starren bemerkte.

Ich blinzelte ein paar Mal, bis mir eine Ausrede einfiel. »Ich habe mich gerade gefragt, wie lange es noch gedauert hätte, bis er sich in die Hose macht.«

Er grinste. »Vielleicht habe ich das längst geschafft. Wer weiß schon, was unter diesem Talar vor sich geht.«

Charlottes glockenhelles Lachen erfüllte den Raum. »Wer weiß, aber bei aller Liebe, Kieran, du solltest ihn nicht so provozieren. Er ist das oberste Medium.« Angewidert verzog sie das Gesicht. »Auch wenn er ein Ekel ist.«

Da musste ich ihr ausnahmsweise recht geben.

»Jetzt erzählt doch mal.« Mit leuchtenden Augen trat Carly auf uns zu. Ihr bonbonrosafarbener Long Bob war zerzaust, als hätte sie sich ordentlich die Haare gerauft. »Was genau ist passiert? Wir haben uns Sorgen gemacht, aber wir durften nicht nach euch sehen.«

Mühsam versuchte ich, ein Lachen zu unterdrücken. In diesem Moment war sie einfach nur niedlich. Ich streckte eine Hand aus und legte sie ihr auf die Schulter. »Es ist alles in Ordnung. Wie gesagt, wir haben angefangen, irgendetwas zu entwickeln.«

»Ihr könnt euch an den Rausch erinnern?«, fragte sie.

Ich nickte.

»Die Magie hat allerdings vor uns versteckt, was wir da zusammenmixen«, warf Kieran ein. »Immer, wenn wir zum

Schrank gegangen sind, wurde uns schwarz vor Augen. Was auch immer wir da zusammengepampt haben, ist auf jeden Fall hübsch bunt.«

Ein leichtes Lächeln schlich sich auf meine Lippen. Alles, was mit Magie zu tun hatte, war bunt.

Carly verzog das Gesicht. »Schade. Dann ist es wohl wirklich wahr, dass es zu viel für uns wäre.«

Kieran zuckte mit den Achseln. »Mag sein. Ändern können wir es auf jeden Fall nicht.«

»Wir werden es wohl nie erfahren.« Charlotte ging auf Kieran zu und schlang einen Arm um seine Mitte. »Wollen wir uns auf den Weg machen? Es ist schon ziemlich spät.«

Beth warf einen Blick auf ihren Core. »Es ist gerade mal vier Uhr.«

Charlottes Augen verengten sich. »Ich dachte, wir bekommen früher Feierabend, wenn die beiden einen Rausch haben.«

Beth seufzte. »Na gut. Kieran und Liana haben heute wirklich genug geleistet.« War das ein Seitenhieb gegen Charlotte oder nur mein Wunschdenken? »Bis morgen.«

Charlotte griff nach Kierans Hand und zog ihn aus dem Raum. Er wirkte genervt, ließ sie aber gewähren.

Kopfschüttelnd sah Carly ihnen hinterher, die Hände in die Hüften gestützt. »Was ist das nur mit den beiden?«

»Ihre Eltern wollen, dass sie heiraten. Charlotte ist begeistert davon, Kieran eher weniger, doch er hat beschlossen, ihr eine Chance zu geben.«

Die beiden starrten mich mit großen Augen an.

Ich zog den Kopf ein. »Und wahrscheinlich hätte ich euch das nicht erzählen sollen«, fügte ich hinzu. Kieran wäre sicher nicht begeistert davon.

»Keine Sorge.« Carly tat so, als würde sie ihre Lippen mit

einem unsichtbaren Schlüssel abschließen. »Wir können schweigen wie ein Grab.«

Beth nickte. »Versprochen. Es wäre zwar verlockend, überall herumzuerzählen, dass Charlottes Zukünftiger ihr nur seinen Eltern zuliebe eine Chance gibt, aber du kannst dich auf mich verlassen.«

Carly legte ihr eine Hand auf die Schulter. »Dafür erleben wir jeden Tag live, wie Liana sie mit ihrer bloßen Anwesenheit auf die Palme treibt. Das ist auch was.«

Beth lachte. »Ohne dich hätte ich ihr schon längst eine reingehauen für ihr Theater.«

Ich sah zwischen den beiden hin und her. Kieran und ich waren nicht die Einzigen, die sich in letzter Zeit nähergekommen waren. Beth und Carly hatten sich angefreundet. Eine Alchemistin und eine Kriegerin. Irgendwie machte mir das Hoffnung.

»Was haltet ihr davon, wenn wir zur Feier des Tages Kuchen essen gehen?«, schlug Carly vor. »Kierans und Lianas großartiger Fortschritt muss gefeiert werden.«

Beth nickte. »Und außerdem bin ich heilfroh, endlich aus diesem Raum rauszukommen. Langsam entwickle ich Klaustrophobie. Aber nur hier drinnen.«

Ich folgte den beiden aus dem Trainingsraum und, nachdem wir uns umgezogen hatten, in ein kleines Café, wo ich den besten Himbeerkuchen meines Lebens aß. Die beiden erzählten mir von ihren Familien, ihrer Zeit als Studenten und ihren eigentlichen Jobs, die sie für Kieran und mich hatten unterbrechen müssen. Seit Wochen verbrachte ich jeden Tag mit den beiden und trotzdem hatte ich bis heute kaum etwas über sie erfahren. Ich hatte mich hauptsächlich auf Kieran und unsere Aufgabe konzentriert und dadurch nicht wahrgenommen, wie viel Glück ich mit meinen Trainerinnen hatte. Als wir bezahlten und uns voneinander verabschiedeten, hatte ich nicht mehr das Gefühl, mit Kolleginnen zu reden, sondern mit Freundinnen.

Kapitel 15

»Wenn die beiden heute wieder verschwinden, sitze ich garantiert nicht den ganzen Tag herum und warte auf sie«, teilte Charlotte uns mit, als wir uns für den ersten Kampf bereitmachten. »Ich habe wirklich Besseres zu tun.«

Sie warf mir einen finsteren Blick zu, den ich mit einem Augenrollen erwiderte.

»Musst du auch nicht.« Kieran legte ihr eine Hand auf die Schulter. Es war das erste Mal, dass er vor uns eine Berührung zwischen den beiden initiierte. Mein Gehirn wollte diese Geste natürlich sofort ausgiebig analysieren und interpretieren, doch ich brachte den Gedankenstrom entschlossen zum Schweigen.

»Wenn es etwas Wichtiges gibt, kann ich dich ja anrufen«, schloss er, griff nach seinem Stock und ging neben mir in Position.

Beth, die Augenbrauen zusammengezogen, trat auf uns zu. »Aber du bleibst an der Akademie, damit du sofort zurückkommen kannst und wenn Arlington meckert, kannst du ihm das selbst erklären.«

Charlottes triumphierendes Grinsen konnte sie so nicht auslöschen.

»Arlington meckert immer«, teilte sie uns mit und ging uns gegenüber in Position. »Wenn ich ihn nicht beruhigen kann, frage ich Daddy um Hilfe. Vor dem kuscht er immer.«

Ich schloss die Augen und atmete ein paar Mal tief durch. Offensichtlich hatte sie immer noch nicht gelernt, dass Daddy nicht alles für sie regeln konnte.

Heute glitten wir fast mühelos in den Rauschzustand. Meine Wut katapultierte uns förmlich hinein. Wir hatten kaum eine Handvoll Schläge ausgeteilt, als die Magie Kieran und mich dazu brachte, unsere Stöcke fortzuwerfen und uns auf den Weg zu meinem Labor zu machen.

Wir setzten unsere gestrige Arbeit fort, auch wenn wir keine Ahnung hatten, was genau das eigentlich war. Über Nacht hatten sich die Farben der Gebräue verändert. Während sie gestern in den verschiedensten Rot- und Orangetönen gestrahlt hatten, leuchteten sie heute blau und grün. Während Kieran weitere Chemikalien zu den Mixturen gab, setzte die Magie mich an meinen Schreibtisch und ließ mich etwas aufschreiben, doch selbst jetzt konnte ich die Alchemistenrunen nicht lesen.

Plötzlich begannen meine Finger zu zittern. Ich keuchte erschrocken, als die Dunkelheit mich durchströmte, die ich bisher besiegt geglaubt hatte. Jetzt kehrte sie umso stärker zurück. Es fühlte sich so mächtig an, wie wenn die Magie mich mit ihrem warmen Kribbeln durchströmte, allerdings auf eine ganz andere Art, bedrückend und beängstigend. Meine Finger verkrampften sich. Eine Macht wollte, dass ich den Stift fallen ließ, die andere, dass ich weiterschrieb. Tränen stiegen mir in die Augen, als die Schmerzen sich von meiner Hand aus wie ein Lauffeuer ausbreiteten. Mein Körper wurde in zwei unterschiedliche Richtungen gezerrt, bis ich das Gefühl hatte zu zerreißen, aber kein Schrei drang über meine Lippen. Schwarze Flecken tanzten vor meinen Augen. Ich spürte, wie ich zur Seite kippte, wie mein Körper auf dem Boden aufschlug.

Die zweite, dunkle Macht drückte mir die Kehle zu. Verzweifelt rang ich nach Luft, während die Magie versuchte, mich zu befreien. Meine Lungen brannten, schrien förmlich nach Sauerstoff, während sich in meinem Kopf zwei Mächte einen unerbittlichen Kampf lieferten. Licht und Dunkelheit rasten durch mein Bewusstsein, beide entschlossen, die Kontrolle zu erlangen. Das Licht kämpfte, doch die Dunkelheit drohte, es zu ersticken. Die Magie streckte ihre Fühler nach mir aus, strich mir beruhigend über die Stirn, als wollte sie sich verabschieden, dann schleuderte sie mich zurück in meinen Körper. Endlich drang der Schrei aus meiner Kehle, der seit Minuten versuchte, sich freizukämpfen.

Die Dunkelheit. Ich hatte sie mir nicht eingebildet. Es waren nicht nur meine Zweifel gewesen, die ich gespürt hatte, sondern etwas viel Schlimmeres.

»Liana!« Ich spürte Hände auf meinem Rücken, auf meinen Armen. Noch immer verdunkelten schwarze Flecken mein Sichtfeld, langsam wurden sie kleiner. Gierig sog ich Luft in meine Lungen. Ich fühlte mich, als wäre ich kurz vor dem Ertrinken. Mein ganzer Körper zitterte.

Starke Arme zogen mich hoch, schlangen sich um meinen Oberkörper und hielten mich fest, als wollten sie mich nie wieder loslassen.

»Liana! Liana, bitte sag etwas«, flehte eine Stimme.

Ich blinzelte, um die schwarzen Flecken zu vertreiben, bis ich in blaue Augen sah, die voller Panik und Sorge auf mich herabstarrten.

»Kieran.« Meine Stimme war kaum ein Flüstern.

Ein erleichtertes Lächeln umspielte seine Lippen. »Der Magie sei Dank.« Er vergrub das Gesicht an meiner Schulter und drückte mich noch fester an sich, während ich verarbeitete, was gerade passiert war. Die Dunkelheit war echt und sie war genauso stark wie die Magie.

Kieran hob den Kopf, doch er ließ mich nicht los. Vorsichtig strich er mir eine Haarsträhne aus dem Gesicht. Erst jetzt fiel mir auf, wie verschwitzt ich war. Hitze schoss mir in die Wangen. Ich machte mich los und rutschte ein Stück von ihm weg.

»Mir geht's gut«, murmelte ich.

»Du kannst mich nicht verarschen. Ich habe es auch gespürt. Was zur Hölle war das?«

Ich war mir nicht sicher, ob ich meine Gedanken aussprechen sollte, aber wenn ich ihm nicht vertrauen konnte, wem dann? »Es hat sich angefühlt, wie eine andere Art von Magie.«

Kieran nickte. »Eine böse Magie.«

Laut ausgesprochen klang es noch verrückter, dennoch lief mir ein Schauer über den Rücken. Kierans Beschreibung war simpel, aber sie traf das Gefühl sehr gut. Diese Macht hatte sich dunkel angefühlt, böse und sie hatte versucht mir wehzutun. Sie wollte unseren Erfolg verhindern.

»Wir müssen jemandem davon erzählen«, flüsterte ich. »Miss Barnes am besten.« Im Gegensatz zu Arlington würde sie uns ernstnehmen.

Kierans Augen verdunkelten sich. »Sicher, dass das eine gute Idee ist? Ich habe noch nie davon gehört. Selbst, wenn sie uns glaubt, wie soll sie uns helfen? Die Magie, egal, ob gut oder böse, beherrscht alles. Wie sollen wir uns dagegen wehren?«

Ich ließ den Kopf in die Hände sinken. »Die Magie kämpft für uns.« Frustriert schüttelte ich den Kopf. »Also die gute Magie. Sie hat mich aus dem Rausch gerissen, bevor mehr passieren konnte.« Bevor die dunkle Magie mich umbringen konnte.

Er legte den Kopf schief. »Und warum willst du es Miss Barnes erzählen, wenn sie uns sowieso nicht helfen kann?«

Ich zuckte mit den Achseln. »Sollten wir nicht irgendjemanden darüber informieren, was wir herausgefunden haben? Es ist ziemlich wichtig.«

Er verzog das Gesicht. »Schon, aber es klingt verrückt. Was, wenn sie glauben, der Rausch hätte uns das Gehirn zermatscht?«

»Das müssen wir wohl riskieren. Komm.« Ich wollte mich auf den Weg machen, doch wieder tanzten schwarze Flecken vor meinen Augen und ich schwankte. Kieran sprang auf und griff nach meinem Arm.

Ich blinzelte ein paar Mal, bis das Pfeifen in meinen Ohren verschwand.

»Vielleicht solltest du dich hinsetzen. Oder ich sollte dir einen Arzt rufen. Du siehst blass aus.« Er legte eine Hand an meine Wange und musterte mich prüfend.

Ich schob sie weg, bevor seine Augen mich wieder in ihren Bann ziehen konnten. »Wenn du mir einen Arzt rufst, müssen wir sowieso erzählen, was passiert ist, also lass uns einfach gehen. Komm schon.« Ich drängte mich an ihm vorbei, wenn auch langsamer als zuvor. Auf keinen Fall wollte ich vor ihm in Ohnmacht fallen.

»Wenn du meinst.« Er wirkte nicht überzeugt, als er mir folgte. »Sobald wir es ihnen erzählt haben, rufe ich dir einen Arzt. Keine Ausreden.«

»Mir geht's gut«, knurrte ich, obwohl ich weiterhin zitterte.

»Hm hm«, machte er hinter mir. »Ich fange dich, versprochen.«

Ich verdrehte die Augen, obwohl mich seine Versicherung irgendwie beruhigte.

Doch als wir im Trainingsraum ankamen, war er leer.

Kieran sah sich um, als erwartete er, dass die anderen jeden Moment auftauchen würden. »Na ja, sie hängen wohl kaum jeden Tag hier herum, während wir im Rausch sind.«

Ich wies ihn nicht darauf hin, dass Charlotte die Einzige war, die deswegen gemeckert hatte.

»Oh, hey, ihr zwei.« Beth und Carly tauchten hinter uns auf, je einen Milkshake in der Hand. »Wir haben uns nur eine kleine Stärkung geholt. Ist alles in Ordnung?« Carly trat neben mich und legte mir eine Hand auf die Schulter.

Nein. Ich schlang die Arme um meine Mitte. »Ja, ja, es ist nur etwas Komisches passiert.« Ich brach ab, nicht sicher, wie ich fortfahren sollte.

Kieran übernahm und erklärte, was geschehen war.

Carly riss die Augen so weit auf, dass ich Angst hatte, ihre Augäpfel würden aus den Höhlen springen. Ich rechnete ihr hoch an, dass sie uns ohne Vorbehalte glaubte. »Wir müssen sofort die Medien unterrichten«, flüsterte sie.

»Aber nicht Arlington«, warf Kieran ein, »Barnes. Die wird uns ernstnehmen.«

Carly nickte. Ihr Blick war so glasig, dass ich kurz dachte, sie wäre im Rausch, doch sie war einfach nur schockiert. »Wenn das stimmt, wäre es eine unglaubliche Entdeckung. Wenn es zwei Arten von Magie gibt …« Sie brach ab und schüttelte den Kopf. »Das würde einiges erklären, oder? Warum die Magie uns hilft, gegen die Bestien zu kämpfen, anstatt einfach aufzuhören, sie zu erschaffen.«

Der Gedanke war mir noch nicht gekommen. Vermutlich, weil ich in den letzten Minuten gegen eine Panikattacke ankämpfte. Was, wenn die Magie es nicht geschafft hätte, mich aus dem Rausch zu befreien? Dann wäre ich erstickt und niemand hätte etwas dagegen tun können.

Kieran nickte langsam. »Das ergibt Sinn. Wenn sie sich bisher vor uns versteckt hat, erklärt das auch, warum sie vorher niemand gespürt hat.«

»Aber wieso sollte sie sich verstecken?« Meine Stimme klang immer noch schwach. Die dunkle Magie war von Hass erfüllt gewesen. Sie war entschlossen, uns zu zerstören. Warum hätte sie sich zurückhalten sollen?

Kieran zuckte mit den Achseln. »Die Alchemisten kann sie bei ihrer Arbeit stören, ohne dass es jemand bemerkt. Das ist sogar effektiver als bei den Kriegern. Vielleicht hat es ihr bisher gereicht, uns das Leben schwer zu machen. Die Bestien werden seit Jahren immer gefährlicher. Vielleicht brauchte die Magie einfach Zeit, um sich aufzubauen, um Kraft zu sammeln. Keine Ahnung, ich bin da kein Experte.«

»Niemand ist da ein Experte«, murmelte ich und verschränkte die Arme vor der Brust. »Das ist ja das Problem.« Niemand verstand die Magie. Bisher hatten wir einfach darauf vertraut, dass sie uns helfen wolle und die Herkunft der Bestien nicht hinterfragt.

Beth, die bisher geschwiegen hatte, trat auf mich zu und legte mir eine Hand auf den Arm. »Ist alles in Ordnung mit dir?«

Ich nickte, doch Kieran schüttelte den Kopf. »Sie ist vorhin fast umgekippt. Sie sollte sich auf jeden Fall untersuchen lassen, auch wenn sie nicht will.« Er warf mir einen strengen Blick zu, als wäre ich ein bockiges Kind.

Entschlossen, mich nicht einschüchtern zu lassen, verengte ich die Augen. »Ich will dabei sein, wenn ihr Miss Barnes alles erzählt.«

Carly zog ihren Core aus der Tasche. Er war genauso bonbonrosa wie ihr Haar. »Versprichst du, danach zum Arzt zu gehen?«

Brav nickte ich, auch wenn ich schon überlegte, wie ich mich davor drücken konnte. Ich zitterte, weil ich Angst hatte. Körperlich war ich vollkommen unversehrt. Vermutlich würde Kieran mich trotzdem zu einer Untersuchung zwingen.

Carly war inzwischen damit beschäftigt, hastig in ihren Core zu sprechen. »Sie kommt«, verkündete sie, sobald sie aufgelegt hatte.

Was folgte, waren einige Minuten, in denen wir tatenlos herumstanden. Niemand wusste, was er sagen sollte.

»Willst du dich setzen?«, fragte Kieran mich irgendwann.

»Mir geht's gut, Kieran«, stieß ich zwischen zusammengebissenen Zähnen hervor. Für wie schwach hielt er mich?

Ich war heilfroh, als Miss Barnes den Raum betrat.

»Was ist passiert?«, fragte sie, noch bevor sie die Tür hinter sich geschlossen hatte. Ihre hohen Schuhe hallten laut auf dem Boden wider, während sie auf uns zueilte.

Wieder ließ ich Kieran erzählen. Barnes war nicht so einfach zu überzeugen, wie Beth und Carly, doch sie versprach Nachforschungen anzustellen. Dann bestand sie allerdings drauf, dass sowohl Kieran als auch ich uns durchchecken ließen.

»Den beiden geht es gut«, teilte der Arzt Miss Barnes am Ende unserer Untersuchung mit. »Ich kann keine Anzeichen dafür finden, dass sie nicht bei klarem Verstand sind.«

Miss Barnes sah so aus, als wären das schlechte Nachrichten. Wenn ich ehrlich war, war ich heilfroh, dass ich nicht diejenige war, die Arlington die Neuigkeiten berichten musste.

»In einem der Berichte über den gemeinsamen Rausch gibt es eine Kriegerin, die ein ähnliches Phänomen beschreibt«, flüsterte sie, als wir allein im Vorzimmer des

Psychologen standen. »Auch sie beschreibt eine Art dunkle Magie, aber es wurde als Halluzination abgeschrieben. Bisher hatte ich angenommen, dass diese Schlussfolgerung richtig war.«

»Was ist mit ihrem Partner?«, fragte ich. »Hat er ihre Geschichte nicht bestätigt?«

Als sie antwortete, wich sie meinem Blick aus. »Ihr Partner hat den Rausch nicht überlebt.«

Ich spürte Kierans Hand in meiner und klammerte mich daran fest, als wäre er das Einzige, das mich in dieser Welt verankerte.

Ihr Partner hat den Rausch nicht überlebt.

Kapitel 16

»Konzentrier dich, Liana! Was ist heute los mit dir?«, brüllte Beth durch die Halle, als ich zum dritten Mal an diesem Morgen meinen Stock fallen ließ.

Was los war, war, dass ich panische Angst davor hatte, wieder in den Rauschzustand zu kommen. Was, wenn die Magie mich diesmal nicht rettete? Was, wenn die Dunkelheit diesmal Kieran angreifen würde?

»Aufpassen, Liana!«, befahl Beth, als ich nur knapp einem einfachen Hieb von Charlotte entging. Anstatt wütend zurückzuschlagen, atmete ich ein paar Mal tief durch und ging wieder in Verteidigungshaltung. Auf keinen Fall durfte ich sauer werden. Sonst riskierte ich einen Rausch.

Kieran schien es ähnlich zu ergehen. Auch er war vorsichtiger, weniger aggressiv. Frustriert beendete Beth das Training früher als sonst.

Als wir allein auf dem Dach zu Mittag aßen, sprach er endlich an, was uns beide beschäftigte.

»Du hast Angst davor, wieder in den Rauschzustand zu fallen, oder?«

Ich stocherte in meinem Reis herum. »Tu nicht so, als hättest du keine.«

»Das habe ich nicht behauptet.«

Schweigen breitete sich aus, während ich Reis in mich hineinstopfte, um eine Ausrede zu haben, nicht zu sprechen.

»So kann es nicht weitergehen«, sagte er schließlich. »Wenn wir unsere Aufgabe nicht erfüllen, gewinnt die dunkle Magie.«

»Ich weiß«, murmelte ich, »aber sollten wir nicht abwarten, ob Miss Barnes etwas findet, das uns helfen kann?«

»Sie wird nichts finden. Das weißt du ganz genau.« Seine Stimme klang hart. Proteste würde er nicht zulassen. Ich hatte auch keine vorzubringen.

»Ich weiß.«

»Die Magie kann uns schützen«, versuchte er, mich zu beruhigen. »Das hat sie gestern auch getan.«

Ich kräuselte die Nase. »Du meinst, sie kann versuchen, uns zu beschützen.«

»Was ist dein Plan?«, wollte er wissen. »Aufgeben?«

»Tut mir leid, dass ich mich nicht direkt wieder kopfüber in Gefahr stürzen will«, knurrte ich, während ich noch energischer in meinem Essen herumstocherte.

Er warf die Arme in die Luft. »Was sollen wir sonst tun? Wir werden den Rausch nicht ewig herauszögern können. Wenn die Magie uns braucht, wird sie uns holen. Wenn wir uns wehren, verlieren wir nur Zeit.«

Immer noch hielt ich den Blick stur auf meinen Reis gerichtet. Die Magie würde uns keine Wahl lassen. Das war das Schlimmste dabei. Wir hatten keine andere Wahl. Hatten wir nie gehabt.

»Sie braucht uns.« Kierans Stimme klang auf einmal viel sanfter. »Sie wird uns erst holen, wenn sie sich sicher ist, dass sie uns beschützen kann.«

»Woher willst du das wissen?« Ich riss den Kopf hoch und begegnete entschlossen seinem besorgten Blick. »Woher willst du wissen, dass sie nicht einfach dem nächsten Medium eine neue Prophezeiung einflüstert, sobald wir tot sind?«

Er blinzelte ein paar Mal, während er meine Worte verarbeitete. Dieser Gedanke war ihm offensichtlich noch nicht gekommen. »Bisher sind wir ganz gut damit gefahren, auf die Magie zu vertrauen.«

»Das war, bevor wir wussten, dass es eine zweite gibt«, murmelte ich.

»Die gab es aber immer schon«, warf er ein. »Wir wussten es nur nicht. Die erste wird alles tun, um uns zu beschützen. So wie gestern.«

»Du hast leicht reden. Du warst nicht derjenige, der fast erwürgt wurde.«

Seine blauen Augen verdunkelten sich. »Ich habe alles gespürt, Liana. Als würde es mir selbst passieren.« Jetzt war er es, der den Blick senkte. »Und als wir aus dem Rausch aufgewacht sind, hatte ich solche Angst um dich. Es hat noch ein paar Minuten gedauert, bis du wieder zu dir gekommen bist. Mir gefällt das Ganze auch nicht, Liana, ganz und gar nicht, aber wenn wir es nicht tun, wird alles nur noch schlimmer.«

»Ich bin noch nicht bereit«, gab ich zu. Und das, obwohl uns die Zeit davonlief. Obwohl die Warane jeden Tag mehr Opfer forderten und ihre Brutzeit immer näher rückte.

Er ließ sein Essen sinken, rutschte ein Stück zu mir und schlang mir den Arm um die Schultern. Überrascht ließ ich meine Gabel fallen.

»Wir müssen uns die nächsten Tage nicht übermäßig anstrengen«, flüsterte er mir ins Ohr. »Die Magie wird dafür sorgen, dass wir rechtzeitig fertig werden. Wir haben Zeit. Wenn es schon knapp wäre, würde sie uns energischer in den Rausch ziehen.«

Ich drückte das Gesicht an seine Schulter und klammerte mich an ihm fest. In diesem Moment fiel es mir schwer, die Tränen zurückzuhalten.

»Du bist nicht allein, Liana.«

»Danke«, flüsterte ich, während ich blinzelte, so schnell ich konnte. »Ich bin so froh, dass du da bist.« Erschrocken riss ich die Augen auf. Das war vielleicht ein bisschen zu ehrlich.

Was mich am meisten überraschte, war seine Antwort. »Ich auch.«

Langsam wich ich zurück. Seine Augen leuchtenden jetzt hellblau. Es musste die Magie sein, die diesen Effekt hervorrief. Es war nicht menschlich.

Hastig wandte ich den Blick ab, damit ich mich nicht darin verlor, klaubte die Gabel vom Boden und warf sie in meine halb leere Packung. Der Appetit war mir endgültig vergangen. »Wir sollten nach unten gehen.« Ich brauchte dringend ein paar weitere Personen als Puffer zwischen uns. Kieran sah enttäuscht aus, doch er stand auf und streckte mir die Hand hin. Ich ließ mich von ihm auf die Beine ziehen und folgte ihm stumm zurück in den Trainingsraum.

Das Letzte, worauf ich Lust hatte, war den ganzen Nachmittag zu kämpfen. Seit es sich als gute Methode, um uns in den Rausch zu versetzen, erwiesen hatte, meditierten wir nicht mehr. Carly war trotzdem weiterhin anwesend. Vermutlich, weil die Alchemisten es nicht zuließen, dass die Krieger unser Training allein übernahmen. Je mehr Zeit ich mit Kieran und Beth verbrachte, desto alberner erschien mir diese Fehde, auch wenn Charlotte sich große Mühe gab, das Gegenteil zu beweisen.

Anstatt uns unsere Stöcke zu geben, führte Beth uns in den Teil des Kellers, in dem sich der Schießstand befand, allerdings nahmen wir diesmal eine andere Tür. Der Raum, den wir betraten, war vollkommen leer bis auf einen kleinen Schrank und ein Control Panel direkt neben der Tür.

Was man damit steuerte, war mir schleierhaft. Alles, was ich sehen konnte, waren graue Wände.

»Vielleicht braucht ihr eine neue Herausforderung, um in den Rausch zu fallen.« Beth drückte mir eine Pistole in die Hand, die sie aus dem Schrank geholt hatte.

Stirnrunzelnd drehte ich die Waffe in der Hand. Sie hatte kein Magazin, das man herausnehmen konnte, und sie war viel zu leicht.

»Das Ding hat keine Kugeln«, erklärte Beth mir. »Es ist eine Laserpistole, so wie beim Lasertag.«

Ich nickte langsam, während ich mich an eine meiner ersten Vorlesungen zurückerinnerte. »Das sind die Übungswaffen für die Simulationen.« Bestien abzubilden, war eine der ersten Anwendungen der Holo-Technologie gewesen, um daraus eine Trainingsmöglichkeit zu entwickeln. Ich zielte mit der Waffe an die Wand und drückte ab. Nichts geschah. »Infrarot?«

Beth nickte. »Genau. Die Schüsse nimmst du nur innerhalb der Simulation wahr.«

»Das ist vielleicht besser so«, murmelte Charlotte.

Ich ignorierte sie, was sie nur noch mehr anstachelte, denn sie stemmte die Hände in die Hüften. »Wieso benutzen die Alchemisten eigentlich immer Namen aus schlechten Science-Fiction-Filmen? Ich meine Laser, Holo-Technologie. Fällt euch nichts eigenes ein?«

»Laser ist ein Begriff aus der Physik«, erklärte ich ruhig. »Es ist ein Akronym für *light amplification by stimulated emission of radiation.* Die theoretischen Grundlagen dazu stammen von Einstein. In Science-Fiction-Filmen ließ sich so was bloß sehr viel schneller umsetzen als in der Praxis.«

Kieran lachte. »Vielleicht solltest du dich nicht mit ihr anlegen, was Wissenschaft angeht.«

Ein gehässiges Lächeln trat auf Charlottes Gesicht. »Gleich kann ich mich auf meinem Fachgebiet mit ihr anlegen.«

»Ihr werdet zusammenarbeiten.« Beth drückte ihr einen schwarzen Anzug in die Hand. »Und jetzt keine Zickereien mehr. Wir haben wirklich Besseres zu tun.« Sie gab Kieran und mir ebenfalls einen.

»Die Anzüge registrieren, welche Angriffe der Holo-Bestien euch treffen«, erklärte sie mir.

»Ich weiß«, murmelte ich. Da mein Fachgebiet Gifte und Gegengifte waren, hatte ich nicht viel über die Waffen und Technologie der Krieger gelernt, doch das Holo-Training hatte mich bereits damals fasziniert. Ich schlüpfte in den eng anliegenden Ganzkörperanzug und zog den Reißverschluss zu. Obwohl er so eng saß, spürte ich ihn kaum. Probeweise streckte und beugte ich meine Arme. Das Material war leicht und schränkte meine Bewegung nicht ein.

»Und willst du uns auch erklären, aus was für einem besonderen Stoff diese Anzüge bestehen?«, wollte Charlotte wissen, während sie ihren Reißverschluss schloss.

»Nein.« Ich hoffte, ihr mit dieser einsilbigen Antwort den Wind aus den Segeln zu nehmen, und tatsächlich sagte sie daraufhin nichts mehr.

Beth erklärte mir kurz den Ablauf der Simulation. Wir sollten uns gemeinsam gegen die Bestien verteidigen. Kieran übernahm die Führung.

»Charlotte, du links von mir. Liana, nach rechts.«

Vermutlich ging es ihm bei dieser Aufstellung mehr darum, mich und Charlotte voneinander fernzuhalten, als um eine Taktik gegen die Bestien.

Beth drückte ein Paar Knöpfe auf dem Control Panel und verließ den Raum. Sobald die Tür hinter ihr zugefallen war, erschien auf der gegenüberliegenden Seite ein Countdown und breite Pfosten fuhren aus dem Boden.

»Wofür ist das?«, fragte ich Kieran.

»Deckung.« Er konzentrierte sich auf den Countdown, der gerade die Null erreichte. Ein Fauchen drang durch den Raum und schon sprang uns ein leuchtendroter Säbelzahntiger entgegen. Er sah so echt aus, dass ich zusammenzuckte.

Bevor ich reagieren konnte, riss Kieran seine Pistole hoch und feuerte. Der Kopf des Tigers explodierte und er verschwand. Doch schon tauchten die nächsten Bestien auf.

»Geht in Deckung!«, befahl Kieran. Charlotte und ich hechteten hinter einen der Pfosten.

Ein Schuppenwolf sprang über uns hinweg. Charlotte nutzte die Gelegenheit, um einen Schuss in die Schwachstelle seiner Panzerung abzugeben, dort, wo sein Vorderbein aus dem Körper wuchs. Auch diese Bestie verschwand.

Kieran lehnte sich an mir vorbei, um auf etwas zu schießen, das ich noch gar nicht bemerkt hatte. Bevor ich es erkennen konnte, war es schon verschwunden.

»Liana, neben dir!«

Ich riss meine Waffe herum und feuerte. Mein Schuss traf den Blaubären nur in die Schulter. Er riss das Maul auf und brüllte. Ich fühlte mich wie erstarrt und konnte keinen Muskel rühren. *Es ist nicht echt,* versuchte ich mich zu erinnern, *nicht echt, nicht echt!*

Kieran übernahm. Seine Kugel traf den Blaubären direkt zwischen die Augen.

Eine grüne Grinsekatze schlich hinter einem der anderen Pfosten hervor und nahm mich ins Visier. Ihr Schwanz zuckte hin und her, während sie auf mich zukam. Sie hatte eher die Größe eines Labradors als die einer Hauskatze und ein Maul voller spitzer Reißzähne, die sie bleckte.

Zitternd hob ich meine Waffe, entschlossen, es diesmal besser zu machen. Ich zielte, atmete aus und schoss, so, wie Kieran es mir gezeigt hatte.

Mein Ziel war der Kopf gewesen. Stattdessen traf ich die grüngefleckte Brust, doch das reichte. Die Katze gab ein Fauchen von sich und verschwand.

»Sehr gut«, lobte Kieran mich, obwohl das mein erster Erfolg gewesen war.

Langsam wurde ich sicherer, traute mich hinter der Deckung hervor, um auf die Bestien zu schießen.

Obwohl ich nichts davon spürte, schrie ich auf, als ein leuchtend orangenfarbener Löwe mit den Krallen meinen Arm erwischte.

Charlotte erledigte ihn, während sie mich für meine Angst auslachte.

Wild entschlossen, mich zu beweisen, entdeckte ich eine Regenbogenmamba, die von hinten auf Charlotte zu glitt und die Fangzähne in ihren Unterschenkel schlug.

Charlottes Augen weiteten sich, als ich in ihre Richtung zielte. Erst als sie meinem Blick folgte, bemerkte sie die Schlange, die sich nach meinem Treffer in Luft auflöste.

Bevor ich mich darüber freuen konnte, sprang ein Zombiepanther auf mich zu. Ein älteres Exemplar, dem das eigene Gift bereits große Teile des Fells und Fleischs hatte verfaulen lassen. Als er fauchte, zeigte er seine Kieferknochen. Maden krochen über sein zerfressenes Gesicht. Ich unterdrückte ein Würgen und zielte. Meine Hände zitterten, sodass ich einige Versuche brauchte, doch ich schoss immer weiter, bis er endlich verschwand.

Als keine neuen Bestien mehr auftauchten, war ich vollkommen außer Atem. An der Wand leuchteten Zahlen auf. Die Anzahl der Bestien, die jeder von uns erlegt hatte.

Ich musste nicht nachfragen, um zu wissen, dass ich »Auszubildender zwei« war. Mit fünfzehn erlegten Bestien hatte ich das mit Abstand schlechteste Ergebnis erzielt.

Trotzdem lobte Beth mich, als sie den Raum betrat, auch wenn sie enttäuscht wirkte, dass uns dieses Training nicht in den Rausch gezogen hatte. Ich dagegen war froh darüber. Nicht nur, weil ich Angst vor der dunklen Magie hatte, sondern auch weil ich so beschäftigt gewesen war, dass ich für kurze Zeit all meine Sorgen vergessen hatte.

Der nächste Tag begann genauso wie der letzte. Wieder trainierten wir mit den Stöcken, obwohl ich lieber ein zweites Holo-Training absolviert hätte. Ich gab mir keine Mühe und wurde ständig von Beth ermahnt. Doch heute spürte ich, wie die Magie sich in mir regte und versuchte, mich in ihren Bann zu ziehen. Ich wehrte mich, so sehr ich konnte. Ich war noch nicht bereit.

Kieran und ich wechselten einen Blick. Auch in seinen Augen lag Angst, was mich nur noch nervöser machte.

Aber die Magie bekam immer ihren Willen. Wir kämpften gegen sie, anstatt gegen Charlotte, die einige Treffer landen konnte. Ihr Zug wurde immer stärker. Meine Arme und Beine begannen zu kribbeln. Ich schaffte es nicht mehr, mich zu befreien. Die Magie war stärker.

Zu meiner Überraschung war sie nicht wütend, als sie uns befahl, die Stöcke wegzuwerfen und uns in Richtung meines Labors lenkte. Es fühlte sich fast so an, als wollte sie sich bei uns entschuldigen. Ich wartete auf den Druck der Dunkelheit, doch in meinem Kopf waren nur Kieran und die normale Magie. Sie sorgte dafür, dass ich mich sicher fühlte, aber tief in mir wusste ich, dass das nur eine Illusion war. Es gab keine Garantie.

Im Labor jagte sie uns nicht direkt zum Abzug, wie ich erwartet hatte. Stattdessen setzten wir uns auf die Stühle. Irgendjemand hatte einen zweiten für Kieran hergebracht. Er streckte die Hände aus und ich legte meine hinein. Kam das Kribbeln auf meiner Haut von der Magie oder von seiner Berührung?

Eine Stimme in meinem Kopf flüsterte, dass alles gut werden würde. Eine weitere Lüge der Magie. Wenn sie nicht die einzige Macht im Universum war, wie konnte sie das dann wissen?

Das Gefühl von Sicherheit, das mich durchströmte, wurde stärker.

Sie wird stärker, wisperte die Magie, *wir müssen uns beeilen. Die Warane zu erschaffen, verausgabt sie, aber sie wird mit jedem Tag gefährlicher. Wir müssen sie in ihre Schranken weisen.*

Sie sprach von der dunklen Magie.

Erschafft sie die Bestien? Das war Kierans Stimme, die genauso durch mein Gehirn hallte wie die der Magie.

Wortlose Zustimmung durchströmte mich.

Seit über einem Jahrhundert kämpfen wir gegeneinander, fuhr sie fort. *Sie ist Zerstörung.*

Meine Augenbrauen zogen sich zusammen. Sie ist Zerstörung?

Ich bin Leben.

Ein hysterisches Lachen kämpfte sich den Weg durch meine Kehle. Es klang einfach lächerlich. Wie in einem klischeehaften Fantasyroman.

Bitte nimm mich ernst, Liana. Dein Leben steht auf dem Spiel.

Hitze stieg mir in die Wangen. Die Magie hatte Zugang zu jedem meiner Gedanken, egal, wie albern.

Kierans Hände schlossen sich enger um meine und ich war mir sicher, dass er das tat, nicht die Magie.

Woher kommt ihr?, wollte er wissen.

Ein Zögern breitete sich in mir aus.

Die Wahrheit würdet ihr nicht verstehen, erklärte sie.

Das war ihre Ausrede für alles. Der Ärger, der mich jetzt durchströmte, war mein eigener. Wenn wir unser Leben für ihren Kampf aufs Spiel setzten, schuldete sie uns dann nicht die Wahrheit?

Sie schwieg, doch ich spürte ihre Zerrissenheit. Konnte sie ihre Gefühle nicht vor uns verbergen oder wollte sie es nicht? Und wie hatte sie überhaupt Gefühle? Was war sie? Wie konnte ein einzelnes Wesen so mächtig sein?

Meine Fragen mischten sich mit Kierans, bis ich nicht mehr wusste, was von wem kam.

Wir kommen nicht aus diesem Universum, erklärte die Magie schließlich. *Die Welt, aus der wir kommen, ist so anders als eure, dass ich sie in eurer Sprache nicht erklären kann. Ihr würdet es nicht verstehen. Bitte, vertraut mir.*

Der einzige Grund, aus dem ich bereit war, das zu tun, war, dass sie unsere Gefühle nicht mehr manipulierte. Sie war ehrlich, wie wir verlangt hatten. Sie offenbarte uns Wissen, das sie noch keinem Menschen gezeigt hatte.

Die dunkle Magie, wie ihr sie nennt, war nicht glücklich in unserer Welt und fand einen Weg in eure, wo sie die Macht ausüben konnte, die ihr verboten worden war. Also wurde ich hinterhergeschickt, um sie aufzuhalten. Seitdem kämpfen wir um die Oberhand.

Im Geschichtsunterricht hatten wir gelernt, wie wir im Chaos versunken waren, als die Magie auftauchte. Wie die Bestien zahllose Menschenleben gekostet hatten, bis sich die Gaben entwickelten. Das musste der Moment gewesen sein, in dem die – ich suchte kurz nach einer passenden Beschreibung – die helle Magie uns zur Hilfe geeilt war.

Fast war mir, als würde die helle Magie lächeln und nicken, obwohl sie keine Gestalt hatte.

Habt ihr Namen?, fragte Kieran.

Die Magie schmunzelte.

Was ist daran so lustig? Kierans Wut durchströmte mich.

Sofort ging eine Welle der Ruhe von der Magie aus, verbunden mit einer Entschuldigung.

Das Konzept von Namen ist Teil eurer Welt. Wir brauchen sie nicht. Ich sagte doch, dass wir ganz anders sind.

Es war eine Erklärung, die wir nicht verstehen konnten. Wahrscheinlich blieb uns nichts anderes übrig, als sie zu akzeptieren.

Wieder spürte ich das Lachen der Magie und dann eine Welle der Zuneigung.

Wir haben nicht viel Zeit. Sie wird uns finden. Ich werde nicht zulassen, dass sie noch einmal so weit gehen kann wie gestern.

Erleichtert atmete ich auf.

In Zukunft werde ich euch aus dem Rausch reißen müssen, sobald ich sie spüre. Das birgt allerdings Gefahren für die Waffe, die wir entwickeln. Es kann sein, dass wir von vorne anfangen müssen, wenn sie uns bei einem wichtigen Schritt unterbricht.

Was entwickeln wir?, fragte ich.

Ihr kennt die Regeln, war ihre einzige Antwort, bevor sie uns aufstehen und an den Abzug treten ließ. *Es gibt sie nicht ohne Grund.*

Ich wusste, dass ich keine Erklärung bekommen würde, also fragte ich nicht nach. Die Magie schien das zu amüsieren.

Wissen ist Macht. Es muss beschützt werden, war das Einzige, was sie sagte.

Hätte sie mich gelassen, hätte ich die Augen verdreht.

Während der nächsten Stunden arbeiteten wir an den bunten Gebräuen in meinem Abzug. Farben veränderten sich, Sachen wurden zusammengeschüttet, es rauchte, dampfte und zischte, dennoch wurde es recht schnell langweilig.

Immerhin ließ sie uns diesmal eine Mittagspause machen, nachdem wir beide so fest daran gedacht hatten, wie wir konnten.

Als wir nach dem Essen wieder am Abzug standen, geschah das, wovor ich mich so sehr gefürchtet hatte. Ich spürte, wie etwas Dunkles sich in meine Gedanken drängte. Die Magie zögerte nicht. Die Dunkelheit holte aus, um uns anzugreifen, doch bevor sie uns erreichen konnte, wurden wir aus dem Rausch gerissen. Beide stolperten wir ein paar Schritte zurück.

»Das war knapp«, keuchte Kieran.

Ich konnte nur stumm nicken.

»In fünf Minuten müssen wir das da in den gelben Kolben kippen.« Kieran deutete auf ein Wägepapier mit einem weißen Pulver, das im Abzug lag. »Das hat die Magie mir noch gesagt.«

Erneut nickte ich. »Okay.«

Wir standen vor dem Abzug und starrten auf die leuchtendgelbe Flüssigkeit, die im mittleren Kolben rührte. Kieran sah immer wieder auf seinen Core, vermutlich, um die Uhrzeit zu kontrollieren.

»Jetzt«, sagte er irgendwann, trat an den Abzug und warf das Pulver in den Kolben.

Ich kräuselte die Lippen, um mein Grinsen zu verstecken. »Das war irgendwie albern.«

Er verdrehte die Augen. »Ich bin kein Alchemist. Die Aufgabe ist erledigt. Ist es wirklich wichtig, wie ich dabei aussah?«

Ich schüttelte den Kopf. »Natürlich nicht. Lustig war es trotzdem. Komm, lass uns Miss Barnes von unseren Fortschritten erzählen.«

Miss Barnes braune Augen wurden groß wie Suppenteller, als wir ihr alles berichteten.

»Aus einem anderen Universum?«, hauchte sie, während sie sich fieberhaft Notizen machte. »Faszinierend. Ich muss sofort meine Kollegen unterrichten. Entschuldigen Sie mich.« Damit rauschte sie aus dem Trainingsraum.

»Das ging schneller als erwartet«, brummte Kieran und sah ihr hinterher. »Aber vermutlich sollte ich mich darüber nicht beschweren. Feierabend.«

»Das ist die beste Idee, die du heute hattest.« Charlotte schenkte ihm ein zuckersüßes Lächeln, packte ihn am Arm und zog ihn in Richtung Tür ohne Beth, Carly und mich eines Blickes zu würdigen.

Als die beiden verschwunden waren, verabschiedete auch ich mich und folgte ihnen langsam, damit ich ihnen nicht über den Weg lief.

Trotz der enormen Fortschritte, die wir machten, schlief ich in dieser Nacht unruhig. Hoffentlich würden wir unsere Aufgabe bald erfüllen, damit ich endlich etwas Abstand zu Kieran gewinnen und über meine Gefühle für ihn hinwegkommen konnte.

Kapitel 17

Am nächsten Tag zerrte die Magie mich zum Labor, bevor ich überhaupt die Umkleide betreten hatte. Übelkeit überkam mich, als schwarze Flecken vor meinen Augen tanzten. Sie erzwang den Rausch, ließ uns keine Zeit selbst hineinzufinden und das hatte seine Folgen. Mein Magen rebellierte, als ich den Gang entlang stolperte. Wenn die Magie nicht gewesen wäre, hätte ich mich wahrscheinlich übergeben.

Reue durchströmte mich. *Es muss sein. Euch wird nichts geschehen*, versprach die Magie.

Kieran platzte kurz nach mir in den Raum. Er war leichenblass, Schweißtropfen glänzten auf seiner Stirn. Es fiel mir jeden Tag schwerer, meine Gabe als Geschenk zu betrachten.

Die Magie trieb uns an den Abzug und ließ uns weiterarbeiten. Sie war hektisch. Die dunkle Magie konnte uns jederzeit unterbrechen.

So schnell wir konnten, ließ sie uns Flüssigkeiten mischen, weitere Chemikalien hinzufügen und das Ergebnis schließlich erhitzen.

Kieran war gerade dabei, etwas in den brodelnden Kolben voller giftgrüner Flüssigkeit zu schütten, als wir die Dunkelheit spürten. Die Magie drängte ihn, das Pulver vollständig hineinzugeben und den Kolben wieder zu verschließen, sonst wäre all unsere Arbeit vergebens.

Er schaffte es, den Stopfen auf die kleine Öffnung des Dreihalskolbens zu stecken. Das Gebräu brodelte heftig. Nur der Kühler verhinderte, dass das Lösungsmittel daraus verdampfte.

Kurz durchströmte uns Erleichterung, aber durch die Verzögerung hatte die Magie den Moment verpasst, uns aus dem Rausch zu reißen. Die Dunkelheit raste auf uns zu und schleuderte uns zurück.

Hart landeten wir auf dem Rücken. Wir konnten nicht mehr trennen, wo der eine begann und der andere endete, wer was spürte. Unser Bewusstsein war vollständig miteinander verschmolzen.

Panisch versuchten wir, nach Luft zu schnappen, die Dunkelheit drückte auf unsere Brust. Hände klammerten sich aneinander, Schweiß lief über unsere Gesichter, schwarze Flecken breiteten sich aus und nahmen uns die Sicht.

Sauerstoff, wir brauchten Sauerstoff. Keine Luft wollte in unsere Lungen strömen. Wir konnten uns nicht länger darauf konzentrieren, was vor sich ging. Alles in uns schrie nach Sauerstoff, während Licht und Schatten in unseren Köpfen tobten.

Endlich nahmen wir einen rettenden Atemzug, doch die Dunkelheit gewann sofort wieder an Oberhand. Es war nicht genug. Bei Weitem nicht. Unsere Gedanken trübten sich sofort wieder. Die Finsternis drohte, uns zu ersticken. Dunkelheit nahm uns gefangen.

Wir waren kaum noch bei Bewusstsein, als Licht uns durchströmte und alles erfüllte. Strahlend durchbrach es die Dunkelheit und auf einmal konnte ich wieder atmen. Keuchend schnappte ich nach Luft, während das Chaos in meinem Kopf sich lichtete. Ich war wieder allein in meinem

Körper. Die Magie war verschwunden und mit ihr die Dunkelheit. Langsam fokussierte ich mich auf das Labor. Ich lag auf dem Boden, Kieran neben mir, unsere Hände fest umklammert.

Vorsichtig setzte ich mich auf. Ein stechender Schmerz durchfuhr meinen Kopf. Stöhnend presste ich eine Hand gegen meine Stirn.

»Alles in Ordnung?« Ich spürte Hände auf meinem Rücken. Kieran.

»Mein Kopf«, brachte ich hervor. »Ist bestimmt der Sauerstoffmangel.«

Kieran zog mich an seine Brust. Ich schlang die Arme um seine Mitte und klammerte mich an ihm fest. Diesmal war es noch knapper gewesen als das letzte Mal. Nicht mehr lang und die Dunkelheit hätte uns erstickt. Die Magie hatte uns versichert, dass sie uns beschützen würde, doch heute hatte sie das Mittel über unsere Sicherheit gestellt. Was, wenn genau das uns beim nächsten Mal das Leben kostete?

Kieran zitterte. Trotzdem fühlte ich mich in seinen Armen sicher. Vielleicht war es die Tatsache, dass ich das alles nicht allein durchstehen musste.

»Das ist es also, was ihr hier macht!«

Überrascht löste ich mich von Kieran, um zu sehen, wem die schrille Stimme gehörte, die die Stille durchbrochen hatte. Charlotte stand im Türrahmen, Tränen in den Augen. »Wie kannst du mir das antun, Kieran?« Sie drehte sich um und knallte die Tür hinter sich zu.

Kieran fuhr sich seufzend mit der Hand durch die Haare. »Ich sollte ihr folgen, um die Sache zu klären.« Anstatt aufzustehen, starrte er nur ins Leere.

»Ja«, sagte ich schließlich. »Wäre vielleicht besser.«

Langsam nickte er. Dann stand er auf und verließ das

Labor. Zitternd saß ich auf dem Boden und versuchte, ruhig zu atmen. Wir waren gerade fast gestorben und ihm war Charlotte wichtiger.

Ich tippte auf meinen Core und wählte Mandys Nummer.

»Hey, kannst du vorbeikommen und mich abholen?« Meine Stimme war kaum ein Flüstern. »Ich bin im Labor.«

Sie stellte keine Fragen, sondern versicherte mir, dass sie sofort kommen würde, und legte auf.

Ich vergrub den Kopf in den Armen und versuchte, an nichts zu denken, bis sich die Tür öffnete, Mandy hereinstürmte und die Arme um mich schlang.

»Was ist passiert?«, fragte sie vorsichtig.

»Die dunkle Magie hat uns wieder angegriffen«, flüsterte ich. »Sie hat versucht, uns zu ersticken.«

»Wo ist Kieran?«

»Bei Charlotte.«

Sie zog den Kopf zurück und sah mich entgeistert an. »Bei Charlotte?«

Ich nickte. »Sie kam rein, kurz nachdem wir es geschafft haben, dem Rausch zu entkommen und hat es natürlich falsch interpretiert, dass wir uns umarmt haben.« Ich versuchte, nicht daran zu denken, wie gut sich seine Umarmung angefühlt hatte und wie weh es getan hatte, als er Charlotte gefolgt war.

Mandy schnaubte verächtlich. »In ihrer Welt dreht sich eben alles um sie. Komm, wir gehen nach Hause.«

Sie zog mich auf die Beine und half mir aus meinem Laborkittel. Die Brille hatte ich irgendwann verloren.

»Ich fühle mich wie ein Kleinkind, wenn du das machst«, erklärte ich ihr, doch sie warf den Kittel weg und legte einen Arm um meine Schulter.

»Du brauchst Ruhe. Komm.«

Insgeheim war ich heilfroh, dass ich ihr die Führung überlassen konnte, und ließ mich bereitwillig von ihr nach Hause bugsieren, wo sie Abendessen kochte, während ich mich auf einem der Küchenstühle zusammenkauerte.

Anstatt mich auszufragen, was genau passiert war, erzählte sie mir von ihrem Tag.

»Und dann hat Sandra mich gefragt, ob wir mal einen Kaffee zusammen trinken wollen.« Sie gestikulierte mit dem Holzlöffel, mit dem sie gerade noch in den Nudeln gerührt hatte. »Sie ist eigentlich nicht mein Typ, aber ich dachte mir, warum nicht? Wenn es nicht Klick macht, muss ich auf kein zweites Date gehen. Wir treffen uns morgen Nachmittag.«

»Freut mich für dich«, murmelte ich. »Wie ist sie so?«

Sie klopfte mit dem Löffel gegen ihre Lippen, auf die sich ein Lächeln schlich. »Du wirst dich wohl bis morgen gedulden müssen.«

Meine Lippen zuckten kurz, mehr brachte ich nicht zustande.

Mandy warf mir einen mitleidigen Blick zu, doch sie erzählte einfach weiter. Die anderen Medien behandelten sie weiterhin wie einen Superstar und es ging ihr mit jedem Tag mehr auf den Keks.

Drei Geschichten später stellte sie mir unser Lieblingsessen vor die Nase. Spaghetti mit Fleischersatzbällchen. Seit wir klein waren, war es das perfekte Comfortfood. Ich verband so viele schöne Erinnerungen damit, dass ich mich danach immer besser fühlte.

Diesmal schaffte ich sogar ein halbherziges Grinsen. »Du bist die Beste.«

»Ich weiß.« Sie stopfte sich einen großen Bissen in den Mund. Ich tat es ihr nach und fühlte mich sofort in meine

Kindheit zurückversetzt. Wie oft hatte eine unserer Mütter uns dieses Essen gekocht, wenn wir traurig waren?

»Ist es dämlich, dass mich so etwas Banales aufmuntert?«, fragte ich mit vollem Mund.

Sie lachte um ihre Spaghetti herum und schlug sich die Hand vor den Mund, damit sie alle dort blieben.

»Wen interessiert das?«, fragte sie, sobald sie geschluckt hatte. »Hauptsache, es funktioniert. Eigentlich solltest du froh sein, dass es so etwas Einfaches ist. Besser als literweise Alkohol zu trinken, oder?«

Ich nickte. »Der Magie sei Dank.« Alkohol war Begabten untersagt. Betrunken in den Rausch zu fallen, war sehr gefährlich. Es waren schon einige daran gestorben.

Nach dem Abendessen lenkte sie mich mit einem Film ab.

Erst als ich allein in meinem Bett lag, kam meine Angst zurück. Ich lag im Dunkeln und starrte an die Decke. Es erinnerte mich zu sehr daran, wie die dunkle Magie mir die Sicht genommen hatte, als sie, als die Dunkelheit mich ersticken wollte. Seit sie uns im Labor attackiert hatte, griff sie mich nicht mehr an, wenn ich allein war und zweifelte. Hielt die Magie sie davon ab? Ich hatte nicht die Kraft, darauf zu vertrauen.

Also schaltete ich meine Nachttischlampe an. Das Licht half. Ich hatte immer noch Angst, aber das Leuchten erinnerte mich daran, dass die Dunkelheit mir nichts antun konnte, solange ich in keinen Rausch fiel. Alles andere war ein Problem für morgen. Fast zu sterben, war erschöpfend.

Der nächste Tag war ein Sonntag. Mit jedem Wochenende, an dem ich arbeiten musste, ging es mir mehr auf die Nerven.

Heute zog die Magie mich bereits in ihren Bann, als ich

die Wohnungstür hinter mir zuzog. Sie drängte mich die Treppe hinunter, durch die Straßen, zur Akademie, wo ich auf Charlotte und Kieran traf.

Charlotte schien ebenfalls schlecht gelaunt zu sein. Sie warf mir ständig böse Blicke zu. Kieran dagegen sah einfach nur müde aus.

Gemeinsam machten er und ich uns auf den Weg zu meinem Labor.

Wir haben nicht viel Zeit, drängte die Magie, *die Dunkelheit kann jeden Moment auftauchen.*

Mein Magen zog sich zusammen, als ich an gestern dachte. Ich spürte, wie die Magie sich dafür schämte, dass sie es so weit hatte kommen lassen.

Das wird nicht noch mal passieren, versprach sie, doch sie war schon einmal bereit gewesen, uns für das Gegenmittel in Gefahr zu bringen.

Kieran riss die Tür auf. So schnell wir konnten, zogen wir uns unsere Kittel und Brillen an, als uns die Magie zum Abzug jagte. Wir wogen ein weiteres weißes Pulver ab, das so schnell wie möglich im Kolben landete. Kaum war der letzte Krümel in der Lösung gelandet, als ich die Dunkelheit in meinem Kopf spürte. Sofort riss die Magie uns aus dem Rausch.

»Das war knapp«, keuchte Kieran.

»Und hektisch«, fügte ich hinzu.

Er begann zu lachen. War er jetzt verrückt geworden? Doch dann stimmte ich ein. Unsere Situation fühlte sich mit jedem Tag surrealer an.

»Morgen ist es fertig«, flüsterte ich. Diese Gewissheit war einfach so in meinem Kopf aufgetaucht.

»Endlich.« Kieran zog seinen Kittel aus und ließ sich auf einen der Stühle fallen. »Ich kann es kaum erwarten, bis wir dieses Mittel hergestellt haben und das hier alles vorbei ist.«

Ich verzog das Gesicht. »Hast du vergessen, dass wir danach die Warane vernichten müssen?« Würde die dunkle Magie uns in Ruhe lassen, wenn wir das Mittel hergestellt hatten? Oder würde sie uns dann erst recht loswerden wollen? Und würde die gute Magie uns beschützen, wenn wir keine Aufgabe mehr erfüllen mussten?

Kieran gab ein Schnauben von sich. »Mit Riesenwaranen komme ich viel besser klar als mit einer unsichtbaren Macht in meinem Kopf. Da kann ich wenigstens sehen, was mich angreift und – was noch viel wichtiger ist – mich wehren.«

»Das ist das Schlimmste«, murmelte ich, »dass wir nichts tun können.« Der Gedanke, die Warane zu bekämpfen, war allerdings nicht viel angenehmer. Zumindest für mich.

Der Krieger neben mir sah das offensichtlich anders. »Mir hilft es, zumindest etwas Kontrolle zu haben. Auch wenn die Magie mich beim Kampf führt, weiß ich, dass ich mich darauf vorbereiten kann. Durch das Training, durch die Waffen, die ich mitnehme. Hier gibt es nichts, was in meiner Hand liegt. Macht dich das nicht fertig? Ich meine, bei dir ist es immer so.«

Ich zuckte mit den Achseln. »Normalerweise kann ich mich nicht daran erinnern. Ich kann es nicht ändern, also muss ich es hinnehmen. So ist es nun mal.«

»Was denkst du, wie unsere Welt ohne Magie wäre?«, fragte er. Anstatt mich anzusehen, starrte er in Richtung Tür.

Hastig senkte ich den Blick, bevor er merkte, dass ich ihn beobachtete.

»Anders.« Eine Welt ohne Magie. Das war für mich unvorstellbar. Sie beherrschte uns seit über einem Jahrhundert. Auf welchem Stand wäre die Technologie ohne die Magie? Wie weit wären wir gekommen? Doch eine Welt ohne Magie wäre auch eine Welt ohne Bestien. Seit hundert Jahren verwendeten wir einen Großteil unserer Ressourcen auf den Kampf gegen sie. Wie hätte die Menschheit sich ohne die Bestien entwickelt?

Kieran lachte. »Das ist nicht sehr ausführlich, aber vollkommen richtig. Komm, lass uns was Essen gehen. Ich habe Hunger.«

Ich warf einen kurzen Blick auf meinen Core. »Es ist noch nicht mal elf Uhr.«

»Und? Komm.« Er stand auf und hielt mir die Hand hin.

Ich ignorierte sie und ging an ihm vorbei in Richtung Tür. Ich wollte nicht schon wieder daran erinnert werden, wie mein Körper auf seine Berührung reagierte. Nicht jetzt, wo er sich gerade erst für Charlotte entschieden hatte.

»Da es zu früh fürs Mittagessen ist … Wie wäre es mit Kuchen?«, schlug er vor.

Ich runzelte die Stirn. »Kuchen?«

Er legte den Kopf schief und sah zu mir herab. »Was ist mit dir heute los?«

»Nichts«, murmelte ich, den Kopf gesenkt.

»Wir haben es fast geschafft.« Seine Stimme war sanft, leise. »Du musst keine Angst mehr haben.«

»Ich weiß«, log ich, denn er lag falsch. Solange die Gefahr nicht gebannt war, musste ich weiter Angst haben. Solange es die dunkle Magie gab, musste ich Angst haben. Jeder Rausch war gefährlich. Somit war meine Arbeit gefährlich. Für den Rest meines Lebens.

»Ich kenne ein nettes kleines Café in der Nähe.«

Er führte mich zum gleichen Café, in dem ich neulich mit Beth und Carly gewesen war.

Ich hatte absolut keinen Hunger, bestellte trotzdem ein

Stück Kuchen, um Kieran nicht noch misstrauischer zu machen. Am liebsten wäre ich allein gewesen. Vor allem wollte ich nicht in seiner Gegenwart sein, denn dort fühlte ich mich immer unwohler. Ich konnte es kaum erwarten, dass endlich alles vorbei war und ich nicht mehr so viel Zeit mit ihm verbringen musste.

Langsam aß ich meinen Kuchen, Bissen für Bissen. Kieran ließ mich währenddessen nicht aus den Augen.

»Du musst nicht mit mir darüber reden, wenn du nicht willst«, murmelte er, »aber du solltest mit irgendjemandem darüber reden. Ich mache mir Sorgen um dich.«

»Mir geht's gut«, murmelte ich, »und ich rede mit Mandy.«

Er sah nicht überzeugt aus, schwieg jedoch.

»Wir sollten zurückgehen«, sagte er, sobald wir aufgegessen hatten.

Im Trainingsraum löcherte Charlotte mich mit dem finstersten Blick, den sie zustande brachte. Kieran legte ihr einen Arm um die Schultern und gab ihr einen Kuss auf die Wange, doch es wirkte eher wie ein Versuch, sie zu beruhigen als eine zärtliche Geste. Ich wurde einfach nicht schlau aus ihm. War er jetzt verliebt in sie oder nicht?

»Morgen sollte das Mittel fertig sein«, teilte ich den dreien mit.

Beth und Carly strahlten, Charlotte wirkte erleichtert. Da wir unsere Aufgabe fast erfüllt hatten, gab es keine Notwendigkeit, weiter zu trainieren. Zumindest nicht heute.

Als ich nach Hause kam, war Mandy nicht da. Vermutlich war sie bei ihrem Date, worüber ich eigentlich froh war. So hatte ich wenigstens meine Ruhe und konnte mich ablenken, ohne dass mir jemand reinredete.

Am Montag hatte sich das Gebräu rot verfärbt und wir mussten es nur noch abkühlen lassen.

Fasziniert sah Kieran dabei zu, wie blutrote Kristalle in der Lösung wuchsen.

»In der Anleitung steht, dass es in Ethanol gelöst werden muss. Dann kann man es versprühen oder in Patronen füllen.« Kritisch betrachtete ich das Blatt, das ich vor ein paar Minuten beschrieben hatte. Es war das Einzige, was wir im Rausch getan hatten. Wieder hatte die Magie uns zu Hochleistungen angetrieben. Wieder war es knapp gewesen. Ich erschauerte, als ich daran dachte, wie die Dunkelheit sich in meinem Kopf ausgebreitet hatte. Gerade noch rechtzeitig hatte die Magie uns gerettet.

Ich werde nicht jeden retten können, war das Letzte, was sie uns zugeflüstert hatte.

»Alchemisten werden bei der Synthese dieses Mittels sterben«, murmelte ich.

»Ich weiß.« Kierans Blick war immer noch auf den Kolben im Abzug gerichtet.

»Was machen wir damit, wenn es fertig ist?«

»Wir bringen es Professor Dennings. So wie alle Erfindungen.«

In diesem Moment klopfte es an der Tür. Charlotte trat ein, ohne auf eine Einladung zu warten.

»Kieran«, herrschte sie ihn an und klopfte mit ihren Fingern auf ihr Handgelenk, als würde sich dort eine unsichtbare Uhr befinden. »Wir waren vor einer halben Stunde zum Mittagessen verabredet.«

Er seufzte. »Ich habe dir gesagt, dass ich es vielleicht nicht schaffe.«

Sie verschränkte die Arme vor der Brust und hob die Augenbrauen.

»Geh ruhig«, forderte ich ihn auf. »Das wird sowieso ein paar Stunden dauern. Kristallisation ist ein langsamer Prozess.«

Er runzelte die Stirn. »Sicher?«

»Wer ist hier die Alchemistin?«, fragte ich.

»Okay, bis nachher.«

Skeptisch wandte er sich ab und folgte Charlotte, die mir einen triumphierenden Blick zuwarf. Dabei hatte ich ihn ausdrücklich dazu aufgefordert, mit ihr zu gehen. Ihr kindisches Verhalten ging mir mit jedem Tag mehr auf die Nerven.

Sobald der Kolben auf Raumtemperatur abgekühlt war, stellte ich ihn in den Gefrierschrank, um die Kristallisation zu beschleunigen. Dann nahm ich meinen Core vom Armband und ließ den Bildschirm ausklappen, um mich zu beschäftigen.

Als ich den Kolben wieder aus dem Gefrierfach zog, war es bereits später Nachmittag.

Kieran war nicht wieder aufgetaucht und ich hatte es nicht übers Herz gebracht, allein Mittagessen zu gehen. Ich wollte niemandem über den Weg laufen. Außerdem hatte es mir den Appetit verdorben, dass wir der Dunkelheit heute Morgen nur knapp entkommen waren.

Also filtrierte ich die blutroten Kristalle ab und ließ sie trocknen. Dann füllte ich sie ab und machte mich auf den Weg zu Professor Dennings.

Der Vorraum war leer, als ich eintrat, doch nur ein paar Sekunden später öffnete sich Dennings Büro Tür. Er musste mich gehört haben.

»Miss Williams, was machen Sie denn hier?«

Ich zwang ein Lächeln auf mein Gesicht und hielt das Schraubdeckelglas voller Kristalle und den Ordner mit der Anleitung hoch. »Fertig.«

Ein Strahlen erhellte seine Züge. »Nein! Wirklich? Wie wunderbar. Das ist fantastisch!« Er nahm mir den Ordner aus der Hand und begann darin zu blättern, obwohl er die Alchemistenrunen nicht entziffern konnte. »Das muss ich sofort Mr Arlington mitteilen.« Er wollte sich an mir vorbeidrängen, doch ich hielt ihn am Arm fest.

»Moment. Professor Dennings, es gibt da noch etwas, das Sie wissen sollten.« Ich kämpfte damit, die nächsten Worte über meine Lippen zu bringen.

»Ja, Miss Williams?« Dennings wirkte ungeduldig. »Was ist los?«

Ich konnte ihm nicht in die Augen sehen. »Es ist gefährlich, dieses Mittel herzustellen. Nicht alle Alchemisten werden es überleben.«

Professor Dennings erstarrte. Schließlich sprach er. »Danke, Miss Williams, dass Sie mir das mitteilen. Ich werde es weiterleiten.« Jetzt war auch sein Lächeln falsch. Zögernd legte er eine Hand auf meine Schulter. »Wir werden niemanden zwingen, das Mittel herzustellen, Miss Williams.«

Erleichtert atmete ich auf. Dennings war der oberste Alchemist. Selbst George Arlington konnte sich ihm nicht widersetzen. Zumindest nicht, wenn der oberste Krieger sich nicht auf seine Seite stellte.

»Was ist es überhaupt?«, fragte Dennings, die Hand auf der Türklinke.

»Es löst die Schuppen der Warane auf«, erklärte ich.

»Perfekt.« Damit verschwand er aus der Tür hinaus.

Vorsichtig räumte ich das Mittel in den Kühlschrank, dann machte ich mich auf den Weg nach Hause.

Kapitel 18

Als ich am Dienstag den Trainingsraum betrat, herrschte eine seltsam gedrückte Stimmung.

Charlotte unterhielt sich mit Beth und Carly, als wären sie die besten Freundinnen. Ihr aufgesetztes Lachen hallte durch den Raum, doch unsere Trainerinnen wirkten nicht annähernd so angetan wie sie.

Kieran dagegen hatte sich in eine Ecke verdrückt und schlug mit seinem Stock auf einen unsichtbaren Gegner ein.

»Guten Morgen«, begrüßte ich die anderen vorsichtig.

Charlottes Gesicht verdüsterte sich, als sie mich sah, Beth und Carly wirkten erleichtert.

»Wir haben die guten Nachrichten gehört.« Carly lief auf mich zu und umarmte mich. »Herzlichen Glückwunsch!«

Beth war etwas zurückhaltender, aber auch sie lächelte breit und schüttelte mir die Hand. »Arlington will heute Nachmittag vorbeikommen, um euch zu gratulieren. Dann wird auch besprochen, wie das hier weitergehen soll. Laut der Prophezeiung ist die Magie noch nicht fertig mit euch. Daher trainieren wir heute im Holo-Raum. Aber zuerst wird sich aufgewärmt.«

Bei diesen Worten lief mir ein kalter Schauer den Rücken hinunter. Der erste Schritt war getan. Doch die Warane waren noch nicht besiegt.

Ich nickte. »Alles klar.«

Beth rief Kieran zu uns und wir begannen durch die Halle zu joggen. Charlotte lief entschlossen an der Spitze unserer Formation und würdigte Kieran keines Blickes.

Ich schloss zu ihm auf. »Was genau ist ihr über die Leber gelaufen?«

Sein Blick verdüsterte sich, richtete sich jedoch starr geradeaus. »Nichts.«

»Hm hm«, machte ich, »ist klar.«

»Das geht dich einen Scheißdreck an, Liana«, fuhr er mich an.

Ich atmete kurz durch, um mich zu beruhigen, bevor ich antwortete. »Nachdem du dich gestern einfach verpisst hast und ich unseren Job allein fertig gemacht habe, hast du meiner Meinung nach kein Recht mich anzugehen.«

Er senkte den Kopf. Seine nächsten Worte waren kaum zu verstehen. »Tut mir leid. Ich hätte wiederkommen sollen. Wir haben uns gestritten.«

Das war alles, was ich an Information bekam, aber ich bohrte nicht weiter nach. Im Grunde genommen hatte er ja recht. Es ging mich nichts an.

Während wir gegen die Holo-Bestien kämpften, ging Charlotte hinter einem Pfosten am anderen Ende des Raums in Deckung und konzentrierte sich auf die Bestien dort, ohne auf uns zu achten. Kieran ließ sie gewähren, anstatt sie dazu aufzufordern, uns zu unterstützen.

Es war offensichtlich, dass er ein schlechtes Gewissen hatte. Was war zwischen den beiden vorgefallen?

Ich versuchte, meine Neugier zu unterdrücken und stattdessen Holo-Bestien zu erlegen. Als ich mich einem Schuppenwolf entgegenstellte, verschwand er vor meinen Augen. Charlotte hatte ihn erledigt, obwohl sie selbst mit einem Haufen kleinerer Bestien beschäftigt war. Dennoch wollte sie mir meine Erfolge streitig machen. Ich erwischte nur eine Grinsekatze, bei allen restlichen Bestien kam sie mir zuvor, obwohl sich gleich zwei Mambas in ihre Knöchel verbissen hatten. Leider war die Technologie noch nicht so weit, dass man den Angriff der Holo-Bestien auch spürte.

Als unsere Ergebnisse an der Wand erschienen, stand bei mir eine Zwei.

»Charlotte!« Beth betrat den Raum, dicht gefolgt von Carly. »Was sollte das? Was ist heute los mit dir?«

Ihre Reaktion war ähnlich, wie die von Kieran vorhin. »Nichts.«

Beth stemmte die Arme in die Hüften. »Es gibt also keinen Grund dafür, dass du Lianas Training massiv gestört hast? Du kannst froh sein, dass ich von außen nicht abbrechen kann.«

Anstatt zu antworten, stürmte sie aus dem Raum. Als sie sich an mir vorbeidrängte, entdeckte ich Tränen in ihren Augen. Laut knallte sie die Tür hinter sich zu. Beth und Carly starrten ihr verdattert hinterher, doch mir war endlich klar geworden, was mit ihr los war.

»Du hast dich von ihr getrennt, oder?«, flüsterte ich Kieran zu.

Der senkte den Kopf und trat ein paar Schritte von mir weg. Das reichte mir als Bestätigung.

Schadenfreude breitete sich in mir aus, für die ich mich sofort schämte. Klar konnte ich Charlotte nicht leiden, aber mich über ihren Schmerz zu freuen, war gemein. Das einzige, was meine Freude dämpfte, war, dass Kieran so niedergeschlagen wirkte. Hatte sie ihm doch mehr bedeutet?

Beth und Carly flüsterten inzwischen heftig gestikulierend miteinander.

Schließlich klatschte Beth in die Hände, wie immer,

wenn sie unsere Aufmerksamkeit haben wollte. »Dann eben zu zweit. Kieran, Liana, wir starten die Simulation neu.« Sie murmelte noch etwas Unverständliches, das vermutlich gegen Charlotte ging, bevor sie mit Carly den Raum verließ.

Ich hob meine Waffe und wartete darauf, dass die Pfosten aus dem Boden fuhren, um mir eine geeignete Deckung zu suchen. Diesmal war es Kieran, der mir folgte. Er überließ es mir auch, mich um den Großteil der Bestien zu kümmern, weswegen mein Anzug zahlreiche Treffer von Krallen und Zähnen registrierte.

Ohne Charlottes Spielchen wurde mein Ergebnis viel besser, dafür war Kierans außergewöhnlich schlecht.

Beth kommentierte es nicht, als sie nach Ende der Simulation den Raum betrat.

»Es ist zwar noch etwas früh zum Mittagessen, aber ich denke das reicht«, verkündete sie, »Nach Arlingtons Besuch könnt ihr übrigens nach Hause, also könnt ihr jetzt schon duschen, dann hat er vielleicht eine Sache weniger, über die er sich aufregt.«

Kieran zog die Augenbrauen hoch. »Und du meinst wirklich, dass eine Sache mehr oder weniger so viel ausmacht?«

Sie zuckte die Achseln. »Man kann es ja probieren.«

In der Umkleide stellte ich mich unter die Dusche und ließ das heiße Wasser auf meine müden Muskeln prasseln. Heute war das Training viel anstrengender gewesen als sonst. Normalerweise nahm Kieran mir einiges an Arbeit ab.

Als ich schließlich wieder in den Gang trat, lehnte Kieran bereits an der Wand gegenüber. Ohne ein Wort zu sagen, stieß er sich davon ab und ging in Richtung Pausenraum davon.

Ich unterdrückte ein Seufzen. Ein schlecht gelaunter Kieran war wirklich kein angenehmer Zeitgenosse.

Während er im Kühlschrank wühlte, lehnte ich am Türrahmen. Erst als wir oben auf dem Dach ankamen, weit weg von allen anderen, sprach er.

»Ich konnte das einfach nicht mehr.«

Anstatt direkt nachzufragen, stocherte ich in meinem Essen herum und wartete darauf, dass er fortfuhr.

»Es hat sich von Anfang an wie eine Lüge angefühlt. Vielleicht wäre es besser gewesen, wenn ich es gar nicht erst versucht hätte.«

»Du hast es deinen Eltern zuliebe getan«, erinnerte ich ihn.

Er verzog das Gesicht. »Das macht es nicht besser. Wahrscheinlich habe ich Charlotte so mehr wehgetan.«

»Meinst du denn, sie hätte aufgegeben, wenn du es nicht versucht hättest?« Ich legte den Kopf schief und starrte ihn erwartungsvoll an. »Jetzt weiß sie wenigstens, dass das mit euch beiden nicht funktioniert.«

Kieran senkte den Blick auf sein Essen. »Ich glaube, das ist ihr gerade herzlich egal.«

Ich seufzte. »Sie gibt mir die Schuld daran, oder?«

Sein Schweigen war Antwort genug.

»Super«, brummte ich und stocherte weiter lustlos in meinem Essen herum. Appetit hatte ich keinen. Ich hatte mir solche Mühe gegeben, meine Gefühle für Kieran zu verbergen, dennoch hatte Charlotte mich als Konkurrentin behandelt.

»Gib ihr noch ein paar Tage, um sich zu beruhigen. Dann sieht sie das alles bestimmt klarer.« Er hatte den Blick auf sein Essen gesenkt, als wäre es das Interessanteste auf der Welt.

»Deine Eltern waren bestimmt begeistert«, sagte ich, um das Gespräch am Leben zu erhalten.

»Meine Eltern müssen endlich lernen, dass ich erwachsen bin und sie nicht mehr über mein Leben bestimmen können«, knurrte er.

»Also hast du es ihnen noch nicht gesagt«, schlussfolgerte ich.

»Das hat Charlottes Mutter für mich erledigt, bevor ich die Gelegenheit dazu hatte.« Als er den Kopf hob, leuchteten seine blauen Augen, was ihn fast wie eine Raubkatze in der Dunkelheit aussehen ließ.

Mir lief ein Schauer über den Rücken. Ich hatte mich immer noch nicht daran gewöhnt, wie die Magie seine Gefühle hervorhob.

»Meine Mutter hat nicht alle Beleidigungen weitergegeben, aber genug.«

Ich schüttelte den Kopf. »Und das alles nur, weil du festgestellt hast, dass du keine Gefühle für Charlotte hast. Sollten sie dir nicht dankbar dafür sein, dass du ihr nichts vorspielst?«

Kieran gab ein Schnauben von sich. »Du verstehst das immer noch nicht. Für sie ist Liebe in einer Ehe nebensächlich. Viel wichtiger ist es, die besten Voraussetzungen für eine neue, starke Kriegergeneration zu schaffen.«

Meine Augenbrauen zogen sich zusammen. »Wie soll ich das auch verstehen? Es ergibt keinen Sinn. Sind die Gaben wirklich so wichtig, dass man dafür die Chance aufgibt, sein Glück zu finden?« Meine Eltern hatten nicht viel gehabt, aber sie waren glücklich miteinander gewesen. Ich wollte unbedingt jemanden finden, der mich genauso glücklich machte. Jemand, der mich unterstützte. Jemand, der immer für mich da war. Jemand, mit dem ich alles überstehen konnte. Ich konnte mir nicht vorstellen, Kinder mit jemandem zu bekommen, der diese Kriterien nicht erfüllte.

Langsam wich das Leuchten aus Kierans Augen. Zuerst hatte das dumpfe, dunkle Blau bedrohlich auf mich gewirkt, aber es bedeutete bloß, dass er traurig war. »Erzähl mir von deinen Eltern«, verlangte er.

Also erzählte ich. Davon, wie mein Vater gelächelt hatte, jedes Mal, wenn er meine Mutter ansah. Wie meine Mutter, in all ihrer Trauer, nach seinem Tod unendlich dankbar dafür gewesen war, dass sie ihn gehabt hatte.

»Dieses Glück war alle Schmerzen wert«, hatte sie mir immer gesagt, wenn ich nicht hatte aufhören können zu weinen. »Denk immer daran, wie schön es war, ihn in unserem Leben zu haben. Viele bekommen so etwas nie.«

Als der Kloß in meinem Hals so groß war, dass es mir schwerfiel zu sprechen, brach ich ab.

Kieran lehnte sich vor, streckte den Arm über unsere Essenspackungen und griff nach meiner Hand. »Ich wollte dich nicht traurig machen. Tut mir leid.«

Ich wischte mir ein paar Tränen aus dem Gesicht und doch lächelte ich, wie immer, wenn ich an meinen Vater dachte.

»Das ist okay. Ich rede eigentlich ganz gern über ihn. Ich vermisse ihn immer noch unglaublich, aber es ist schön, sich an ihn zu erinnern.«

Ein Lächeln trat auf sein Gesicht. »Dann muss ich mich nicht schlecht fühlen.«

Den Rest der Mittagspause verbrachten wir damit, über Belangloses zu reden und das tat verdammt gut.

Kapitel 19

Als Arlington im Trainingsraum ankam, teilte er uns nur kurz mit, dass die Alchemisten unter der Leitung von Professor Dennings sofort mit der Synthese des Mittels beginnen würden und wir uns bereithalten sollten. Nicht, dass es mir leidtat, dass er so schnell verschwand, aber ich hatte mir etwas mehr Informationen erhofft.

»Wie zur Hölle ist dieser Kerl oberstes Medium geworden?«, fragte Kieran, sobald die Tür hinter ihm zugefallen war.

Carly zuckte mit den Achseln. »Er wollte es am meisten.«

»Traurig«, murmelte ich. Hatte es wirklich keinen besseren Kandidaten gegeben? Soweit ich wusste, war er nicht sonderlich beliebt, vielleicht hatte er sich auch mit seinem Amt verändert und der Job hatte ihn unerträglich werden lassen. Als er berufen worden war, war ich noch zur Schule gegangen. Lange hatte ich ihn nur aus seinen offiziellen Auftritten gekannt.

»Gibt es noch irgendetwas, was wir heute tun müssen?«, fragte Kieran, den Blick auf seinen Core gerichtet.

Hatte Charlotte ihm geschrieben? Oder seine Eltern?

Beth schüttelte den Kopf. »Ihr habt genug trainiert. Nach den letzten Wochen habt ihr euch ein bisschen Freizeit verdient. Wir werden noch früh genug anfangen, uns auf die Mission vorzubereiten.«

Wir alle wussten, welche Mission sie meinte. Sobald es

genug von dem Mittel gab, würden wir uns auf den Weg machen, um die Warane zu bekämpfen. Allein bei dem Gedanken lief mir ein Schauer über den Rücken. Als Alchemistin war ich für solche Jobs definitiv nicht gemacht. Vielleicht hatten die Krieger manchmal recht, wenn sie uns vorwarfen, dass wir nur in unseren sicheren Laboren hockten.

Als ich nach Hause kam, saß Mandy auf dem Sofa und starrte gebannt auf den Fernseher, wo Arlington gerade eine Ansprache hielt.

»Der scheint keine Zeit zu verlieren.« Ich trat hinter sie und stützte mich mit den Händen auf der Sofalehne ab.

Mit großen Augen sah sie zu mir hoch. »Die Alchemisten können dabei sterben?«

Ich nickte und ließ mich neben sie auf das Sofa fallen.

Im Fernseher hielt Arlington gerade einen Vortrag über die Pflichten, die mit unseren Gaben einhergingen. Dass es unsere Aufgabe war, alles zu geben. Dass jeder Alchemist stolz sein sollte, sich für das Allgemeinwohl zu opfern. Dass sie als Helden gefeiert werden würden. Dass so eine Aufgabe das Ziel jedes Alchemisten sein sollte.

»Man kann es auch übertreiben«, brummte ich. Jetzt versuchte er, den Alchemisten Schuldgefühle einzureden, wenn sie sich dagegen entschieden.

»Er hat Angst, dass sich nicht genug freiwillig melden, weil er es sich nicht vorstellen kann seinen Arsch für irgendetwas zu riskieren.« Mandy sprach genau das aus, was ich bereits vermutet hatte.

»Er unterschätzt uns«, murmelte ich. »Mal wieder.« Nachdem Arlington vom Bildschirm verschwunden war, ging es mit einem Interview mit General Namara weiter. Dass er schlecht auf seinen Sohn zu sprechen war, ließ er sich nicht anmerken. Im Gegenteil. Er sang wahre Lobhymnen auf Kieran. Mich erwähnte er mit keinem Wort. Mandy hatte dazu einiges zu sagen, aber mir war es egal. Niemand würde General Namara von seinem Glauben abbringen, dass Alchemisten feige und arrogant waren. Warum sollte ich also meine Energie damit verschwenden, mich darüber aufzuregen?

Stattdessen fragte ich lieber Mandy nach ihrem Date aus. Es war nicht so gut gelaufen, dass sie ins Schwärmen geriet, aber so gut, dass sie Sandra eine zweite Chance geben wollte.

Am Mittwoch war Charlotte immer noch voll und ganz damit beschäftigt, Kieran die kalte Schulter zu zeigen. Der dagegen versuchte, besonders nett zu ihr zu sein, doch jeder seiner Versuche wurde abgeblockt.

»Gib ihr noch etwas Zeit«, empfahl ich ihm, als Charlotte pünktlich zur Mittagspause aus dem Raum stürmte. »Irgendwann wird sie erkennen, dass es das Beste für euch beide war.«

Ob sie wohl darum bitten würde, beim Training ersetzt zu werden? Der Gedanke bereitete mir unglaubliche Freude, doch wahrscheinlich war sie dafür zu stolz.

Kieran sah zu mir herab, seine Augen dunkel vor unterdrückter Wut. Dann verließ auch er den Trainingsraum, ohne mich eines weiteren Blickes zu würdigen.

Dass er gerade allein sein wollte, war deutlich bei mir angekommen, also folgte ich ihm nicht. Lieber verbrachte ich die Mittagspause mit Beth und Carly. Es war unmöglich, sich von ihrer Lebhaftigkeit nicht mitreißen zu lassen.

Als Kieran immer noch mies gelaunt zurückkehrte, verkündete Beth, dass wir heute Nachmittag damit beginnen würden, unsere Mission zu planen.

»General Namara übernimmt die Leitung.«

Als hätte er im Flur darauf gewartet, dass sein Name fiel, öffnete sich die Tür und General Namara betrat an der Spitze einer Gruppe Krieger den Raum. Seine dunkle Uniform war so makellos, als wäre er damit niemals im Einsatz gewesen. Im Gegensatz zu den Uniformen, die die Krieger in Ausbildung trugen, wirkte sie auch nicht kampftauglich. Es war ein steifer dunkler Anzug, übersäht mit Orden. Gerne hätte ich Kieran gefragt, ob die Krieger verschiedene Uniformen hatten, doch sein finsterer Blick ließ mich verstummen.

»Kieran.« Sein Vater nickte ihm zu, als wäre er ein Fremder. »Miss Williams.«

»Sir«, murmelte ich, während Kieran brav »Vater.« antwortete.

»Wir haben sofort mit der Planung begonnen, als das Mittel fertig war«, begann General Namara, ohne Zeit zu verlieren. Während er über den Auswahlprozess der geeigneten Krieger schwadronierte, schweiften meine Gedanken ab. Es klang merkwürdig, dass alle immer nur von *dem Mittel* sprachen. Als wäre es immer eindeutig, welches sie meinten. Die meisten Erfindungen bekamen spezifische Namen zugeschrieben und einen Spitznamen von der Presse verpasst, wenn sie bekannt genug wurden. Es war nur eine Frage der Zeit, bis das bei unserem Mittel auch passieren würde. Wie würden die Medien es wohl nennen? Waran-Schreck? Waran-Schmelze? Magisches 2-in-1-Schuppenweg?

Erst als General Namara die Namen der Krieger, die für die Mission ausgewählt worden waren, herunterratterte, erlangte er wieder meine Aufmerksamkeit.

Nach einigen Namen, die ich nicht kannte, folgten Charlotte Lincoln und Kyle Harding. Natürlich. Und ich hatte so gehofft, zumindest vor einem von ihnen verschont zu bleiben.

Auch Kieran schien nicht gerade begeistert.

Während sein Vater anfing, über Waffen zu philosophieren, fragte ich mich, wann endlich die eine Information kam, die für mich am wichtigsten war. Irgendwann wurde es mir zu bunt und ich fiel ihm ins Wort.

»Soll ich eigentlich mit oder nicht?«

Seine blauen Augen verengten sich. Im Gegensatz zu Kierans waren sie nicht voller Magie. Sie wirkten stumpf. »Ich war noch nicht fertig, Miss Williams.«

»Tut mir leid«, sagte ich, obwohl ich es nicht so meinte, »aber ich möchte bloß wissen, ob ich mir Mühe geben soll, mir das alles zu merken oder nicht.«

»Natürlich kommen Sie mit. Was ist das bitte für eine Frage?« Namara sah mich an, als wäre ich das dümmste Wesen, das ihm je untergekommen war.

»Ich bin Alchemistin«, erinnerte ich ihn. »Es ist äußerst selten, dass wir auf solchen Missionen dabei sind.«

Der General streckte das Kinn vor. »Dass hier sind ja wohl besondere Umstände.«

»Genau deswegen frage ich, anstatt direkt anzunehmen, dass ich nicht dabei bin.«

Neben mir gab Kieran ein Prusten von sich, woraufhin er sich einen bösen Blick seines Vaters einfing.

»Wir werden Sie über alles Wichtige informieren, Miss Williams, keine Sorge.« In General Namaras Wange zuckte ein Muskel, als kämpfte er gegen den Drang, mir den Kopf abzureißen. Waren es nur meine Kommentare oder gab auch er mir die Schuld daran, dass sein Sohn sich von Charlotte getrennt hatte?

Es folgte eine weitere endlose Aufzählung der Vorbereitungen. Waffen und Trainingspläne, alles Dinge, von denen ich keine Ahnung hatte. Erst als er auf Themen kam, die mich betrafen, hörte ich wieder hin.

»Professor Dennings hat bereits eine Auswahl an Alchemisten getroffen, die uns begleiten. Darüber können Sie sich bei ihm informieren.«

Ich fragte mich, warum Dennings nicht zugegen war. Hielt Namara diese Informationen für nicht wichtig genug?

Carly schien meine Gedanken zu erraten. »Dennings wird uns morgen genauer über sein Vorhaben informieren.«

Namara gefiel ihre Unterbrechung offensichtlich nicht, aber er ging nicht darauf ein. »Wir schätzen, dass es noch etwa ein bis zwei Wochen dauern wird, bis die Alchemisten genug von dem Mittel synthetisiert haben. Mehr Zeit haben wir nicht, da die Warane bereits beginnen, sich zum Brüten zurückzuziehen, also halten Sie sich bereit. Kieran, denk daran, dass du heute Abend zum Essen bei uns bist.« Damit machte er sich auf den Weg zur Tür, ohne auf die Antwort seines Sohnes zu warten.

Ich schluckte schwer. Ein bis zwei Wochen.

»Ich kann es kaum erwarten«, knurrte Kieran, allerdings erst, als sein Vater verschwunden war.

»Wir haben die Anweisung, weiter mit euch zu trainieren, bis wir aufbrechen«, teilte Beth uns mit. »Fürs Erste seid ihr jedoch entlassen.« Sie warf Kieran einen Blick zu. »Der General möchte, dass sein Sohn heute Abend pünktlich ist.«

»Damit ich mir von Charlottes Eltern ebenfalls anhören kann, was für eine Enttäuschung ich bin.« Kierans Augen wurden so dunkel, dass sie fast schwarz wirkten.

Beths Gesichtsausdruck blieb hart. »Das tut mir leid für dich, aber ich werde nicht so dumm sein, mich dem General zu widersetzen.«

»Habe ich das verlangt?«, brummte Kieran. »Es tanzen immer alle nach seiner Pfeife, weil man es sonst nur schlimmer macht. Bis Morgen.« Damit verschwand auch er.

»Langsam geht mir die miese Stimmung hier auf den Sack«, seufzte Carly.

»Charlotte und Kieran werden sich schon einkriegen«, sagte Beth, ohne wirklich überzeugt zu klingen. »Und wenn nicht, dann sind wir sie los, sobald das hier alles vorbei ist.«

Mein Lachen klang hohl, falsch. Ich wollte Kieran nicht los sein. Es wäre besser für uns beide, wenn diese Gefühle einfach verschwinden würden, doch das würde nicht passieren.

Ich verabschiedete mich von Beth und Carly und machte mich auf den Weg zur Umkleide.

»Miss Williams.«

Ich zuckte zusammen, als General Namara im Gang aus den Schatten trat und auf einmal direkt vor mir stand.

»Sir.« Ich gab mir große Mühe, meinen Gesichtsausdruck neutral zu halten.

»Hätten Sie ein paar Minuten Zeit?« Es klang wie eine Frage, aber ich wusste, dass ich keine Wahl hatte.

»Natürlich«, entgegnete ich, während ich mich fragte, was er von mir wollte.

»Halten Sie sich von meinem Sohn fern.« Keine Bitte, ein Befehl.

Mir klappte die Kinnlade herunter. »Wie bitte?«

»Sie haben schon richtig gehört. Ich will, dass Sie sich von meinem Sohn fernhalten. Sie setzen ihm nur Flausen in den Kopf.«

Ich verschränkte die Arme vor der Brust, in der Hoffnung, so selbstsicherer zu wirken. »Also erstens hatte Kieran bereits seinen eigenen Willen, bevor er mich kennenlernte, und zweitens haben wir gemeinsam eine Aufgabe zu erfüllen.«

»Sie wissen genau, dass ich nicht Ihre Aufgabe meine. Sie lenken Kieran von seiner Bestimmung ab.«

Er hatte ja keine Ahnung, wie entschlossen ich war, genau das nicht zu tun. Meine Gefühle für Kieran würden uns beide verletzen. Wir waren in zu verschiedenen Welten aufgewachsen.

»Kieran kann sich einfach nicht vorstellen, Charlotte zu heiraten. Ich habe damit rein gar nichts zu tun.«

General Namara legte den Kopf schief und warf mir einen Blick zu, den man einem Kind schenkt, das schwer von Begriff und uneinsichtig war. »Miss Williams, mein Sohn ist ein gut aussehender Mann.«

Ich versuchte, ein möglichst freundliches Lächeln aufzusetzen. »Das muss er von seiner Mutter haben.«

General Namara ignorierte meinen Kommentar. »Sie wären nicht die Erste, die ihm verfallen ist. Aber Kieran ist für mehr bestimmt.«

Für mehr als eine bloße Alchemistin, meinte er. Arroganter Bastard.

»Es ist mir vollkommen egal, was sie sich für Ihren Sohn ausgedacht haben. Ich habe damit nichts zu tun. Wenn er Ihrem Plan nicht folgen will, dann ist das nicht meine Schuld. Vielleicht sollten Sie langsam einsehen, dass er das Recht hat, selbst über sein Leben zu entscheiden.« Damit drängte ich mich an ihm vorbei und ließ ihn stehen. Meine Schultern verkrampften sich, während ich die Gänge entlang eilte. Was, wenn er mir folgen würde? Im Prinzip hatte ich dem obersten Krieger der Stadt gesagt, dass seine Erziehungsmethoden scheiße waren. Zwar war ich keine Kriegerin und unterstand somit nicht seinem Kommando, aber er war einer der mächtigsten Männer Kingstons. Wenn er wollte, würde er sicher Mittel und Wege finden, mir das Leben schwer zu machen.

Erst als ich zu Hause war, entspannte ich mich. Es war

dumm gewesen, ihm die Stirn zu bieten, aber ich hatte nicht länger die Klappe halten können. Wenn er so weiter machte, würde er einen unwiderruflichen Keil zwischen sich und Kieran treiben. Natürlich ging mich das nichts an. Natürlich sollte ich mich von Kieran fernhalten. Doch war das wirklich das Beste für alle?

Am nächsten Morgen standen Miss Barnes und Professor Dennings im Trainingsraum, als ich ihn betrat.

»Guten Morgen.« Barnes lächelte, Dennings wirkte bedrückt.

Ich stellte mich neben Kieran, der ausgesprochen schlecht gelaunt aussah. Seine Augen waren so dunkelblau, dass sie fast schwarz wirkten, und seine Hand zuckte, als sehnte sie sich nach seinem Stock. Sein Abendessen musste ziemlich mies gelaufen sein.

»Wir sind hier, um Ihnen ein Update zu geben, wie die Synthese des Mittels verläuft.« Miss Barnes klang, als hätte sie diesen Satz auswendig gelernt. »Und Sie über den Rest des Plans zu informieren. General Namara hat Ihnen gestern bereits die Vorbereitungen der Krieger erläutert. Professor Dennings?«

Dennings nickte und trat einen Schritt vor. Er ließ die Schultern hängen, als würde er zum Schafott schreiten. »Die Produktion ist im vollen Gange. Die ersten Ansätze sollten morgen fertig werden.«

Ich runzelte die Stirn. Hatten wir nicht länger gebraucht, um das Mittel herzustellen? Andererseits hatten wir das Mittel von null auf entwickelt. Unsere Anleitung war vermutlich eine optimierte Version.

»Ihre Angaben zur maximalen Ansatzgröße halten uns etwas auf, aber wir haben genug Freiwillige gefunden«, fuhr

Dennings fort. »Leider müssen wir immer wieder Chargen vernichten, weil die dunkle Magie sie unbrauchbar gemacht hat, aber wir arbeiten so schnell wir können und sind zuversichtlich, dass wir in etwa einer Woche genug haben.«

»Was war der Preis?«, fragte ich leise. Wie viele Alchemisten waren dabei schon gestorben?

Dennings senkte den Kopf. »Rose Franklin, Lisa Miles, Maria Curum, Alan Turner.« Seine Stimme war kaum zu verstehen, als er die Namen aufzählte. »Und Carl Sage.«

Eine unsichtbare Hand schlang sich um meine Brust und nahm mir den Atem. Allein das Fehlen der Dunkelheit in mir verhinderte, dass ich in Panik ausbrach. »Carl? Aber Carl war noch in der Ausbildung.«

Dennings schaffte es nicht, mir in die Augen zu sehen. »Die Synthese ist nicht sonderlich kompliziert. Jeder volljährige Alchemist hatte die Möglichkeit, sich freiwillig zu melden.«

Carl war immer ehrgeizig gewesen. Alchemist zu sein, war sein größter Traum gewesen. Er hätte alles getan, um seiner Gabe gerecht zu werden, vermutlich hatte er sich als einer der Ersten gemeldet. Voller Aufregung, sich zu beweisen. Jetzt hatte er dadurch alles verloren.

Gut hatten wir uns nicht gekannt. Wir hatten nie mehr Zeit miteinander verbracht als kurze Gespräche zwischen den Vorlesungen. Ein Projekt, an dem wir gemeinsam gearbeitet hatten. Ein freundliches Hallo, wenn wir uns im Gang begegneten. Trotzdem traf sein Tod mich härter als erwartet. Er war in meinem Alter gewesen. Wie viele meiner Kommilitonen hatten sich noch freiwillig gemeldet? Wie viele von ihnen schwebten in Lebensgefahr?

Mein Atem ging keuchend. Ich hatte das Gefühl, nicht genug Luft zu bekommen. Ich musste mich beruhigen.

Wenn ich wegen eines flüchtigen Bekannten schon zusammenbrach, wie sollte ich die nächsten Wochen überstehen?

Da spürte ich eine Hand auf meinem Rücken. Kieran trat näher an mich heran. Seine Wärme drang durch den dünnen Stoff meines Shirts. Es war, als würde aus ihm neue Energie in mich fließen, die mir die Angst nahm.

»Jeder Alchemist hat jederzeit die Möglichkeit, seine Zustimmung zurückzuziehen«, erklärte Professor Dennings mir. »Jeder von ihnen wurde ausführlich über das Risiko informiert. Sie gehen mit offenen Augen an die Sache heran und wissen, was auf dem Spiel steht. Bei so jungen Leuten wie Carl trifft uns der Verlust natürlich noch härter, aber er wollte in die Geschichte eingehen und das hat er geschafft. Wir werden die Namen der Opfer für immer in Ehren halten.«

Ich wusste, dass er mich damit trösten wollte. Doch seine Worte hatten den gegenteiligen Effekt. Carl hatte sein Leben gegeben und für was? Für seinen Namen auf einer Gedenktafel? War es das wirklich wert?

Ich war mir ziemlich sicher, dass ich mich an seiner Stelle nicht freiwillig gemeldet hätte. Nicht, solange es genug Freiwillige gab.

Dennings erzählte uns noch etwas von Lieferengpässen einiger Substanzen, ohne dass ich ihn wirklich verstand. Carl spukte durch meinen Kopf, gemeinsam mit den anderen vier gesichtslosen Alchemisten, die ich nicht gekannt hatte.

»Alles in Ordnung?«, fragte Kieran mich beim Mittagessen.

Ich nickte. »Ich kannte Carl nicht besonders gut.«

Er streckte den Arm aus und griff nach meiner Hand. »Das heißt nicht, dass sein Tod dich nicht mitnehmen kann. Mitgefühl ist nichts, wofür man sich schämen sollte.«

Ich senkte den Kopf. War es wirklich Mitgefühl, das mich mitnahm? Oder war es nur die Angst, dass mir dasselbe passieren würde?

»Können wir über etwas anderes reden?«, bat ich.

Er seufzte. »Leider habe ich gerade keine fröhlichen Themen auf Lager.«

»Das habe ich auch nicht verlangt.« Ich stocherte in meinem Essen herum, nicht in der Lage, ihm in die Augen zu sehen. »Ich will nur etwas, das mich ablenkt. Irgendetwas. Wenn du magst, kannst du mir vom Abendessen erzählen.« Auch wenn ich General Namara etwas anderes weisgemacht hatte, interessierte es mich der Ausgang brennend. Außerdem bezweifelte ich, dass Kieran mit einem seiner Kriegerfreunde darüber reden konnte.

»Wenn du dir das wirklich antun willst«, murmelte er, aber er sprach weiter, »Charlotte und ihre Eltern waren natürlich auch da. Das hat die Stimmung natürlich nur besser gemacht. Im Grunde genommen war es das gleiche Gelaber wie immer. Ihr seid perfekt füreinander. Du wirst niemals eine Partnerin finden, die besser zu dir passt. Charlotte ist die beste Wahl. Du wirfst deine Zukunft weg. In ein paar Jahren wirst du es bereuen. Bla, bla, bla.«

»Irgendwann werden sie einsehen, dass du deine eigenen Entscheidungen treffen kannst«, versuchte ich, ihn zu trösten. Wie er angewidert das Gesicht verzog, während er das Loblied seiner Familie über Charlotte wiedergab, verschaffte mir unglaubliche Genugtuung. Es fiel mir schwer, nicht wieder davon zu träumen, wie ich die Frau an seiner Seite wäre.

Kieran schnaubte verächtlich. »Meine Eltern sehen eher selten irgendetwas ein, aber langsam denke ich, ich wäre ohne sie besser dran.«

Meine Augen weiteten sich. War es wirklich so schlimm? »Bist du dir da sicher? Das ist etwas, das du nicht mehr zurücknehmen kannst.«

Kierans Augenbrauen zogen sich zusammen. »Ich weiß. Erst dachte ich, es wird mit der Zeit besser. Dass sie meine Entscheidung irgendwann akzeptieren. Was wenn es nie aufhört? Im Gegenteil, es wird sogar schlimmer. So langsam habe ich Probleme, Gründe zu finden, mit ihnen in Kontakt zu bleiben.«

Ich betrachtete ihn nachdenklich. Auch, wenn sie nicht die besten Eltern waren, waren sie immer noch seine Eltern. Wie schlimm musste es sein, dass er ernsthaft überlegte, sich von ihnen loszusagen? Andererseits erfüllte mich diese Vorstellung mit Aufregung. Dann würden sie uns auch nicht im Weg stehen. Sofort hasste ich mich für diesen egoistischen Gedanken.

Er legte den Kopf schief. »Du kannst das gar nicht verstehen, oder?«

Ich biss mir auf die Lippe und schüttelte den Kopf.

Ein trauriges Lächeln trat auf sein Gesicht. »Weißt du eigentlich, wie viel Glück du hast?«

»Mein Vater ist tot«, erinnerte ich ihn.

Er fuhr sich mit der Hand durch das dunkle Haar. »Ich könnte jetzt einen sehr makabren Witz machen, aber ich lasse es lieber.«

Nach dem Essen war Kampftraining an der Reihe, deswegen ließ Beth es langsam angehen. Trotzdem wünschte ich mir, ich hätte nicht alles aufgegessen. Kieran schien damit kein Problem zu haben oder er versteckte es sehr gut. Er joggte genauso motiviert durch den Raum wie sonst, während ich mir den Bauch hielt.

»Langsam«, ermahnte Beth ihn. »Wir wollen nicht, dass euer Mittagessen einen zweiten Auftritt hat.«

Für mich klang das nach einem exzellenten Vorsatz, doch Kieran wirkte genervt davon, dass sie ihn bremste. Er wollte seinen ganzen Frust beim Training ablassen. Da Charlotte erneut nicht aufgetaucht war, würde ich wohl darunter leiden. Ich konnte es kaum erwarten.

Ich ging in Position, den Stock vor mir erhoben.

Kieran musste sich beherrschen, mich nicht vor Beths Signal anzugreifen, trotzdem wartete er darauf, dass ich die Initiative ergriff.

Diese Haltung behielt er den über den Kampf bei. Er verteidigte sich, startete aber keinen einzigen Gegenangriff. Immer noch scheiterte ich daran, seine Verteidigung zu durchbrechen. Als wir beide schweißüberströmt waren und meine Arme so sehr zitterten, dass ich den Stock kaum noch halten konnte, unterbrach Beth uns.

»Ich denke, das reicht für heute. Wir wollen ja nicht, dass Liana zusammenbricht.« Sie klopfte mir auf die Schulter und ich musste mir Mühe geben, sie nicht allzu böse anzusehen. Ich trainierte erst seit ein paar Wochen. Natürlich hatte ich keine Ausdauer wie Kieran, aber musste sie mir das unter die Nase reiben?

»Guter Kampf«, lobte Kieran mich, als wir uns gemeinsam auf den Weg zu den Umkleiden machten.

»Warum hast du mich nicht angegriffen?«, fragte ich.

»Du nimmst immer eine defensive Haltung ein«, erklärte er mir. »Für dich ist es wichtiger, den Angriff zu üben.«

Meine Augenbrauen zogen sich zusammen. Natürlich war ich defensiv. Meistens war ich so damit beschäftigt Angriffe abzuwehren, dass ich gar nicht zum Zurückschlagen kam. Doch seit wann war es ihm wichtig, dass ich diese Haltung änderte? Lag es an der bevorstehenden Mission?

»Sie werden mich nicht kämpfen lassen.« Ich würde mit den anderen Alchemisten die Waffen koordinieren, alles vorbereiten, vielleicht helfen, die Verletzten zu versorgen. Niemand würde auf die Idee kommen, mich in den Kampf zu schicken.

Kieran sah zu mir herab. Sorge brannte in seinen blauen Augen. »Es kann nicht schaden, vorbereitet zu sein.«

Ich senkte den Kopf. »Natürlich nicht, trotzdem solltest du dir eher Sorgen um dich selbst machen.« Im Gegensatz zu mir würde er an vorderster Front kämpfen.

Auf sein Gesicht trat das arrogante Grinsen, das ich immer so an ihm gehasst hatte. Inzwischen wusste ich, dass es eine Lüge war. Er versuchte damit, seine Unsicherheit zu überspielen. »Ich gehöre zu den besten meines Jahrgangs. Um mich muss sich niemand Sorgen machen.«

Uns beiden war klar, dass das Unsinn war. Jeder konnte im Kampf sterben, egal, wie talentiert er war. Alles, was dafür nötig war, war ein bisschen Pech.

Kapitel 20

Die Zeit bis zum Aufbruch wurde von Schreckensnachrichten und besorgten Telefonaten überschattet. Meine Mutter machte sich unglaubliche Sorgen um mich und ließ sich nicht von mir beruhigen, was ich ihr nicht verübeln konnte. Es war gut möglich, dass ich von dieser Mission nicht zurückkehrte. Jeden Tag starben weitere Alchemisten. Ich saß wie hypnotisiert vor dem Fernseher und sah mir die Interviews mit ihren Angehörigen an. Jedes einzelne zerriss mir das Herz. Vielleicht war es bald meine Mutter, die dort saß und weinte. Meine Schwestern, die schluchzend erzählten, was für ein Mensch ich gewesen war. Manchmal fühlte es sich an, als würden sich diese Tage ewig hinziehen, dann flogen sie nur so dahin. Die Warane hatten sich zum Brüten zurückgezogen. Somit zerstörten sie vorerst keine Städte mehr, doch wenn sie zurückkehrten, würde es umso schlimmer werden. Es wurde höchste Zeit aufzubrechen.

Als ich zwei Wochen später mit gepacktem Koffer auf der Treppe der Akademie stand, fühlte ich mich so, als wären nur ein paar Minuten vergangen.

Kieran trat neben mich, eine Reisetasche in der Hand.

»Bereit?«, fragte er.

Ich beschloss, ehrlich zu sein. »Nein.«

Er sah zu mir herab, Sorge verdunkelte seine blauen Augen. »Das geht jedem so vor seiner ersten großen Mission.

Zumindest hat mein Vater mir das gestern zur Beruhigung gesagt.«

Als ich den Kopf hob, ging sein Blick in Richtung der Kolonne aus Vans, die vor der Akademie aufgereiht stand. Viele wurden bereits mit Gepäck beladen. Auf dem Bürgersteig links von uns stand eine Gruppe Alchemisten, rechts die Krieger. So weit wie möglich voneinander entfernt, als wären die anderen ansteckend.

Mein Blick wanderte zurück zu Kieran. Genau wie ich war er noch in der Ausbildung. Bisher war er bei kleineren Missionen in der Nähe eingesetzt worden, nicht dort, wo die wirklich gefährlichen Bestien lauerten. Auch wenn er sich bereits einen Namen gemacht hatte, war er genauso unerfahren wie ich.

Am liebsten hätte ich nach seiner Hand gegriffen, um uns beiden Mut zu machen, doch ich hielt mich zurück.

In der Gruppe der Krieger entdeckte ich Charlotte, die uns mit verengten Augen musterte. Sie und Kyle waren die einzigen anderen Krieger in Ausbildung. Beth würde zurückbleiben. Den Grund hatte sie mir erst gestern bei unserem letzten Schusstraining mitgeteilt. Sie war schwanger und somit von allen Missionen ausgeschlossen.

Auf der Seite der Alchemisten sah ich außer Carly nur ein bekanntes Gesicht. Leo Pauling. Carls bester Freund. Der Wind wehte ihm das glatte, dunkle Haar ins Gesicht. Er strich es zurück und winkte mir dann. Unter seinen Augen lagen tiefe Schatten, die trotz seiner braunen Haut gut sichtbar waren. Trauer lag in seinem Blick, doch auch Entschlossenheit. Eine wilde Entschlossenheit, die Aufgabe zu erfüllen, die seinen besten Freund das Leben gekostet hatte. Warum war er hier? Er war mit mir gemeinsam an die Akademie gekommen und somit noch in Ausbildung. Er war talentiert, einer der besten unseres Jahrgangs, und er stammte aus einer der bekanntesten Alchemistenfamilien. Vielleicht hatte dieser Einfluss ausgereicht.

Ich spürte Kierans Hand auf meinem Rücken. »Komm, mein Vater guckt schon ungeduldig.«

General Namara war der einzige Krieger in Uniform. Die Orden auf seiner Brust glitzerten in den ersten Sonnenstrahlen, während er vor dem zweiten Van der Reihe in der Sonne stand, die Hände hinter dem Rücken verschränkt, den missbilligenden Blick auf seinen Sohn gerichtet.

»Es ist noch niemand eingestiegen«, erinnerte ich Kieran.

»Wenn wir ohne Aufforderung zu ihm gehen, ist er vielleicht etwas besser gelaunt. Das ist auch in deinem Interesse. Wir sitzen mit ihm in einem Auto.«

»Toll«, knurrte ich. Auf eine stundenlange Autofahrt mit einem schlecht gelaunten General konnte ich wirklich verzichten.

Also folgte ich Kieran die Stufen hinunter.

Sobald wir vor dem Van angekommen waren, nahm mir ein Krieger die Reisetasche und den Rucksack ab und verstaute sie im Kofferraum.

»Vater.« Kieran schenkte ihm nur ein kurzes Kopfnicken, das er erwiderte. Es war immer noch seltsam für mich, wie kalt und distanziert sie miteinander umgingen.

»Das ist unser Wagen.« General Namara deutete mit seinem Stift auf den Van neben uns. Dann konsultierte er sein Klemmbrett. »Harding, Lincoln, Pauling.« Seine Stimme hallte laut durch das geschäftige Treiben um die Autos. »Einsteigen.«

Charlotte, Kyle und Leo lösten sich aus ihren jeweiligen Gruppen und kamen auf uns zu.

Schwer zu sagen, wer von ihnen am grimmigsten guckte.

»Ihr ebenfalls«, befahl General Namara uns.

Seufzend folgte ich Kieran in den Van. Wir wählten die beiden Sitze hinter Fahrer- und Beifahrersitz und ließen die Rückbank für die anderen frei.

Wir waren die einzigen Auszubildenden. Wollte der General uns deshalb besonders genau im Auge behalten?

»Jetzt geht's los, Alter.« Anstatt sich zu setzen, trat Kyle neben Kieran und schlug ihm auf die Schulter. Er schien den Ernst der Lage misszuverstehen, denn auf einmal grinste er.

»Harding, hinsetzen!«, bellte General Namara draußen und zerstörte die Hoffnung, dass er wenigstens halbwegs gut drauf war.

Kyle gluckste. »Alter, dein Vater ist mal wieder unglaublich gereizt.«

»Dann solltest du besser auf ihn hören«, murmelte Kieran, den Blick nach vorne gerichtet, während Kyle sich auf die Rückbank trollte.

Charlotte würdigte keinen von uns eines Blickes, als sie einstieg, doch Leo legte mir eine Hand auf die Schulter. »Wie geht's dir, Liana?«

Ich runzelte die Stirn. »Sollte ich das nicht eher dich fragen?«

Er schloss die Augen. »Vielleicht.« Dann wandte er sich ab und setzte sich auf den letzten freien Platz neben Charlotte.

Kierans Hand zuckte auf seiner Armlehne, als wolle er sie ausstrecken, um nach meiner zu greifen, aber er hielt sich zurück. Was auch definitiv besser so war. Ich konnte wirklich darauf verzichten, dass Charlotte mir die Augen auskratzte.

Es dauerte noch eine geschlagene Viertelstunde, bis endlich jedes Gepäckstück und jeder Mitfahrer im richtigen Auto platziert war.

Endlich stieg General Namara in unseren Wagen und gab das Signal zum Aufbruch.

Langsam setzte die Kolonne sich in Bewegung. Mein Magen verkrampfte sich, als der Van Fahrt aufnahm. Noch nie hatte ich Kingston verlassen. Geld für Urlaub hatten wir nie gehabt und Verwandte in anderen Teilen des Landes besaßen wir nicht.

Ich konnte mich nicht daran erinnern, wann ich das letzte Mal in einem Auto gesessen hatte. Um sich in der Stadt zu bewegen, war die Bahn vollkommen ausreichend, außerdem war ein eigener Wagen teuer. Ein unnötiger Luxus für meine Familie.

Der Weg bis zum Hauptbahnhof war nicht weit, unsere Kolonne dafür auffällig. Wahrscheinlich war im Fernsehen ausführlich über unseren Aufbruch berichtet worden.

Die meisten Zuschauer schienen besorgt, doch es gab auch ein paar hoffnungsvolle Blicke und freundliches Winken.

Irgendwann versuchte ich, sie zu ignorieren. Sie machten mich nur noch nervöser.

Am Bahnhof stiegen wir um. Ein Zug war für uns bereitgestellt worden, in den nicht nur wir, sondern auch unsere Autos verladen wurden. Unter General Namaras Anweisung verlief der Umstieg glatt. Endlich ließen wir Kingston hinter uns.

Vorsichtig sah ich zu Kieran, der aus dem Fenster starrte. Er, Charlotte und Kyle stammten alle aus prominenten Kriegerfamilien, Leo kam aus einer altehrwürdigen Alchemistenfamilie. Für sie war es sicher nicht neu, Kingston zu verlassen. Ich war die Einzige, die noch nie irgendetwas von der Welt gesehen hatte, bisher war ich allerdings nicht wirklich beeindruckt davon. An die Gleise grenzten Wälder, dann Felder, dann wieder konnte man Städte im Hintergrund erkennen. Dieses Muster wiederholte sich immer und immer wieder.

Von Oregon war es ein weiter Weg bis nach Sonora, wo die Warane zum ersten Mal aufgetaucht waren und daher dort ihre Nester hatten. Der Hochgeschwindigkeitszug brauchte nur wenige Stunden bis Tucson, von dort aus mussten wir wieder die Autos nehmen. Dieser Teil der Fahrt dauerte wesentlich länger. Reisen war nicht annähernd so spannend, wie ich erwartet hatte. Vielleicht hätte ich mehr Freude daran gehabt, wenn der Zielort schöner gewesen wäre.

Alle paar Stunden hielten wir an einer Tankstelle, um aufs Klo zu gehen, uns die Beine zu vertreten oder etwas zu essen. Es war die einzige Unterbrechung der Langeweile.

Im Van herrschte eisiges Schweigen, nachdem General Namara Kyles Versuche, ein Gespräch zu beginnen, unterbrochen hatte. Irgendwann wurde die Stille so erdrückend, dass ich mir sogar Kyles dumme Sprüche lieber angehört hätte. Der General schien fest entschlossen, dass keiner von uns in Reisestimmung verfiel.

Als wir endlich auf den Parkplatz eines Motels fuhren, war es bereits dunkel. Das große Schild, das freie Zimmer verkündete, hatte bereits einige defekte Leuchtbuchstaben und die Fassade hätte einen neuen Anstrich gut vertragen können. Der Parkplatz war vollkommen leer. Wer wagte es auch, hier draußen im Nirgendwo zu übernachten, wenn die Warane ihr Unwesen trieben?

»Wir sind fast am Ziel«, verkündete General Namara. »Morgen machen wir uns auf den Weg zum kleinsten Waran-nest. Das wird unser Testlauf. Laut der Beobachter hausen dort etwa zwei bis fünf Warane, aber hütet euch davor, das

Ganze zu unterschätzen. Ich will jeden einzelnen von euch morgen früh gut ausgeruht und vorbereitet antreffen. Sogar die Alchemisten.«

Neben mir ballte Leo die Hände zu Fäusten.

»Ignorier ihn«, flüsterte ich ihm zu. »Er ist ein Arschloch und will uns nur provozieren.«

»Bastard. Bisher hat noch kein Krieger sein Leben gelassen und er tut so, als wären wir nicht wichtig.« Seine Stimme zitterte vor unterdrückter Wut. Oder war es Trauer?

»Wenn du jetzt ausrastest, gibst du ihm genau das, was er will. Er würde behaupten, du gefährdest die Mission und dich nach Hause schicken. Willst du das?«, zischte ich.

Seine Hände waren immer noch zu Fäusten geballt, aber er blieb stumm.

»Ihr seid jeweils zu zweit im Zimmer und ich will keine Beschwerden oder Änderungswünsche hören. Es wird nicht getauscht. Wir müssen wissen, wer wo ist. Ihr seid alle erwachsen und in der Lage, euch das Zimmer mit jemandem zu teilen, der nicht eure allerbeste Freundin ist.«

Bei diesen Worten bekam ich ein ungutes Gefühl. Er erwartete Probleme. Hatte er Alchemisten und Krieger in dasselbe Zimmer gesteckt?

Er begann Namen aufzurufen. Immer zwei Kriegerinnen traten vor und nahmen ihre Zimmerschlüssel entgegen. Als er begann die Namen der Alchemistinnen aufzurufen, stand nur noch eine Kriegerin auf dem Hof. Charlotte. Mir schwante Übles.

Ein paar Minuten später waren sie und ich die einzigen Frauen auf dem Platz.

»Lincoln.« Er versuchte nicht einmal, sein Grinsen zu verstecken. »Und Williams.«

Wütend stapfte Charlotte nach vorne, um sich unseren Schlüssel abzuholen. Widerwillig folgte ich ihr.

»Problem, Miss Lincoln?«, fragte General Namara.

»Nein, Sir«, presste sie zwischen zusammengebissenen Zähnen hervor.

Er wandte sich an mich. »Sie, Williams?«

»Nein, Sir.«

»Gut. Wir sehen uns morgen früh, Punkt sieben zum Frühstück«, erinnerte er uns. Wir alle kannten den Plan. Die ausgedruckte Version lag irgendwo zusammengeknüllt in meiner Tasche.

Ich folgte Charlotte die Treppe nach oben in den ersten Stock. Sie hatte den Schlüssel, auf dem unsere Zimmernummer stand. Zielstrebig lief sie an den Türen vorbei. Ich ließ meine Hand über das Geländer gleiten. Was wollte Kierans Vater damit bezwecken, Charlotte und mich ins selbe Zimmer zu stecken? War es eine Strafe dafür, dass Kieran sie nicht heiraten wollte? Hoffte er, dass sie mich einschüchterte, damit ich mich von Kieran fernhielt? Eins stand fest, er verfolgte irgendeinem egoistischen Plan.

»Ich nehme das Bett am Fenster«, verkündete Charlotte, als wir den Raum betraten, und warf ihre Tasche darauf, als wollte sie ihr Revier markieren.

»Tu dir keinen Zwang an«, murmelte ich und ging zu dem zweiten Bett. Ich würde heute Nacht sowieso nicht gut schlafen und die Nähe zum Fenster war mir vollkommen egal. Ihr vermutlich auch. Sie wollte mich nur herumkommandieren.

Charlotte zerrte ein paar Sachen aus der Tasche und stürmte an mir vorbei.

»Ich hoffe für dich, dass du nicht schnarchst«, fauchte sie und verschwand im Badezimmer.

Seufzend ließ ich mich auf mein Bett fallen. Genau wie

der Rest des Hotels hatte auch dieses Zimmer bereits bessere Tage erlebt. Ich vermutete, dass die Wände einmal sonnengelb gewesen waren. Jetzt hatten sie eher die Farbe von Urin. Die Decke, auf der ich saß, war abgenutzt. Immerhin schien es halbwegs sauber zu sein.

Im Badezimmer ging die Dusche an. Charlotte ließ sich Zeit mit ihrer Körperpflege. Als sie endlich wiederauftauchte, war ich so müde, dass ich die Augen kaum offenhalten konnte.

Trotzdem stellte auch ich mich unter die Dusche. Morgen früh würde ich noch weniger Lust dazu haben und es würde vielleicht das letzte Bisschen Komfort in den nächsten Tagen sein. Die Warane lebten zurückgezogen, zumindest, solange sie brüteten. Erst wenn ihre Jungen geschlüpft waren, machte sich ein Teil von ihnen auf den Weg, um in den umliegenden Städten Verwüstung anzurichten. Allein hier in der Gegend hatten sie den Rinderbestand restlos aufgefressen, mehrere Dörfer in Schutt und Asche gelegt und einen großen Teil der Ernte ruiniert. Etwa alle vier Monate brüteten sie, doch erst beim letzten Mal, hatten sie sich explosionsartig vermehrt und ihre Größe teilweise verdoppelt.

Wir mussten sie töten, solange ihre Jungen noch klein waren.

Als ich aus dem Bad kam, hatte Charlotte das Licht bereits gelöscht. Vorsichtig tastete ich mich zum Bett und schlüpfte unter die Decke.

So wie ich Namara kannte, würde er Charlotte und mich ins gleiche Zelt stecken. Ich konnte es kaum erwarten.

Charlottes Wecker riss mich um halb sieben aus dem Schlaf. Sofort sprang sie aus dem Bett, zog die Vorhänge auf und lief ins Bad. Als sie endlich wieder auftauchte, war es beinahe sieben.

Hastig putzte ich mir die Zähne und machte eine kurze Katzenwäsche. Trotzdem trat ich fünf Minuten zu spät in den Frühstückssaal.

»Ich erwarte Pünktlichkeit, Miss Williams«, tadelte General Namara mich.

Ich ignorierte ihn und machte mich auf den Weg zum Buffet. Aus dem Augenwinkel sah ich, wie Charlotte zufrieden grinste.

Ich straffte die Schultern, entschlossen mich nicht auf ihr Niveau herabzulassen, lud mir den Teller mit Toast voll und setzte mich zu Leo und ein paar anderen Alchemisten.

»Obwohl du die Nacht mit Charlotte verbracht hast, hat sie dir nicht die Augen ausgekratzt. Glückwunsch«, teilte Kieran mir mit, als wir nur eine halbe Stunde später auf dem Weg zum Van waren.

»Da hast du wohl mehr Erfahrungen als ich«, knurrte ich.

Kieran blickte zu mir herab, die Augenbrauen erhoben. Sofort fühlte ich mich schlecht, weil ich ihn angefahren hatte. Er konnte nichts dafür, dass sein Vater mich mit Charlotte in ein Zimmer gesteckt hatte.

»Entschuldigung«, murmelte ich.

Zu meiner großen Überraschung hörte ich ihn lachen.

»Tut mir leid, dass sie ihre schlechte Laune an dir auslässt. Eigentlich hätte ich das verdient.« Er legte mir eine Hand auf den Rücken, bevor er in den Van stieg.

Fast hätte ich ihm gesagt, dass solche Gesten es noch schlimmer machten. Doch ich wollte nicht, dass er aufhörte, mich zu berühren. Mein Rücken prickelte immer noch, als ich mich auf den Sitz fallen ließ und mich anschnallte.

Die Fahrt verlief genauso schweigsam wie die gestrige, wenigstens war sie nicht so lang.

Als ich aus dem Wagen stieg, hörte ich in der Ferne ein Brüllen, das nur von einem Waran stammen konnte. Ich schluckte.

»Wir stellen hier das Lager auf«, erklärte General Namara uns. »Die Alchemisten überwachen die Waffen. Sie sorgen dafür, dass alles funktioniert und sie jeden Abend aufgefüllt werden. Wir verlassen uns auf euch.« Er ließ seinen Blick über die Gruppe Alchemisten gleiten, als wollte er sichergehen, dass keiner im letzten Moment kalte Füße bekam.

Neben mir hörte ich Leo etwas Unverständliches murmeln, sicher nichts Nettes.

»Unseren beiden Auserwählten obliegt die Leitung.« Der Blick, den er Kieran und mir bei diesen Worten zuwarf, sagte deutlich, dass wir ihn besser nicht enttäuschten.

Kieran legte eine Hand auf meine Schulter. »Viel Erfolg.«

»Sollte ich das nicht besser dir wünschen?«

»Hey, wenn ihr versagt, sieht es für uns ziemlich düster aus.«

»Wie können wir bitte versagen?« Leo gab ein verächtliches Schnauben von sich. »Wir müssen die Waffen nachfüllen. Wirklich kompliziert.«

»So hat er das nicht gemeint, Leo.« Die Worte waren aus meinem Mund, bevor ich es verhindern konnte. Automatisch hatte ich das Bedürfnis gehabt, Kieran zu verteidigen.

»Ohne eure Arbeit hätten wir nicht den Hauch einer Chance, Leo«, sagte Kieran. »Das wissen wir alle.«

Damit wandte er sich ab und machte sich auf den Weg zu den Kriegern, die die Waffen aus den Vans verteilten. Ich beobachtete ihn dabei, wie er Kyle ein Maschinengewehr abnahm und es prüfend in der Hand wog.

Neben mir stöhnte Leo auf. »Bitte, sag mir nicht, dass du dich in den Krieger verknallt hast.«

Hitze schoss mir in die Wangen. »Sei nicht albern«, murmelte ich und wandte mich ab. Unwissentlich hatte er genau ins Schwarze getroffen.

Währenddessen bauten die Alchemisten bereits Zelte auf. Bisher schienen alle den Plan genau im Kopf zu haben. Mein Eingreifen war nicht nötig. Der Magie sei Dank. Ich hatte nämlich keine Ahnung, was für Anweisungen ich hätte geben sollen.

Stirnrunzelnd konsultierte ich den Plan, den ich heute Morgen eilig in meine Hosentasche gestopft hatte. Wir würden zunächst die Arbeitsstationen aufbauen. Rohmaterialien würden uns aus den umliegenden Städten geliefert werden. Außerdem würde ein Team aus Ärzten zu uns stoßen, um verletzte Krieger zu versorgen. Neben den Pistolen und Gewehren gab es auch Schwerter und Dolche, die mit dem Mittel präpariert worden waren, aber aufgrund der Größe der Bestien mussten wir sie mit den Schusswaffen erledigen, bevor sie den Kriegern zu nah kamen.

»Kann es sein, dass du nicht sonderlich gut vorbereitet bist?«, wollte Leo wissen.

»Halt die Klappe.« Ich faltete den Plan zusammen und steckte ihn zurück in meine Hosentasche.

Leo lachte nur.

Ich sah über die Schulter zu den Vans, in denen die Krieger jetzt verschwanden. Sie hatten alles gepackt.

Kieran winkte mir zu, bevor auch er einstieg. General Namara warf mir einen bösen Blick zu, als ich die Geste erwiderte. Ich hatte erwartet, dass er bei uns bleiben würde. Er war nicht mehr im aktiven Dienst. Schon seit Jahren plante und leitete er Missionen, anstatt an ihnen teilzunehmen.

Ich spürte eine Hand auf meiner Schulter. Leo.

»Komm schon, Boss. Wir müssen anfangen.«

Ich folgte ihm zu den anderen Alchemisten. Sand wirbelte durch die Luft, als die Vans mit den Kriegern sich in Bewegung setzten. Es fiel mir schwer, ihnen nicht hinterher zu starren. Die Warane waren nicht die einzige Gefahr, der sie sich heute aussetzten. Genauso gut konnten sie im Rausch von der dunklen Magie überwältigt werden. Ich hoffte inständig, dass die Magie stark genug war, um Kieran zu beschützen.

»Liana?«

Ich zuckte zusammen. »Hm?«

Leo beobachtete mich, die Stirn in tiefe Falten gelegt. »Alles in Ordnung?«

Ich zuckte mit den Achseln und verschränkte die Arme vor der Brust. »Nervös, schätze ich. Wer weiß, ob alles funktionieren wird.«

»Wir sind gut vorbereitet«, versicherte er mir. »Es wurde ausreichend Schuppenmittel hergestellt.«

»Wir haben den Großteil des Mittels in festem Zustand dabei«, erklärte Leo. »Die Lösung stellen wir erst hier her, damit sie die richtige Konzentration hat. Die Patronen sollten zwar dicht sein, trotzdem ist es besser, die Lösung frisch nach Bedarf herzustellen. In festem Zustand ist das Schuppenmittel stabiler und somit einfacher zu transportieren.«

Ich hob eine Augenbraue. »Ich kann mich zwar nicht daran erinnern, wie ich diese Anweisungen geschrieben habe, aber ich habe sie danach gelesen.«

Sofort lief er knallrot an. »Tut mir leid. So war das nicht gemeint.«

»Liana!« Carly lief auf uns zu. »Ich habe mir gerade die Pläne angesehen. Wir brauchen nicht alle, um die Schlafzelte aufzubauen. Der Rest von uns könnte anfangen, die Patronen zu befüllen. Oder was meinst du?«

Während sie mich erwartungsvoll anstarrte, blinzelte ich ein paar Mal. »Okay.« Im Plan war ich unter Leitung und Aufsicht eingetragen, doch so eine Aufgabe war vollkommen neu für mich. Ich war heilfroh, Carly dabei zu haben, die nach meiner Hand griff und mich zu den bereits aufgebauten Tischen führte.

»Einmal laut die Anweisung geben, Liana«, flüsterte sie mir zu. »Du bist hier der Boss. Dann zeige ich dir alles.« Carly hatte zwar nicht bei der Synthese des Mittels geholfen, aber sie hatte die Anwendungsmöglichkeiten erarbeitet. Ihre Spezialität waren Waffen.

Ich räusperte mich und holte tief Luft, bevor ich rief: »Alle, die nicht beim Aufbau der Zelte helfen, können schon Patronen befüllen.«

Die anderen Alchemisten sahen von ihrer Arbeit auf und befolgten dann tatsächlich meine Anweisung. Ein Teil machte sich auf den Weg zu den Schlafzelten, der Rest machte sich daran, die Arbeitsstationen einzurichten.

Carly führte mich zu einem der Tische, auf dem bereits alles bereitstand.

»Die Alchemisten von der Tucson Academy haben mit der Vorbereitung angefangen. Wir haben ihnen nach unseren Tests alle nötigen Daten übermittelt, damit sie es an Waranleichen ausprobieren. Das Zeug ist wirklich unglaublich. Es hat sich einfach durch die Schuppen gefressen, als wären sie aus Papier. Wir benutzen Patronen, die beim Einschlag explodieren, um den größtmöglichen Effekt zu erreichen.« Sie setzte sich an den Tisch, griff sich eine Dose Gegenmittel, eine Flasche Ethanol und zog zwei der kleinen Boxen zu sich heran. »Das ist die Hülse.« Sie hielt einen länglichen, spitz zulaufenden Zylinder hoch. Eine Patrone. Oder zumindest ein Teil davon, denn jetzt zog sie einen kleinen Deckel hervor. »Und das ist der Deckel. Den kannst du draufschrauben. Probier's mal.«

Ich nahm ihr die Teile aus der Hand und schraubte sie zusammen. Keine große Herausforderung.

Sie nahm mir die Hülse ab und schraubte sie wieder auf. Dann zog sie ein Paar Nitrilhandschuhe aus einer Box und streifte sie sich über. »In jeder Flasche ist genug Schuppenmittel für einen halben Liter Lösung. Du kannst die Lösung direkt in der Flasche herstellen.« Sie griff nach einem Messzylinder und goss einen halben Liter Ethanol hinein, den sie sofort schwungvoll in die Flasche entleerte. Dann schraubte sie sie zu und schüttelte, bis die blutrote Lösung entstanden war, die ich aus dem Labor kannte.

»Jetzt musst du das Mittel einfüllen.« Sie zog eine Mikroliterpipette und eine Box mit Spitzen aus einer weiteren Kiste und drehte an dem Rad, um das richtige Volumen einzustellen. »Ein halber Milliliter passt in die Hülse. Die Dinger kennst du ja aus dem Grundpraktikum.«

Ich nickte. Alle Handgriffe, die wir bei unserer Arbeit brauchten, lernten wir bei vollem Bewusstsein. Wenn unser Gehirn bereits wusste, wie man gewisse Dinge bedienen musste, fiel es der Magie leichter, uns zu kontrollieren.

Carly tauchte die Pipette in das Gegenmittel, zog die benötigte Menge auf, füllte es in die Hülse und schraubte sie zu. Dann hielt sie mir auffordernd die Pipette hin.

Ich atmete einmal tief durch, griff nach der Pipette und trat vor den Tisch.

»Aufregender als damals im Praktikum, oder?«, fragte Leo neben mir.

Das entlockte mir nur ein müdes Lächeln. Zum ersten

Mal würde ich etwas anderes als Wasser pipettieren. Auch wenn ich mich während der Praktika zu Tode gelangweilt hatte, jetzt wünschte ich mir diese vergleichsweise sorglose Zeit zurück.

»Du bist bereit für Stufe zwei«, verkündete Carly grinsend, sobald ich die Patrone befüllt hatte, und stellte mir einen Block voller kreisrunder Löcher hin. »Da stellst du die Hülsen rein. So kannst du effektiver arbeiten. Aber vorsichtig!« Mahnend hob sie den Zeigefinger. »Nichts verschütten! Erstens ist das Mittel sehr wertvoll und zweitens verursacht es Hautirritationen. Es wird deine Haut nicht auflösen, so wie die Waranschuppen, angenehm ist es trotzdem nicht. Anschließend können die Patronen in die Magazine gefüllt werden.« Sie griff in eine Kiste und zog ein leeres Magazin hervor. »In die für die normalen Pistolen passen acht Stück, es gibt auch welche für die automatischen Waffen. Die sind natürlich um einiges größer.«

Ein leichtes Lächeln trat auf mein Gesicht. »Natürlich.«

»Ich nehme mal an, diese Einweisung hat auch dir gereicht?«, wandte sie sich jetzt an Leo.

Der nickte, setzte sich auf den Stuhl neben ihr und begann sofort mit der Arbeit.

Carly bot mir ihren Platz an und legte mir eine Hand auf die Schulter. »Ich gehe mich um die Schwerter und Dolche kümmern. Die sind zwar fertig, aber einem der Alchemisten aus Tucson sind beim Auspacken ein paar aufgefallen, die etwas anders aussahen. Jetzt müssen wir testen, ob sie richtig funktionieren.«

Erschrocken hob ich den Kopf. »Du meinst, es könnte bei der Synthese des Mittels etwas schiefgegangen sein?«

Carly verzog das Gesicht. »Es sieht eher so aus, als wäre beim Schmieden etwas nicht glatt gelaufen. Die präparierten Klingen sollten eigentlich blutrot schimmern, einige sind blasser. Mach dir keine Sorgen, immerhin hat die Magie uns nicht gewarnt.« Damit wandte sie sich ab und machte sich auf den Weg ans andere Ende des Zeltes.

Ich starrte ihr hinterher. Die Magie hätte uns nur warnen können, wenn sie etwas bemerkt hätte. Was, wenn es der dunklen Magie gelungen war, unbemerkt in den Rausch einzugreifen? Aber war das überhaupt möglich? Ich hatte die Dunkelheit immer sofort gespürt und die Magie ebenfalls. Bei der Synthese des Mittels hatten sie sich einen erbitterten Kampf geliefert, der einige Alchemisten das Leben gekostet hatte.

Ich wandte mich meinem Arbeitsplatz zu. Neben mir hatte Leo bereits eine Reihe Patronen befüllt, tief über seine Arbeit gebeugt.

»Alles in Ordnung?«, fragte ich ihn, als er neben mich trat, um sich eine Reihe leerer Magazine aus der Kiste zu holen.

»Ich komme schon klar.«

Ich legte ihm kurz eine Hand auf die Schulter, ehe ich mich meiner Arbeit zuwandte. Wenn er reden wollte, würde ich zuhören, aber ich wollte ihn nicht dazu drängen. Immerhin kannten wir uns kaum.

Vorsichtig steckte ich die Hülsen in den Block vor mir. Dann zog ich die Handschuhe über, griff nach der Pipette und befüllte sie nach und nach.

Es war eine stumpfsinnige Arbeit und reichte bei Weitem nicht, um mich abzulenken.

Die gefüllten Magazine stapelten sich fein säuberlich in der Kiste vor mir. Reihe um Reihe, Schicht um Schicht. Nach einer Weile zog ich die Handschuhe aus und legte Leo eine Hand auf den Arm, damit er seine Pipette weglegte. »Wir sollen nur zwanzig Boxen füllen. Wir brauchen zwar genug Nachschub, aber wir wollen nicht, dass die Qualität leidet.« Zumindest stand das auf dem Plan, den ich umsetzen sollte. Soweit ich wusste, hatte Carly ihn erstellt, also konnte ich darauf vertrauen, dass diese Entscheidung gut war.

»Und was machen wir jetzt?«, wollte er wissen.

Die meisten anderen Alchemisten schienen ebenfalls ihre Arbeit niedergelegt zu haben. »Warten, bis die Krieger wiederkommen.«

»Warum haben wir so viele Alchemisten mitgenommen, wenn wir nicht gebraucht werden?«, wollte Leo wissen. »Damit wir hier dumm rumsitzen?«

Ich versuchte, nicht die Augen zu verdrehen. Er wollte keine freie Zeit haben, in der er an Carl denken konnte. »Weil wir auch in Notfällen genug sein müssen.«

»Oder falls die Hälfte verreckt?«, fügte er hinzu.

Wäre er nicht verrückt vor Trauer gewesen, hätte er den Fehler in seiner Logik sicher erkannt. Es war bereits genug Mittel synthetisiert worden. Wir mussten uns nicht mehr in den Rausch begeben.

»Die Krieger sind diejenigen, die bei dieser Mission in Gefahr sind«, sagte ich. »Nicht wir. Sie müssen kämpfen und sie müssen in den Rauschzustand treten.« Ich wollte hinzufügen, dass er keine Angst haben musste, aber das hätte er mir wahrscheinlich übel genommen.

»Die Ärzte sind da«, rief einer der anderen Alchemisten bei den Wohnzelten und unterbrach so, der Magie sei Dank, unser Gespräch.

Gemeinsam mit Carly führte ich die Ärzte zu den für sie vorgesehenen Zelten. Carly wusste wesentlich besser Bescheid als ich, aber sie überließ mir die Führung, auch wenn ich kein Problem damit gehabt hätte, ihr das Ruder zu überreichen. Gemeinsam mit einigen anderen Alchemisten half ich dabei, das Lazarett einzurichten. Dann setzte ich mich neben eins der Zelte in den Schatten und starrte in die Wüste hinaus.

Irgendwann gesellte Leo sich zu mir, doch er sagte nichts, sah nur gemeinsam mit mir ins Nichts.

Half es ihm, hier zu sein, oder machte es alles nur noch schlimmer? Ich fragte nicht nach, sah nur weiter in die Ferne und wünschte mir, dass endlich die Vans am Horizont auftauchten.

Kapitel 21

Als sie endlich zurückkehrten, war ich mir zuerst nicht sicher, ob ich es mir nicht nur einbildete.

Der Himmel verdunkelte sich mit Wüstenstaub, das Brummen der Motoren erfüllte die Luft. Ich sprang auf.

»Na los, renn zu deinem Krieger«, knurrte Leo.

Ich sah zu ihm hinab, während Wut meinen Magen durchströmte. Seine Trauer war keine Ausrede für alles. Langsam reichte es.

»Dir ist schon klar, dass ich dich nach Hause schicken kann, oder?«, fragte ich.

Er hob den Kopf, sein Blick kalt und leer. »Ist das eine Drohung?«

»Nur eine Feststellung.« Damit machte ich mich auf den Weg zum Hauptzelt, wo die anderen sich bereits sammelten. Gespannt warteten wir darauf, dass die Krieger bei uns ankamen.

Keiner sagte ein Wort.

Die Vans fuhren nicht sonderlich schnell. Also konnte nichts Schlimmes passiert sein. Oder?

Endlich erreichten sie die Reihe der restlichen Autos und die Türen öffneten sich. Niemand wirkte in Eile. Ich ließ meinen Blick über die verdreckten Gestalten wandern, auf der Suche nach Kierans dunklem Schopf. Als ich ihn endlich entdeckte, musste ich mich zusammenreißen, um nicht auf ihn zuzustürmen. Hinter ihm sah ich Charlotte und Kyle. Kyle humpelte leicht, doch Charlotte schien unverletzt. Ich war erstaunlich erleichtert, dass es den beiden gut ging.

General Namara war der Einzige, der halbwegs sauber aussah. Vermutlich hatte er den Angriff koordiniert, während die anderen sich in Gefahr begaben.

Dann wurde ein Kofferraum geöffnet und zwei Krieger holten eine Trage heraus. Der Körper war mit einem weißen Tuch bedeckt.

Sofort rannten ein paar Ärzte los, auch wenn jede Hilfe zu spät kam. Auch ich setzte mich in Bewegung, gemeinsam mit einigen anderen Alchemisten. Geflüster breitete sich aus.

Kieran erreichte ich als Erstes. »Was ist passiert?«

»Dunkle Magie«, murmelte er.

Ich ließ den Blick über ihn, Charlotte und Kyle gleiten. »Mit euch ist alles in Ordnung?«

Charlotte drängte sich an mir vorbei und rammte gegen meine Schulter. »Als ob dich das interessiert.«

»Sie wird immer zickig, wenn sie müde ist«, teilte Kyle mir mit. Zu meiner großen Überraschung legte er mir eine Hand auf die Schulter. »Du und Kieran, ihr habt gute Arbeit geleistet. Es war wirklich beeindruckend. Überall dort, wo die Kugeln eingeschlagen sind, haben die Schuppen sich innerhalb von Sekunden aufgelöst. Ein paar Schüsse auf die kritischen Stellen und bäm, erledigt.«

»Was ist mit deinem Bein?«, fragte ich, immer noch baff, dass er mir ein Kompliment gemacht hatte.

Er winkte ab. »Ach, das ist nichts. Ich bin ausgerutscht und blöd auf einem Stein gelandet. Nur eine Schnittwunde.«

Kieran schlug ihm auf den Rücken. »Du solltest sie trotzdem verarzten lassen.«

Kyle verzog das Gesicht. »Sei nicht albern, Alter.«

Kieran hob die Augenbrauen. »Wenn es sich entzündet, musst du vielleicht für den Rest der Mission aussetzen.«

Er murmelte missmutig vor sich hin, ehe er in Richtung des Erste-Hilfe-Zelts humpelte, wo die Ärzte bereits einige andere Krieger verarzteten. Ich sah ein paar Schrammen und kleinere Schnitte, aber allen schien es gut zu gehen. Die Leiche auf der Trage lag in einer Ecke, fast als wäre sie vergessen worden.

»Das zieht immer«, sagte Kieran kopfschüttelnd, den Blick auf Kyles Rücken geheftet.

»Wie ist es gelaufen?«, wollte ich wissen.

Er fuhr sich mit der Hand durch den verdreckten Schopf, die Augen immer noch auf Kyle gerichtet, der jetzt das Zelt erreichte. »Ganz gut, eigentlich. Das Schuppenmittel hat wunderbar funktioniert. Wir mussten nur wichtige Stellen verwundbar machen, dann konnten wir sie erledigen.« Dafür, dass es so leicht gewesen war, schien er erstaunlich müde zu sein.

»Wie viele waren es?«

»Drei.« Endlich wandte er mir den Blick zu.

Drei. Niemand wusste genau, wie viele Warane es gab. Bisher hatte man sie nur schwer beobachten können, aus Angst vor ihren Angriffen. Ihre Nester bauten sie in den Höhlen, die sich durch die roten Felsen in der Wüste zogen. Laut Angabe der Ranger vor Ort bestand dieses Nest aus zwei bis fünf Tieren. Konnten wir uns auf die Angaben zu den anderen Nestern ebenfalls verlassen?

Kieran legte mir eine Hand auf die Schulter. »Ich gehe mir was zu trinken holen. Die Hitze macht mich fertig.«

Ich nickte nur.

Er machte sich auf den Weg zum Verpflegungszelt, doch nach ein paar Schritten drehte er sich zu mir um. »Kommst du?«

Ich biss mir auf die Lippe, um ein Lächeln zu unterdrücken und folgte ihm. Wir setzten uns an den langen Tisch zu einigen anderen Kriegern.

Kieran zog zwei Gläser und eine Flasche Wasser von der Mitte des Tisches zu uns heran und füllte sie. Dann schob er mir eins hin.

»Danke«, murmelte ich und nahm ein paar gierige Schlucke. Bisher hatte ich zu wenig getrunken.

»Ihr solltet es euch nicht zu gemütlich machen.« General Namaras Stimme hallte durch das Zelt. »In einer Stunde gibt es Abendessen und direkt danach besprechen wir das weitere Vorgehen. Anwesenheitspflicht. Für alle.«

Bei seinen letzten Worten sah er mich und Kieran an, als würden wir versuchen, uns vor der Besprechung zu drücken. Oder es gefiel ihm einfach nicht, dass wir nebeneinandersaßen. Oder er musste wieder Frust ablassen. Ich hatte ihn noch nie lächeln sehen.

»Das heißt dann wohl, dass der Sturm auf die Duschen eröffnet ist«, brummte Kieran und erhob sich.

Die Duschen waren in Zelten direkt neben einem großen Wassertanker aufgebaut. Jeder bekam nur fünf Minuten Zeit und das Wasser war eiskalt. Das sorgte immerhin dafür, dass die Schlange nicht allzu lang wurde. Der Boden war mit Planen ausgelegt und so gebaut, dass das Wasser in einen weiteren Tank floss, wo es wiederaufbereitet wurde.

Ich hatte es kaum geschafft, mich zu waschen, als das Wasser abgestellt wurde. Danach fühlte ich mich herrlich erfrischt und sauber, auch wenn ich sofort wieder schwitzte.

Als ich wieder ins Zelt trat, nahm Carly mich zur Seite und berichtete mir von den Tests der verdächtigen Schwerter und Dolche. Die Alchemisten hatten für genau diesen Fall die Krieger damit beauftragt, einige Leichenteile der Warane mitzubringen. Die anders gefärbten Schwerter waren nicht in der Lage gewesen, die Schuppen zu durchdringen. Die restlichen wurden so schnell wie möglich getestet.

Die Vorbereitungen fürs Abendessen waren viel chaotischer als die fürs Mittagessen, weil jetzt doppelt so viele Leute im Weg herumstanden. Alle riefen durcheinander, weil die Krieger sich keine Befehle von den Alchemisten erteilen lassen wollten und umgekehrt. Trotzdem stand der Eintopf pünktlich um sieben auf dem Tisch. Beim Essen herrschte immer noch Chaos. Die Alchemisten und die Krieger saßen getrennt an dem großen Tischen, Kieran und ich nebeneinander genau zwischen den Fronten, uns gegenüber Kyle und Leo, die beide wenig begeistert darüber schienen. Mir ging dieses Theater nur noch auf die Nerven. Trotzdem sagte ich nichts. Es hätte nichts genutzt.

Sobald die Teller abgeräumt waren, erhob General Namara sich, sein geliebtes Klemmbrett in der Hand.

»Ruhe!«, bellte er durch den Raum.

Die Krieger verstummten sofort, die Alchemisten brauchten ein paar Sekunden.

»Dank unserer sorgfältigen Planung war die Mission heute ein voller Erfolg.«

Die Krieger jubelten und stießen die Fäuste in die Luft. Ein Blick von Namara ließ sie verstummen.

»Wir sind noch längst nicht am Ziel. Das kleinste der sechs Nester haben wir erledigt. Es wird nicht einfacher werden, aber wir sind vorbereitet. Wir haben alle nötigen Informationen.« Er sah auf sein Klemmbrett. »Die Ranger schätzen die Größe der verbleibenden Nester folgendermaßen ein. Zwei Nester mit vier bis sechs Waranen, zwei mit sechs bis acht und das fünfte …« Er ließ den Blick durch die Runde wandern, um Spannung aufzubauen. »Das letzte soll zwischen zwanzig und dreißig Warane beherbergen.«

Ein Murmeln ging durch den Raum. Zwanzig bis dreißig Warane auf einmal.

»Wir werden uns zunächst den kleineren Nestern widmen, um weiter zu lernen. Auf keinen Fall dürfen wir uns auf unserem heutigen Erfolg ausruhen. Damit wir weitermachen können wie bisher, brauchen wir vollen Einsatz. Von allen.«

Die nächsten zwei Nester würden die Krieger von hier aus in Angriff nehmen, dann würden wir weiterfahren, in die Nähe der nächsten beiden. Das letzte Nest war so groß, dass General Namara wollte, dass wir unsere Zelte an dessen Rand aufschlugen, damit Nachschub an Munition und medizinische Versorgung direkt verfügbar waren. Ein Schauer lief mir den Rücken hinab, als er das verkündete. Heute hatte ich gedacht, dass es nichts Schlimmeres als die Unwissenheit gab, doch war es wirklich besser, den Kampf beobachten zu können? Dabei zuzusehen, wie die Krieger starben? Garantiert nicht.

General Namara überließ es den Alchemisten, sich ihre Aufgaben einzuteilen. Für die Krieger ratterte er Listen herunter, wer was zu tun hatte.

Nachdem er geendet hatte, sahen mich die Alchemisten am Tisch erwartungsvoll an. Dass wir uns selbst einteilen sollten, hieß für sie anscheinend, dass ich sie einteilen sollte.

Auch General Namaras Blick fiel auf mich. »Sie haben sicherlich etwas zu berichten über den heutigen Tag, Miss Williams. Oder haben Sie alle Däumchen gedreht?«

Wütendes Gemurmel unter den Alchemisten, niemand traute sich, ihm zu widersprechen. Stattdessen starrten sie mich an.

Zögernd stand ich auf. Carly nickte mir auffordernd zu. Ich gab einen kurzen Bericht des heutigen Tages, so wie Namara es getan hatte. Zunächst zitterte meine Stimme, aber mit jedem Satz wurde sie sicherer. Als ich zu dem Teil mit den nutzlosen Schwertern kam, breitete sich Unruhe unter den Kriegern aus. »Alle Schwerter und Dolche, die euch morgen mitgegeben werden, werden vorher untersucht«, versicherte ich ihnen. Ich wandte meinen Blick an die Alchemisten. »Berichtet uns alles, auch wenn es euch unwichtig erscheint. Bitte, habt keine Angst davor, dass ein Fehler auf euch zurückfallen könnte. Niemand von uns ist gegen die dunkle Magie gefeit. Es ist nicht eure Schuld, wenn sie euch manipuliert, allerdings es ist eure Schuld, wenn ihr es bemerkt und verschweigt.« Die meisten nickten zustimmend. Erleichtert atmete ich auf. Sie alle würden die Augen offen halten. »Was die nächsten Aufgaben angeht, die genaue Einteilung machen wir morgen«, sagte ich, da ich erschöpft war und nur noch ins Bett wollte. »Wir wissen alle, was es zu tun gibt, also überlegt euch, wofür ihr am besten geeignet seid. Die Einzelheiten besprechen wir beim Frühstück.«

Damit schienen alle zufrieden, denn einer nach dem anderen erhoben sie sich und machten sich auf den Weg in Richtung der Zelte.

»Gesprochen wie eine wahre Anführerin«, flüsterte Kieran mir zu.

Ich runzelte die Stirn. »Im Grunde genommen habe ich meine Verantwortung auf morgen geschoben und auf die anderen abgewälzt. Das sind für dich Führungsqualitäten?«

Er grinste. »Das nennt man Delegieren. Deine Leute wissen selbst, was sie am besten können. Warum solltest du das nicht ausnutzen?«

Ich versuchte, den Blick seiner blauen Augen zu deuten,

ausnahmsweise verriet mir die Magie nicht, was in ihm vorging. »Verarschst du mich?«

In diesem Moment trat General Namara hinter uns. »Kieran. Du hattest einen langen Tag. Wenn du morgen früh ausgeruht sein willst, wird es Zeit ins Bett zu gehen.«

Kieran verdrehte die Augen, trotzdem stand er auf. Bevor er seinem Vater folgte, beugte er sich noch einmal zu mir herab. Ein Schauer lief mir über den Rücken, als ich seinen Atem auf meiner Wange spürte. »Sei froh, dass dich niemand wie ein Kindergartenkind behandelt. Gute Nacht.«

Mein erster Impuls war die Erwiderung, dass er immerhin noch einen Vater hatte, aber tauschen wollte ich mit ihm nicht.

Da das Zelt sich inzwischen schon stark geleert hatte, beschloss auch ich, mich auf den Weg zu meinem Schlafplatz zu machen, auch wenn ich keine Lust darauf hatte.

»Na, hast du dich Kieran an den Hals geworfen?«, fragte meine Mitbewohnerin, als ich das Zelt betrat.

»Ich werfe mich niemandem an den Hals«, brummte ich und trat auf das noch leere Feldbett zu.

Charlotte lag bereits auf dem zweiten, ihren Core zum Tablet ausgeklappt, und gab jetzt ein verächtliches Schnauben von sich. »Wer's glaubt, wird selig.«

»Wieso bist du eigentlich der Meinung, dass es meine Schuld ist, dass Kieran dich nicht heiraten will?«, fragte ich, obwohl ich die Antwort bereits kannte. Es war eine Trotzreaktion.

»Kieran wird zur Vernunft kommen«, teilte sie mir mit. »Wir sind wie füreinander geschaffen. Dich findet er nur interessant, weil du neu für ihn bist. Er wird sehr bald erkennen, dass unsere Eltern recht haben. Wir sind perfekt füreinander.«

Ich legte den Kopf schief.

»Bist du wirklich in ihn verliebt oder redest du dir das nur ein, weil du deine Eltern nicht enttäuschen möchtest?«

Der Blick, den sie mir zuwarf, sagte, dass sie mir am liebsten an die Gurgel gegangen wäre. »Du hast echt keinen blassen Schimmer, wie es bei uns läuft, also halte dich einfach raus.«

»Wäre es dir lieber, wenn er dich heiratet, obwohl er nicht so für dich empfindet?«, fragte ich sie. »Natürlich habe ich keine Ahnung, aber ich weiß, wie ein Paar aussieht, dass sich wirklich liebt und ich wäre nicht bereit, die Chance darauf aufzugeben. Wenn Kieran sich nicht an den Plan hält, dann gibt dir das die Möglichkeit, dein Glück zu finden. Ich glaube, du wirst bald erkennen, dass das ein Geschenk ist.«

Anstatt zu antworten, klappte sie ihren Core ein, legte ihn auf ihre Klamotten neben dem Feldbett und drehte sich von mir weg.

Ich seufzte. Immerhin hatte ich es versucht. Ich konnte sie nicht dazu zwingen mir zuzuhören.

Kapitel 22

»Liana, pass auf. Willst du dir die Hände wegätzen?«

Bei Leos Worten zuckte ich vor Schreck zusammen und schüttete mir auch noch den Rest aus der Patronenhülse über die Hand. Die Handschuhe begannen bereits, sich zu verfärben, überall dort, wo das Mittel sie berührt hatte. Die wenigen Sekunden, in denen ich geträumt hatte, hatten ausgereicht, damit das Mittel auf meine Haut gelangte.

Fluchend zog ich die Handschuhe aus und machte ich mich auf den Weg zu dem Wasserkanister, der genau für solche Fälle am Tischende stand und hielt meine Hand in den Strahl. Das Wasser in der Wanne darunter färbte sich sofort leuchtendrot.

Leo trat neben mich. »Das dürfen wir jetzt gesondert entsorgen.« Wir hatten keine Ahnung, was das Schuppenmittel in der Umwelt anrichten würde, also wurde es wie Giftmüll behandelt.

Ich verengte die Augen. »Wenn du mich nicht erschreckt hättest, hätte ich es nicht verschüttet.«

Vorwurfsvoll legte er den Kopf schief. »Du warst so mit Tagträumen beschäftigt, dass du dir unbemerkt etwas auf die Hand geschmiert hast. Was hätte ich deiner Meinung nach tun sollen, um dich aus deiner Trance zu wecken?«

»Keine Ahnung.« Ich drehte den Hahn zu und trocknete mir die Hände ab. Dann betrachtete ich kritisch meinen

Handrücken. Darauf war nichts zu sehen, nicht einmal eine Rötung.

Carly trat neben mich. »Du solltest zum Erste-Hilfe-Zelt gehen, damit einer von den Ärzten sich das ansehen kann.«

Ich runzelte die Stirn. »Was soll das bringen? Die wissen noch weniger über dieses Mittel als wir.«

»Bitte, Liana, sei vernünftig. Gesten Abend hast du den Leuten noch erzählt, sie sollen alles melden, auch wenn es ihnen unwichtig erscheint.« Seufzend machte ich mich auf den Weg, während Leo Carly dabei half, den orangeroten Inhalt der Wanne in Abfallkanister umzufüllen.

Sobald ich das Zelt betrat, eilte eine junge Frau im weißen Kittel auf mich zu. War sie übermäßig besorgt oder war ihr einfach langweilig?

»Was ist passiert?«, fragte sie.

»Ich habe mir etwas vom Schuppenmittel über die Hand geschüttet, habe es aber sofort abgewaschen. Man sieht nicht mal etwas.«

Die Ärztin zog die Augenbrauen zusammen. »Es ist trotzdem gut, dass Sie hergekommen sind. Man kann nie wissen.« Sie führte mich zu einer der Liegen und wies mich an, mich zu setzen. »Welche Hand war es?«

Kritisch betrachtete ich meine Hände, während ich kurz darüber nachdenken musste. Ich hatte die Patronenhülse in der rechten Hand gehalten.

»Die rechte.«

Vorsichtig nahm sie meine Hand und betrachtete sie. Dann strich sie mit den Fingern über die Haut und drückte an verschiedenen Stellen darauf.

»Tut das weh?«, fragte sie. »Ist die Haut irgendwie empfindlicher als sonst?«

Ich schüttelte den Kopf.

Die Ärztin machte sich ein paar Notizen auf einem Klemmbrett. »Okay, behalten Sie die Haut dort im Auge. Wenn Ihnen irgendetwas auffällt, kommen Sie bitte sofort her.« Sie warf mir einen strengen Blick zu. »Wir haben keine Ahnung, welche Folgen dieses Mittel für Menschen hat. Besser Sie kommen einmal zu viel.«

Ich nickte brav und ratterte dann die persönlichen Informationen herunter, die sie für ihre Akte benötigte.

Zurück im Zelt, fragte Carly mich sofort, ob alles in Ordnung sei. Dabei war ich wirklich nicht diejenige, um die sie sich Sorgen machen musste. Die Krieger waren in viel größerer Gefahr.

Als ich sie endlich abgewimmelt hatte, trat Leo neben mich. »Sie macht sich eben Sorgen um dich«, teilte er mir mit. »Hab etwas Nachsicht mit ihr.«

»Wahrscheinlich sind wir gerade alle etwas angespannt«, murmelte ich.

Leos Lachen klang verbittert. »So verbissen, wie du immer in die Wüste starrst, ist *etwas* wohl untertrieben.«

»Die Krieger sind genauso Menschen wie wir. Natürlich mache ich mir Sorgen um sie, wie um euch auch.« Noch immer konnten die meisten von uns die Vorurteile nicht ablegen. Obwohl seitdem viel Schlimmes passiert war, war ich froh, dass die Prophezeiung mich mit Kieran zusammengesteckt hatte. Ich hatte in den letzten Wochen so einiges gelernt. Allem voran, dass wir zusammen so viel stärker waren als getrennt.

»Bisher haben nur wir uns in Gefahr gebracht. Jetzt sind sie dran«, sagte Leo.

Meine Augenbrauen schossen in die Höhe. »Die Krieger begeben sich viel öfter in Lebensgefahr als wir. Das weißt du ganz genau. Tu nicht so, als würden sie sich vor allem drücken.«

Seine Augen verengten sich. »Findest du es nicht erbärmlich, wie du dem Krieger hinterher hechelst?«

Langsam verlor ich die Geduld mit ihm. »Es tut mir wirklich leid, dass Carl gestorben ist. Ich weiß genau, was du jetzt durchmachst, aber das ist keine Entschuldigung, dich permanent wie das letzte Arschloch zu verhalten.«

Er gab ein verächtliches Schnauben von sich. »Woher willst du denn wissen, was ich durchmache? Hast du deine beste Freundin verloren? Nein, also spiel dich nicht so auf.«

Entschlossen trat ich einen Schritt auf ihn zu. Ich würde nicht kleinbeigeben. »Ich weiß, wie es ist, seinen Vater zu verlieren. Du kannst mir nicht erzählen, dass das einfacher ist.«

Ich hatte erwartet, dass er mich anschreien würde, dass er wütend davonstürmen würde, dass er mir wüste Beleidigungen an den Kopf werfen würde, nicht, dass er sich abwandte, den Kopf in den Händen vergrub und zu weinen begann.

Es dauerte ein paar Sekunden, bis ich mich aus meiner Schockstarre löste. Vorsichtig streckte ich die Hand aus und legte sie ihm auf den Arm.

Er drehte sich zu mir und schlang mir die Arme um den Hals.

»Es tut mir leid«, murmelte er gegen meine Schulter. »Es tut mir leid, es tut mir leid.«

»Shht«, machte ich und strich mit der Hand über seinen Rücken. »Das ist okay. Tut mir leid, dass ich dich angeschrien habe.«

»Ich vermisse ihn so sehr«, schluchzte er. All sein Schmerz brach auf einmal aus ihm heraus.

Ich hatte keine Ahnung, wie lange wir so dastanden.

Die anderen Alchemisten gingen um uns herum ihrem Geschäft nach, als würden sie uns nicht bemerken, nur hin und wieder fing ich ihre besorgten Blicke auf. Doch sie gaben Leo die Zeit, die er brauchte.

Irgendwann löste er sich von mir und wischte sich die Tränen aus dem Gesicht.

»Jetzt habe ich mich wohl zum Affen gemacht«, murmelte er und rang sich ein Grinsen ab.

Ich steckte die Hände in die Taschen und ließ meinen Blick über die Alchemisten schweifen. »Vermutlich haben die meisten Ähnliches hinter sich.« Die meisten war vielleicht übertrieben, aber er war garantiert nicht der Einzige, der trauerte.

»Das tröstet mich gerade wenig.« Er wandte sich ab und machte sich auf den Weg zum Duschzelt, um sich die Tränen aus dem Gesicht zu waschen.

»Der Arme. Vielleicht hätte er besser zu Hause bleiben sollen.«

Ich zuckte zusammen. Carly stand plötzlich hinter mir, ich hatte sie nicht kommen hören.

»Er fängt sich schon wieder«, murmelte ich. »Außerdem hilft es ihm, hier zu sein. So kann er dafür sorgen, dass die Mission, für die sein bester Freund gestorben ist, erfolgreich wird.«

»Vielleicht.« Nachdenklich betrachtete sie das Duschzelt, wo er verschwunden war. »Aber wenn sein Verhalten sich nicht bessert, müssen wir ernsthaft darüber nachdenken, ihn nach Hause zu schicken. Bevor er uns in Gefahr bringt, weil er abgelenkt ist.«

Mein Magen verkrampfte sich. Das würde ihn zerstören. Sollte er sich weiter so verhalten, würde ich mit ihm reden müssen, damit er noch die Chance hatte, sich zu ändern.

»Sind das die Krieger?«

Sofort beschleunigte sich mein Herzschlag, als ich Carlys Blick in die Wüste folgte. Am Horizont lösten sich die dunklen Vans aus den Staubwolken. Wieder schienen sie nicht in Eile zu sein. Doch heute wusste ich, dass das genauso gut bedeuten konnte, dass es neue Tote zu verzeichnen gab.

Ich grub die Fingernägel in die Handflächen, während ich darauf wartete, dass die Krieger ausstiegen. Erst als ich Kieran sah, entspannte ich mich. Wieder musste ich mich zusammenreißen, damit ich nicht zu ihm rannte. Als ich sah, dass sein Arm blutüberströmt war, konnte ich nicht anders.

»Was ist passiert?«, fragte ich.

Er schenkte mir ein müdes Lächeln. »Nur ein kleiner Schnitt, nichts Dramatisches.«

Ich betrachtete seinen Arm. Für mich war das sehr wohl dramatisch, aber er schien keine Schmerzen zu haben.

Kyle hinter ihm lachte. »Ein Waranbaby hat ihn erwischt.«

Charlotte schubste ihn zur Seite. »Das ist nicht witzig. Er hätte viel schlimmer verletzt werden können. Wenn dir oder jemand ähnlich Unfähigen das passiert wäre, dann wärst du wahrscheinlich tot.«

»Die Magie hat mich beschützt«, flüsterte Kieran. »Sie hat sich auf mich konzentriert und die anderen im Stich gelassen.«

Charlotte schüttelte den Kopf. »Das weißt du nicht. Es kann auch Zufall gewesen sein, dass Johnson im selben Moment umgekippt ist.«

»Nein«, murmelte Kieran und machte sich auf den Weg in Richtung des Erste-Hilfe-Zeltes, »war es nicht.«

Mir wurde schlecht, als eine Trage aus dem Van gehoben wurde. Die Magie hatte Prioritäten gesetzt und dieser Krieger hatte verloren. Kieran musste fürchterliche Schuldgefühle haben. Ich hatte fürchterliche Schuldgefühle, weil ich insgeheim froh war, dass die Magie Kieran beschützt hatte, auch wenn der Preis dafür verdammt hoch gewesen war.

Erst zum Abendessen tauchte Kieran wieder auf, doch während Kyle den halben Tisch mit seinen wilden Geschichten unterhielt, schaufelte er stumm seinen Eintopf in sich hinein und verzog sich in sein Zelt, sobald er seinen Teller geleert hatte.

Sein Vater sah ihm hinterher, die Augenbrauen zusammengezogen. War das ein wütender oder ein besorgter Blick? Da fast alle seine Blicke wütend wirkten, fiel es mir schwer, das zu unterscheiden.

Der nächste Tag zog sich unendlich in die Länge.

Nach dem Mittagessen joggte ich ein paar Runden um das Lager, um mich abzulenken.

Ein paar anderen Alchemisten schien es ähnlich zu ergehen, denn ich lief nicht allein durch den Sand. Ich war froh über die Gesellschaft, denn allein hätte ich mich dämlich gefühlt, immer wieder unsere kleine Zeltstadt zu umrunden, doch es war so heiß, dass wir es nicht lang aushielten. Ich war außer Atem und schweißüberströmt und trotzdem hätte ich am liebsten weiter gemacht. Denn nachdem ich geduscht hatte, trafen mich meine Sorgen wieder mit voller Wucht.

Auch die Gespräche mit den anderen Alchemisten konnten mich nur bedingt ablenken. Immerhin schien Leo sich inzwischen mehr Mühe zu geben. Heute hatte er noch kein einziges Mal seinen Schmerz an mir ausgelassen.

Als endlich die Staubwolken am Horizont auftauchten, sprang ich auf. Diesmal fuhren die Vans nicht vorsichtig über das wilde Terrain, nein, sie schossen so schnell vorwärts, wie es im Sand möglich war.

»Es ist etwas passiert!«, rief ich. »Sie brauchen Hilfe.«

Sofort rannten ein paar der Ärzte los in ihr Zelt, um ihre Ausrüstung zu holen.

Als die Vans auf den Platz vor den Zelten schlitterten, standen alle bereit.

Ich hustete, da mir eine Staubwolke ins Gesicht wirbelte.

Zu Duschen hatte sich schon mal nicht gelohnt, doch im Moment war es mir egal. Ich musste wissen, wer verletzt war.

Der Erste, der aus dem vordersten Wagen sprang, war Kieran.

Erleichtert atmete ich auf. Es ging ihm gut.

Er brüllte den Ärzten irgendetwas zu und zeigte auf den Van. Im Inneren konnte ich nur eine dunkle Silhouette erkennen. Wer war es, der verletzt worden war?

Ich drängte mich durch die Alchemisten und lief auf die Vans zu, während die restlichen Krieger ausstiegen.

»Kieran geht's gut, hast du das nicht gesehen?«, fuhr mich eine Stimme von der Seite an.

Ich wirbelte herum. Charlotte. »Und um andere Krieger darf ich mir keine Sorgen machen, oder was?«

Sie schnaubte verächtlich. »Als ob du Kyle oder mir nur eine Träne hinterher weinen würdest.«

Ihre Feindseligkeit sollte mich nicht mehr überraschen. Ich trat auf sie zu und versuchte, mich vor ihr aufzubauen, obwohl sie ein Stück größer war als ich. Ich hatte keine Lust mehr, mich von ihr wie Dreck behandeln zu lassen. »Nur, weil ihr mir auf die Nerven geht, heißt das nicht, dass ich euch tot sehen möchte. Im Gegensatz zu dir bin ich nicht der Meinung, dass ein Menschenleben weniger wert sein kann als ein anderes. Wir kämpfen hier alle für die gleiche Sache,

Charlotte, und wenn du das immer noch nicht kapiert hast, solltest du nicht hier sein.«

Ich hätte erwartet, dass sie mich anschrie, doch sie starrte mich nur an. Sie öffnete den Mund und klappte ihn wieder zu. Dann legte sie mir kurz eine Hand auf die Schulter, bevor sie sich auf den Weg zum Duschzelt machte. Stirnrunzelnd sah ich ihr hinterher. War das ihre Art, sich zu entschuldigen?

An diesem Abend in unserem Zelt klang sie fast freundlich, als sie mich darum bat, die Lampe zu löschen.

Als das Zelt in Dunkelheit gehüllt war, drehte ich mich von ihr weg und zog die Decke bis zum Kinn. Die Mission setzte uns allen zu. Verstand Charlotte langsam, dass wir auf derselben Seite standen? Hatte sie mir doch zugehört, als ich ihr gesagt hatte, dass ich nicht ihre Konkurrentin war?

An diesem Morgen wurde die Zeltstadt abgebaut. Die nächsten zwei Nester lagen so weit entfernt, dass wir erst näher hinfahren mussten, um für die Krieger eine Unterstützung zu sein.

Da alle mit anpackten, waren die Sachen nach ein paar Stunden in den Vans verstaut. Nur General Namara ging es nicht schnell genug. Kopfschüttelnd machte er sich Notizen auf seinem Klemmbrett und brüllte Anweisungen durch die brütend heiße Wüstenluft.

Ich verkniff mir den Kommentar, dass wir sicher schneller fertig gewesen wären, wenn er mitgeholfen hätte.

Als wir unser Ziel erreichten, war es bereits später Nachmittag, bis alles wieder aufgebaut war, längst Zeit zum Abendessen. Während gekocht wurde, durfte sich der Rest im großen Zelt einen Anschiss von General Namara abholen.

»Wir sind drei Stunden hinter dem Zeitplan«, schimpfte

er. »Das ist absolut inakzeptabel. In Zukunft muss das schneller gehen. Strengt euch gefälligst mehr an.«

Die Stimmung beim Essen war gedrückt. Kaum einer blieb danach noch auf, um sich zu unterhalten. Auch ich machte mich auf den Weg zu meinem Zelt.

Wieder würdigte Charlotte mich keines Blickes, aber sie zickte mich nicht an. Das war schon mal ein Fortschritt. Ein sehr kleiner, trotzdem ein Fortschritt.

Am nächsten Morgen brachen die Krieger zum vierten Nest auf. Diesmal würden sie es mit sechs bis acht Waranen zu tun bekommen. Ich konnte mich nicht daran erinnern, wann ich das letzte Mal kein ungutes Gefühl in der Magengegend gehabt hatte.

Während wir ein paar Pistolen reparierten, erzählte mir Leo Geschichten aus seiner Kindheit, die mir genauso fremd erschien wie Kierans.

Als ich ihm von dem Leben in den ärmeren Stadtteilen erzählte, schien er schockiert. Er war so behütet aufgewachsen, dass er keine Ahnung hatte, was es bedeutete, sich Sorgen darüber zu machen, ob man genug zu essen hatte. Er war Kieran ähnlicher, als er wahrhaben wollte.

Kapitel 23

Bildete ich es mir ein oder wurde Kieran mit jedem Tag erschöpfter?

Es war die erste Mission, von der alle Krieger lebend zurückgekehrt waren und doch schien er bedrückter als gestern.

»Ist alles in Ordnung?«, fragte ich ihn, als sich das Zelt nach dem Abendessen leerte.

Um uns herum saßen einige Grüppchen, in leise Gespräche vertieft, die meisten machten sich auf den Weg zu ihren Zelten.

»Wie zur Hölle soll bitte alles in Ordnung sein?«, erwiderte er bissig.

Ich wich ein Stück zurück. Er wirkte fast feindselig. »Wir haben bereits drei Warannester erledigt. Das sind eigentlich gute Nachrichten.«

Er stützte einen Ellenbogen auf den Tisch und fuhr sich mit der Hand durchs Gesicht. »Du weißt nicht, wie es sich anfühlt, wenn die Magie einen deiner Kollegen aufgibt, um dich zu schützen. Womit habe ich diese Sonderbehandlung verdient? Warum sollte ich mehr wert sein als die anderen? Und wie zur Hölle soll ich mich darüber freuen, noch am Leben zu sein?«

Ich wollte die Hand nach ihm ausstrecken, hielt mich jedoch zurück. Auch wenn nicht mehr viele Leute um uns herum saßen, fühlte ich mich beobachtet.

»Genauso habe ich mich gefühlt, während die Alchemisten das Gegenmittel hergestellt haben, auch wenn es da nicht die Magie war, die mich beschützt hat. Die Magie hat uns auserwählt und plötzlich sind wir mehr wert als die anderen? Das ist nicht okay. Wenn sie mich hätten helfen lassen, hätte ich wenigstens das Gefühl gehabt, etwas beizutragen. So mussten andere ihr Leben riskieren.«

Erneut schüttelte Kieran den Kopf. Seine Augen wirkten dunkel und leblos, als wäre alle Magie aus ihnen gewichen. »Glaub mir, es war besser so. So konnte die Magie sich wenigstens auf die anderen konzentrieren. Wenn du geholfen hättest, wären wahrscheinlich mehr Alchemisten gestorben.«

Weil die Magie sie geopfert hätte, um mich zu schützen. So wie bei ihm jetzt.

»So habe ich darüber noch nie nachgedacht«, murmelte ich.

Kieran starrte auf die Tischplatte vor ihm, als könnte er dort Antworten finden. »Vielleicht würde es nichts ändern, wenn ich bei den Angriffen nicht mehr dabei wäre, vielleicht doch. Ich kann auch jeden Fall nicht aufhören darüber nachzudenken. Meinen Vater kann ich definitiv nicht darum bitten, mich aussetzen zu lassen. Er würde mir sagen, dass sie mich brauchen und dass ich aufhören soll, mir Ausreden für meine Feigheit auszudenken.«

Jetzt legte ich ihm doch eine Hand auf den Rücken. »Wenn du eins nicht bist, dann ist das feige. Alles, was du willst, ist deine Kollegen zu schützen. Aber glaubst du wirklich, es würde so viel ändern, wenn du nicht dabei wärst? Die Magie war auch nicht in der Lage, alle Alchemisten zu schützen.«

»Ich weiß es nicht.« Seine Stimme klang dumpf durch seine Hände, in denen er sein Gesicht vergraben hatte. »Das ist ja das Schlimme. Ich weiß es nicht.«

»Sie brauchen dich, Kieran. Du bist einer der talentiertesten Krieger deiner Generation.« Vorsichtig strich ich ihm über den Rücken, nicht sicher, wie ich ihn sonst beruhigen konnte. »Keiner von uns kann sagen, wozu die Magie in der Lage ist. Wenn es besser wäre, dass du hierbleibst, dann würde sie uns das mitteilen.«

Er sah mich an und hob zweifelnd die Augenbrauen.

»Sie würde ein Medium eine Prophezeiung machen lassen, die besagt, dass du nicht mitkämpfen sollst. Darauf würden alle hören«, erklärte ich.

»Ich dachte, gerade du wärst dagegen, sich blind auf die Magie zu verlassen«, sagte er.

Ein leichtes Lächeln trat auf mein Gesicht. »Vielleicht habe ich inzwischen verstanden, wie unbedeutend wir in diesem Universum sind.«

Seine Mundwinkel zuckten. »Düster, Williams. Ich wusste gar nicht, dass du so zynisch sein kannst.«

In diesem Moment legte sich eine Hand auf seine Schulter. General Namara. »Kieran«, sagte er streng. »Zeit fürs Bett. Wir müssen morgen früh los.«

Kieran schloss die Augen und seufzte, doch wie immer beugte er sich dem Willen seines Vaters. »Gute Nacht, Liana.«

»Gute Nacht«, murmelte ich.

General Namara warf mir einen wütenden Blick zu, bevor er seinem Sohn folgte. Es war ihm vollkommen egal, wann sein Sohn schlafen ging. Er wollte nur nicht, dass er Zeit mit mir verbrachte. Obwohl Kieran ihm bereits klar gemacht hatte, dass er nicht viel von seinen Plänen für ihn hielt, versuchte er immer noch, ihn zu manipulieren.

Als ich im Zelt ankam, war es im Inneren bereits dunkel. Vorsichtig schlich ich mich zu meinem Koffer und versuchte, möglichst leise nach meinem Schlafanzug zu wühlen.

»Könntest du ihn denn glücklich machen?«, klang plötzlich Charlottes Stimme aus der Dunkelheit.

Ich erstarrte. »Wen?«

»Kieran, wen sonst?«

»Kieran und ich sind viel zu verschieden. Das würde niemals gut gehen.«

»Ich bin nicht blöd, Liana. Ich merke, wie ihr euch gegenseitig anseht, und ich bin nicht die Einzige. Was glaubst du, warum General Namara so erpicht darauf ist, euch voneinander fernzuhalten?« Ihre Stimme klang gereizt, als wäre es meine Schuld, dass Kieran sie nicht liebte. Ich zog meine Hose aus und schlüpfte in meinen Schlafanzug.

»Die Magie manipuliert uns, damit wir besser zusammenarbeiten«, teilte ich ihr mit. »Das ist alles.« Das war zumindest alles, was ich ihr zu dem Thema sagen wollte.

Ein verächtliches Schnauben klang durch das dunkle Zelt. »Das glaubst du doch selbst nicht. Und ich dachte, Alchemisten wären so schlau. Dabei machst du genau das Gleiche wie ich, du redest dir etwas ein, weil es leichter ist.«

Ich streifte mein Schlafanzugoberteil über und verkroch mich unter meiner Decke. Ich redete mir nichts ein. Ich war nur realistisch. Seine Familie würde mich niemals akzeptieren. Ich konnte ihn nicht glücklich machen.

Stille breitete sich aus.

»Du hattest recht«, sagte Charlotte irgendwann. »Ich liebe Kieran, aber nicht so. Eher wie einen Bruder.«

Ich wartete darauf, dass sie noch etwas sagte, aber irgendwann hörte ich, wie ihr Atem langsamer wurde. Sie war eingeschlafen. Erst jetzt konnte ich mich entspannen und dasselbe tun.

Am nächsten Morgen machten die Krieger sich auf den Weg zum vorletzten Nest. Bildete ich es mir ein oder schenkte Charlotte mir zum Abschied ein kleines Lächeln?

Kieran legte mir kurz die Hand auf die Schulter, bevor er in den Van stieg. Sogar Kyle murmelte mir ein »Bis heute Abend« zu.

Ich starrte der Kolonne hinterher, bis sie am Horizont verschwand. So viel hatte sich in den letzten Wochen verändert. Vor Mandys Prophezeiung hätte ich mir niemals vorstellen können, dass ich mir einmal Sorgen um die drei machen würde.

Wieder verging der Tag quälend langsam. Unsere Arbeit wurde mit jedem Mal stumpfer und eintöniger. Wie oft hatte ich schon Schuppenmittel in die Hülsen gefüllt?

Leo schien immer ruhiger und in sich gekehrter zu werden. Auch um ihn sorgte ich mich. Verarbeitete er seinen Verlust oder versuchte er nur, seine Trauer zu verstecken?

»Alles in Ordnung mit dir?«, fragte ich ihn, als wir nebeneinander an den Tischen standen und Patronen befüllten.

»Ja.« Er schloss die Augen und schüttelte kurz den Kopf. »Mir ist nur ein bisschen schwindelig. Ich glaube, ich bin dehydriert.« Er zog sich die Handschuhe aus und machte sich auf den Weg zu den Wasserkanistern.

Besorgt sah ich ihm hinterher.

Allen Alchemisten setzte die Anspannung zu. Morgen würden wir uns auf den Weg zum letzten Nest machen. Dem Nest, das zwanzig bis dreißig Warane beherbergte. Diesmal würden wir viel näher am Geschehen dran sein. Bei so vielen Waranen mussten wir jederzeit bereit sein, ihnen Nachschub zu liefern. Die Ärzte mussten bereit sein, die Verletzten zu versorgen. Es war die letzte und größte Hürde auf unserem Weg. Allein beim Gedanken daran wurde mir schlecht.

General Namara hatte heute Morgen verkündet, dass alles nach Plan lief. Besser als geplant sogar, denn wir hatten bisher weniger Krieger verloren, als er angenommen hatte, was mich nicht im Mindesten beruhigte.

Die dunkle Magie würde für morgen all ihre Kräfte sammeln.

Gegen Nachmittag ertönte das Brummen von Motoren, doch es kam aus der falschen Richtung. Einige Lieferwagen tauchten am Horizont auf.

»Wer ist das denn jetzt?«, fragte Leo und schirmte seine Augen mit der Hand ab, um besser sehen zu können.

Ich zuckte nur mit den Achseln.

Carly trat neben uns. »Motorräder.«

Verwundert sahen wir sie an.

»Das gehört ebenfalls zu General Namaras Plan«, erklärte sie uns. »Die Krieger werden sich den Waranen auf Motorrädern nähern, um flexibler zu sein. So können sie schnell hin und her fahren. Wenn jemand verletzt ist, kann er selbstständig zum Lager zurück. Sie können besser Nachschub an Waffen holen gehen.«

»Und warum hat er davon nichts gesagt?«, fragte ich.

»Weil es ihm nicht gefällt, dass du hier die Führung hast.«

Die Lieferwagen fuhren auf den Platz zwischen den Zelten und Carly lief darauf zu, um mit den Fahrern zu reden.

»Namara denkt sich komische Sachen aus«, kommentierte Leo das Gewusel auf dem Platz.

»Er wäre nicht so weit gekommen, wenn er keine Ahnung hätte.« Kierans Vater war ein Kotzbrocken, aber er war ein guter Stratege. Dagegen konnte niemand etwas sagen.

»Da hast du vermutlich recht«, brummte Leo.

Die Fahrer stiegen aus den LKWs und kletterten alle in

einen Jeep, der in ihnen gefolgt war. Also würden sie nicht hierbleiben.

»Wir lassen alles so, wie es ist«, teilte Carly uns mit. »Die Krieger brauchen sie erst morgen am Einsatzort.«

Einsatzort. Das klang so belanglos, als wäre das hier Routine. Als würden wir nicht alle unser Leben riskieren.

An diesem Abend kehrten die Krieger mit drei Leichen zurück. Die Stimmung als gedrückt zu bezeichnen, wäre stark untertrieben gewesen. Kaum jemand unterhielt sich beim Abendessen.

General Namara nutzte die Stille, um uns erneut den Plan zu erklären. »Morgen machen wir uns auf den Weg zu unserem letzten Standort. Wir werden unser Lager etwa einen Kilometer vom Warannest entfernt aufbauen. Die Geländemotorräder sind wie geplant eingetroffen. Jeder von euch sollte darauf achten, immer eine Möglichkeit zur Flucht in der Nähe zu haben. Hier im Lager werden die Vans bereitstehen, sodass wir innerhalb von Minuten aufbrechen können.«

Die Warane waren riesig, aber nicht besonders flink. Sie konnten einen Van mühelos zertrampeln, ihm allerdings nicht hinterherrennen. Ihr Gewicht sorgte dafür, dass sie sich nur behäbig fortbewegten. Trotzdem machte mir der Gedanke Angst.

»Die Alchemisten haben den Vorrat an Kugeln vergrößert, dennoch produzieren wir weiter. Ich erwarte von jedem volle Konzentration. Fehler können wir uns keine erlauben.« Es folgten noch ein paar Drohungen und Horrorszenarien, bevor er uns endlich gehen ließ.

In dieser Nacht schlief wahrscheinlich keiner von uns gut.

Am nächsten Morgen war General Namara wieder der Meinung, dass wir schneller arbeiteten, wenn er uns permanent anschrie. Leo murmelte irgendetwas vor sich hin, das verdächtig nach Todesdrohungen klang.

Ich hatte keine Ahnung, ob wir schneller waren als letztes Mal, aber General Namara ging es auf jeden Fall zu langsam.

»Laut Plan sollten wir seit zwanzig Minuten unterwegs sein«, brüllte er, als wir die letzten Kisten in den Vans verstauten.

»Waren wir das letzte Mal nicht einige Stunden verspätet?«, brummte ich.

»Wahrscheinlich würde er sogar brüllen, wenn wir pünktlich losgekommen wären«, warf Kieran ein. »Das ist einfach sein Führungsstil.«

Skeptisch hob ich eine Augenbraue. »Leute anschreien ist sein Führungsstil?« Das war das Geheimnis seines Erfolgs? Sich wie ein Choleriker aufführen? Die Krieger waren ein komischer Haufen.

»Bisher war er damit ziemlich erfolgreich«, war alles, was Kieran sagte, bevor er im Wagen verschwand.

Kopfschüttelnd folgte ich ihm. Kein Wunder, dass Krieger und Alchemisten sich nicht verstanden. Bei uns wurde hirnloses Herumbrüllen nicht gut aufgenommen. In unserer Hierarchie hörte man nicht blind auf jemanden, nur weil er ranghöher war. Hatte man Zweifel, gab man sie kund und wenn sie berechtigt waren, wurde darüber diskutiert. Den Kriegern hätte das wahrscheinlich viel zu lang gedauert.

Die Wüste zog an uns vorbei, karg und immer gleich. Es gab nichts, das mich von dem Knoten in meinem Magen ablenken konnte. Wenigstens lief die Klimaanlage, sodass ich zum ersten Mal seit Tagen nicht schwitzte.

»Sobald wir da sind, werden die Zelte aufgebaut«, verkündete General Namara, als wäre uns das allen nicht klar gewesen. »Dann Abendessen und die letzte Besprechung. Wir haben nicht genug Minuten aufgeholt. Ich bin enttäuscht.«

Ich verdrehte die Augen. Wann war er das nicht?

Als die Vans endlich hielten, meckerte General Namara immer noch. Ich hatte ihn längst ausgeblendet, doch Kieran schien durch jedes seiner Worte angespannter zu werden. Immer wieder ballte er die Hände zu Fäusten. Wie hatte er es ausgehalten, bei diesem Mann aufzuwachsen?

Sein Vater brüllte bereits Anweisungen, bevor wir richtig ausgestiegen waren.

»Je lauter er wird, desto mehr Sorgen macht er sich«, teilte Kyle mir mit, als wir den Kofferraum öffneten. »Das war schon immer so.«

»Hm.« Nachdenklich beobachtete ich General Namara. Also hatte er Angst und versuchte, es zu überspielen. Merkte er nicht, dass er uns damit in den Wahnsinn trieb? Oder war es ihm egal?

Anscheinend war es ihm egal, denn die Blicke, die ihm die anderen zu warfen, konnten ihm nicht entgehen. Vor allem die Alchemisten machten keinen Hehl aus ihrer Abneigung. Trotzdem folgten ihm alle widerspruchslos.

Auf einmal zerriss ein donnerndes Brüllen die Luft, dass seine Stimme mühelos übertönte. Fast alle ließen fallen, was auch immer sie gerade festhielten und sahen zu dem Berg, der sich am Horizont erhob. Der Berg, in dem sich die Höhle mit dem letzten Warannest befand.

»Vielleicht sollten wir etwas leiser sein, Vater«, sagte Kieran, wofür er einen bösen Blick erntete.

»Die Warane werden nicht aus ihrem Nest kommen, solange wir sie nicht provozieren.«

Ich fragte mich, woher er das so genau wusste, während ich Leo dabei half, ein Zelt aufzubauen.

Obwohl er den Vorschlag seines Sohnes abgeschmettert hatte, gab General Namara seine nächsten Anweisungen in fast normaler Stimmlage. Also konnte er vernünftig sein. Er wollte es nur nicht.

»Bin ich froh, wenn wir wieder zu Hause sind«, brummte Leo neben mir.

Ich konnte ihm nur zustimmen.

Kapitel 24

In dieser Nacht schlief ich noch schlechter als in der davor. Auf der anderen Seite des Zeltes hörte ich, wie Charlotte sich auf ihrem Feldbett herumwälzte. Ich war also nicht die Einzige, die mit weitaufgerissenen Augen in die Dunkelheit starrte.

Wann die Erschöpfung mich schließlich übermannte, wusste ich nicht, doch als Charlottes Wecker mich aus dem Schlaf riss, konnte es nicht lang her gewesen sein.

Stumm zogen wir uns an und machten uns auf den Weg zum großen Zelt, um zu frühstücken.

Charlotte kratzte sich die ganze Zeit nervös über den Arm.

Ich öffnete den Mund, um ihr ein paar tröstende Worte zu schenken, doch als mir rein gar nichts einfiel, klappte ich ihn wieder zu.

»Schon gut, Williams«, murmelte sie. »Ist angekommen.«

Täuschte ich mich, oder lag ein leichtes Lächeln auf ihrem Gesicht?

»Jetzt schlägt unsere große Stunde«, verkündete Kyle, als wir uns neben ihn und Kieran setzten. »Wir werden in die Geschichte eingehen.« Er war nicht der einzige Krieger, der grinste. Vor allem die Jüngeren unter ihnen konnten es kaum erwarten, sich heute ihre Lorbeeren zu verdienen. Vor meinem inneren Auge sah ich ihre Gesichter, blutverschmiert, kalt und tot, das Lächeln erstarrt.

»Uns wird beigebracht, dass es eine Ehre ist, für unser Land zu sterben«, erklärte Kieran mir, als er meinen entgeisterten Gesichtsausdruck bemerkte. »Je naiver der Krieger, desto mehr fällt er darauf rein.«

»Hey, das habe ich gehört.« Drohend zeigte Kyle mit seiner Gabel auf ihn. »Und erzähl mir nicht, dass du nicht wild darauf bist, dich zu beweisen. Ich weiß genau, wie sehr du danach gierst, deinen Vater stolz zu machen.«

»Ich bin keine dreizehn mehr, Kyle.« Kierans Augen waren dunkel, als er ihn betrachtete. »Ich habe inzwischen zwei Dinge gelernt. Erstens, die Standards, die mein Vater setzt, sind unmöglich zu erreichen, und zweitens, wer sich kopflos ins Getümmel stürzt, weil er der Beste sein will, ist meistens am besten darin, sein Leben zu verlieren.«

Kyle verdrehte die Augen. »Ich habe nicht vor, mich kopflos ins Getümmel zu stürzen, keine Sorge. Ich bin nicht blöd. Ich kann auch Ruhm und Ehre erlangen, ohne unnötige Risiken einzugehen. Tu nicht immer so, als wärst du der Einzige, der Ahnung hat, Namara.«

Kieran verdrehte die Augen, sagte aber nichts mehr.

Nach dem Frühstück räumten wir Alchemisten die Waffen und Ausrüstung auf die Tische, während die Krieger sich bereit machten, um auszurücken.

Kieran trat neben mich und kramte in der Kiste, die ich gerade auf den Tisch gestellt hatte. Er stopfte sich so viele Magazine in die Taschen wie möglich und schnappte sich gleich zwei Pistolen. Zusammen mit den Messern an seinem Gürtel sah er wirklich furchterregend aus.

»Keine Sorge«, sagte er, als er meinen Blick bemerkte. »Ich werde mein Bestes tun, um heil zurückzukommen.«

Daran hatte ich nie gezweifelt, nur daran, ob sein Bestes gut genug sein würde.

Er legte mir eine Hand auf die Schulter, dann zog er mich in eine feste Umarmung. Ich zögerte kurz, doch als mir klar wurde, dass er heute sterben könnte, schlang ich die Arme um ihn und vergrub den Kopf an seiner Brust.

»Ich bin derjenige, um den du dir am wenigsten Sorgen machen musst«, flüsterte er mir zu, »die Magie beschützt mich.«

Woher wollte er das wissen? Woher wollte er wissen, dass die Magie ihn nicht nur am Leben gehalten hatte, damit er im richtigen Moment starb? Da ich ihn jedoch nicht verunsichern wollte, behielt ich meine Ängste für mich.

»Ich mache mir um euch alle Sorgen«, sagte ich stattdessen.

»Kieran«, bellte eine Stimme hinter mir. »Wir müssen los.«

Widerwillig löste er sich von mir. Ich versuchte, mir möglichst unauffällig eine Träne aus dem Gesicht zu wischen, aber Kieran legte mir eine Hand unters Kinn und sah mich fest an. Seine blauen Augen leuchteten vor Magie.

»Wir sehen uns heute Abend«, sagte er, als könnte er es so wahr werden lassen.

Ich nickte. »Viel Erfolg.«

Mit einem letzten Lächeln wandte er sich ab und folgte seinem Vater zu den Motorrädern.

Die Krieger würden nur einen Van mit ins Getümmel nehmen, in dem sie den Waffennachschub lagerten. Der Rest von ihnen würde auf den Motorrädern durchs Gelände fahren.

Ich schlang die Arme um mich selbst. Trotz Wüstenhitze fröstelte ich plötzlich. Ich starrte ihnen hinterher, bis ich eine Hand auf meiner Schulter spürte.

»Wir brauchen Hilfe mit den Patronenhülsen«, sagte Carly sanft.

Ich nickte, froh über die Ablenkung, und folgte ihr zu einem freien Platz an dem langen Tisch.

Langsam füllte ich die kleinen Hülsen mit Schuppenmittel, eine nach der anderen, damit ich möglichst lang beschäftigt war. Wir hatten bereits einen großen Vorrat an Munition. Es gab keinen Grund, sich zu beeilen.

Stück für Stück, Reihe um Reihe füllte sich die Box vor mir. Meine Sorge um die Krieger war das einzige, was mich dabei wachhielt.

Plötzlich begannen schwarze Flecken vor meinen Augen zu tanzen. Ein Rausch? Aber wieso jetzt? Wieso sollte die Magie riskieren, dass ich angegriffen wurde? Panik breitete sich in mir aus, als meine Gliedmaßen taub wurden, dann durchfuhr mich ein Schmerz, so heftig, als riss man mir das Herz aus der Brust.

Ich stand in der Wüste, umgeben von Kriegern, Waranen, Lärm und Blut. Neben mir lagen zwei Menschen im Sand, die mich mein ganzes Leben lang begleitet hatten, Charlotte und Kyle, blutüberströmt. Charlotte rührte sich. Mühsam versuchte sie, auf die Beine zu kommen, einen Arm festumklammert.

Kyle nicht.

Ich hob meine Waffe und feuerte mein Magazin auf den Waran, der mit den blutverschmierten Krallen. Dunkelbraun und riesig ragte er über uns auf. Das Mittel fraß sich durch seine Schuppen, Blut strömte aus unzähligen Löchern, doch seine Haut war dick, sein Blutvolumen enorm. Langsam hob er eine Pranke, um erneut nach uns zu schlagen. Die Warane waren behäbig, aber ihr enormer Größenvorteil machte das auf kurze Distanz wieder wett. Der Waran brüllte, das breite Maul weit aufgerissen, wobei er riesige messerscharfe Zähne offenbarte. Sein Brüllen wurde zu einem Gurgeln, als ich ihm erneut in eine Wunde an seinem Hals schoss. Endlich brach er rücklings zusammen.

Ich stürzte auf die beiden Gestalten zu, fiel neben Kyle in den Sand und brüllte seinen Namen.

»Kieran.« Charlotte legte mir eine Hand auf die Schulter. »Es ist zu spät.«

Ich schüttelte den Kopf. »Nein.«

»Kieran.« Sie packte meinen Kopf und zwang mich sie anzusehen. Tränen zogen helle Spuren über ihr sandverklebtes Gesicht. »Es ist zu spät.«

Ich sah hinab auf den Krieger, der mir so auf den Keks gegangen und trotzdem einer meiner besten Freunde gewesen war. Schnitte, so tief, dass sie ihn fast durchteilt hatten, zogen sich durch seinen Oberkörper. Seine dunklen Augen waren weitaufgerissen und leer, seine sonst braune Haut blasser als jemals zuvor.

»Kieran.« Jemand rüttelte mich an der Schulter, ich rührte mich nicht.

Dann hörte ich aus der Ferne meinen Namen. »Liana!«

Für einen Moment tauchten meine Hände vor mir auf, auf dem Boden des Zeltes. Es reichte nicht, um mich aus dem Rausch zu reißen, aber es reichte, damit ich verstand. Jetzt konnte ich Kierans Schmerz als etwas identifizieren, das nicht zu mir gehörte. Er brauchte mich, um ihn da raus zu holen.

Ich versuchte, ihm Trost zu spenden, hatte aber keine Ahnung, ob es etwas nutzte. *Kieran.*

»Kieran!«, brüllte Charlotte neben ihm. Er ignorierte sie immer noch.

Kieran, wach auf!, verlangte ich, alles in ihm kämpfte gegen mich an.

Ihr müsst zurück! Ich wusste nicht, wie schwer verletzt

Charlotte war, ihr Arm war blutüberströmt gewesen. *Sonst verlierst du sie auch noch!*

Diese Drohung wirkte. Er riss den Kopf hoch. Unter all dem Dreck war Charlotte blass geworden. Überall humpelten Krieger herum, Körper lagen im Sand, Schreie erklangen. Es waren zu viele Warane. Sie machten keine Anstalten, auf uns zuzustürmen, aber sie wichen auch nicht zurück. Sie würden ihr Nest bis aufs Äußerste verteidigen. Ein weiterer Schrei hallte durch die heiße Luft.

»Wir müssen hier weg«, flüsterte Kieran und stand endlich auf. Charlotte zog er mit auf die Beine. Sie wimmerte.

»Rückzug!«, brüllte er über das Feld. Dann öffnete er eine Tasche an seiner Uniform und zog ein Verbandstuch hervor. Hastig wickelte er es um ihren Arm. Ihr Ärmel war zerfetzt, alles darunter blutrot.

»Kannst du dich an mir festhalten?«, fragte er sie.

Sie nickte, den Blick auf Kyle geheftet. »Was ist mit ihm?«

»Wir nehmen ihn im Van mit.«

Kieran wirbelte herum. Sein Vater stand neben Kyles Leiche, blutüberströmt, dreckverschmiert, aber wohl auf. »Los, sie verliert zu viel Blut.«

Kieran nickte, dann schlang er einen Arm um Charlottes Hüfte und bugsierte sie zum nächsten Motorrad.

»Er hat mich gerettet«, murmelte sie immer wieder, »er hat mich gerettet.«

Als Kieran auf das Motorrad stieg und Charlotte anwies sich festzuhalten, spürte ich, wie ich mich langsam von ihm entfernte. Die Magie zog mich zurück in meinen eigenen Körper.

Plötzlich war ich im Zelt, auf allen vieren, umgeben von panischen Alchemisten.

»Liana!«, rief Carly neben mir verzweifelt.

Ich stieß ihre Hand weg und sprang auf. »Wir brauchen Hilfe. Die Krieger. Sie ziehen sich zurück.«

»Woher weißt du das?«, wollte Leo wissen, doch ich ignorierte ihn und drängte mich durch die Menge nach draußen.

»Wir brauchen Ärzte. Es gibt Verletzte.«

Im Gegensatz zu den Alchemisten stellten die Ärzte keine dummen Fragen. Sie packten ihre Sachen zusammen, die sie offensichtlich geholt hatten, um mich zu untersuchen, und folgten mir nach draußen.

Am Rand des Lagers blieb ich stehen. Ein Haufen Motorräder war auf dem Rückweg, allen voran Kieran und Charlotte.

Sand spritzte auf, als Kieran schlitternd auf dem Platz zum Stehen kam.

»Sie braucht Hilfe«, brüllte er. »Ihr Arm!« Er hob die kreidebleiche Charlotte vom Motorrad. Sie sah so aus, als brauchte sie ihre letzte Kraft, um sich an ihm festzuklammern.

Zwei Ärzte kamen angerannt und halfen ihr ins Erste-Hilfe-Zelt.

Kieran starrte ihnen hinterher, die Hand in seinem dunklen Haar vergraben.

Vorsichtig ging ich auf ihn zu. »Kieran.«

Er zuckte zusammen und sah zu mir herab. Seine blauen Augen waren noch nie so dunkel gewesen, noch nie so schmerzerfüllt. Er biss sich auf die Lippe und schüttelte den Kopf, dann schlang er die Arme um mich und vergrub den Kopf an meiner Schulter.

Er weinte nicht, vermutlich hielt er sich nur zurück, weil uns alle anstarrten.

Über seine Schulter hinweg beobachtete ich, wie die anderen Krieger ins Lager fuhren. Kyles Körper war nicht der einzige, der aus dem Van geholt wurde. Tränen stiegen mir in die Augen. Erst in den letzten Tagen hatte ich begonnen, ihn halbwegs erträglich zu finden. Sein Tod traf mich heftiger als erwartet, auch wenn es kein Vergleich zu dem Schmerz war, den ich in Kieran gespürt hatte.

Auch Verletzte gab es mehr als genug und bald hatten die Ärzte alle Hände voll zu tun.

General Namara brüllte permanent irgendwelche Anweisungen. Ein paar Mal warf er uns wütende Blicke zu, aber er riss uns nicht auseinander. Offensichtlich kapierte er, dass sein Sohn Trost brauchte. Immerhin etwas.

Erst als langsam Ruhe einkehrte, die Leichen fortgebracht und die Verletzten versorgt worden waren, löste Kieran sich von mir.

»Lass uns nach Charlotte sehen«, murmelte er, griff nach meiner Hand und zog mich in Richtung des Erste-Hilfe-Zeltes.

Wortlos folgte ich ihm, während er sich an mir festklammerte, als wäre ich seine einzige Rettung.

Die Ärztin, die mich neulich untersucht hatte, führte uns zu Charlottes Bett. Dass ich mir das Schuppenmittel über die Hände geschüttet hatte, kam mir wie vor einer Ewigkeit vor. Damals war das Zelt leer gewesen, jetzt war es voller Feldbetten und verletzter Krieger.

»Kieran.« Charlotte war immer noch leichenblass, aber sie lächelte.

»Wie geht es dir?« Kieran setzte sich auf den Hocker neben dem Feldbett, während ich unsicher hinter ihm stehen blieb. Ich fühlte mich fehl am Platz. Überflüssig.

»Ganz gut. Sie haben mir etwas gegen die Schmerzen gegeben.« Sie sah auf ihren verbundenen Arm hinab.

»Wie schlimm ist es?«, wollte er wissen und griff nach ihrer unverletzten Hand.

Sie verzog das Gesicht. »Die Schnitte sind tief. Bis die Muskeln und Sehnen verheilt sind, wird es eine Weile dauern.« Tränen traten in ihre Augen und sie biss sich auf die Lippe. »Wahrscheinlich werde ich den Arm nicht wie vorher benutzen können.«

»Das tut mir leid.« Sanft strich er ihr über den Handrücken.

»Liana.«

Überrascht hob ich den Kopf, als sie mich ansprach.

»Irgendetwas war mit Kyles Waffe nicht in Ordnung. Oder mit dem Mittel, keine Ahnung. Es hat nicht richtig funktioniert. Die Schuppen sind nicht weggeschmolzen«, sagte sie.

Mein Magen krampfte sich zusammen. War es am Ende ein Fehler der Alchemisten, der Kyle das Leben gekostet hatte? Oder hatte die dunkle Magie ihre Finger im Spiel? Einige der Schwerter hatte sie auch ruiniert.

»Wir werden das sofort untersuchen«, versicherte ich ihr.

Als Kieran aufstehen wollte, legte ich ihm eine Hand auf die Schulter. »Bleib ruhig hier. Ich kümmere mich darum.«

Dann wandte ich mich zum Gehen, bevor ich in Tränen ausbrach. Die beiden hatten gerade einen guten Freund verloren. Ich störte sowieso nur.

Es fiel mir schwer, nicht zu rennen, als ich aus dem Zelt hastete und nach Carly Ausschau hielt. Ich fand sie, als sie eine Kiste Waffen untersuchte.

»Carly«, keuchte ich, etwas außer Atem, »Charlotte hat mir gerade erzählt, dass …«

»Dass ein Teil des Mittels defekt ist?«, beendete sie meinen Satz. »Ich weiß. Sie war nicht die Einzige, die Probleme hatte. Wir untersuchen bereits die Patronenhülsen. Schau dir das an.« Sie hielt zwei der Behältnisse mit dem Schuppenmittel hoch.

Erst entdeckte ich keinen Unterschied, doch als ich die Augen zusammenkniff, erkannte ich, dass der Rotton der einen etwas dunkler war. Gerade erst heute Morgen hatten wir alle Kristalle gelöst. Dabei war mir der Farbunterschied nicht aufgefallen.

»Eins von beiden ist nicht in Ordnung«, teilte sie mir mit. »Wir wissen nur noch nicht welches.« Sie zitterte.

Die Panik nahm mir fast den Atem, doch ich zwang mich, ruhig zu bleiben. Wir waren nicht wachsam genug gewesen. Wir hatten versagt und es hatte Kyle das Leben gekostet. »Haben wir noch Waranteile zum Testen?«

Sie schüttelte den Kopf. »Aber es sind bereits ein paar Krieger und Alchemisten unterwegs zum Schlachtfeld. Die überlebenden Warane haben sich inzwischen in ihre Höhle zurückgezogen.«

»Wie konnte das passieren?« Ich zuckte zusammen, als General Namara hinter uns auftauchte. »Wir haben uns auf Ihre Leute verlassen, Williams«, bellte er. »Und deswegen sind meine Leute jetzt tot.«

Mühsam schluckte ich den Kloß herunter, der sich in meinem Hals gebildet hatte. »Ich vermute, dass die dunkle Magie ihre Finger im Spiel hatte und es geschafft hat, unbemerkt einen Ansatz zu stören. Entweder bei der Synthese oder beim Verdünnen. Wir werden alle fertigen Patronen wegschmeißen und das restliche Mittel testen, bevor wir neue befüllen.«

»Was, wenn Sie falsch liegen? Wenn wir nicht mehr genug funktionierendes Mittel haben?« Namaras Stimme wurde immer lauter. »Verlangen Sie etwa von mir, meine Leute ungeschützt da raus zu schicken?«

»Sollte das der Fall sein, werden wir Nachschub herstellen.«

»Und wer garantiert uns, dass das dann funktioniert?« Ich hatte Kierans Vater noch nie so außer Fassung gesehen.

»Wir werden es testen, General Namara«, versicherte ich ihm. »Jede einzelne Flasche. Wir werden uns bei den neuen Patronen gegenseitig überwachen. So etwas wie heute wird uns nicht noch mal passieren.«

»Das will ich hoffen.« Er machte auf dem Absatz kehrt und stürmte aus dem Zelt. Vermutlich, um jemand anderen anzuschreien, bis er sich wieder halbwegs beruhigt hatte.

»Er ist ein Kotzbrocken, aber er tut mir trotzdem leid«, murmelte Carly. »Er muss sich schreckliche Vorwürfe machen.«

»Einer der Toten war sein Neffe«, sagte ich, ohne sie anzusehen.

Erschrocken schnappte sie nach Luft. »Wie geht es Kieran?«

»Beschissen.« Ich wandte mich ab und machte mich auf den Weg zu dem Tisch, um die Tests vorzubereiten.

Nur ein paar Minuten später stolperte Leo, gefolgt von einigen Alchemisten und Kriegern, ins Zelt. »Wir haben die Schuppen.« Er hielt eine Stofftasche hoch, aus der Blut tropfte.

»Wir testen jede einzelne Flasche«, befahl ich, in ungewohnt strengem Tonfall. »Danach werden sie ordentlich beschriftet. Fehler können wir uns nicht erlauben.«

Sofort verteilten sich die Alchemisten und begannen mit der Arbeit.

Auch ich schnappte mir ein paar der Handschuhe sowie eine Kiste Flaschen und trug sie an den Tisch, an dem Leo und ich immer arbeiteten. Leo klatschte mir ein Stück schuppenbedeckter Haut vor die Nase. Mühsam unterdrückte ich meinen Würgereiz und griff nach der ersten Flasche.

Mit der Pipette tropfte ich etwas von dem Mittel auf die äußerste Schuppe, die sich zischend auflöste. *Gut*, schrieb ich auf die Flasche, bevor ich Klebefolie darüber machte, damit die Schrift nicht verwischte.

»Ich glaube, das ist meine Schuld.«

Ich erstarrte, als ich Leos Worte hörte. »Was?«

»Vorgestern, als wir an den Patronen gearbeitet haben, ist mir ein paar Mal kurz schwarz vor Augen geworden. Ich dachte, es wäre die Hitze, jetzt glaube ich, dass es die dunkle Magie war.«

Ich sah zu ihm auf. Er war leichenblass.

»Es hat sich nicht wie ein Rausch angefühlt. Ich habe nichts von der Magie gespürt. Ich wollte nichts verheimlichen, Liana. Bitte, glaub mir das.«

Ich zog meine Handschuhe aus und legte ihm eine Hand auf den Arm. »Ich glaube dir, Leo. Die dunkle Magie fühlt sich anders an und du hast mir gesagt, dir wäre schwindlig. Mir kam das auch nicht verdächtig vor, ich dachte, du bist erschöpft.«

Er schüttelte den Kopf. »Das ist nicht deine Schuld. Ich hätte sagen sollen, dass mir schwarz vor den Augen geworden ist. Ich hatte das Gefühl, dass ich mich an kurze Zeitabschnitte nicht erinnerte. Es tut mir so leid, Liana. Sie sind meinetwegen gestorben.«

»Sie sind wegen der dunklen Magie gestorben«, erinnerte ich ihn. »Sie hat dich manipuliert. Das ist nicht deine Schuld. Wir passen von jetzt an besser auf.«

Obwohl ich etwas anderes behauptet hatte, machte ich ihm insgeheim Vorwürfe. Und mir selbst genauso. Immerhin hatte ich direkt neben ihm gestanden. Er hätte es bemerken müssen. Ich hätte es bemerken müssen. Dann wäre Kyle jetzt nicht tot.

Nur eine halbe Stunde später waren alle Flaschen beschriftet und sortiert. Jetzt mussten die Magazine geleert und die bereits gefüllten Patronen entsorgt werden. Wir würden kein Risiko eingehen.

Bis es Zeit zum Abendessen wurde, waren alle Alchemisten damit beschäftigt, neue Patronen zu befüllen.

Kieran trat neben mich und half mir und den anderen Alchemisten die Kisten zu verstauen, damit der Tisch gedeckt werden konnte.

Ich wollte fragen, wie es ihm ging, aber es kam mir so dämlich vor. Er hatte gerade seinen Cousin verloren. Wie sollte es ihm schon gehen?

»Wie geht es Charlotte?«, fragte ich stattdessen.

»Körperlich ganz gut. Sie schläft jetzt«, sagte er, »aber sie ist ziemlich fertig.«

Zusätzlich zu ihrem Verlust stand sie vor der Möglichkeit, dass ihre Karriere vorbei war. Sie war eine Begabte, der Staat würde sich um sie kümmern und außerdem war ihre Familie reich, trotzdem musste es ein schwerer Schlag für sie sein. Sie hatte noch ihre ganze Zukunft vor sich.

Ich folgte Kieran zur Essensausgabe, wo wir unsere Teller füllten. Anstatt auf den Tisch zuzugehen, steuerte er auf den Ausgang zu.

Ich zögerte kurz, ehe ich ihm nach draußen folgte. Wir setzten uns am Rand des Lagers auf einen großen Stein. Ich wartete darauf, dass er mich jeden Moment wegschickte, weil er allein sein wollte.

»Danke, dass du uns da rausgeholt hast«, murmelte er.

»Die Magie hat mir geholfen.«

Er schob mit der Gabel ein Stück Brokkoli auf seinem Teller hin und her. »Ohne dich hätte ich nicht mehr klar denken können. Du hast mich aus meinem Schock befreit.«

Ich wollte fragen, was genau passiert war, doch kein Ton kam über meine Lippen.

Kieran schien trotzdem zu verstehen.

»Wir hatten Probleme mit unseren Waffen«, begann er zu erzählen. »Der Waran war kaum verletzt, obwohl wir bereits oft auf ihn geschossen hatten. Mein neues Magazin hat wieder funktioniert, der Magie sei Dank, aber es war zu spät. Als Charlotte ihr Magazin wechseln wollte, hat der Waran ausgeholt.« Er schüttelte den Kopf, den Blick in die Ferne gerichtet. Eine einsame Träne rollte über seine Wange. »Kyle ist dazwischen gegangen, obwohl seine Munition nicht funktioniert hat. Er wusste genau, wie das enden würde. Er hat sich für sie geopfert. Es gab nur diese zwei Optionen. Sie oder er und er hat sich für sie entschieden.«

Er vergrub den Kopf in einer Hand.

Vorsichtig strich ich ihm mit der Hand über den Rücken, obwohl das niemals genug Trost spenden konnte. In diesem Moment fühlte ich mich so unglaublich hilflos. Alles, was ich wollte, war, ihm seinen Schmerz zu nehmen.

»Er wird in die Geschichte eingehen, genau, wie er es wollte.«

Ich legte meinen Kopf auf seine Schulter und schlang die Arme um seine Mitte. Es gab nichts, was ich sagen konnte.

»Seine Eltern werden stolz auf ihn sein. Alle Krieger werden stolz auf ihn sein, aber ist das wirklich genug?« Seine Stimme zitterte. »Er wird nie wieder kämpfen, er wird nie wieder lachen, er wird mir nie wieder auf den Sack gehen.« Er lehnte sich zu mir und vergrub den Kopf in meinen Haaren.

»Er würde dich vermutlich als Weichei bezeichnen, wenn er dich jetzt sehen könnte.« Ich hatte keine Ahnung, warum ich das gerade gesagt hatte. Es war dämlich und dennoch entlockte es Kieran ein zittriges Lachen.

»Aber so was von. Krieger sind keine Pussys, Namara«, äffte er Kyles Stimme nach.

Jetzt musste auch ich lachen.

»Er war ein ziemlicher Idiot, trotzdem habe ich ihn ins Herz geschlossen«, gestand ich.

Kieran ließ mich los und richtete sich wieder auf. »Das war sein Talent. Er konnte Leute für sich gewinnen, obwohl er ein Idiot war. Oder vielleicht gerade deswegen.«

Kapitel 25

Der nächste Morgen wirkte dunkler als die davor.

Kein einziger Krieger schien heute wild darauf zu sein, Ruhm und Ehre zu erlangen. Gespräche gab es kaum beim Frühstück.

Ich schob meinen Toast auf meinem Teller hin und her.

»Du musst etwas essen.« Sanft stieß Kieran mich in die Seite. Er wirkte viel gefasster als gestern, aber ich war mir sicher, dass er seinen Schmerz nur überspielte.

Ich starrte auf den leeren Stuhl mir gegenüber, wo gestern Kyle gesessen hatte. »Kann ich nicht.«

Er legte mir eine Hand auf den Rücken. »Doch, kannst du. Du brauchst heute all deine Kraft, Liana.«

Ich senkte den Kopf und schob mir langsam die Scheibe in den Mund. Es fühlte sich an, als kaute ich eine Handvoll Sand.

»Danke«, flüsterte Kieran, die Hand immer noch auf meinem Rücken.

Meine Gedanken rasten. Was, wenn wir bei unserer Kontrolle etwas übersehen hatten? Was, wenn die Warane heute stärker waren? Was, wenn es das letzte Mal war, dass ich ihn unversehrt neben mir sitzen hatte? Allein die Vorstellung konnte ich nicht ertragen. Zögernd sah ich mich im Raum um. Wer würde nicht lebend zurückkehren?

»Hör auf dir Sorgen zu machen«, empfahl Kieran mir, »so machst du dich nur wahnsinnig.«

Doch das war leichter gesagt als getan.

Als die Krieger sich schließlich auf den Weg machten, musste ich mich beherrschen, um Kieran nicht anzuflehen zu bleiben.

»Komm, lass uns anfangen.« Leo packte mich am Arm und zog mich in Richtung des Zeltes. Trotzdem sah ich immer wieder über die Schulter nach den Motorrädern, die Richtung Berg fuhren.

Leo stellte mich einfach an einen freien Platz am Tisch und drückte mir eine Pipette in die Hand. Er schien wild entschlossen, seinen Fehler wiedergutzumachen. Ich hatte niemandem von seiner Beichte erzählt. Wir wussten nicht, ob wirklich er das Mittel verunreinigt hatte und selbst wenn war es nicht seine Schuld. Stumm standen wir nebeneinander und arbeiteten. Er sagte mir nicht, dass alles gut werden würde, dass sie bestimmt alle heil wiederkommen würden und dafür war ich ihm dankbar. Es wäre eine Lüge gewesen.

Ich war gerade dabei, ein Magazin mit Patronen zu bestücken, als Charlotte das Zelt betrat.

»Da drinnen werde ich wahnsinnig.« Sie lehnte sich neben mir an den Tisch und deutete mit dem Kinn in Richtung des Erste-Hilfe-Zeltes. »Kann ich hier irgendetwas Nützliches tun?«

Ich schüttelte den Kopf. »Nichts, wofür du nicht zwei Hände brauchst.«

Sie sah auf ihren bandagierten Arm. Tränen traten in ihre Augen. Sofort bereute ich, was ich gesagt hatte.

»Aber du kannst gern bleiben. Um mich ein bisschen abzulenken, brauchst du nur dein loses Mundwerk.«

Sie schenkte mir ein dankbares Lächeln, bevor sie das Gesicht verzog. »Ich wollte mich noch bei dir entschuldigen, Liana. Mein Verhalten dir gegenüber war nicht in Ordnung.

Ich wusste schon seit einer Weile, dass Kieran und ich uns niemals glücklich machen können, aber ich habe daran festgehalten. Meine Eltern haben mich dazu gedrängt, alles zu tun, um dieses Ziel zu erreichen. Ich habe mich davon blenden lassen und meinen Frust an dir ausgelassen.«

»Schon okay«, murmelte ich, den Blick auf meine Arbeit gerichtet. »Ich war auch nicht gerade nett zu dir.«

Sie griff nach einer Patronenhülse auf dem Tisch und drehte sie zwischen den Fingern. »Ich habe viel dazugelernt, seit ich dich kenne. Vor allem darüber, wie bescheuert Vorurteile sind. Wir sind stärker, wenn wir zusammenarbeiten. Das sieht man an dir und Kieran.«

Ich versuchte, ihr ein Lächeln zu schenken, aber es wurde eher eine Grimasse. Kieran. Was, wenn er nicht wiederkam?

Charlotte legte mir ihre gesunde Hand auf den Arm. »Wenn einer wiederkommt, dann er. Die Magie beschützt ihn.«

Ich nickte, weil ich keinen Ton herausbekommen hätte. Es fiel mir schwer, daran zu glauben.

Charlottes Blick wurde vorwurfsvoll. »Und du solltest aufhören dir einzureden, dass deine Gefühle für ihn nicht echt sind. Das ist Blödsinn und wenn du ehrlich zu dir selbst bist, weißt du das auch ganz genau.«

Ich sah sie an, während sich langsam ein Lächeln auf ihrem Gesicht ausbreitete. »Darüber kann ich gerade nicht nachdenken«, sagte ich. Ich hatte mir in den letzten Tagen schon viel zu viel Hoffnung gemacht, dass er das Gleiche für mich empfand. Und es würde vollkommen egal sein, wenn er nicht zurückkehrte.

»Wie du willst.« Sie pustete sich eine blonde Haarsträhne aus dem Gesicht.

Einerseits freute es mich, dass wir das Kriegsbeil begraben

hatten, andererseits fühlte es sich merkwürdig an. Irgendwie wartete ich darauf, dass sie mich beleidigte, stattdessen ließ sie sich von mir erklären, wie wir die Patronenhülsen befüllten, und half mir sogar dabei, die Hülsen in den Block mit den Vertiefungen zu stellen. Ihre Anwesenheit half. Ich war alles andere als entspannt, aber zumindest nicht mehr so nervös wie vorher. Immer wieder warf ich ihr Seitenblicke zu. Es schien, als bräuchte sie genauso dringend Ablenkung wie ich. Zusätzlich zu der Tatsache, dass sie um ihre Freunde und Kollegen bangte, hatte sie einen guten Freund verloren und ihre Karriere stand vor dem Aus. Ich beschloss, mich selbst nicht weiter zu bemitleiden.

Während Charlotte mir irgendeine Geschichte über ihre ersten Tage an der Akademie erzählte, spürte ich plötzlich, wie meine Finger taub wurden. Erschrocken ließ ich die Pipette fallen.

»Liana?« Charlotte beugte sich zu mir. »Alles okay?«

Ich öffnete den Mund, doch kein Ton kam heraus. Ihre Stimme klang immer weiter entfernt, je mehr der Rausch mich in seinen Bann zog.

Ein scharfer Schmerz fuhr durch meinen Oberarm und ich keuchte erschrocken auf. Sie hatte mich erwischt. Heiß floss das Blut über meinen Arm. Die Warankönigin war einfach zu stark. Fast doppelt so groß wie die anderen und mindestens viermal so wütend brüllte sie mich an, während ich zurückstolperte. Allein hatte ich keine Chance gegen sie, die anderen waren alle beschäftigt. Es waren zu viele. Viel zu viele. Die Ranger hatten sich katastrophal verschätzt. Gestern hatten wir fast zwanzig Warane getötet, trotzdem krochen pausenlos mehr aus der Höhle. Angst packte mich und drohte, mich aus dem Rausch zu ziehen, doch die Magie ließ es nicht zu. Das war der Moment, auf den wir hingearbeitet hatten. Ihre Königin war wütend. Ihr heißer Atem schlug mir ins Gesicht und ließ mich würgen, als sie mich erneut anbrüllte.

Ich nahm die Schultern zurück und hob meine Pistole. Ich würde nicht aufgeben. Ich würde kämpfen bis zum letzten Atemzug.

»Kieran«, flüsterte ich, als die Magie mich in meinen Körper zurückdrängte.

»Was? Liana, was ist los?« Charlottes Hand lag auf meinem Arm. Ich sah hoch in ihre besorgten braunen Augen.

»Kieran«, wiederholte ich. »Er braucht meine Hilfe.«

»Was redest du da?«, fragte Leo von der Seite, Charlotte hingegen stellte keine dummen Fragen. Oft genug hatte sie unseren gemeinsamen Rausch erlebt. Sie rannte zu einer Kiste voller Waffen.

Die Magie drängte mich, ihr zu folgen. Charlotte zog eine Pistole sowie mehrere Magazine hervor und drückte sie mir in die Hand.

Ich starrte auf meine tauben Finger. »Ich wünschte, wir hätten mehr mit den Schusswaffen trainiert.«

»Die Magie wird dir helfen«, versicherte sie mir, während sie mir einen Gürtel voller Taschen umband, in dem die Krieger ihre Ausrüstung verstauten.

Ich fühlte mich wie ein kleines Kind, als sie die Taschen für mich füllte. Selbst mit einem Arm war sie wahrscheinlich schneller als ich. Sie wusste genau, was wohin gehörte.

»Liana?« Carly tauchte hinter mir auf. »Was ist hier los?«

»Sie muss zu den Kriegern«, erklärte Charlotte sofort. »Die Magie ruft sie.«

Angst sammelte sich in meinem Magen wie Säure. Die Magie versuchte, mich zu beruhigen, doch auf einmal zitterte ich trotz der brütenden Hitze.

»Das ist vollkommen verrückt.« Carly starrte mich an, die grauen Augen weitaufgerissen.

»Es ist der einzige Weg.« Meine Stimme klang stärker, als ich mich fühlte, entschlossener und irgendwie fremd, nicht von dieser Welt. Die Magie sprach durch mich.

Sie brachte mich dazu, mich von Carly abzuwenden und aus dem Zelt zu treten, in Richtung der Motorräder. Noch nie war ich auf einem Motorrad gefahren. Meine Angst raubte mir den Atem. Erst einmal war ich mit einer Gruppe Krieger auf Mission gewesen. Diesmal stand so viel mehr auf dem Spiel. Ein Punkthörnchenbiss war alles andere als angenehm, aber die Warane würden mich töten, ohne mit der Wimper zu zucken. Ich sah Kyles Leiche vor mir, die Brust zerfetzt von Krallen. Hätte die Magie mich nicht davon abgehalten, hätte ich mich wahrscheinlich übergeben.

Wieder sah ich die Welt durch Kierans Augen. Er kämpfte weiterhin gegen die Warankönigin, auch wenn er hauptsächlich damit beschäftigt war, sich außer Reichweite zu bringen. Nur ab und zu schaffte er es, einen Schuss abzugeben. Die Königin war größer, ihre Schuppen dicker. Niemand hatte allein eine Chance gegen sie. So viele Warane stampften durch den Sand. Viel zu viele. Ihr Brüllen dröhnte durch meinen Kopf.

Kieran musste durchhalten, bis ich bei ihm war. Er musste einfach.

Sand spritzte hinter mir auf, als ich, geführt von der Magie, das Motorrad startete.

Unermüdlich flüsterte sie mir zu, dass ich seine einzige Chance war, doch welche Chance hatte ich schon? Ich hatte erst ein paar Wochen Kampftraining gehabt.

Zusammen seid ihr stärker als alle anderen, versicherte sie mir.

Anstatt weiter zu zweifeln, konzentrierte ich mich darauf, das Motorrad zwischen Steinen und Gestrüpp hindurch zu lenken. Ich musste zu Kieran. Der Drang war so stark, dass er nicht nur von der Magie kommen konnte. Wenn es eine Chance gab, dass ich Kieran retten konnte, dann musste ich es versuchen.

Vor mir breitete sich Chaos aus. Überall rannten Krieger zwischen den Waranen herum. Brüllend ging einige Meter von mir entfernt ein Waran zu Boden, doch ich konnte mich kaum darüber freuen. Ich musste Kieran finden.

Die Warankönigin war die einzige, die dank ihrer unglaublichen Größe aus dem Chaos herausragte. Sie musste mindestens zehn Meter groß und fünfundzwanzig Meter lang sein. Sie hielt sich im Hintergrund, nahe der Höhle.

Sie beschützt die Eier, erklärte die Magie mir und ließ meine Hand am Gashebel drehen.

Ich schoss durch das Schlachtfeld. Allein hätte ich es niemals geschafft, allen Hindernissen auszuweichen. Wann immer wir an einer Leiche vorbeikamen, sah ich nicht so genau hin.

Endlich entdeckte ich Kieran, im Schatten der riesigen Warankönigin. Er wirkte so winzig klein vor ihr, so machtlos, aber er lebte. Er lebte. Er kämpfte. Er brauchte Hilfe.

Ich bekam kaum mit, wie ich das Motorrad in den Sand fallen ließ und auf ihn zu rannte. Er stolperte zurück, als die Warankönigin mit ihrer riesigen Pranke ausholte. Ich zog die Pistole aus dem Gürtel, die Magie führte meine Hand, ich zielte und drückte den Abzug. Ein wütendes Brüllen erklang, als Kugeln in die Pranke einschlugen. Zischend lösten sich die Schuppen dort auf.

Kieran sah kurz über die Schulter, doch sofort wandte sich sein Blick wieder nach vorn. Die Magie verhinderte, dass ich ihn ablenkte. Sein Blick hatte nicht so leer gewirkt wie normalerweise im Rausch, sondern voller Panik.

Sand spritzte auf, als ich neben ihm zum Stehen kam. Sofort verbanden sich unsere Gedanken wieder und ich konnte seine Angst noch deutlicher spüren. Sie mischte sich mit meiner, bis ich keinen Unterschied mehr erkennen konnte. Die Magie unterdrückte sie, brachte uns dazu, uns voll und ganz auf unsere Aufgabe zu konzentrieren.

Wir beide hoben unsere Pistolen und zielten auf den Kopf der Warankönigin. Zwei Schüsse trafen sie zwischen die Augen, dann machte sie einen riesigen Schritt auf uns zu und holte mit ihrer anderen Pranke aus.

Kieran packte mich am Arm und zerrte mich zurück. Mein Mund stand offen, während ich der Bewegung der Warankönigin folgte. Es wirkte fast wie in Zeitlupe, trotzdem schafften wir es nur knapp auszuweichen.

Kieran hob seine Waffe und schoss der Königin erneut in die Stirn. Die Schuppen dort hatten sich bereits so weit aufgelöst, dass der Schuss eine tiefe Wunde riss.

Wütend brüllte die Warankönigin und holte erneut aus.

Die Magie hob meine Hände und schoss auf die Pranke. Kreischend zog die Warankönigin das Bein zurück. Kieran feuerte weiter auf ihren Kopf. Als er sein leeres Magazin aus der Pistole zog, sprang ich vor, um ihm Deckung zu geben. Erneut schoss ich in ihr Bein, bevor sie nach uns schlagen konnte.

Da spürte ich eine neue Macht, die mir den Atem nahm. Die dunkle Magie. Keuchend stolperte ich zurück, während in meinem Kopf Licht gegen Dunkelheit kämpfte.

Kieran schaffte es, noch ein paar Schüsse abzufeuern, bevor auch er keine Luft mehr bekam. Unsere Sicht verdunkelte sich, aber wir mussten wach bleiben, mussten weiterkämpfen, sonst würden wir nicht überleben.

Die Magie versuchte vergeblich, uns aus dem Rausch zu reißen, obwohl uns das verletzlich gegenüber den Waranen machen würde.

Die Warankönigin holte aus. Schwarze Flecken tanzten vor meinen Augen und ließen ihre Pranke verschwimmen.

Ich hörte einen Schuss. Kieran. Eine Kugel ließ einen Blutregen über uns niedergehen. Brüllen. Schwindel. Kein Sauerstoff. Schwarze Flecken. Dunkelheit. Licht.

Zitternd sog ich etwas Luft ein, bevor meine Atemwege wieder blockierten. Klarheit. Ein winziges bisschen Klarheit reichte, damit ich zwei Pistolenschüsse in den Kopf der Warankönigin feuern konnte.

Dunkelheit versuchte, das Licht zu verschlucken, doch das Licht kämpfte und kämpfte, verdrängte die Dunkelheit. Mehr Schüsse. Mehr Blut. Ein riesiges, schwankendes Wesen vor uns.

Brüllen, Rauschen. Blut, heißes Blut, das auf uns niederregnete. Mehr Schüsse, mehr Dunkelheit. Weniger Luft. Keine Luft.

Licht, mehr Licht. Weniger Druck auf meiner Brust, weniger schwarze Flecken.

Ein gurgelndes Brüllen, als würde das Wesen ertrinken. Ein Schlag. Staub, Sand in meinen Augen, in meinem Mund.

Schwindendes Licht.

Dunkelheit. Panisches Keuchen, keine Luft in meiner Lunge. Licht, kaum Licht, kein Licht.

Dunkelheit. Nichts als Dunkelheit.

Kapitel 26

Brennender Schmerz floss durch meine Lungen, als würde ich Lava atmen.

Doch ich atmete und allein das erschien mir wie ein Wunder.

Ich spürte ein letztes verzweifeltes Aufbäumen in meinem Kopf, bevor sich die Dunkelheit endgültig zurückzog und das Licht sich ausbreitete.

Ruhe durchströmte mich. Betäubte den Schmerz in meiner Lunge, in meinem Arm, in meinem ganzen Körper.

Ich fühlte mich, als würde mir Watte aus den Ohren genommen werden. Plötzlich hörte ich wieder, was um mich herum geschah. Ein Waranbrüllen, laute Stimmen, aber keine Schreie. War das ein gutes oder ein schlechtes Zeichen? Die Stimmen mussten ein gutes Zeichen sein, oder? Jemand hatte überlebt.

Langsam kehrte ich in meinem Körper zurück. Mein Bewusstsein trennte sich von Kierans.

Eine Hand in meiner, die sich an mir festklammerte, ein Körper an meiner Seite. Kieran.

Meine Augen flogen auf. Die Sonne blendete mich. Ich lag im Sand, Kieran neben mir. Vor uns ragte die Leiche der Warankönigin in den Himmel.

Vorsichtig setzte ich mich auf. Ein stechender Schmerz fuhr durch meine Schläfe und ich stöhnte auf. Blinzelnd sah ich mich um. Überall lagen tote Warane, ein paar wenige zuckten noch mit ihren Gliedern. Krieger rannten durcheinander, um sie zu erledigen.

Als ich eine Hand auf meiner Wange spürte, wandte ich den Kopf.

Kieran musterte mich besorgt. »Liana?«

Meine Augen begannen zu brennen, als ich die Arme um ihn schlang und mich an ihm festklammerte.

»Bist du okay?«, fragte er leise.

Ich nickte, obwohl er es nicht sehen konnte. »Ja.« Meine Stimme klang heiser. »Und du?«

»Ja.«

Ich vergrub den Kopf an seiner Schulter, während ich versuchte, mich zu beruhigen. Es war zu viel. Alles war zu viel. Wir waren fast gestorben. Die dunkle Magie war so kurz davor gewesen, uns zu besiegen. Ich wusste nicht genau wie, aber wir hatten die Warankönigin besiegt. Und damit die dunkle Magie geschwächt und zurückgedrängt.

»Wir haben es geschafft«, flüsterte Kieran. Ich war mir nicht sicher, ob er damit mich oder sich selbst überzeugen wollte. Ja, wir hatten es geschafft, aber was, wenn die dunkle Magie zurückkam? Was, wenn sie das nächste Mal noch stärker war?

Ich werde euch beschützen, flüsterte die Magie in meinem Kopf, bevor sie verschwand. Darüber, ob sie dieses Versprechen halten würde, konnte ich im Moment nicht nachdenken.

»Liana.« Kieran löste meine Arme von seinem Rücken, damit er mich ansehen konnte.

Nur widerwillig ließ ich ihn los. Wir waren so kurz davor gewesen, einander zu verlieren.

»Liana.« Vorsichtig legte er eine Hand an meine Wange.

In seinen Augen brannte der gleiche Schmerz wie in meinen. Die gleiche Angst, die gleiche Erschöpfung. Wir beide kämpften darum zu verarbeiten, was gerade passiert war.

»Ich bin so froh, dass es dir gut geht«, wisperte ich.

Kieran öffnete den Mund, doch er schien keine Worte zu finden. Anstatt zu sprechen, beugte er sich vor und legte seine Lippen auf meine. Dieser Kuss war ganz anders als der im Trainingsraum. Er war nicht wild, sondern sanft, als wollte er all seine Gefühle damit ausdrücken.

Ich fuhr mit der Hand durch sein dunkles Haar und ließ zu, dass der Kuss mir meine Angst nahm. Wir hatten unsere Aufgabe erfüllt. Die Warane waren besiegt, die dunkle Magie zurückgeschlagen. Wir waren sicher. Fürs Erste zumindest.

Langsam lösten wir uns voneinander.

»Ich hatte solche Angst davor, dich zu verlieren«, flüsterte er. »Es kommt mir so dumm vor, dass ich gegen meine Gefühle für dich ankämpfen wollte.«

Ich musste an das Gespräch denken, dass ich mit Charlotte geführt hatte. Es konnte noch nicht lang her sein, doch es kam mir vor wie eine Ewigkeit. Und sie hatte recht gehabt. Die Magie hatte mich nicht manipuliert. Es war alles echt gewesen und ich hatte alles dafür getan, es zu zerstören.

Nachdem wir heute dem Tod ins Auge gesehen hatten, kam es mir lächerlich vor, welch große Angst ich vor der Meinung anderer gehabt hatte.

»Glaub mir, ich war genauso dumm wie du«, versicherte ich ihm.

Lächelnd strich er mir eine verschwitzte Haarsträhne aus dem Gesicht. »Versprichst du mir, nie wieder so dumm zu sein, wenn ich dir das gleiche verspreche?«

Ein zittriges Lachen entfuhr mir. »Versprochen.«

»Gut.« Er beugte sich vor und gab mir einen flüchtigen Kuss, dann stand er auf und hielt mir die Hand hin. Ich ließ mich von ihm auf die Beine ziehen.

Alle Warane schienen tot zu sein, die Krieger, die noch kämpfen konnten, brachen auf in Richtung der Höhle.

»Die Eier«, sagte Kieran.

Ich runzelte die Stirn. »Woher willst du wissen, dass keine Warane mehr dort sind?«

»Die Warankönigin war die letzte, die die Eier beschützt hat.«

Er klang so überzeugt davon, dass ich nachfragte, woher er das wusste. Er sollte recht behalten. Es dauerte nur wenige Minuten, bis die Krieger zurückkehrten.

Niemand der zurückgebliebenen Krieger schien zu wissen, was wir jetzt tun sollten. Ich sah mich um. Wo war Kierans Vater?

Das Erste, was ich von ihm hörte, waren Anweisungen. Es dauerte ein paar Sekunden, bis ich ihn in der Gruppe gefunden hatte. Er war genauso verdreckt wie der Rest.

Kieran zog mich auf das nächste Motorrad zu.

»Kannst du fahren?«, fragte ich.

Er nickte. »So schlimm ist es nicht. Mach dir keine Sorgen.«

Er setzte sich auf eins der Motorräder. Ich tat es ihm nach und schlang die Arme um seine Mitte. Vorsichtig gab er Gas. Das Motorrad schlingerte kurz, dann bekam er es unter Kontrolle und fuhr los in Richtung des Lagers. Die Ärzte rannten auf uns zu, bevor wir richtig angekommen waren und rissen uns fast vom Motorrad.

»Mir geht's gut.« Genervt schlug ich die Hände einer Ärztin weg. »Ich bin nicht verletzt.«

Niemand hörte auf mich. Sie kontrollierten meinen Puls,

meine Pupillenreaktion und alles Mögliche. Auch Kieran war nicht schwer verletzt. Sein Arm war schnell verbunden.

Die anderen Krieger trudelten nach und nach im Lager ein und lenkten die Ärzte von uns ab.

Kieran griff nach meiner Hand, während die Leichen aus dem Van geladen wurden.

Drei, vier, fünf, sechs, sieben.

Ich konnte nicht mehr zuschauen, konnte nicht mehr mitzählen. Sanft strich Kieran mit seinem Daumen über meinen Handrücken, um mich zu beruhigen.

Wir hatten es geschafft, sagte ich mir immer und immer wieder. Niemand musste mehr sterben.

General Namara warf uns einen grimmigen Blick zu, doch er sagte nichts über unsere verschränkten Hände und Kieran ließ nicht los.

Charlotte bahnte sich einen Weg durch das Chaos und fiel uns beiden um den Hals. Oder besser gesagt fiel sie Kieran um den Hals und schlug mir ihren verletzten Arm gegen die Brust, weil ihre Schlinge sie davon abhielt mich zu umarmen.

»Es geht euch gut«, keuchte sie. »Der Magie sei Dank, es geht euch gut. Und ihr habt anscheinend endlich eingesehen, dass ihr Gefühle füreinander habt. Geht doch.«

Kieran legte den Kopf schief. »Wenn ich mich recht erinnere, hattest du zu dem Thema bis vor Kurzem noch eine andere Meinung.«

»Im Gegensatz zu dir bin ich kein so unglaublicher Sturkopf, Namara, und kann einsehen, wenn ich falsch liege.«

»Seit wann?«, murmelte Kieran. Falls Charlotte ihn gehört hatte, ignorierte sie seinen Kommentar und machte sich auf den Weg, um nach den anderen verletzten Kriegern zu sehen.

Es dauerte noch etwas, bis sich das Chaos gelichtet hatte und es Abendessen gab.

Obwohl wir gewonnen hatten, waren die meisten nicht in Feierlaune. Dazu waren die Verluste zu groß gewesen.

General Namara hielt eine Rede, die ausnahmsweise positiv klang: »Wir haben gegen eine große Übermacht gekämpft und konnten uns behaupten. Ihr alle könnt stolz auf euch sein.«

Charlotte verengte die Augen. »Ist er krank?«

Falls er wirklich krank war, erholte er sich davon sehr schnell, denn am nächsten Tag brüllte er wie gewohnt. Seiner Meinung nach bauten wir das Lager viel zu langsam ab, obwohl es eigentlich keinen Grund mehr zur Eile gab.

Ich versuchte, ihn zu ignorieren und mich auf die positiven Sachen zu konzentrieren. Wie zum Beispiel die Tatsache, dass Kieran mich geküsst hatte, als ich das Zelt betreten hatte. Anstatt darauf, dass wir viel mehr Platz in den Vans hatten, da viel zu viele von uns den Weg zurück im Leichenwagen nahmen.

Unser Van fühlte sich ohne Kyle seltsam leer an.

Während Leo und Charlotte diesmal in den zwei mittleren Sitzen saßen, teilten Kieran und ich uns die Rückbank. Den Großteil der Fahrt verbrachte ich mit meinem Kopf auf seiner Schulter.

Wieder übernachteten wir in einem Motel und wieder teilte ich mir das Zimmer mit Charlotte.

Am nächsten Tag erreichten wir endlich gegen Nachmittag den Hauptbahnhof Kingstons. Wieder erwarteten uns die Leute, sammelten sich an den Straßenecken und Plätzen. Nur diesmal waren es mehr. Und sie jubelten, sobald die Kolonne aus Vans vorbeifuhr.

Seitdem wir wieder Empfang hatten, vibrierte mein Core ständig an meinem Handgelenk. Wahrscheinlich schrieben mir gerade alle, die mich kannten, aber es gab nur wenige Menschen, bei denen ich ein schlechtes Gewissen hatte, dass ich sie ignorierte. Mandy, meine Mutter, Maddie und Tamy. Doch im Moment hatte ich nicht die Energie dazu, ihnen zu antworten. Sie wussten, dass ich lebte. General Namara hatte die Namen der Gefallenen längst weitergegeben. Das musste für den Moment reichen.

Wir fuhren auf direktem Weg zur Akademie, wo eine Gruppe Krieger uns die Schaulustigen vom Leib halten musste. Drinnen wurden wir von Arlington empfangen, der uns gratulierte, bevor er verkündete, dass wir jetzt live gehen würden.

»Live?«, wiederholte ich entsetzt.

»Er wird eine Ansprache halten«, erklärte General Namara, »und uns irgendwann dazu rufen, um uns zu gratulieren. Dann gibt es noch ein paar Interviews.«

Als er meinen Blick bemerkte, fügte er noch hinzu: »Da müssen wir alle durch.«

Kieran strich mir über den Rücken. »Du schaffst das. Du musst nur erzählen, was passiert ist.«

Ich verzog das Gesicht. Genau das war das Problem.

Kieran legte mir einen Arm um die Schulter und küsste mich auf die Schläfe. Ich schlang ihm die Arme um die Mitte. Er war der einzige Grund, aus dem ich nicht schreiend davonlief. Mit ihm an meiner Seite fühlte ich mich stärker.

General Namara verengte die Augen. »Haltet euch nachher etwas zurück. Das ist nicht gerade professionell.«

Kieran verdrehte die Augen und salutierte spöttisch. »Zu Befehl, Vater.«

Sein Vater kräuselte die Lippen, doch er sagte nichts.

Wir folgten ihm zu dem Saal, den ich aus unzähligen von Arlingtons Fernsehansprachen kannte. Während Arlington sich hinter dem Rednerpult aufbaute, wurden wir hinter den schweren roten Vorhang geführt.

Nervös lief ich hin und her, während Arlington mit seiner Rede begann.

»Heute ist ein großer Tag für uns alle. Die gefährlichste Bestie, die uns bisher untergekommen ist, wurde gebannt. Der Riesenwaran. Das haben wir vielen mutigen Männern und Frauen zu verdanken, die für uns ihr Leben riskiert und in manchen Fällen leider auch verloren haben. Ich werde jetzt die Namen der Gefallenen vorlesen. Anschließend werden wir eine Schweigeminute einlegen.«

Mit jedem Namen, der seine Lippen verließ, brannten meine Augen mehr. Die, die am meisten schmerzten, waren Carl Sage und Kyle Harding. Ich schloss die Augen und atmete ein paar Mal tief durch, während die Stille mich zu ersticken drohte. Endlich sprach Arlington weiter. »Sie und alle anderen Alchemisten und Krieger, die an der Mission beteiligt waren, haben ausgezeichnete Arbeit geleistet. Sie können stolz sein. Ihre Familien und Freunde können stolz sein. Sie werden als Helden in die Geschichte eingehen. Weise geleitet wurden wir wie immer von der Magie, die über uns wacht. Sie hat die beiden jungen Menschen auserwählt, die diese Aufgabe ganz hervorragend gemeistert haben. Ihnen haben wir diesen Erfolg zu verdanken.« Man konnte fast meinen, dass er uns gut leiden konnte. Dabei war alles nur Show. »Ihnen und der Magie, natürlich. Bitte begrüßen Sie mit mir Liana Williams und Kieran Namara.«

Mein Magen verkrampfte sich.

Kieran streckte mir die Hand entgegen. »Bereit, Williams?«

Ich sah in die leuchtendblauen Augen, in die ich mich während der letzten Wochen verliebt hatte, und griff nach seiner Hand. »Bereit, wenn du es bist.«

Gemeinsam traten wir durch den schweren roten Vorhang ins Rampenlicht.

Danksagung

Ich habe versucht, diese Danksagung nicht allzu sentimental und klischeehaft werden zu lassen. Gar nicht so einfach, wenn es um die Menschen geht, die mir dabei geholfen haben, diesen Traum wahr werden zu lassen.

Vielen Dank an das Team von Piper Digital dafür, dass sie *Tales of Beasts and Magic* ein Zuhause gegeben haben.

Danke an Isabell Schmitt-Egner, die die Schreibchallenge organisiert hat, bei der ich diesen Roman eingereicht habe und an die ganze Nanowriyeah-Gruppe. Obwohl ich eher die stille Mitleserin bin, bin ich sehr gern Teil dieser Gruppe und habe durch sie so viel gelernt.

Meiner Lektorin Cornelia möchte ich dafür danken, dass sie mir geholfen hat, das Beste aus dieser Geschichte herauszuholen. Ohne dich wäre sie nur halb so gut!

Philipp, danke, dass du mich immer unterstützt, an mich glaubst und immer Verständnis dafür hast, wenn mir das Schreiben wenig Zeit lässt. Danke, dass du immer für mich da bist.

Danke an meine Familie. Meine Eltern, die lange nicht wussten, wie ernst es mir mit dem Schreiben war, aber von Anfang an begeistert waren. Mein Bruder, der nur darauf wartet, dass ich dadurch jetzt zur Millionärin werde. Nuni, sollte dieser unwahrscheinliche Fall eintreten, bekommst du deine A-Klasse. Versprochen.

Danke an all meine Freunde, die mich unterstützt, sich für mich gefreut und mit mir dem Erscheinungstermin entgegengefiebert haben. Ihr seid die Besten!

Und zu guter Letzt: Danke an euch, die Leser, dafür dass ihr euch dieses Buch ausgesucht habt. Ich hoffe, es hat euch gefallen.